TESS GERRITSEN

Das Schattenhaus

Autorin

Knallharte Thriller und unter die Haut gehende Spannungsromane, dafür steht die internationale Bestsellerautorin Tess Gerritsen. Ihre Thriller-Reihe um das Bostoner Ermittlerduo Rizzoli & Isles wurde erfolgreich als TV-Serie verfilmt und ist von der SPIEGEL-Bestsellerliste nicht mehr wegzudenken. Darüber hinaus feiert sie auch mit ihren Stand-alone-Romanen große Erfolge. Die Autorin lebt mit ihrer Familie in Maine.

Weitere Informationen unter: www.tess-gerritsen.de

Von Tess Gerritsen bereits erschienen

Gute Nacht, Peggy Sue · Kalte Herzen· Roter Engel · Trügerische Ruhe · In der Schwebe· Leichenraub · Totenlied

Die Rizzoli-&-Isles-Thriller

Die Chirurgin · Der Meister · Todsünde · Schwesternmord · Scheintot· Blutmale · Grabkammer · Totengrund · Grabesstille · Abendruh· Der Schneeleopard · Blutzeuge

Tess Gerritsen

Das Schattenhaus

Roman

Deutsch von Andreas Jäger

blanvalet

Die Originalausgabe erschien 2019 unter dem Titel
»The Shape of Night« bei Ballantine Books,
an imprint of Random House, a division of
Penguin Random House LLC., New York.

MIX
Papier aus verantwortungsvollen Quellen
FSC® C014496
FSC
www.fsc.org

Penguin Random House Verlagsgruppe FSC® N001967

1. Auflage 2021
Taschenbuchausgabe 2021 bei Blanvalet,
einem Unternehmen der Penguin Random House Verlagsgruppe GmbH,
Neumarkter Straße 28, 81673 München

Published by Arrangement with Tess Gerritsen Inc.
Dieses Werk wurde im Auftrag von
Jane Rotrosen Agency LLC vermittelt durch
die Literarische Agentur Thomas Schlück GmbH, 30161 Hannover.

Redaktion: Gerhard Seidl
Umschlaggestaltung und -motiv: © www.buerosued.de
JA · Herstellung: sam/er
Satz: Uhl + Massopust, Aalen
Druck und Bindung: GGP Media GmbH, Pößneck
Printed in Germany
ISBN 978-3-7341-0926-3

www.blanvalet.de

Für Clara

Prolog

Ich träume immer noch von Brodie's Watch, und es ist jedes Mal der gleiche Albtraum. Ich stehe in der gekiesten Auffahrt, und das Haus ragt vor mir auf wie ein Geisterschiff, das im Nebel dahintreibt. Die Schwaden wabern und schlingern um meine Füße, überziehen meine Haut mit eisigem Reif. Ich höre die Wellen vom Meer heranrollen und krachend gegen die Klippen schlagen, und über mir warnen mich die Möwen mit lautem Gekreisch, diesem Ort auf keinen Fall zu nahe zu kommen. Ich weiß, dass der Tod hinter dieser Haustür lauert, und doch kehre ich nicht um, denn das Haus ruft mich. Vielleicht wird es mich immer rufen. Sein Sirenengesang zwingt mich, noch einmal die Stufen zur Veranda hinaufzusteigen, wo die Schaukel knarrend hin- und herschwingt.

Ich öffne die Tür.

Drinnen ist nichts mehr, wie es sein sollte. Das ist nicht mehr das prächtige Haus, in dem ich gewohnt und das ich geliebt habe. Das massive, geschnitzte Treppengeländer ist von Kletterpflanzen umrankt, die sich wie grüne Schlangen um den Handlauf winden. Der Fußboden ist mit welkem Laub übersät, hereingeweht durch die zerbrochenen Fenster. Ich höre das stete Tropfen des Regenwassers, das von der Decke fällt, und als ich aufblicke, sehe ich einen einzelnen Kristallanhänger von den kahlen Armen des Kronleuchters baumeln. Über die Wände, einst cremeweiß gestrichen und mit hübschen Stuckleisten verziert, ziehen sich jetzt schwarze Schimmelbahnen. Lange bevor Brodie's Watch hier stand, bevor die Männer, die das Haus erbauten, Holz und Steine hinaufschleppten und Balken an Pfosten nagelten, gab es auf diesem Hügel nur Moos und Bäume. Jetzt erobert der Wald sein Reich zurück. Brodie's Watch ist auf dem Rückzug, und der Geruch des Verfalls hängt in der Luft.

Irgendwo über mir höre ich das Summen von Fliegen, und als ich die Treppe hinaufgehe, wird das ominöse Geräusch immer lauter. Die einst so stabilen Stufen, die ich jeden Abend erklommen habe, ächzen und geben unter meinem Gewicht nach. Der Handlauf, vormals zu seidigem Glanz poliert, starrt vor Dornen und Ranken. Ich erreiche den oberen Treppenabsatz, und eine Fliege taucht auf, umkreist surrend meinen Kopf und attackiert mich im Sturzflug. Eine zweite gesellt sich dazu, dann eine dritte, während ich den Flur entlang zum Schlafzimmer gehe. Durch die geschlossene Tür kann ich das gierige Brummen der Fliegen im Zimmer hören. Irgendetwas da drin hat sie angelockt.

Ich öffne die Tür, und schlagartig wird aus dem Brummen ein Dröhnen. Sie fallen über mich her, eine dichte Wolke, die mir den Atem raubt. Ich wedle mit den Händen, schlage wild um mich, doch schon wimmeln meine Haare, meine Augen, mein Mund von ihren Leibern. In diesem Moment erst wird mir klar, was die Fliegen in diesen Raum gelockt hat. In dieses Haus.

Ich bin es selbst. Sie laben sich an mir.

1

Solche Vorahnungen plagten mich nicht an jenem Tag Anfang August, als ich in den North Point Way einbog und zum ersten Mal nach Brodie's Watch fuhr. Ich wusste nur, dass die Straße reparaturbedürftig war und der Belag von den Wurzeln der vordringenden Bäume unterminiert wurde. Die Frau von der Hausverwaltung hatte mir am Telefon erklärt, dass das Haus über hundertfünfzig Jahre alt und noch nicht ganz fertig renoviert sei. In den ersten paar Wochen würde ich noch damit leben müssen, dass zwei Zimmerleute oben im Turmzimmer ihre Hämmer schwangen, aber das war auch der Grund, warum ein Haus mit einem so imposanten Seeblick für einen Apfel und ein Ei vermietet wurde.

»Die letzte Mieterin musste vor ein paar Wochen die Stadt verlassen, Monate vor dem Auslaufen ihres Mietvertrags. Sie haben mich also genau im richtigen Moment angerufen«, sagte sie. »Der Eigentümer möchte das Haus nicht den ganzen Sommer leer stehen lassen, und er ist sehr daran interessiert, jemanden zu finden, der es pfleglich behandelt. Er hofft, wieder an eine Frau vermieten zu können. Frauen sind verantwortungsbewusster, meint er.«

Und jetzt hat er seine neue Mieterin gefunden: mich.

Auf dem Rücksitz miaut Hannibal, mein Kater, zum

Gotterbarmen und verlangt, aus der Transportbox befreit zu werden, in der er gefangen ist, seit wir vor sechs Stunden in Boston losgefahren sind. Ich drehe mich zu ihm um und sehe, wie er mich durch die Gitterstäbe anfunkelt, ein massiger Maine-Coon-Kater mit wutblitzenden grünen Augen. »Wir sind fast da«, versichere ich ihm, obwohl ich allmählich schon befürchte, falsch abgebogen zu sein. Wurzeln und Frost haben den Asphalt rissig gemacht, und die Bäume scheinen immer näher zu rücken. Mein alter Subaru, schwer beladen mit Gepäck und Küchengeräten, schrappt über die Straße, als wir durch einen immer enger werdenden Tunnel aus Tannen und Kiefern rumpeln. Es gibt hier keinen Platz zum Wenden, mir bleibt nichts anderes übrig, als weiter diese Straße hinaufzufahren, wohin sie auch führen mag. Hannibal miaut wieder, diesmal noch dringlicher, wie um mich zu warnen: *Halt jetzt an, bevor es zu spät ist.*

Durch die überhängenden Äste erblicke ich hier und da ein Stückchen grauen Himmel, dann weicht der Wald plötzlich einem breiten, mit Flechten bewachsenen Granithang. Das verwitterte Schild bestätigt, dass ich die Zufahrt zu Brodie's Watch erreicht habe, doch der ansteigende Weg verliert sich in derart dichtem Nebel, dass ich vom Haus noch nichts sehen kann. Die Räder drehen durch, und Schotter spritzt auf, als ich meinen Weg über die nicht geteerte Auffahrt fortsetze. Dunstschwaden verschleiern den Blick auf windgepeitschtes Gestrüpp und kahle Granitflächen, doch ich kann die Möwen hören, die über uns kreisen, kreischend wie eine Legion von Geistern.

Und dann taucht plötzlich das Haus vor mir auf.

Ich stelle den Motor ab. Eine Weile sitze ich einfach nur

da und starre zu Brodie's Watch hinauf. Kein Wunder, dass es vom Fuß des Hügels aus nicht zu sehen war. Mit seinen grauen Schindeln ist es im Nebel perfekt getarnt, und nur ganz vage kann ich einen Erkerturm ausmachen, der in die tief hängenden Wolken ragt. Das muss doch wohl ein Irrtum sein – man hat mir gesagt, dass es ein großes Haus sei, aber mit einem solchen Herrenhaus habe ich nun wirklich nicht gerechnet.

Ich steige aus und betrachte die Schindeln, von Wind und Wetter zu silbrigem Grau verblasst. Auf der Veranda schwingt eine Schaukel quietschend vor und zurück, wie von einer unsichtbaren Hand angestoßen. Sicherlich ist das Haus zugig, die Heizung uralt, und ich stelle mir feuchte Zimmer vor, erfüllt von Schimmelgeruch. Nein, das ist nicht das, was mir als Refugium für den Sommer vorgeschwebt hat. Ich hatte auf ein ruhiges Plätzchen zum Schreiben gehofft, einen stillen Rückzugsort.

Einen Ort der Heilung.

Doch dieses Haus wirkt abweisend auf mich, seine Fenster starren mich an wie feindselige Augen. Die Möwen schreien lauter, mahnen mich, die Flucht zu ergreifen, solange ich noch kann. Ich weiche zurück und will gerade wieder in meinen Wagen steigen, als ich das Knirschen von Reifen auf dem Schotterweg vernehme. Ein silberfarbener Lexus hält hinter meinem Subaru, eine blonde Frau steigt aus und winkt, während sie auf mich zugeht. Sie ist ungefähr in meinem Alter, schlank und attraktiv, und alles an ihr strahlt Optimismus und Selbstvertrauen aus, von ihrem Brooks-Brothers-Blazer bis hin zu ihrem Lächeln, das zu sagen scheint: *Ich bin Ihre beste Freundin.*

»Sie sind Ava, stimmt's?«, sagt sie und streckt die Hand aus. »Entschuldigen Sie bitte die kleine Verspätung. Ich hoffe, Sie haben nicht allzu lange warten müssen. Ich bin Donna Branca, die Hausverwalterin.«

Während wir Hände schütteln, suche ich schon fieberhaft nach Ausreden, um aus dem Mietvertrag auszusteigen. *Dieses Haus ist zu groß für mich. Zu abgelegen. Zu unheimlich.*

»Wunderschön hier, nicht wahr?«, schwärmt Donna und deutet auf die kahlen Granitfelsen. »Zu schade, dass man wegen des Wetters gerade nichts sehen kann, aber wenn der Nebel sich erst mal verzogen hat, wird der Seeblick Sie von den Socken hauen.«

»Es tut mir leid, aber dieses Haus ist nicht ganz das, was …«

Aber sie geht schon die Verandastufen hinauf, die Hausschlüssel in der Hand. »Sie hatten Glück, dass Sie genau im richtigen Moment angerufen haben. Gleich nachdem wir miteinander gesprochen haben, kamen zwei weitere Anfragen zu diesem Haus rein. Diesen Sommer ist in Tucker Cove die Hölle los, die Touristen reißen sich regelrecht um die Ferienwohnungen. Offenbar will dieses Jahr niemand den Sommer in Europa verbringen. Die Leute machen lieber Urlaub vor der Haustür.«

»Es freut mich zu hören, dass es noch andere Interessenten für das Haus gibt. Ich glaube nämlich, dass es für mich eine Nummer zu …«

»Voilà. Immer rein ins traute Heim.«

Die Tür schwingt auf und gibt den Blick auf glänzendes Eichenparkett und eine Treppe mit kunstvoll geschnitztem Holzgeländer frei. Sämtliche Ausreden, die mir auf der Zunge lagen, lösen sich mit einem Mal in Luft auf, und eine unwiderstehliche Macht scheint mich über die Schwelle zu ziehen. Im Eingang blicke ich zu einem Kristalllüster und einer Decke mit aufwendigen Stuckornamenten auf. Ich hatte damit gerechnet, dass das Haus kalt und feucht sein würde, dass es nach Staub und Schimmel müffeln würde, doch was ich jetzt rieche, ist frische Farbe und Politur. Und das Meer.

»Die Renovierungsarbeiten sind fast abgeschlossen«, erklärt Donna. »Die Zimmermänner haben noch ein wenig oben im Turmzimmer und auf dem Witwenbalkon zu tun, aber sie werden versuchen, Sie nicht zu stören. Und sie arbeiten nur an Werktagen, sodass Sie am Wochenende das Haus für sich haben. Der Eigentümer war bereit, die Miete für den Sommer zu senken, weil ihm klar ist, dass die Handwerker eine Unannehmlichkeit sind, aber sie werden nur noch ein paar Wochen hier sein. Danach haben Sie dieses fantastische Haus den ganzen Rest des Sommers für sich allein.« Sie sieht, wie ich die Deckenleisten bewundere. »Sie haben gute Arbeit geleistet bei der Renovierung, nicht wahr? Ned, unser Zimmermann, ist ein Meister in seinem Fach. Es gibt niemanden, der dieses Haus so in- und auswendig kennt wie er. Kommen Sie, ich zeige Ihnen auch noch den Rest. Da Sie vermutlich Rezepte ausprobieren werden, möchten Sie sicher zuerst einen Blick in die *fantastische* Küche werfen.«

»Habe ich Ihnen erzählt, was ich mache? Ich kann mich nicht erinnern, es erwähnt zu haben.«

Sie lacht ein wenig verlegen. »Sie haben am Telefon gesagt, dass Sie Food-Autorin sind, und ich konnte es mir nicht verkneifen, Sie zu googeln. Ich habe schon Ihr Buch über Olivenöle bestellt. Ich hoffe, Sie werden es mir signieren.«

»Mit Vergnügen.«

»Ich glaube, Sie werden feststellen, dass dieses Haus der *perfekte* Ort zum Schreiben ist.« Sie geht voran in die Küche, einen hellen, luftigen Raum mit schwarzen und weißen Bodenfliesen, angeordnet in einem geometrischen Muster. »Die Küche verfügt über einen Gasherd mit sechs Brennern und einen extragroßen Backofen. Ich fürchte, an Kochgeschirr ist nur das Nötigste vorhanden, nur ein paar Töpfe und Pfannen, aber Sie sagten ja, dass Sie Ihre eigenen Sachen mitbringen.«

»Ja. Ich habe eine lange Liste von Rezepten, die ich ausprobieren muss, und ich gehe nirgendwohin ohne meine Messer und Pfannen.«

»Und worum geht es in Ihrem neuen Buch?«

»Um die traditionelle Küche Neuenglands. Ich interessiere mich dafür, wie in den Seemannsfamilien gekocht wurde.«

Sie lacht. »Ich schätze mal, gesalzener Kabeljau mit noch mehr gesalzenem Kabeljau.«

»Es geht auch um ihre Lebensweise. Die langen Winter und die kalten Nächte, und all die Gefahren, denen sich die Fischer aussetzten, nur um ihren Fang nach Hause zu bringen. Es war nicht leicht, vom Meer zu leben.«

»Nein, das war es sicher nicht. Und der Beweis dafür ist im nächsten Raum.«

»Was meinen Sie?«

»Ich zeig's Ihnen.«

Wir gehen weiter in einen kleinen Salon, wo im Kamin schon Holzscheite und Kienspäne zum Anzünden bereitliegen. Über dem Sims hängt ein Ölgemälde eines Schiffs, das auf aufgewühlter See krängt und dessen Bug die windgepeitschte Gischt durchschneidet.

»Dieses Gemälde ist nur eine Kopie«, sagt Donna. »Das Original ist im Historischen Verein ausgestellt, unten im Ort. Dort haben sie auch ein Porträt von Jeremiah Brodie. Er war eine ziemlich beeindruckende Erscheinung. Groß, mit pechschwarzen Haaren.«

»Brodie? Heißt dieses Haus deswegen Brodie's Watch?«

»Ja. Captain Brodie hat sein Vermögen als Schiffskapitän auf Fahrten zwischen hier und Schanghai gemacht. Er hat das Haus 1861 gebaut.« Sie betrachtet das Gemälde des Schiffs, das durch die Wellen pflügt, und erschaudert. »Ich werde seekrank, wenn ich das Bild nur anschaue. Für kein Geld der Welt würde ich einen Fuß auf so einen Kahn setzen. Segeln Sie?«

»Als Kind schon, aber ich bin seit Jahren auf keinem Boot mehr gewesen.«

»Diese Küste gehört angeblich zu den besten Segelgewässern der Welt, wenn das Ihr Ding ist. Meins ist es jedenfalls nicht.« Sie geht auf eine Doppeltür zu und stößt sie auf. »Und hier ist mein Lieblingsraum im ganzen Haus.«

Ich trete ein, und mein Blick wird sofort von der Aussicht in Bann gezogen. Durch die Fenster erblicke ich wabernde Nebelbänke, und der dunstige Schleier gibt nur flüchtige Blicke frei auf das, was dahinter liegt: das Meer.

»Wenn die Sonne rauskommt, wird dieser Ausblick Ihnen den Atem rauben«, sagt Donna. »Im Moment können Sie den Ozean nicht sehen, aber warten Sie nur bis morgen, bis dahin sollte der Nebel sich verzogen haben.«

Ich würde gerne noch an diesem Fenster verweilen, aber sie hat es offenbar eilig und ist schon weitergegangen in ein Esszimmer mit einem schweren Eichentisch und acht Stühlen. An der Wand hängt ein weiteres Seestück, allerdings von einem längst nicht so begabten Künstler. Der Name des Schiffs steht auf einem Messingschild am Rahmen.

The Minotaur.

»Das war sein Schiff«, sagt Donna.

»Das Schiff von Captain Brodie?«

»Es ist das, mit dem er untergegangen ist. Sein Erster Offizier hat dieses Bild gemalt und es Brodie geschenkt, in dem Jahr, bevor sie beide auf See den Tod fanden.«

Ich starre das Gemälde der *Minotaur* an, und die Härchen in meinem Nacken stellen sich plötzlich auf, als ob ein kühler Windstoß ins Zimmer gefahren wäre. Ich drehe mich sogar um, um zu sehen, ob ein Fenster offen steht, aber sie sind alle fest geschlossen. Donna scheint es ebenfalls zu spüren, und sie schlingt die Arme um den Oberkörper.

»Es ist kein sehr gutes Gemälde, aber Mr. Sherbrooke meint, es gehört zum Haus. Da der Erste Offizier es selbst gemalt hat, nehme ich an, dass die Details des Schiffs korrekt dargestellt sind.«

»Aber es ist ein bisschen verstörend, dass es hier hängt«, murmele ich, »wenn man weiß, dass dies das Schiff war, mit dem er untergegangen ist.«

»Genau das hat Charlotte auch gesagt.«

»Charlotte?«

»Ihre Vormieterin. Sie hat sich so sehr für seine Geschichte interessiert, dass sie unbedingt mit dem Eigentümer darüber sprechen wollte.« Donna wendet sich ab. »Kommen Sie, ich zeige Ihnen noch die Schlafzimmer.«

Ich folge ihr die gewundene Treppe hinauf und lasse meine Hand über den polierten Handlauf gleiten. Er ist aus kunstvoll verarbeitetem Eichenholz und fühlt sich robust und solide an. Dieses Haus ist gebaut, um Jahrhunderte zu überdauern, ein Zuhause für künftige Generationen, und doch steht es nun leer und wartet darauf, von einer alleinstehenden Frau und ihrer Katze bewohnt zu werden.

»Hatte Captain Brodie Kinder?«, frage ich.

»Nein, er hat nie geheiratet. Nach seinem Tod auf See ist das Haus an einen seiner Neffen gefallen, und danach hat es noch einige Male den Besitzer gewechselt. Heute gehört es Arthur Sherbrooke.«

»Warum wohnt Mr. Sherbrooke nicht selbst hier?«

»Er hat ein Haus unten in Cape Elizabeth bei Portland. Er hat dieses Haus vor Jahren von seiner Tante geerbt. Es war in einem ziemlich schlechten Zustand, als er es übernahm, und er hat schon ein Vermögen in die Renovierung gesteckt. Er hofft, dass ein Käufer es ihm abnimmt.« Sie hält inne und sieht mich an. »Für den Fall, dass Sie interessiert sind.«

»Ich könnte es mir niemals leisten, ein Haus wie dieses in Schuss zu halten.«

»Na ja, ich dachte mir, ich erwähne es einfach mal. Aber Sie haben recht, die Instandhaltungskosten für solche historischen Gebäude sind ein Albtraum.«

Während wir den oberen Flur entlanggehen, deutet sie durch die offenen Türen auf zwei spärlich eingerichtete Schlafzimmer und geht weiter zu einer Tür am Ende des

Gangs. »Das hier«, sagt sie, »war Captain Brodies Schlafzimmer.«

Als ich eintrete, steigt mir erneut ein kräftiger Hauch Seeluft in die Nase. Unten war mir der Geruch nicht aufgefallen, aber diesmal ist er überwältigend – als ob ich direkt vor der tosenden Brandung stünde und die Gischt mir ins Gesicht spritzte. Und dann, von einem Moment auf den anderen, ist der Geruch verschwunden, als ob jemand ein Fenster geschlossen hätte.

»Sie werden diesen Blick *lieben*«, sagt Donna und zeigt auf das Fenster, obwohl man durch die Scheibe im Moment nur Nebel sehen kann. »Im Sommer geht genau dort die Sonne über dem Meer auf, da können Sie jeden Morgen das Naturschauspiel genießen.«

Ich betrachte stirnrunzelnd die unverhüllten Fenster. »Keine Vorhänge?«

»Nun ja, der Schutz vor neugierigen Blicken ist hier kein Thema, weil da draußen einfach niemand ist, der Sie sehen könnte. Das Grundstück reicht bis hinunter zur Flutlinie.« Sie dreht sich um und nickt zum Kamin. »Sie wissen, wie man Feuer macht, ja? Dass Sie immer zuerst den Rauchabzug öffnen müssen?«

»Ich war früher oft zu Besuch auf der Farm meiner Großmutter in New Hampshire, ich habe also reichlich Erfahrung mit offenen Kaminen.«

»Mr. Sherbrooke will nur sichergehen, dass Sie vorsichtig sind. So ein altes Haus kann im Handumdrehen in Flammen aufgehen.« Sie nimmt den Schlüsselbund aus der Tasche. »So, ich denke, jetzt haben Sie alles gesehen.«

»Sie sagten doch, dass es oben noch ein Turmzimmer gibt?«

»Oh, da wollen Sie jetzt nicht raufgehen. Im Moment herrscht dort das totale Chaos, alles voller Werkzeug und Holzlatten. Und betreten Sie auf keinen Fall den Witwenbalkon, bevor die Zimmerleute den Bodenbelag erneuert haben. Es ist nicht sicher.«

Ich habe die Schlüssel noch nicht genommen, die sie mir hinhält. Ich denke an den Moment, als ich das Haus zum ersten Mal erblickte – die Fenster, die mich anstarrten wie tote, glasige Augen. Brodie's Watch schien mir keine Geborgenheit, keine Zuflucht zu bieten, und mein erster Impuls war es gewesen, gleich wieder umzukehren. Aber jetzt, da ich es betreten habe, die Luft geatmet und das Holz berührt habe, scheint alles anders zu sein.

Dieses Haus hat mich akzeptiert.

Ich nehme die Schlüssel.

»Falls Sie noch Fragen haben, ich bin von Mittwoch bis einschließlich Sonntag im Büro, und im Notfall bin ich immer mobil erreichbar«, sagt Donna, als wir hinausgehen. »In der Küche finden Sie eine nützliche Liste von örtlichen Telefonnummern, die Charlotte dort aufgehängt hat. Klempner, Arzt, Elektriker und so weiter.«

»Und wo hole ich meine Post ab?«

»Am unteren Ende der Zufahrt ist ein Briefkasten. Sie können aber auch ein Postfach in der Stadt mieten. So hat Charlotte es gemacht.« Sie bleibt neben meinem Auto stehen und starrt die Transportbox auf dem Rücksitz an. »Wow, das ist aber ein Prachtexemplar von Katze, das Sie da haben.«

»Er ist absolut stubenrein«, versichere ich ihr.

»Er ist ja riesig.«

»Ich weiß. Ich muss ihn auf Diät setzen.« Ich öffne die

Tür und wuchte die Transportbox heraus. Hannibal faucht mich durch die Gitterstäbe an. »Er ist sauer, weil er die ganze Zeit im Auto eingesperrt war.«

Donna geht in die Hocke, um Hannibal genauer anzusehen. »Sehe ich da überzählige Zehen? Er ist ein Maine Coon, nicht wahr?«

»Ja, mit seinen ganzen zwölf Kilo Lebendgewicht.«

»Ist er ein guter Jäger?«

»Wann immer er die Gelegenheit bekommt.«

Sie lächelt Hannibal an. »Dann wird es ihm hier gefallen.«

2

Ich schleppe die Transportbox ins Haus und lasse das Monster frei. Hannibal kommt aus dem Käfig hervor, wirft mir einen vernichtenden Blick zu und trottet davon in Richtung Küche. Natürlich ist das der erste Raum, den er ansteuert – selbst in diesem fremden Haus weiß Hannibal haargenau, wo er sein Fressen bekommen wird.

Ich muss ein dutzend Mal zwischen Auto und Haus hin- und hergehen, bis ich alles ausgeladen habe: meinen Koffer, die Pappkartons mit Büchern, Bettzeug und Kochgeschirr und die zwei Tüten mit Lebensmitteln, die ich unten in Tucker Cove gekauft habe, genug für die ersten paar Tage. Aus meiner Wohnung in Boston habe ich alles mitgenommen, was ich brauche, um die nächsten drei Monate zu überstehen. Da sind die Romane, die in meinem Bücherregal Staub angesetzt haben – Bücher, die ich immer schon mal lesen wollte und die ich mir jetzt endlich vornehmen werde. Da sind meine Gläser mit kostbaren Kräutern und Gewürzen, die ich mitgenommen habe, weil ich fürchtete, dass ich sie in einem kleinen Lebensmittelladen in Maine vergeblich suchen würde. Ich habe sowohl Badeanzüge und leichte Sommerkleider als auch Pullover und eine dicke Daunenjacke eingepackt, weil das Wetter in Down East Maine selbst im Sommer unberechenbar ist. Sagt man jedenfalls.

Bis ich alles ins Haus getragen habe, ist es weit nach sieben, und ich bin von der feuchten Kälte völlig durchgefroren. Jetzt will ich nur noch mit einem Drink am prasselnden Kaminfeuer sitzen, also packe ich die drei Flaschen Wein aus, die ich aus Boston mitgebracht habe. Als ich den Küchenschrank öffne, um nach einem Glas zu suchen, entdecke ich, dass meine Vormieterin ähnliche Gelüste gehabt haben muss. Auf dem Bord, neben einer Ausgabe des Kochbuch-Klassikers *Joy of Cooking*, stehen zwei Flaschen schottischer Single Malt Whisky, eine davon fast leer.

Ich räume den Wein weg und greife stattdessen nach der fast leeren Whiskyflasche.

Es ist meine erste Nacht in diesem großartigen alten Haus, also warum nicht? Ich habe nicht mehr vor auszugehen, ich habe einen anstrengenden Tag hinter mir, und an diesem feuchten, kühlen Abend ist ein Whisky genau das Richtige. Ich füttere Hannibal und gieße zwei Fingerbreit Scotch in ein Bleikristallglas, das ich im Schrank gefunden habe. Noch im Stehen genehmige ich mir den ersten Schluck und seufze befriedigt auf. Während ich den Rest trinke, blättere ich nebenbei in *Joy of Cooking.* Das Buch ist fleckig und voller Fettspritzer, offensichtlich wurde es viel und gerne benutzt. Auf dem Titelblatt finde ich eine handgeschriebene Widmung.

Alles Gute zum Geburtstag, Charlotte! Jetzt, wo
Du allein wohnst, wirst Du das hier brauchen!
Alles Liebe, Deine Oma

Ich frage mich, ob Charlotte schon gemerkt hat, dass sie ihr Buch vergessen hat. Beim Blättern stoße ich auf viele Randnotizen, die sie sich zu den Rezepten gemacht hat. *Braucht mehr Curry… Zu viel Arbeit… Harry war begeistert davon!* Ich weiß, wie sehr ich mich ärgern würde, wenn ich eines meiner geliebten Kochbücher verlegt hätte, besonders, wenn es sich um ein Geschenk von meiner Großmutter handelte. Charlotte will das Buch bestimmt wiederhaben. Ich muss es Donna bei Gelegenheit sagen.

Der Whisky entfaltet seine magische Wirkung. Während die Wärme mein Gesicht flutet, lockern sich meine Schultern, und die ganze Anspannung fällt von mir ab. Endlich bin ich in Maine, allein mit meinem Kater in einem Haus am Meer. Ich weigere mich, darüber nachzudenken, was mich hierhergebracht hat, und ich werde auch nicht darüber nachdenken, wen und was ich zurückgelassen habe. Stattdessen stürze ich mich in die Beschäftigung, die mir immer wieder zuverlässig Trost spendet: Kochen. Heute Abend werde ich ein Risotto machen, weil es einfach und sättigend ist und man für die Zubereitung nur zwei Kochtöpfe und etwas Geduld braucht. Ich nippe ab und zu an meinem Whisky, während ich Champignons und Schalotten mit trockenem Reis dünste und umrühre, bis die Körner zu knistern beginnen. Als ich Weißwein dazugebe, gieße ich auch einen Schuss in mein inzwischen leeres Whiskyglas. Es ist nicht ganz die korrekte Getränkefolge, aber wer ist da, der darüber die Nase rümpfen könnte? Ich schöpfe heiße Brühe in den Topf und rühre um. Trinke einen Schluck Wein. Und rühre wieder eine Weile. Noch eine Kelle heiße Brühe, noch ein Schluck Wein. Immer weiter umrühren. Andere Köchinnen mögen darüber klagen, wie langweilig es ist, ein Risotto zu bewachen, aber das ist genau das, was mir an diesem Gericht so gefällt. Es geht einfach nicht schneller, man darf nicht ungeduldig sein.

Und so halte ich am Herd Wache, rühre mit einem Holzlöffel um und konzentriere mich ganz auf das, was da auf dem Brenner vor sich hin köchelt. Ich gebe frische Erbsen, Petersilie und geriebenen Parmesan dazu, und der Duft lässt mir das Wasser im Mund zusammenlaufen.

Als ich endlich meinen Teller auf den Tisch im Esszimmer stelle, ist es Nacht geworden. In Boston wird es nachts nie richtig dunkel, aber hier sehe ich absolut nichts hinter den Fenstern, keine vorbeifahrenden Schiffe, keinen pulsierenden Lichtstrahl von einem Leuchtturm, nur das tiefschwarze Meer. Ich zünde Kerzen an, öffne eine Flasche Chianti und schenke mir ein. Diesmal in ein richtiges Weinglas. Mein Tisch ist mustergültig gedeckt: Kerzenlicht, eine Stoffserviette, eine Schüssel Risotto, mit Petersilie bestreut, flankiert von Löffel und Gabel.

Mein Handy klingelt.

Noch bevor ich den Namen auf dem Display lese, weiß ich, wer mich anruft. Natürlich ruft sie mich an. Ich sehe Lucy vor mir, wie sie in ihrer Wohnung in der Commonwealth Avenue sitzt, den Hörer ans Ohr gepresst, und darauf wartet, dass ich mich melde. Ich kann den Schreibtisch sehen, an dem sie sitzt: das gerahmte Hochzeitsfoto, die Porzellanschüssel mit den Büroklammern, die Palisander-Uhr, die ich ihr zum Abschluss ihres Medizinstudiums geschenkt habe. Während mein Handy wieder und wieder läutet, sitze ich mit geballten Fäusten da, und vor Widerwillen krampft sich mein Magen zusammen. Als das Telefon endlich verstummt, empfinde ich die plötzliche Stille als Segen.

Ich nehme einen Löffel voll Risotto. Obwohl ich dieses Gericht schon ein dutzend Mal gekocht habe, schmeckt dieser Happen fade wie Tapetenkleister, und mein erster Schluck Chianti ist bitter. Ich hätte besser den Prosecco aufgemacht, aber er war noch nicht gekühlt, und Schaumwein muss immer gut gekühlt sein, am besten in einem mit Eis gefüllten Sektkübel.

So, wie ich letztes Jahr an Silvester den Champagner serviert habe.

Wieder höre ich das Klirren der Eiswürfel, die Jazzmusik aus der Stereoanlage und das Stimmengewirr von Freunden, Verwandten und Kollegen, die sich in meiner Bostoner Wohnung drängen. Für diese Party hatte ich alle Register gezogen, hatte tief in die Tasche gegriffen, um Damariscotta-Austern und eine ganze Keule Jamón Ibérico de Bellota zu besorgen. Ich weiß noch, wie ich den Blick über meine lachenden Gäste schweifen ließ, die Männer zählte, mit denen ich schon geschlafen hatte, und mich fragte, mit wem ich diese Nacht schlafen würde. Es war schließlich Silvester, und allein kann man schlecht feiern.

Hör auf, Ava. Denk nicht an diese Nacht.

Aber ich muss immer wieder an dieser Wunde kratzen, so lange bis der Schorf abplatzt und sie wieder zu bluten beginnt. Ich schenke mir Wein nach und lasse den Erinnerungen ihren Lauf. Das Gelächter, das Klappern der Austernmuscheln, das köstliche Prickeln des Champagners auf meiner Zunge. Ich sehe Simon, meinen Lektor, wie er sich eine glitzernde Auster in den Mund gleiten lässt.

Ich sehe Lucy, die in dieser Nacht im Krankenhaus Bereitschaft hatte, brav an ihrem Mineralwasser nippen.

Und ich sehe Nick, wie er geschickt den Korken einer neuen Flasche knallen ließ. Ich weiß noch, dass ich dachte, wie flott er an diesem Abend aussah, die Krawatte schief, die Hemdsärmel bis zu den Ellbogen hochgekrempelt. Wann immer ich an diese Nacht zurückdenke, landen meine Gedanken unweigerlich bei Nick.

Die Kerze auf meinem Esstisch flackert und erlischt. Ich blicke hinunter und stelle zu meiner Überraschung fest, dass die Chiantiflasche leer ist.

Als ich aufstehe, scheint das Haus zu schwanken, als ob ich auf dem schlingernden Deck eines Schiffs stehe. Ich habe keine Fenster geöffnet, aber dennoch weht wieder der Geruch der See durch den Raum, und ich kann sogar das Salz auf den Lippen schmecken. Entweder halluziniere ich, oder ich bin doch betrunkener, als ich geglaubt habe.

Ich bin zu müde, um den Tisch abzuräumen, also lasse ich mein kaum angerührtes Risotto stehen, gehe zur Treppe und schalte unterwegs das Licht aus. Hannibal schießt vorbei, und ich stolpere über ihn, stoße mir das Schienbein am oberen Treppenabsatz. Der verdammte Kater kennt das Haus schon besser als ich. Als ich im Schlafzimmer ankomme, hat er sich bereits auf der Bettdecke breitgemacht. Ich habe nicht die Energie, ihn zu verjagen, ich schalte nur das Licht aus und lasse mich neben ihm aufs Bett fallen.

Dann schlafe ich ein, mit dem Geruch der See in der Nase.

In der Nacht spüre ich, wie sich die Matratze bewegt, und ich strecke die Hand aus, suche nach der Wärme von Hannibals Körper, doch er ist nicht da. Ich schlage die Augen auf, und im ersten Moment weiß ich nicht, wo ich bin. Dann kommt die Erinnerung zurück: Tucker Cove. Das Haus des Kapitäns. Die leere Chiantiflasche. Wieso habe ich geglaubt, dass es irgendetwas ändern würde, wenn ich weglaufe? Wo immer wir hingehen, wir schleppen unseren Kummer mit uns wie einen verrottenden Kadaver, und ich habe meinen die Küste entlang zu diesem einsamen Haus in Maine mitgenommen.

Ein Haus, in dem ich ganz offensichtlich nicht allein bin.

Ich liege wach und lausche auf das Kratzen und Scharren von winzigen Pfoten in den Wänden. Es hört sich an, als ob Dutzende, wenn nicht Hunderte von Mäusen die Wand hinter meinem Bett als Autobahn benutzen. Hannibal ist auch wach, er miaut und tigert nervös im Zimmer umher, getrieben von seinem Jagdinstinkt.

Ich steige aus dem Bett und öffne die Tür, um ihn rauszulassen, doch er macht keine Anstalten, das Zimmer zu verlassen, und läuft weiter miauend hin und her. Die Mäuse veranstalten schon genug Lärm – wie soll ich bei Hannibals Maunzen schlafen? Ich bin jetzt hellwach, also setze ich mich in den Schaukelstuhl und schaue aus dem Fenster. Der Nebel hat sich gelichtet, und der Himmel ist atemberaubend klar. Das Meer erstreckt sich bis zum Horizont, jede einzelne Welle ist vom Mondschein versilbert. Ich denke an die volle Whiskyflasche im Küchenschrank und frage mich, ob ein kleiner Schlummertrunk mir helfen könnte, den Rest der Nacht durchzuschlafen, aber der Schaukelstuhl ist so bequem, und ich habe keine Lust aufzustehen. Und der Anblick ist so wunderschön, die weite See wie getriebenes Silber. Ein Windhauch weht an meine Wange, streift meine Haut wie ein kühler Kuss, und wieder nehme ich ihn wahr: den Geruch der See.

Augenblicklich wird es totenstill im Haus. Sogar die Mäuse in den Wänden verharren reglos, als ob etwas – jemand – sie erschreckt hätte. Hannibal gibt ein lautes Fauchen von sich, und sämtliche Härchen an meinen Armen stellen sich auf.

Da ist noch jemand im Zimmer.

Ich rappele mich hastig hoch, mein Herz pocht wie wild. Der Stuhl schaukelt weiter, während ich zum Bett zurückweiche und im Halbdunkel das Zimmer absuche. Ich sehe nur die Umrisse der Möbel und Hannibals glühende Augen, in denen sich das Mondlicht spiegelt. Er fixiert etwas in der Zimmerecke. Etwas, das ich nicht sehen kann. Dann gibt er ein kehliges Knurren von sich und verzieht sich in einen dunklen Winkel.

Eine halbe Ewigkeit stehe ich da, beobachte und lausche. Mondlicht strömt zum Fenster herein, fällt schräg auf den Boden, und in seinem silbrigen Glanz bewegt sich nichts. Der Meergeruch ist verschwunden.

Es ist niemand sonst im Zimmer. Nur ich und mein feiger Kater.

Ich klettere rasch wieder ins Bett und ziehe mir die Decke bis unters Kinn, aber selbst unter den Daunen fröstele ich und zittere am ganzen Leib. Erst als Hannibal unter dem Bett hervorkommt und sich neben mich kuschelt, hört das Zittern auf. Irgendetwas an so einem warmen, schnurrenden Katzenleib, der sich an einen schmiegt, kann sämtliche Sorgen vergessen machen, und mit einem Seufzer vergrabe ich meine Finger in seinem Fell.

Das Getrippel der Mäuse in der Wand setzt wieder ein.

»Morgen«, murmele ich, »müssen wir uns eine andere Unterkunft suchen.«

3

Drei tote Mäuse liegen neben meinen Hausschuhen.

Immer noch schlaftrunken und verkatert starre ich auf die grausigen Geschenke, die Hannibal mir in der Nacht gebracht hat. Er sitzt neben seinen Opfergaben, die Brust stolzgeschwellt, und ich erinnere mich an die Bemerkung der Hausverwalterin, als ich ihr gestern erzählte, dass mein Kater gerne jagt.

Dann wird es ihm hier gefallen.

Wenigstens einer von uns beiden fühlt sich hier wohl.

Ich ziehe eine Jeans und ein T-Shirt an und gehe nach unten, um Küchenpapier für die Tatortreinigung zu holen. Selbst durch mehrere Lagen Papier hindurch fühlen sich die Mäusekadaver widerlich matschig an. Hannibal funkelt mich an, als wollte er sagen: *Was zum Teufel machst du da mit meinen Geschenken?* Er trottet hinter mir her, als ich die Mäuse nach unten trage und zur Haustür hinaustrete.

Es ist ein herrlicher Morgen. Die Sonne scheint, die Luft ist frisch, und die Strauchrosen nahe dem Haus stehen in voller Blüte. Ich spiele mit dem Gedanken, die Mäuse einfach im Gebüsch verschwinden zu lassen, aber Hannibal lauert in der Nähe und wartet zweifellos nur darauf, sich seine Beute wiederzuholen, also gehe ich ums Haus herum, um sie stattdessen ins Meer zu werfen.

Im ersten Moment bin ich geblendet vom Anblick des Ozeans. Ich blinzle in die Sonne, als ich an den Rand der Klippe trete, und schaue hinunter auf die wogende Brandung, die glitzernden Ranken des Seetangs, die an den Felsen tief unter mir kleben. Möwen kreisen über mir, und in der Ferne gleitet ein Hummerboot übers Wasser. Ich bin so gebannt von der Aussicht, dass ich fast vergesse, warum ich das Haus verlassen habe. Ich wickle die toten Mäuse aus und werfe sie über die Klippe. Sie fallen auf die Felsen und werden von der nächsten Welle ins Meer gespült.

Hannibal schleicht davon, wahrscheinlich, um nach neuer Beute Ausschau zu halten.

Neugierig, wohin sein Weg ihn führen mag, beschwere ich die zusammengeknüllten Papiertücher mit einem Stein und folge ihm. Er wirkt zielstrebig und entschlossen, als er an der Felskante entlangstreicht und einem schmalen Fußpfad folgt, kaum mehr als ein Strich, der sich durch Moos und buschiges Gras windet. Der Boden ist hier mager, der Untergrund besteht größtenteils aus mit Flechten überzogenem Granit. Der Pfad führt sanft bergab und endet an einem kleinen halbmondförmigen Strand, eingefasst von Felsen. Hannibal geht weiter voran, den Schwanz in die Höhe gereckt wie eine pelzige Standarte; nur einmal bleibt er kurz stehen und blickt sich um, als wollte er sich vergewissern, dass ich ihm folge. Rosenduft steigt mir in die Nase, und ich entdecke ein paar robuste Rugosa-Sträucher, die es irgendwie fertigbringen, dem Wind und der Salzluft zum Trotz hier zu gedeihen. Das leuchtende Rosa ihrer Blüten hebt sich lebhaft vom Granitgestein ab. Ich stakse an ihnen vorbei, zerkratze mir den nackten Knöchel an ihren Stacheln und springe von den Felsen auf den Strand. Es gibt hier keinen Sand, nur kleine Kieselsteine, die leise klickernd von den Wellen hin und her geschoben werden. Zu beiden Seiten der kleinen Bucht ragen mächtige Felsen ins Wasser hinaus und machen den Strand von der Landseite aus uneinsehbar.

Das könnte mein eigener kleiner Zufluchtsort sein.

Schon beginne ich, ein Picknick zu planen. Ich werde eine Decke und ein Lunchpaket mitnehmen – und natürlich eine Flasche Wein. Wenn es ein warmer Tag wird, werde ich mich vielleicht sogar kurz in das eiskalte Wasser wagen. Die Sonne scheint mir warm ins Gesicht, die Luft ist vom Duft der Rosen erfüllt, und ich bin so entspannt und glücklich wie seit Monaten nicht mehr. Vielleicht ist dies wirklich der richtige Ort für mich. Vielleicht bin ich hier wirklich genau richtig. Hier werde ich arbeiten können, werde ich endlich wieder Frieden mit mir selbst schließen können.

Mit einem Mal bin ich wie ausgehungert. Ich kann mich nicht erinnern, wann ich zuletzt solchen Heißhunger verspürt habe; in den letzten paar Monaten habe ich so viel Gewicht verloren, dass die Hose, die ich mal meine Skinny-Jeans genannt habe, jetzt lose um meine Hüften schlackert. Ich steige den Pfad wieder hinauf, in Gedanken schon bei Rührei und Toast und literweise heißem Kaffee mit Sahne und Zucker. Mein Magen knurrt, und ich kann schon die selbst gemachte Brombeermarmelade schmecken, die ich aus Boston mitgebracht habe. Hannibal läuft wieder voraus – entweder hat er mir verziehen, dass ich seine Mäuse weggeworfen habe, oder er denkt auch an sein Frühstück.

Oben angekommen, folge ich dem Weg zur Landspitze. Dort, wo das Land ins Meer ragt wie ein Schiffsbug, steht das Haus in stolzer Einsamkeit. Ich male mir aus, wie der unglückliche Captain Brodie dort oben auf den Witwenbalkon tritt und aufs Meer hinausblickt, wie er dort Wache hält, bei Sonnenschein wie bei Sturm und Regen. Ja, dies ist genau der Ort, den ein Schiffskapitän wählen würde, um darauf sein Haus zu bauen, auf dieser windgepeitschten Felszunge, die …

Ich bleibe wie angewurzelt stehen und starre zum Witwenbalkon empor. Habe ich mir das eingebildet, oder habe ich da ganz kurz jemanden stehen sehen? Jetzt ist da niemand mehr. Vielleicht war es einer der Zimmermänner, aber Donna hat mir doch gesagt, dass sie nur werktags arbeiten, und heute ist Sonntag.

Ich eile den Pfad entlang und um das Haus herum zur vorderen Veranda, doch ich sehe keine anderen Fahrzeuge in der Einfahrt stehen, nur meinen Subaru. Wenn es wirklich einer der Handwerker war, wie ist er dann hergekommen?

Ich poltere die Stufen hinauf, stürze ins Haus und rufe: »Hallo? Ich bin die neue Mieterin!« Keine Antwort. Während ich die Treppe hinauf- und den Flur entlanglaufe, lausche ich auf die Geräusche von Handwerksarbeiten im Turmzimmer, aber ich höre kein Hämmern oder Sägen, nicht einmal das Knarren von Schritten. Die Tür zum Erkerturm knarrt laut, als ich sie öffne. Dahinter kommt eine dunkle, enge Treppe zum Vorschein.

»Hallo?«, rufe ich nach oben. Wieder antwortet niemand.

Ich bin noch nicht oben im Turmzimmer gewesen. Als

ich hinauf in das Halbdunkel spähe, erblicke ich schwache Lichtstreifen durch die geschlossene Tür am oberen Ende der Treppe. Falls jemand dort oben arbeitet, ist er eigenartig leise, und für einen kurzen Moment ziehe ich die beunruhigende Möglichkeit in Erwägung, dass der Eindringling *nicht* einer der Zimmerleute ist. Dass jemand anderes sich durch die unverschlossene Haustür ins Haus geschlichen hat und mir jetzt dort oben auflauert. Aber wir sind hier nicht in Boston – das hier ist eine Kleinstadt in Maine, wo die Leute ihre Haustüren nicht abschließen und im Auto den Schlüssel stecken lassen. So hat man es mir jedenfalls erzählt.

Die erste Stufe gibt ein ominöses Knarren von sich, als ich mein Gewicht darauf verlagere. Ich halte inne und lausche. Immer noch kein Geräusch von oben.

Hannibals lautes Miauen lässt mich zusammenfahren. Ich blicke mich um und sehe ihn direkt hinter mir stehen. Er wirkt nicht im Mindesten beunruhigt. Jetzt schlüpft er an mir vorbei, tapst im Dunkeln die Stufen hinauf und wartet an der verschlossenen Tür auf mich. Mein Kater ist mutiger als ich.

Auf leisen Sohlen steige ich hinauf, mit jeder Stufe schlägt mein Herz schneller. Als ich oben ankomme, schwitzen meine Hände, und der Türknauf fühlt sich glitschig an. Langsam drehe ich ihn und drücke die Tür auf.

Grelles Sonnenlicht blendet mich.

Ich kneife die Augen zusammen, und nach ein paar Sekunden nimmt das Turmzimmer Konturen an. Ich sehe Fenster, fleckig von Salz. Seidige Spinnweben hängen von der Decke und schwanken im Luftzug. Hannibal sitzt neben einem Stapel Holzdielen und putzt sich seelenruhig die Pfoten. Überall stehen Gerätschaften zur Holzbearbeitung herum – eine Bandsäge, Schleifmaschinen, Sägeböcke. Aber es ist niemand hier.

Eine Tür führt auf den Witwenbalkon hinaus, die Dachterrasse mit Blick aufs Meer. Ich öffne die Tür und trete hinaus in die frische Brise. Ganz unten sehe ich den Klippenpfad, den ich vor wenigen Minuten noch entlanggegangen bin. Das Geräusch der Wellen wirkt so nahe, als würde ich am Bug eines Schiffs stehen – eines sehr alten Schiffs. Das Balkongeländer sieht wacklig aus, die Farbe längst von Wind und Wetter abgewaschen. Ich mache noch einen Schritt, und plötzlich sackt das Holz unter mir ab. Sofort weiche ich zurück und blicke auf die verrotteten Dielen hinunter. Donna hatte mich davor gewarnt, den Witwenbalkon zu betreten, und wenn ich noch weitergegangen wäre, hätte leicht der ganze Balkonboden unter meinem Gewicht nachgeben können. Und doch glaubte ich gerade vorhin noch, jemanden hier oben stehen zu sehen – wo das Holz nicht mehr Halt zu bieten scheint als ein Pappkarton.

Ich ziehe mich ins Turmzimmer zurück und schließe die Tür, um den Wind auszusperren. Mit seinen Ostfenstern ist der Raum schon von der Morgensonne aufgewärmt. Ich stehe da, in dieses goldene Licht getaucht, und versuche zu verstehen, was ich von der Klippe aus gesehen habe, aber ich finde keine Antworten. Eine Luftspiegelung vielleicht. Irgendeine seltsame Verzerrung, verursacht durch das uralte Fensterglas. Ja, das muss es sein, was ich gesehen habe. Wenn ich durch das Fenster blicke, ist das Bild durch Wellenlinien verzerrt, als ob ich durch Wasser schaue.

Am Rand meines Gesichtsfelds schimmert etwas.

Blitzschnell drehe ich den Kopf in die Richtung, doch ich sehe nur wirbelnde Staubkörnchen, die im Sonnenlicht glitzern wie Millionen von Galaxien.

4

Donna telefoniert gerade, als ich das Büro von *Branca Immobilien und Hausverwaltung* betrete. Sie winkt mir zur Begrüßung zu und deutet auf den Wartebereich. Ich suche mir einen Platz an einem sonnigen Fenster, und während sie ihr Gespräch fortsetzt, blättere ich in einem Prospekt mit Mietobjekten. Brodie's Watch ist nicht darunter, aber es gibt andere verlockende Angebote, von schindelgedeckten Cottages am Strand über Apartments in zentraler Lage bis hin zu einer imposanten Villa in der Elm Street, die zu einem nicht minder imposanten Preis vermietet wird. Während ich die wunderschön fotografierten Immobilien betrachte, denke ich an den Blick aus meinem Schlafzimmerfenster in Brodie's Watch und an meinen Spaziergang entlang der Klippen mit den duftenden Rosen. Wie viele Objekte in diesem Prospekt können mit einem eigenen Strand aufwarten?

»Hallo, Ava. Haben Sie sich schon ein bisschen eingelebt?«

Ich blicke zu Donna auf, die endlich ihr Telefonat beendet hat. »Ähm … Es gibt da ein paar kleine Probleme, über die ich mit Ihnen reden muss.«

»Oje. Was für Probleme?«

»Nun ja, da wären zunächst einmal die Mäuse.«

»Ah.« Sie seufzt. »Ja, das ist ein Thema bei manchen unserer älteren Häuser hier in der Gegend. Da Sie eine Katze haben, rate ich Ihnen davon ab, Gift auszulegen, aber ich kann Ihnen ein paar Mausefallen zur Verfügung stellen.«

»Ich glaube nicht, dass ein paar Fallen das Problem aus der Welt schaffen können. Es hört sich an, als ob eine ganze Armee von den Biestern in den Wänden wohnt.«

»Ich kann Ned und Billy – das sind die Zimmerleute – bitten, alle erkennbaren Schlupflöcher abzudichten, damit nicht noch mehr Mäuse hereinkommen. Aber es ist ein altes Haus, und hier bei uns lernt man einfach irgendwann, damit zu leben.«

Ich halte den Prospekt mit den Mietobjekten hoch. »Wenn ich in ein anderes Haus umziehen würde, hätte ich also wieder das gleiche Problem?«

»Im Moment könnte ich Ihnen sowieso nichts anderes anbieten. Es ist Hochsommer, und alles ist vermietet; allenfalls bekommen Sie hier und da etwas für eine Woche. Und Sie wollen ja länger bleiben, nicht wahr?«

»Ja, bis Ende Oktober. Ich brauche die Zeit, um mein Buch fertigzuschreiben.«

Sie schüttelt den Kopf. »Ich fürchte, Sie werden nichts finden, was Brodie's Watch in puncto Aussicht und Alleinlage das Wasser reichen kann. Ihre Miete ist ja nur deshalb so günstig, weil das Haus noch renoviert wird.«

»Das wäre meine zweite Frage. Wegen der Renovierungsarbeiten.«

»Ja?«

»Sie sagten, die Zimmerleute würden nur an Werktagen arbeiten.«

»Das ist richtig.«

»Heute Morgen, als ich auf dem Klippenpfad war, glaubte ich, jemanden oben auf dem Witwenbalkon zu sehen.«

»An einem Sonntag? Aber die Handwerker haben keinen Hausschlüssel. Wie sind sie reingekommen?«

»Ich hatte die Haustür nicht abgeschlossen, als ich zu meinem Spaziergang aufbrach.«

»War es Billy oder Ned? Ned ist Ende fünfzig, Billy erst Anfang zwanzig.«

»Ich habe die Person ja nicht aus der Nähe gesehen. Und als ich zurückkam, war niemand im Haus.« Ich halte inne. »Ich denke, es *könnte* auch eine optische Täuschung gewesen sein. Vielleicht war da wirklich niemand.«

Einen Moment lang ist sie still, und ich frage mich, was ihr gerade durch den Kopf geht. *Meine Mieterin hat eine Meise*? Sie ringt sich ein Lächeln ab. »Ich werde Ned anrufen und ihn daran erinnern, dass er Sie am Wochenende nicht stören soll. Oder Sie können es ihm auch selbst sagen, wenn Sie ihn sehen. Die beiden müssten morgen früh bei Ihnen im Haus arbeiten. Also, was das Mäuseproblem betrifft – ich kann Ihnen morgen ein paar Fallen vorbeibringen, wenn Sie möchten.«

»Nein, danke, ich werde mir jetzt gleich welche besorgen. Wo bekomme ich sie hier im Ort?«

»Sullivan's Eisenwarenhandlung ist nur ein paar Häuser weiter. Einfach links die Straße runter, Sie können es nicht verfehlen.«

Ich bin schon fast an der Tür, als mir plötzlich einfällt, was ich sie noch fragen muss. Ich drehe mich noch einmal um. »Charlotte hat ein Kochbuch im Haus vergessen. Ich schicke es ihr gerne zu, wenn Sie mir sagen können, an welche Adresse es gehen soll.«

»Ein Kochbuch?« Donna zuckt mit den Schultern. »Vielleicht wollte sie es nicht mehr.«

»Es war ein Geschenk von ihrer Großmutter, und es ist voll mit ihren handschriftlichen Notizen. Ich bin mir sicher, dass sie es wiederhaben möchte.«

Donna ist mit ihrer Aufmerksamkeit schon wieder halb bei ihrem Schreibtisch. »Ich schicke ihr eine kurze Mail und sage ihr Bescheid.«

Das sonnige Wetter hat die ganzen Touristen aus ihren Ferienwohnungen gelockt, und als ich die Elm Street entlanggehe, weiche ich Kinderwagen aus und mache einen großen Bogen um Familien mit tropfenden Eistüten in den Händen. Wie Donna schon sagte, es ist Hochsommer, und überall im Ort klingeln fröhlich die Ladenkassen, die Restaurants sind brechend voll, und die armen Hummer landen zu Dutzenden in dampfenden Kochtöpfen. Ich gehe vorbei am Historischen Verein von Tucker Cove, an einem halben Dutzend Geschäften, die alle die gleichen T-Shirts und Süßigkeiten wie Salt Water Taffy verkaufen, bis ich endlich das Ladenschild von Sullivan's Eisenwarenhandel erblicke.

Als ich eintrete, läutet ein Glöckchen an der Tür, und das Geräusch versetzt mich zurück in meine Kindheit, als mein Großvater mich und meine ältere Schwester Lucy oft in eine Eisenwarenhandlung wie diese hier mitnahm. Ich halte inne und atme die vertrauten Gerüche nach Staub und frisch gesägtem Holz ein, und ich entsinne mich, wie Grandpa mit Begeisterung die verschiedenen Hämmer und Schrauben, Schläuche und Dichtungsringe inspizierte. Es war ein Ort, wo die Männer seiner Generation sich in ihrem Element fühlen konnten.

Ich kann niemanden sehen, doch ich höre, wie zwei Männer irgendwo im hinteren Teil des Ladens darüber diskutieren, ob Wasserhähne aus Messing denen aus Edelstahl vorzuziehen wären.

Ich nehme mir das erstbeste Regal vor und suche nach Mausefallen, finde aber nur Gartengeräte. Pflanzkellen und Spaten, Handschuhe und Schaufeln. Ich versuche es im nächsten Gang, wo die Regale mit Nägeln und Schrauben und Rollen von Ketten in diversen Gliederlängen bestückt sind. Alles, was man für eine Folterkammer Marke Eigenbau braucht. Ich will soeben in den dritten Gang einbiegen, als plötzlich ein Kopf hinter einer Lochplatte mit Schraubenziehern auftaucht. Die weißen Haare des Mannes stehen ab wie der Flaum einer Pusteblume, und er beäugt mich durch seine schief sitzende Brille.

»Kann ich Ihnen behilflich sein, Miss?«

»Ja, ich suche Mausefallen.«

»Haben wohl ein kleines Nagerproblem, wie?« Er kichert in sich hinein, während er um das Regal herumgeht und auf mich zukommt. Obwohl er Arbeitsstiefel trägt und einen Werkzeuggürtel umgelegt hat, scheint er mir viel zu alt, um noch selbst einen Hammer schwingen zu können. »Die Mausefallen hab ich dort drüben bei den Küchengeräten.«

Mausefallen als Küchengeräte. Keine sehr appetitliche Vorstellung. Ich folge ihm in einen entlegenen Winkel des Ladens, wo ich eine Auswahl an Pfannenwendern und billigen Töpfen und Pfannen aus Aluminium sehe, alle mit einer Staubschicht bedeckt. Er zieht eine Packung aus dem Regal und drückt sie mir in die Hand. Bestürzt starre ich die Sechserpackung Victor-Schlagfallen mit Sprungfeder an. Die gleichen Mausefallen, die meine Großeltern in ihrem Bauernhaus in New Hampshire aufzustellen pflegten.

»Haben Sie nicht irgendetwas … na ja, Humaneres?«, frage ich.

»Human?«

»Ich meine Fallen, die die Tiere nicht töten.«

»Und was wollen Sie mit den Viechern machen, nachdem Sie sie gefangen haben?«

»Aussetzen. Irgendwo in der freien Natur.«

»Dann kommen sie gleich wieder zurück. Es sei denn, Sie wollen sie zu einer längeren Spritztour einladen.« Er lacht schallend über seinen Witz.

Ich betrachte die Schlagfallen. »Die kommen mir so grausam vor.«

»Tun Sie einen Klacks Erdnussbutter drauf. Der Geruch lockt sie an, sie steigen auf die Feder, und *zack*!« Er grinst, als ich bei dem lauten Geräusch zusammenfahre. »Die spüren gar nix, das garantier ich Ihnen.«

»Nein, ich glaube, das ist wirklich nichts für …«

»Ich hab gerade einen Experten hier, der kann Sie sicher beruhigen.« Er ruft quer durch den Laden: »He, Doc! Kommen Sie mal her und erklären Sie dieser jungen Dame, dass sie nicht so zimperlich zu sein braucht!«

Ich höre Schritte, die auf uns zukommen, und als ich mich umdrehe, erblicke ich einen Mann ungefähr in meinem Alter. Er trägt Bluejeans und ein kariertes Hemd, und mit seiner attraktiven, adretten Erscheinung könnte er glatt einem Katalog für Herren-Freizeitmoden entstiegen sein. Fehlt nur noch der Golden Retriever an seiner Seite. Er hat einen Messing-Wasserhahn in der Hand, offenbar der Sieger der Messing-versus-Edelstahl-Debatte, die ich vorhin mitbekommen habe.

»Wie kann ich helfen, Emmett?«, fragt er.

»Sagen Sie dieser netten Dame hier, dass die Mäuse nicht leiden werden.«

»Welche Mäuse?«

»Die Mäuse in meinem Haus«, erläutere ich. »Ich bin gekommen, um Fallen zu kaufen, aber die hier …« Ich sehe auf die Packung Schlagfallen hinunter und erschaudere.

»Ich sag ihr die ganze Zeit, dass es mit denen am besten klappt, aber sie findet sie grausam«, sagt Emmett.

»Ah. Nun ja.« Mr. Dressman zuckt unverbindlich mit den Schultern. »Keine Tötungsapparatur wird je hundert Prozent human sein, aber diese alten Victor-Fallen haben den Vorteil, dass sie fast augenblicklich zum Tod führen. Der Bügel bricht ihnen die Wirbelsäule, wobei das Rückenmark durchtrennt wird. Das bedeutet, dass keine Schmerzsignale ans Gehirn übermittelt werden können, was das Leiden des Tiers auf ein Minimum reduziert. Und es gibt Studien, die belegen …«

»Entschuldigung, aber wie kommt es, dass Sie Experte auf dem Gebiet sind?«

Er lächelt verlegen. Ich bemerke, dass seine Augen strahlend blau sind und er beneidenswert lange Wimpern hat. »Das ist anatomisches Grundwissen. Wenn die Signale nicht über das Rückenmark ins Gehirn gelangen können, spürt das Tier überhaupt nichts.«

»Dr. Ben muss es wissen«, sagt Emmett. »Er ist nämlich unser Gemeindearzt.«

»Eigentlich Dr. Gordon, aber alle nennen mich nur Dr. Ben.« Er nimmt die Messing-Armatur unter den linken Arm und hält mir die rechte hin. »Und Sie sind …?«

»Ava.«

»Ava mit dem Mäuseproblem«, sagt er, und wir lachen beide.

»Wenn Ihnen meine Mausefallen nicht zusagen«, wirft Emmett ein, »sollten Sie sich vielleicht eine Katze zulegen.«

»Ich habe einen Kater.«

»Und der hat das Problem nicht beheben können?«

»Wir sind erst gestern in das Haus eingezogen. Er hat schon drei Mäuse gefangen, aber ich glaube nicht, dass er allein der Plage Herr werden kann.« Ich sehe die Mausefallen an und seufze. »Ich werde wohl die hier nehmen müssen. Es ist wahrscheinlich humaner, als von meinem Kater gefressen zu werden.«

»Ich leg Ihnen noch eine Packung drauf, was sagen Sie dazu? Aufs Haus.« Emmett geht nach vorne zur Kasse, wo er meinen Einkauf eintippt. »Viel Glück, junge Frau«, sagt er und reicht mir eine Plastiktüte mit meinen Fallen. »Seien Sie bloß vorsichtig beim Aufstellen. Ist kein Spaß, wenn Sie da den Finger dazwischenkriegen.«

»Benutzen Sie Erdnussbutter«, rät Dr. Gordon.

»Ja, den Tipp habe ich gerade schon bekommen. Steht als Nächstes auf meinem Einkaufszettel. Ich denke, das gehört einfach dazu, wenn man so ein altes Haus mietet.«

»Und welches alte Haus wäre das?«, fragt Emmett.

»Das vorne am Kap. Es heißt Brodie's Watch.«

Die plötzliche Stille ist beredter als alles, was einer der beiden Männer hätte sagen können. Ich bemerke den raschen Blick, den sie wechseln, sehe, wie Emmett die Brauen zusammenzieht und sich tiefe Furchen in seinem Gesicht bilden.

»Dann sind Sie also die junge Dame, die Brodie's Watch gemietet hat«, sagt er. »Bleiben Sie lange?«

»Bis Ende Oktober.«

»Und, äh, gefällt's Ihnen da draußen am Kap?«

Ich blicke von einem zum anderen und frage mich, was sie mir verschweigen. Ich weiß, dass es da etwas geben muss, etwas Wichtiges. »Abgesehen von den Mäusen, ja.«

Emmett überspielt seine Betroffenheit mit einem gezwungenen Lächeln. »Na ja, schauen Sie gerne wieder vorbei, wenn Sie noch irgendwas brauchen.«

»Danke.« Ich wende mich zum Gehen.

»Ava?«, sagt Dr. Gordon.

»Ja?«

»Wohnt sonst noch jemand mit Ihnen dort oben?«

Seine Frage verblüfft mich. Unter anderen Umständen würde es mich argwöhnisch machen, wenn ein wildfremder Mann mich fragte, ob ich allein lebe, und ich würde es mir zweimal überlegen, ob ich meine Verletzlichkeit so publik machen will, aber in seiner Frage erkenne ich keine Bedrohung, nur aufrichtige Besorgnis. Beide Männer beobachten mich, und es liegt eine seltsame Anspannung in der Luft, als ob sie beide den Atem anhalten, während sie auf meine Antwort warten.

»Ich habe das Haus ganz für mich. Zusammen mit meinem Kater.« Ich öffne die Tür und halte inne. Blicke mich noch einmal um und füge hinzu: »Meinem sehr großen, sehr *gefährlichen* Kater.«

An diesem Abend versehe ich sechs Mausefallen mit Erdnussbutter-Ködern und stelle drei in der Küche, zwei im Esszimmer und die sechste im oberen Flur auf. Um zu verhindern, dass Hannibal mit der Pfote in eine Falle gerät, nehme ich ihn mit ins Schlafzimmer. Mein schlauer Kater ist durchaus in der Lage, mit den Pfoten eine Türklinke herunterzudrücken, also schiebe ich den Riegel vor und sperre ihn mit mir ein. Davon ist er gar nicht begeistert – laut protestierend läuft er im Zimmer auf und ab und verlangt, wieder auf Mäusejagd gehen zu dürfen.

»Tut mir leid, Junge«, erkläre ich ihm. »Heute Nacht bist du mein Gefangener.«

Ich schalte das Licht aus, und im Mondschein kann ich sehen, wie er weiter umherschleicht. Es ist wieder eine klare, windstille Nacht, das Meer ruhig und glatt wie geschmolzenes Silber. Im Dunkeln sitze ich am Fenster, nippe an dem Whisky, den ich mir als Schlummertrunk eingeschenkt habe, und bewundere die Aussicht. Was könnte romantischer sein als eine mondhelle Nacht in einem Haus am Meer? Ich denke an vergangene Nächte, in denen der Mondschein und ein paar Drinks mich glauben machten, dass *dieser* Mann derjenige sein könnte, der mich glücklich machen würde, der mich nicht irgendwann enttäuschen würde. Aber nach ein paar Tagen oder Wochen tauchten unweigerlich die ersten Risse auf, und mir wurde klar: Nein, er ist nicht der Richtige für mich. Zeit, einen Schnitt zu machen und weiterzusuchen. Irgendwo da draußen gibt es immer einen anderen, einen

Besseren, nicht wahr? Gib dich nie zufrieden mit Mr. Lückenbüßer.

Jetzt sitze ich hier allein, meine Haut gerötet von der Sonne und dem Alkohol in meinem Blut. Ich greife wieder nach der Flasche, und als mein Arm meine Brust streift, spüre ich ein Kribbeln in der Warze.

Es ist Monate her, dass mich zuletzt ein Mann dort berührt hat. Monate, seit ich auch nur einen Anflug von Lust empfunden habe. Nicht mehr seit der Neujahrsnacht. Mein Körper ist in eine Art Winterschlaf gefallen, alle Begierde wie auf Eis gelegt. Aber heute Morgen, als ich am Strand stand, habe ich gespürt, wie etwas in mir wieder zum Leben erwachte.

Ich schließe die Augen, und sofort ist die Erinnerung an diese Nacht wieder da. Die Arbeitsplatte in meiner Küche, voll mit benutzten Weingläsern, schmutzigen Tellern und Schüsseln mit leeren Austernschalen. Die kalten Fliesen unter meinem nackten Rücken. Sein Körper auf meinem, wie er wieder und wieder in mich hineinstößt. Aber ich will nicht an *ihn* denken. Ich ertrage es nicht, an ihn zu denken. Stattdessen beschwöre ich einen gesichtslosen *Jemand* herauf, an den ich ohne Schuldgefühle denken kann. Einen Mann, der in mir nur Begierde weckt, keine Liebe. Keine Scham.

Ich schenke mir noch einen Whisky ein, obwohl ich weiß, dass ich für heute schon genug habe. Mein Schienbein, das ich mir gestern Abend an der Treppe gestoßen habe, schmerzt immer noch, und heute Nachmittag habe ich einen neuen blauen Fleck an meinem Arm entdeckt, doch ich kann mich nicht erinnern, wann oder wo ich ihn mir geholt habe. Dieser Drink wird für heute mein letzter sein. Ich kippe ihn hinunter und lasse mich aufs Bett fallen, wo das Mondlicht, weiß wie Milch, über meinen Körper strömt. Ich knöpfe mein Nachthemd auf und lasse die kühle Seeluft sanft über meine Haut streichen. Ich stelle mir vor, wie die Hände eines Mannes mich hier berühren … und hier … und hier … Ein gesichtsloser, namenloser Mann, der meine intimsten Wünsche kennt, ein perfekter Liebhaber, der nur in meiner Fantasie existiert. Mein Atem geht schneller. Ich schließe die Augen und höre mich selbst stöhnen. Zum ersten Mal seit Monaten verzehre ich mich wieder mit jeder Faser danach, einen Mann in mir zu spüren. Ich stelle mir vor, wie er meine Handgelenke packt und sie über meinem Kopf niederhält. Ich spüre seine schwieligen Hände, sein unrasiertes Gesicht an meiner Haut. Mein Rücken wölbt sich, mein Becken hebt sich seinem entgegen. Ein Windhauch weht durch das offene Fenster herein und erfüllt das Zimmer mit dem Geruch des Meeres. Ich spüre, wie seine Hände meine Brust umfassen, meinen Nippel liebkosen.

»Du bist diejenige, auf die ich gewartet habe.«

Die Stimme ist so nah, so *real*, dass ich erschrocken nach Luft schnappe und die Augen aufreiße. In Panik starre ich die dunkle Silhouette an, die über mir schwebt. Kein Körper, nur ein Schattenwirbel, der langsam davonschwebt und sich wie Nebel im Mondschein auflöst.

Ich schnelle hoch und schalte die Lampe ein. Mit pochendem Herzen suche ich hektisch das Zimmer nach dem Eindringling ab, sehe aber nur Hannibal in der Ecke sitzen, die grünen Augen auf mich gerichtet.

Ich springe aus dem Bett, laufe zur Tür und vergewissere mich, dass sie nach wie vor fest verriegelt ist. Ich gehe zum Schrank, reiße die Tür auf und schiebe meine aufgehängten Kleider zur Seite. Kein Einbrecher verbirgt sich dahinter, dafür erspähe ich in der hintersten Ecke des Schranks ein mir unbekanntes Stoffbündel. Als ich es entfalte, erweist es sich als rosafarbener Seidenschal. Wo kommt er her? Mir gehört er jedenfalls nicht.

Es bleibt nur noch eine Stelle im Zimmer, wo ich nachsehen muss. Ich trotze allen Kindheits-Albträumen von Monstern, die unter dem Bett lauern, und gehe auf die Knie, um unter dem Lattenrost nachzusehen. Natürlich ist da niemand. Das Einzige, was ich finde, ist ein einzelner Flipflop, wahrscheinlich zurückgelassen von meiner Vormieterin, genau wie der Seidenschal.

Verwirrt lasse ich mich aufs Bett sinken und versuche zu begreifen, was ich gerade erlebt habe. Sicher war es nur ein Traum, aber ein so lebhafter, dass ich davon immer noch am ganzen Leib zittere.

Durch den Stoff meines Nachthemds befühle ich meine Brust und denke an die Hand auf meiner Haut. Mein Nippel kribbelt immer noch bei der Erinnerung an das, was ich gefühlt habe. Was ich gehört, was ich gerochen habe. Ich sehe auf den Schal hinunter, den ich im Schrank gefunden habe. Jetzt erst fällt mein Blick auf das französisch beschriftete Stoffetikett, und ich stelle fest, dass es ein Hermès-Schal ist. Wie konnte Charlotte den zurücklassen? Wenn es meiner wäre, würde ich beim Auszug zusehen, dass ich ihn mit als Erstes in meinen Koffer packe. Sie muss es sehr eilig gehabt haben, wenn sie ihr geliebtes Kochbuch und diesen teuren Schal hier vergessen hat. Ich denke an das, was ich gerade erlebt habe. Die Hand, die meine Brust gestreichelt hat, die schwebende Silhouette in der Dunkelheit. Und die Stimme. Die Stimme eines Mannes.

Hast du ihn auch gehört, Charlotte?

5

Zwei Männer sind in mein Haus eingefallen. Aber diese zwei sind nicht meiner Fantasie entsprungen, es sind Männer aus Fleisch und Blut, und sie heißen Ned Haskell und Billy Conway. Ich höre sie oben auf dem Dach hämmern und sägen, wo sie nun den durchgefaulten Boden des Witwenbalkons ersetzen. Während sie oben zugange sind, stehe ich in der Küche und vermenge Butter und Zucker mit gehackten Walnüssen zu einem Teig. Ich habe meine Küchenmaschine in Boston gelassen und muss deshalb auf die altmodische Weise backen, mit Muskelkraft und bloßen Händen. Die körperliche Arbeit hat einen beruhigenden Effekt, auch wenn ich weiß, dass ich morgen Muskelkater in den Armen haben werde. Heute probiere ich ein Rezept für Karamellkuchen aus, das ich in den Lebenserinnerungen einer Kapitänsgattin aus dem Jahr 1880 gefunden habe, und es ist eine Freude, in dieser hellen und geräumigen Küche zu arbeiten, die für einen Haushalt mit zahlreicher Dienerschaft entworfen wurde. Nach den großzügig dimensionierten Zimmern zu urteilen, war Captain Brodie ein wohlhabender Mann und dürfte neben einer Köchin und einer Haushälterin auch mehrere Küchenmägde beschäftigt haben. Zu seiner Zeit stand hier wohl ein Holzofen, und statt des

Kühlschranks ein innen verzinkter Eisschrank, der vom Eismann des Orts regelmäßig mit frischem Eis bestückt wurde. Während mein Toffeekuchen im Ofen backt und die Küche mit Zimtduft erfüllt, stelle ich mir vor, wie die Domestiken in dieser Küche schufteten, wie sie Gemüse hackten und Hühner rupften, während der Tisch im Esszimmer mit edlem Porzellan und Kerzen gedeckt wurde. Kapitäne brachten von ihren Reisen Souvenirs aus aller Welt mit, und ich frage mich, wo Captain Brodies Schätze heute sind. Werden sie von seinen Erben in Ehren gehalten, oder sind sie in Trödelläden und auf Müllkippen gelandet? Diese Woche werde ich dem Historischen Verein einen Besuch abstatten und sehen, ob sie irgendwelche von Captain Brodies Besitztümern in ihrer Sammlung haben. Simon, mein Lektor, war ganz fasziniert von meiner Schilderung des Hauses, und in seiner E-Mail heute Morgen hat er mich gebeten, mehr über Captain Jeremiah Brodie herauszufinden. *Wir wüssten gerne, was für ein Typ er war. War er groß oder klein? Gut aussehend oder hässlich?*

Wie ist er gestorben?

Der Timer am Herd piepst.

Ich nehme den Kuchen heraus und atme den schweren Duft von Ahornsirup und Gewürzen ein, die gleichen Aromen, die vielleicht damals schon diese Küche erfüllten und durch das ganze Haus zogen. Hat der Captain Kuchen wie diesen hier gemocht, mit süßer Schlagsahne gekrönt und serviert auf einem zierlichen Porzellanteller? Oder war ein deftiger Braten mit Kartoffeln mehr nach seinem Geschmack? Ich stelle ihn mir lieber als einen Mann vor, der auch in kulinarischen Dingen experimentierfreudig war. Schließlich war er wagemutig genug, den Gefahren auf hoher See zu trotzen.

Ich schneide ein Stück von dem Kuchen ab und genieße den ersten Bissen. Ja, dieses Rezept verdient es in der Tat, in mein Buch aufgenommen zu werden, zusammen mit der Geschichte seiner Entdeckung – in den handschriftlichen Randnotizen eines zerfledderten Tagebuchs, das mir bei einer Haushaltsauflösung in die Hände fiel. Aber so köstlich er auch ist, ich kann unmöglich den ganzen Kuchen allein essen. Ich schneide ihn in quadratische Stücke und trage ihn nach oben, um ihn den beiden Handwerkern anzubieten, die von der schweren Arbeit inzwischen bestimmt einen gesunden Appetit haben.

Das Turmzimmer ist vollgestellt mit Holzstapeln, Sägeböcken, Werkzeugkästen und einer Bandsäge. Ich bahne mir einen Weg durch den Hindernisparcours und öffne die Tür zum Witwenbalkon, wo die Zimmermänner gerade ein Bodenbrett annageln. Gestern haben sie das verrottete Geländer abgerissen, und sie arbeiten jetzt ungesichert in dieser schwindelnden Höhe.

Ich wage es nicht, auch nur einen Fuß vor die Tür zu setzen, und rufe ihnen stattdessen zu: »Wenn Sie ein Stück Kuchen möchten, ich habe gerade einen gebacken!«

»Prima, wir wollten sowieso gerade Pause machen«, sagt Billy, der Jüngere von den beiden, und sie legen beide ihr Werkzeug hin.

Es gibt keine Stühle im Turmzimmer, also nimmt sich jeder der beiden ein Stück Kuchen, und dann stehen wir uns im Kreis gegenüber, während sie schweigend genießen. Obwohl Ned drei Jahrzehnte älter ist als Billy, gleichen sich die beiden Männer so sehr, dass sie Vater und

Sohn sein könnten. Sie sind beide braun gebrannt und muskulös, ihre T-Shirts mit Sägemehl bestäubt, ihre Jeans vom Gewicht ihrer Werkzeuggürtel verzogen.

Billy grinst mich an, den Mund voller Kuchen. »Danke, Ma'am! Das ist das erste Mal, dass eine Kundin für uns gebacken hat!«

»Na ja, eigentlich ist das mein Job«, erkläre ich. »Ich habe eine lange Liste von Rezepten gesammelt, die ich alle ausprobieren muss, und ich kann ja nicht alles allein essen.«

»Sind Sie Bäckerin von Beruf?«, fragt Ned. Mit seinen silbergrauen Haaren und seiner ernsthaften Art wirkt er auf mich wie ein Mann, der jedes Wort gut abwägt, bevor er spricht. Wohin ich auch blicke in diesem Haus, überall sehe ich Belege für seine Sorgfalt und sein handwerkliches Können.

»Ich bin Food-Autorin. Ich arbeite an einem Buch über die traditionelle Küche von Neuengland, und ich muss jedes einzelne Rezept ausprobieren, ehe ich es in mein Buch aufnehme.«

Billy hebt die Hand. »Gefreiter Billy Conway meldet sich zum Dienst. Ich stelle mich freiwillig als Ihr Versuchskaninchen zur Verfügung. Sie kochen, und ich esse«, sagt er, und wir lachen alle.

»Wann werden Sie denn mit dem Balkon fertig?«, frage ich und deute zur Tür.

»Ich schätze, dass wir noch eine Woche brauchen, um die Bohlen auszutauschen und das neue Geländer zu setzen«, sagt Ned. »Und danach müssen wir hier drin weitermachen. Das wird auch noch mal eine Woche dauern.«

»Ich dachte, mit dem Turmzimmer wären Sie schon fertig?«

»Das dachten wir auch. Bis Billy sich mit einem Brett auf der Schulter umgedreht und versehentlich ein Loch in den Putz gehauen hat.« Er deutet auf eine Delle in der Wand. »Dahinter ist es hohl. Da muss noch ein Raum sein.«

»Was glauben Sie, wie groß der ist?«

»Ich habe mit einer Taschenlampe reingeleuchtet und konnte die gegenüberliegende Wand nicht sehen. Arthur meinte, wir sollten die Zwischenwand einreißen und nachschauen, was dahinter ist.«

»Arthur?«

»Der Eigentümer, Arthur Sherbrooke. Ich halte ihn auf dem Laufenden über unsere Fortschritte, und das hat ihn schon sehr neugierig gemacht. Er hatte keine Ahnung, dass hinter dieser Wand noch etwas ist.«

»Vielleicht ist da ein Goldschatz versteckt«, meint Billy.

»Solange es keine Leiche ist«, brummt Ned und klopft sich die Krümel von den Händen. »Also, dann machen wir uns besser wieder an die Arbeit. Danke für den Kuchen, Ma'am.«

»Sagen Sie doch bitte Ava zu mir.«

Ned tippt sich höflich an die Schläfe. »Ava.«

Sie sind schon wieder auf dem Weg hinaus auf den Balkon, als ich ihnen nachrufe: »War zufällig einer von Ihnen am Sonntagmorgen hier im Haus?«

Ned schüttelt den Kopf. »Wir arbeiten hier nicht am Wochenende.«

»Ich war unten auf dem Klippenpfad, und als ich nach oben schaute, sah ich jemanden auf dem Witwenbalkon stehen.«

»Ja, Donna hat erwähnt, dass Sie jemanden gesehen hätten, aber wir können gar nicht ins Haus, wenn Sie nicht da sind. Es sei denn, Sie würden uns einen Schlüssel überlassen, wie es die letzte Mieterin gemacht hat.«

Ich starre auf den Witwenbalkon hinaus. »Es ist so sonderbar. Ich könnte schwören, dass er genau *dort* gestanden hat.« Ich deute auf den Rand des Balkons.

»Das wäre aber ganz schön leichtsinnig von demjenigen«, sagt Ned. »Der Boden ist ziemlich durchgefault. Der hält keinen Menschen mehr aus.« Er nimmt ein Brecheisen, tritt hinaus auf die neuen Bretter, die sie gerade verlegt haben, und stößt das Eisen in eine der alten Planken. Das Metall sinkt ein, durchstößt das verrottete Holz, als wäre es Butter. »Wenn irgendjemand da rausgegangen wäre, hätten die Bretter sofort unter ihm nachgegeben. Ich sag's Ihnen, mit so was laufen Sie ständig Gefahr, verklagt zu werden. Er hätte den Balkon schon vor Jahren reparieren lassen müssen. Kann froh sein, dass es nicht noch einen Unfall gegeben hat.«

Ich habe geistesabwesend auf das verfallene Holz gestarrt, und es dauert eine Weile, bis ich registriere, was er gesagt hat. Ich blicke zu ihm auf. »*Noch* ein Unfall?«

»Ich wusste gar nichts von einem Unfall«, sagt Billy.

»Weil du da noch in den Windeln gelegen hast. Es ist vor gut zwanzig Jahren passiert.«

»Was ist da passiert?«

»Das Haus war schon in einem schlechten Zustand, als Miss Sherbrooke starb. Ich hatte früher immer mal kleine Arbeiten für sie erledigt, aber in ihren letzten Lebensjahren wollte sie nicht mehr, dass jemand ins Haus kommt, um etwas zu reparieren, und so ist alles mehr oder weniger verfallen. Nach ihrem Tod stand das Haus jahrelang leer, und es wurde zum Anziehungspunkt für die Jugendlichen aus dem Ort, besonders an Halloween. Für die war es so eine Art Mutprobe, eine Nacht in dem Spukhaus zu verbringen, wo sie dann die Zeit mit Saufen und Knutschen verbrachten.«

Meine Hände sind plötzlich eiskalt. »Spukhaus?«, wiederhole ich.

Ned schnaubt verächtlich. »Bei leer stehenden alten Häusern wie dem hier glauben die Leute immer, dass es dort spukt. Jedes Jahr an Halloween sind die Kids hier eingestiegen und haben sich volllaufen lassen. Und in dem Jahr war ein Mädchen so dumm, über das Geländer aufs Dach zu klettern. Es ist mit Schieferplatten gedeckt, die werden teuflisch glatt, wenn sie nass sind – und es hat genieselt an dem Tag.« Er deutet auf den felsigen Untergrund tief unter dem Balkon. »Sie dürfte da unten auf dem Granit gelandet sein. Sie sehen selbst, dass den Sturz kein Mensch überleben kann.«

»Oh Mann, Ned! Die Geschichte kannte ich ja noch gar nicht«, sagt Billy beeindruckt.

»Die Leute reden nicht gerne darüber. Jessie war übrigens ein hübsches kleines Ding, erst fünfzehn Jahre alt. Jammerschade, dass sie in so schlechte Gesellschaft geraten ist. Die Polizei kam zu dem Schluss, dass es ein Unfall war, und damit war die Sache erledigt.«

Ich blicke auf den Witwenbalkon hinaus. Vor meinem geistigen Auge sehe ich eine neblige Halloween-Nacht und einen alkoholisierten Teenager namens Jessie. Ich sehe, wie sie über das Geländer klettert und dort mit den Beinen baumelt, berauscht vom Nervenkitzel. Hat sie etwas gesehen, das sie erschreckte – so sehr, dass sie den Halt verlor? Hat es sich so zugetragen? Ich denke an das, was ich letzte Nacht in meinem Schlafzimmer erlebt habe. Und ich denke an Charlotte, die überhastet ihre Sachen gepackt hat und aus diesem Haus geflüchtet ist.

»Und die Polizei war sich sicher, dass der Tod des Mädchens nur ein Unfall war?«, frage ich Ned.

»Das haben alle gesagt, aber ich hatte damals so meine Zweifel. Die habe ich immer noch.« Er zieht den Hammer aus seinem Werkzeuggürtel und wendet sich wieder seiner Arbeit zu. »Aber wen interessiert schon, was ich denke?«

6

Hannibal ist verschwunden.

Erst als ich mit dem Abendessen fast fertig bin, fällt mir auf, dass ich meinen Kater nicht mehr gesehen habe, seit Ned und Billy ihre Sachen gepackt und Feierabend gemacht haben. Inzwischen ist es draußen dunkel, und wenn man sich bei Hannibal auf eines verlassen kann, dann ist es die Tatsache, dass er stets pünktlich zur Abendessenszeit vor seinem Napf sitzt.

Ich ziehe eine Strickjacke über und trete vor die Tür. Mit Einbruch der Dunkelheit ist es vom Meer her kühl geworden. Ich rufe Hannibals Namen und gehe ums Haus herum zum Klippenrand. An dem Granitvorsprung halte ich inne und denke an das Mädchen, dessen Körper hier gelandet sein muss. Im Licht, das durch das Fenster fällt, glaube ich fast, das Blut sehen zu können, das die Felsen benetzt, aber die dunklen Flecken sind natürlich nur die Flechten, die auf dem Stein wachsen. Ich blicke hinauf zum Witwenbalkon, wo das Mädchen am Geländer herumgeturnt hatte, und ich stelle mir vor, wie sie durch die Dunkelheit herabstürzt und auf diesem gnadenlosen Granit landet. Ich will nicht darüber nachdenken, was so ein Sturz mit einem menschlichen Körper anrichtet, aber ich werde die Bilder in meinem Kopf nicht los – das zerschmetterte Rückgrat, der Schädel, aufgeplatzt wie ein rohes Ei. Plötzlich ist das Meer so laut, dass es sich anhört, als ob eine Welle direkt auf mich zudonnert, und ich weiche mit pochendem Herzen von der Felskante zurück. Es ist zu dunkel, um die Suche fortzusetzen – Hannibal wird allein klarkommen müssen. Und ist es nicht völlig normal für einen Kater, dass er die ganze Nacht auf der Pirsch ist? Mit seinen zwölf Kilo kann er es sich leisten, die eine oder andere Mahlzeit ausfallen zu lassen.

Ich sollte ihn wirklich kastrieren lassen.

Ich gehe ins Haus zurück und bin gerade dabei, die Tür abzuschließen, als ich ein leises Miauen vernehme. Es kommt von oben.

Er war also die ganze Zeit im Haus. Ist er vielleicht in einem der Zimmer eingesperrt? Ich gehe nach oben und öffne die Türen der unbenutzten Schlafzimmer. Kein Hannibal weit und breit.

Wieder höre ich ein Miauen, immer noch über mir. Er ist im Turmzimmer.

Ich öffne die Tür zum Erkerturm und drehe den Lichtschalter an der Wand. Als ich auf halbem Weg nach oben bin, gibt die einsame Glühbirne plötzlich mit einem Knacken den Geist auf, und es wird stockdunkel. Ich hätte das vierte Glas Wein besser nicht getrunken – jetzt muss ich mich am Geländer festhalten, während ich die restlichen Stufen erklimme. Es kommt mir vor, als wäre die Dunkelheit eine Flüssigkeit, als müsste ich das Gewicht meines Körpers durch Wasser ziehen und mich an die Oberfläche kämpfen. Als ich schließlich im Turmzimmer ankomme, taste ich an der Wand nach dem Schalter und knipse das Licht an.

»Da bist du ja, du Schlawiner.«

Hannibal sitzt mit selbstzufriedener Miene inmitten des Durcheinanders von Zimmermannswerkzeug, eine frisch erlegte Maus zu seinen Füßen.

»Na, dann komm mal mit. Falls du Abendessen willst.«

Er scheint nicht im Geringsten daran interessiert, mir nach unten zu folgen. Er sieht mich nicht einmal an, sondern starrt unverwandt auf das Fenster gegenüber dem Witwenbalkon. Wieso hat er keinen Hunger? *Frisst* er tatsächlich die Mäuse, die er fängt? Ich schaudere bei dem Gedanken, dass er zu mir ins Bett springt, den Bauch voller toter Nager.

»*Komm* jetzt«, beknie ich ihn. »Ich hab Thunfisch für dich.«

Er sieht mich nur kurz an, dann richtet er den Blick wieder auf das Fenster.

»Okay, wenn der Herr sich so bitten lässt.« Ich bücke mich, um ihn hochzuheben, und erschrecke, als er mich wütend anfaucht und mit ausgefahrenen Krallen nach mir schlägt. Ich zucke zurück und halte mir den schmerzenden Arm. Ich habe Hannibal schon, seit er ein kleines Kätzchen war, und er hat mich noch nie zuvor angegriffen. Denkt er, dass ich ihm seine Maus wegnehmen will? Aber er sieht mich nicht einmal an, sondern fixiert immer noch das Fenster und starrt etwas an, was ich nicht sehe.

Ich sehe auf die Kratzer hinunter, die seine Krallen auf meiner Haut hinterlassen haben, sehe das Blut aus den zwei parallelen Schrammen sickern. »Jetzt schlägt's aber dreizehn! Für *dich* gibt's heute kein Abendessen.« Ich schalte das Licht aus und will mich gerade zu der dunklen Treppe zurücktasten, als ich sein raubtierhaftes Knurren höre. Ein Laut, bei dem es mich eiskalt überläuft.

Im Dunkeln sehe ich das unheimliche Glühen von Hannibals Augen.

Aber ich sehe noch etwas anderes: einen Schatten am Fenster, der allmählich dichter wird und schärfere Konturen annimmt. Ich kann mich nicht rühren, bringe keinen Laut hervor. Vor Angst verharre ich wie angewurzelt, als der Schatten langsam Gestalt annimmt, als er zu einem Körper gerinnt, durch den ich das Fenster dahinter nicht mehr sehen kann. Der Geruch des Meeres steigt mir in die Nase, so intensiv, als wäre gerade eine Welle über mich hinweggespült.

Ein Mann steht da vor dem Fenster, seine Schultern zeichnen sich im Mondlicht ab. Er starrt aufs Meer hinaus, wendet mir den Rücken zu, als ob er sich meiner Anwesenheit gar nicht bewusst wäre. Eine hochgewachsene Gestalt, das Haar eine Masse dichter schwarzer Locken, bekleidet mit einem dunklen Mantel, unter dem sich breite Schultern und schmale Hüften abzeichnen. Das muss doch eine optische Täuschung sein, verursacht durch das Mondlicht – ein Mann kann nicht einfach so aus dem Nichts auftauchen. Er *kann* nicht dort stehen. Aber Hannibals glühende Augen sind auch auf dieses Produkt meiner Einbildung gerichtet. Wenn da gar nichts ist, was ist es dann, was mein Kater anstarrt?

Panisch strecke ich die Hand nach dem Lichtschalter aus, doch meine Finger fühlen nur die nackte Wand. Wo ist er, wo?

Die Gestalt dreht sich vom Fenster weg.

Ich erstarre, die Hand an die Wand gepresst, und mein

Herz hämmert wie wild. Einen Moment lang hält er inne, und ich sehe sein Gesicht im Profil, die scharf geschnittene Nase, das markante Kinn. Dann wendet er mir das Gesicht zu, und obwohl seine Augen nur ein schwacher Schimmer sind, weiß ich, dass er mich direkt ansieht. Die Stimme, die ich höre, scheint von nirgendwo und überall zugleich zu kommen.

»Hab keine Angst«, sagt er.

Langsam lasse ich die Hand sinken. Ich gebe die hektische Suche nach dem Lichtschalter auf, stattdessen bin ich voll auf ihn konzentriert – einen Mann, der unmöglich wirklich vor mir stehen kann. Er kommt so lautlos auf mich zu, dass ich nur das Rauschen des Bluts in meinen Ohren höre. Auch als er noch näher tritt, kann ich mich nicht rühren. Meine Gliedmaßen sind wie taub, ich habe das Gefühl, dass ich schwebe, dass mein eigener Körper sich zu einem Schatten auflöst. Als ob *ich* das Phantom bin, dahintreibend in einer Welt, die nicht meine eigene ist.

»Unter meinem Dach wird dir kein Leid geschehen.«

Die Berührung seiner Hand in meinem Gesicht ist warm wie mein eigenes Fleisch und genauso lebendig. Ich schöpfe zitternd Atem und sauge den salzigen Geruch des Ozeans ein. *Es ist sein Geruch.*

Doch während ich noch seine Berührung auskoste, spüre ich, wie seine Hand sich auflöst. Der matte Schimmer des Mondlichts scheint durch ihn hindurch. Eine kurze Weile noch ruht sein Blick auf mir, dann dreht er sich um und geht davon. Schon ist er zu einer schattenhaften Silhouette verblasst, flüchtig wie Staub. An der geschlossenen Tür zum Witwenbalkon hält er nicht inne, sondern geht geradewegs durch Holz und Glas und tritt hinaus auf die Plattform und weiter bis zum Rand, wo keine Bohlen mehr sind, nur ein klaffendes Loch. Er strauchelt nicht, er stürzt nicht in die Tiefe, sondern schreitet durch die Luft davon. Durch die Zeit.

Ich blinzle, und er ist verschwunden.

Wie auch der Geruch des Meeres.

Schwer atmend strecke ich die Hand nach der Wand aus, und diesmal finde ich den Schalter. Im grellen Schein der Lampe sehe ich die Bandsäge, die Werkzeuge und den Stapel Bretter. Hannibal sitzt genau da, wo er vorher gesessen hat, und leckt sich seelenruhig die Pfoten. Die tote Maus ist verschwunden.

Ich trete ans Fenster und starre hinaus auf den Balkon.

Da ist niemand.

7

Donna sitzt an ihrem Computer, ihre Finger fliegen routiniert über die klackernden Tasten. Sie sieht erst zu mir auf, als ich direkt vor ihrem Schreibtisch stehe, und selbst dann ist es nur ein flüchtiger Blick, begleitet von einem automatischen Lächeln, während sie weitertippt.

»Eine Sekunde noch, ich muss nur rasch diese Mail fertigschreiben«, sagt sie. »In einem unserer Objekte hat es eine Sanitärkatastrophe gegeben, und ich muss eine Ersatzunterkunft für die verzweifelten Mieter finden …«

Während sie schreibt, schlendere ich hinüber zu dem Aushang mit den Kaufangeboten an der Wand. Wenn ich nach Maine ziehen würde, könnte ich mir so viel mehr leisten als in Boston. Für den Preis meiner Dreizimmerwohnung könnte ich ein Haus auf dem Land mit zweieinhalb Hektar Grund bekommen oder ein renovierungsbedürftiges Einfamilienhaus im Ort oder eine Farm oben in Aroostook County. Ich bin Food-Autorin, und ich kann überall in der Welt wohnen; alles, was ich brauche, sind mein Laptop, ein Internetanschluss und eine funktionierende Küche zum Ausprobieren von Rezepten. Wie so viele Touristen, die Maine im Sommer besuchen, ertappe ich mich unwillkürlich bei dem Gedanken, wie es wäre, alle Zelte abzubrechen und hier ein neues Leben zu beginnen.

Ich male mir aus, wie ich im Frühjahr Erbsen pflanze, im Sommer alte Tomatensorten ernte und im Herbst Äpfel pflücke. Und in den langen, dunklen Wintermonaten, wenn draußen der Schneesturm tobt, würde ich Brot backen, während auf dem Herd der Eintopf brodelt. Ich wäre eine ganz neue Ava, munter und glücklich und produktiv – nicht die Ava, die sich jeden Abend bis zur Besinnungslosigkeit betrinkt in dem verzweifelten Versuch, Schlaf zu finden.

»Tut mir leid, dass ich Sie habe warten lassen, Ava, aber heute Morgen geht einfach alles drunter und drüber.«

Ich drehe mich zu Donna um. »Ich habe noch eine Frage. Wegen des Hauses.«

»Ist es wieder wegen der Mäuse? Denn wenn sie Sie wirklich so stören, könnte ich Ihnen möglicherweise eine Mietwohnung in einer anderen Stadt vermitteln. Es ist ein neues Gebäude, und es hat keinen Fernblick, aber …«

»Nein, mit den Mäusen komme ich schon klar. Letzte Woche habe ich sogar schon ein halbes Dutzend gefangen. Meine Frage betrifft das Turmzimmer.«

»Oh.« Sie seufzt – offenbar glaubt sie schon zu wissen, was meine Beschwerde ist. »Billy und Ned haben mir gesagt, dass sie für die Reparaturen länger brauchen als gedacht. Sie müssen zu diesem verborgenen Hohlraum hinter der Wand durchbrechen. Wenn das für Sie nicht akzeptabel ist, kann ich sie bitten, die Arbeiten bis nach Ihrer Abreise im Oktober zu verschieben.«

»Nein, ich habe überhaupt kein Problem damit, dass sie im Haus arbeiten. Ich finde ihre Gesellschaft angenehm.«

»Freut mich, dass Sie das so sehen. Ned hatte es in den letzten Jahren nicht immer leicht. Er war wirklich froh, als Mr. Sherbrooke ihm den Auftrag erteilt hat.«

»Ich hätte gedacht, dass ein guter Zimmermann hier in der Gegend mehr als genug Arbeit findet.«

»Ja, nun …« Sie senkt den Blick auf ihren Schreibtisch. »*Ich* habe ihn immer als zuverlässig erlebt. Und ich bin sicher, dass das Turmzimmer ein Juwel sein wird, wenn er damit fertig ist.«

»Also, da Sie das Turmzimmer erwähnen …«

»Ja?«

»Hat meine Vormieterin je davon gesprochen, dass ihr dort irgendetwas … nun ja, Merkwürdiges aufgefallen ist?«

»Wie meinen Sie das – ›merkwürdig‹?«

»Ein seltsames Knarren. Geräusche. Gerüche.« *Wie der Geruch des Ozeans.*

»Charlotte hat mir gegenüber nie etwas in der Art erwähnt.«

»Was ist mit den Mietern vor ihr?«

»Charlotte war die Erste, an die ich dieses Haus vermietet habe. Davor stand Brodie's Watch jahrelang leer. Dies ist die erste Saison, in der es zur Vermietung steht.« Sie versucht, meine Miene zu lesen, um herauszufinden, worauf meine Frage wirklich abzielt. »Es tut mir leid, Ava, aber mir ist nicht ganz klar, was Ihr Problem ist. In jedem alten Haus knarrt und knackt es irgendwo mal. Gibt es etwas Konkretes, um das ich mich kümmern sollte?«

Ich überlege, ob ich ihr einfach die Wahrheit sagen soll: dass ich glaube, dass es in Brodie's Watch spukt. Aber ich fürchte mich davor, was diese nüchterne Geschäftsfrau von mir denken wird. Ich weiß, was *ich* an ihrer Stelle von mir denken würde.

»Es ist eigentlich kein Problem«, sage ich schließlich. »Sie haben recht, es ist ein altes Haus, da muss man einfach damit rechnen, dass es hier und da mal irgendwo knarrt.«

»Dann soll ich Ihnen also keine Wohnung suchen? Irgendwo in einer anderen Stadt?«

»Nein, ich bleibe bis Ende Oktober, wie geplant. Die Zeit sollte mir reichen, mit meinem Buch ein gutes Stück voranzukommen.«

»Sie werden froh sein, dass Sie geblieben sind. Und der Oktober ist hier wirklich die schönste Zeit des Jahres.«

Ich bin schon an der Tür, als mir noch eine Frage einfällt. »Der Name des Eigentümers ist Arthur Sherbrooke?«

»Ja. Er hat das Haus von seiner Tante geerbt.«

»Meinen Sie, er hätte etwas dagegen, wenn ich ihn wegen der Geschichte von Brodie's Watch kontaktiere? Es wäre interessant als Hintergrund für mein Buch.«

»Er schaut immer mal wieder in Tucker Cove vorbei, um zu sehen, wie Ned vorankommt. Ich kann herausfinden, wann er wieder im Ort ist, aber ich bin mir nicht sicher, ob er bereit wäre, über das Haus zu sprechen.«

»Warum denn nicht?«

»Er hat so schon große Mühe, das Brodie's Watch an den Mann zu bringen. Das Letzte, was er gebrauchen kann, ist, dass jemand über das Mäuseproblem schreibt.«

Ich trete aus Donnas Büro hinaus in die Hitze eines Sommertags. In den Straßen wimmelt es von Menschen, im Restaurant Lobster Trap ist jeder Tisch besetzt, und vor der Eisdiele namens Village Cone stehen die Touristen Schlange. Aber niemand scheint sich für das weiße Schindelhaus zu interessieren, in dem der Historische Verein von Tucker Cove untergebracht ist. Die Touristen kommen nach Maine, um an seinen Küsten zu segeln und in seinen Wäldern zu wandern, und nicht, um in düsteren alten Häusern staubige Exponate zu bewundern. Ich betrachte eine Vitrine mit antiken Esstellern, Weinpokalen und Besteck. Es ist das Gedeck für ein Abendessen um das Jahr 1880. Daneben liegt ein altes Kochbuch, aufgeschlagen bei einem Rezept für Salzmakrelen, gebacken in Milch und Butter. Genau die Art von Gericht, die einem damals in einem Küstenort wie Tucker Cove serviert worden wäre. Einfache Kost, basierend auf dem, was das Meer zur Verfügung stellte.

Über dem Glaskasten hängt ein mir wohlbekanntes Ölgemälde eines Dreimasters, der unter vollen Segeln durch aufgewühlte grüne Wellen pflügt. Das Bild ist identisch mit dem, das jetzt in Brodie's Watch hängt. Ich gehe ganz nahe heran und bin so vertieft in die Pinselstriche des Künstlers, dass ich nicht bemerke, wie jemand von hinten an mich herantritt, bis das Knarren der Dielen mich aufschreckt. Ich drehe mich um und sehe eine Frau dort stehen, die mich beobachtet. Dicke Brillengläser lassen ihre Augen riesig erscheinen. Das Alter hat ihre Wirbelsäule gebeugt, und sie reicht mir nur bis zur Schulter, doch ihr Blick ist fest und hellwach, und sie steht sicher, ohne die Hilfe eines Gehstocks, auf ihren Füßen, die in hässlichen, aber zweckmäßigen Schuhen stecken. Ihr Namensschild identifiziert sie als Museumsführerin – »Mrs. Dickens« steht darauf. Der Name passt so gut zu ihr, dass es fast zu perfekt ist, um wahr zu sein.

»Ein sehr schönes Gemälde, nicht wahr?«, sagt sie.

Immer noch überrascht von ihrem unerwarteten Auftauchen, nicke ich lediglich.

»Das ist die *Mercy Annabelle.* Ihr Heimathafen war Wiscasset.« Sie lächelt, und zahllose Fältchen kräuseln ihr Gesicht wie eingeschrumpftes Leder. »Willkommen in unserem kleinen Museum. Sind Sie zum ersten Mal in Tucker Cove?«

»Ja.«

»Bleiben Sie länger?«

»Den ganzen Sommer.«

»Ah, so ist's recht. So viele Touristen klappern nur die Küste ab und hetzen von einer Stadt zur nächsten, und dann vermischen sich alle Eindrücke zu einem Einheitsbrei. Man braucht Zeit, um den Pulsschlag eines Orts zu spüren und seinen Charakter kennenzulernen.« Ihre schwere Brille rutscht ihr auf die Nasenspitze. Sie schiebt sie wieder hoch und betrachtet mich eingehender. »Gibt es irgendetwas Spezielles, was ich Ihnen zeigen kann? Irgendeinen Aspekt unserer Geschichte, der Sie besonders interessiert?«

»Ich wohne oben in Brodie's Watch, und ich wüsste gerne mehr über die Geschichte des Hauses.«

»Ah. Sie sind die Food-Autorin.«

»Woher wissen Sie das?«

»Ich habe Billy Conway in der Post getroffen. Er sagt, er ist noch nie so gern morgens zur Arbeit gegangen. Der Ruf Ihrer Heidelbeer-Muffins verbreitet sich schon in der Stadt. Ned und Billy hoffen, dass Sie sich hier niederlassen und eine Bäckerei eröffnen.«

Ich lache. »Ich werde darüber nachdenken.«

»Gefällt es Ihnen dort oben auf dem Hügel?«

»Es ist wunderschön. Genau der richtige Ort für das Haus eines Seefahrers.«

»Dann wird das hier Sie interessieren.« Sie deutet auf eine andere Vitrine. »Diese Gegenstände haben Captain Brodie gehört. Er hat sie von seinen Fahrten mitgebracht.«

Ich beuge mich darüber und betrachte die zwei Dutzend Muscheln, die unter dem Glas schimmern wie farbenfrohe Juwelen. »Er hat Muscheln gesammelt? Das hätte ich nie gedacht.«

»Wir haben diese Exemplare von einer Biologin aus Boston begutachten lassen. Sie sagte uns, dass die Muscheln aus den verschiedensten Weltregionen stammen. Aus der Karibik, dem Indischen Ozean, dem Südchinesischen Meer. Ein possierliches Hobby für so einen großen, kräftigen Seebären, finden Sie nicht?«

Mein Blick fällt auf das Tagebuch, das aufgeschlagen in der Vitrine liegt, die vergilbten Seiten mit einer akkuraten Handschrift bedeckt.

»Das ist das Logbuch eines früheren Schiffs, auf dem er Kapitän war, der *Raven.* Er scheint ein Mann weniger Worte gewesen zu sein. Die meisten Eintragungen betreffen nur das Wetter und die Navigationsbedingungen, deshalb lässt sich über den Mann selbst kaum etwas sagen. Offensichtlich war die See seine erste Liebe.«

Und sie wurde ihm am Ende zum Verhängnis, denke ich, während ich die Handschrift eines längst verstorbenen Mannes studiere. *Günstige Winde, achterliche See,* hatte er an diesem Tag der Fahrt notiert. Doch das Wetter ändert sich ständig, und die See ist eine trügerische Geliebte. Ich frage mich, was seine letzten Worte im Logbuch der *Minotaur* waren, kurz bevor das Schiff unterging. Hat er den Hauch des Todes im Wind wahrgenommen, hat er seinen Schrei in der Takelage gehört? War ihm bewusst, dass er nie wieder einen Fuß in das Haus setzen würde, in dem ich jetzt schlafe?

»Haben Sie in Ihrer Sammlung noch mehr Gegenstände aus dem Besitz von Captain Brodie?«, frage ich.

»Oben sind noch einige weitere Stücke.« Die Türglocke läutet, und sie dreht sich um, als eine Familie mit kleinen Kindern hereinkommt. »Schauen Sie sich doch einfach noch ein wenig um, ja? Alle Räume stehen unseren Besuchern offen.«

Während sie die Neuankömmlinge begrüßt, trete ich durch die offene Tür in den Salon, wo Stühle mit rotem Samtbezug um einen Teetisch arrangiert sind, wie für ein Damenkränzchen. An der Wand hängen zwei Porträts eines grauhaarigen Ehepaars: Es sind die ehemaligen Besitzer dieses Hauses. Der Mann wirkt steif und unbehaglich in seinem Hemd mit hohem Kragen, und der stählerne Blick seiner Gattin folgt mir, als ob sie wissen wollte, was ich in ihrem Salon zu suchen habe.

Im Nebenzimmer höre ich ein Kind herumtollen, dann die flehende Stimme der Mutter: »Nein, nein, Schatz! Stell die Vase wieder hin!«

Ich flüchte mich vor der lauten Familie in die Küche, wo mit einem Kuchen aus Wachs, künstlichen Früchten und einem riesigen Plastik-Truthahn ein Festmahl nachgestellt ist. Ich stelle mir vor, wie es wohl gewesen sein muss, eine solche Mahlzeit auf dem gusseisernen Holzofen zu kochen, die schwere körperliche Arbeit: Wasser holen, Holz nachlegen, den Truthahn rupfen. Nein danke, da ist mir eine moderne Küche allemal lieber.

»Ma*miii*! Lass mich *los*!« Das Kindergekreisch kommt näher.

Ich fliehe über eine schmale Hintertreppe, die damals wohl von den Dienstboten benutzt wurde, hinauf in den ersten Stock. Hier hängen im Flur Porträts der Honoratioren von Tucker Cove von vor hundert Jahren, und ich erkenne Namen wieder, die heute an den Ladenfronten im Ort prangen. Laite. Gordon. Tucker.

Ein Brodie ist nicht darunter.

Im ersten Schlafzimmer steht ein Himmelbett, im nächsten sehe ich ein antikes Kinderbett und ein Schaukelpferd. Das letzte Zimmer, am Ende des Flurs, wird beherrscht von einem wuchtigen Schlittenbett und einem Kleiderschrank, dessen Tür offen steht, sodass man das spitzenbesetzte Brautkleid sehen kann, das darin hängt. Aber ich schenke den Möbeln keine Beachtung, stattdessen richtet sich meine ganze Aufmerksamkeit auf das Bild über dem Kamin.

Es zeigt einen gut aussehenden Mann mit welligem schwarzem Haar und ausladender Stirn. Er posiert stehend vor einem Fenster, und über seiner linken Schulter ist ein Schiff zu sehen, das mit gesetzten Segeln im Hafen liegt. Sein dunkler Mantel ist schlicht und schmucklos, aber maßgeschneidert für seine breiten Schultern, und in der rechten Hand hält er einen Sextanten aus glänzendem Messing. Ich muss nicht die Infotafel lesen, die an dem Gemälde befestigt ist – ich weiß bereits, wer dieser Mann ist, denn ich habe ihn im Mondschein gesehen. Ich habe die zärtliche Berührung seiner Hand an meiner Wange gespürt und seine Stimme gehört, die mir in der Dunkelheit zuflüsterte.

Unter meinem Dach wird dir kein Leid geschehen.

»Ah, wie ich sehe, haben Sie ihn gefunden«, sagt Mrs. Dickens.

Als sie zu mir an den Kamin tritt, bleibt mein Blick auf das Porträt gerichtet. »Es ist Jeremiah Brodie.«

»Er war ein schöner Mann, finden Sie nicht?«

»Ja«, flüstere ich.

»Ich könnte mir vorstellen, dass die Damen von Tucker Cove jedes Mal in Ohnmacht gefallen sind, wenn er die Landungsbrücke herunterkam. Wirklich schade, dass er keine Erben hinterlassen hat.«

Eine Weile stehen wir Seite an Seite, beide in den Bann gezogen von der Darstellung eines Mannes, der seit fast anderthalb Jahrhunderten tot ist. Eines Mannes, dessen Augen mich direkt anzusehen scheinen. Und nur mich.

»Es war eine furchtbare Tragödie für diesen Ort, als sein Schiff unterging«, sagt Mrs. Dickens. »Er war noch so jung, erst neununddreißig, aber er kannte das Meer so gut wie nur irgendjemand. Er war auf dem Wasser aufgewachsen. Verbrachte mehr Zeit auf hoher See als an Land.«

»Und doch hat er dieses prächtige Haus gebaut. Jetzt, nachdem ich eine Zeit lang in Brodie's Watch gewohnt habe, kann ich erst so richtig einschätzen, was für ein besonderes Haus es ist.«

»Also gefällt es Ihnen dort?«

Ich zögere. »Ja«, sage ich schließlich, und es ist wahr: Es gefällt mir wirklich dort. Mitsamt den Mäusen, dem Geist und allem.

»Manche Leute empfinden das völlig anders.«

»Wie meinen Sie das?«

»Jedes alte Haus hat seine Vergangenheit. Manche Menschen können es spüren, wenn es eine dunkle Vergangenheit ist.«

Ihr Blick bereitet mir Unbehagen, ich wende mich von

ihr ab und fixiere wieder die Augen auf dem Porträt. »Ich gebe zu, als ich das Haus zum ersten Mal sah, war ich mir nicht so sicher, ob ich bleiben wollte.«

»Was haben Sie empfunden?«

»Es war, als ob … als ob das Haus mich nicht dort haben wollte.«

»Aber Sie sind dennoch eingezogen.«

»Weil dieser Eindruck sich in dem Moment verflüchtigt hat, als ich über die Schwelle trat. Plötzlich hatte ich nicht mehr das Gefühl, nicht willkommen zu sein. Es war, als hätte das Haus mich akzeptiert.«

Ich merke, dass ich zu viel gesagt habe, und bin froh um die Ablenkung, als auf dem Flur plötzlich das Getrappel von kleinen Füßen zu hören ist und ein dreijähriger Junge ins Zimmer gestürmt kommt. Die Museumsführerin dreht sich um, als der Kleine – wie könnte es anders sein? – schnurstracks auf den Kamin zusteuert und blitzschnell den Schürhaken herauszieht.

»Travis? Travis, wo bist du?«, ruft seine Mutter aus einem anderen Zimmer.

Mrs. Dickens reißt dem Jungen den Schürhaken aus den Händen und legt ihn außerhalb seiner Reichweite auf den Kaminsims. Mit zusammengebissenen Zähnen stößt sie hervor: »Junger Mann, ich bin sicher, dass deine Mama einen *viel* besseren Platz zum Spielen für dich finden kann.« Sie packt die Hand des Jungen, um ihn aus dem Zimmer zu führen – oder vielmehr zu zerren. »Komm, wir gehen sie suchen, ja?«

Ich nutze die Gelegenheit, um ebenfalls unauffällig hinauszuschlüpfen und zur Treppe zurückzugehen. Ich will nicht mit ihr oder irgendjemand sonst über das reden, was ich in Brodie's Watch erlebt habe. Noch nicht. Nicht, solange ich mir selbst nicht sicher bin, was ich tatsächlich gesehen habe.

Oder nicht gesehen habe.

Ich gehe zu meinem Auto zurück, tauche in das Gedränge der Touristen auf der Straße ein. In die Welt von lebenden, atmenden Menschen, die nicht durch Wände schweben, die nicht auftauchen und wieder verschwinden wie flüchtige Schatten. Existiert eine Parallelwelt, die ich nicht sehen kann, eine Welt, bevölkert von jenen, die vor uns waren, und die eben jetzt diesen Weg gehen, den ich gehe? Wenn ich die Augen gegen das grelle Sonnenlicht zusammenkneife, kann ich Tucker Cove beinahe so sehen, wie es einmal war – Pferde, die über das Kopfsteinpflaster trappeln, feine Damen, die in ihren langen Röcken vorüberrauschen. Dann blinzle ich, und diese Welt ist verschwunden. Ich bin zurück in meiner eigenen Zeit.

Und Jeremiah Brodie ist seit hundertfünfzig Jahren tot.

Mit einem Mal werde ich von Trauer überwältigt, einem so tiefen Gefühl des Verlusts, dass meine Schritte stocken und ich nicht weitergehen kann. Ich bleibe mitten auf der belebten Straße stehen, während die Menschen an mir vorbeiströmen. Ich verstehe nicht, warum ich weinen muss. Ich verstehe nicht, warum der Tod von Captain Brodie mich mit solchem Kummer erfüllt. Ich lasse mich auf eine Bank sinken und vergrabe mein Gesicht in den Händen, von Schluchzern geschüttelt.

Ich weiß, dass ich nicht wirklich um Jeremiah Brodie weine. Ich weine um mich selbst, um den Fehler, den ich begangen habe, und um das, was ich deswegen verloren habe. Genauso wenig, wie ich Captain Brodie ins Leben zurückholen kann, kann ich Nick wieder lebendig machen. Sie sind beide tot, sind beide Geister, und meine einzige Zuflucht vor dem Schmerz ist die ersehnte Flasche, die im Küchenschrank auf mich wartet. Wie leicht werden aus einem Drink zwei, dann drei, dann vier.

So hat das ganze Unglück überhaupt erst angefangen. Ein paar Gläser Champagner zu viel an einem verschneiten Silvesterabend. Ich kann immer noch das fröhliche Klirren der Sektkelche hören und das Prickeln der Bläschen auf meiner Zunge spüren. Wenn ich doch nur zu jenem Abend zurückgehen und die Ava der Neujahrsnacht warnen könnte: *Stopp! Hör auf, solange du noch kannst.*

Eine Hand berührt meine Schulter. Ich schnelle hoch und blicke in ein bekanntes Gesicht, das mich besorgt mustert. Es ist dieser Arzt, den ich im Eisenwarenladen kennengelernt habe. Ich kann mich nicht an seinen Namen erinnern. Und ich habe ganz bestimmt keine Lust auf eine Unterhaltung mit ihm, doch er setzt sich neben mich und fragt leise: »Alles in Ordnung, Ava?«

Ich wische die Tränen weg. »Es geht mir gut. Mir war nur ein bisschen schwindlig. Muss wohl die Hitze sein.«

»Ist das wirklich alles?«

»Mir fehlt absolut nichts, vielen Dank.«

»Ich will nicht neugierig sein. Ich bin nur zufällig vorbeigekommen, weil ich mir einen Kaffee holen wollte, und Sie sahen so aus, als ob Sie Hilfe nötig hätten.«

»Ach ja – sind Sie etwa auch der Gemeindepsychiater?«

Unbeeindruckt von meiner schroffen Erwiderung, fragt er mit sanfter Stimme: »Glauben Sie, dass Sie einen brauchen?«

Ich habe Angst, die Wahrheit einzugestehen, sogar gegenüber mir selbst: Vielleicht brauche ich wirklich einen. Vielleicht sind meine Erlebnisse in Brodie's Watch die ersten Anzeichen dafür, dass mein Verstand zu bröckeln beginnt, die ersten Risse im Fundament.

»Dürfte ich fragen, ob Sie heute schon etwas gegessen haben?«, sagt er.

»Nein. Ich meine, ja.«

»Sie sind nicht sicher?«

»Eine Tasse Kaffee.«

»Na, dann ist das vielleicht das Problem. Ich verschreibe Ihnen etwas zu essen.«

»Ich habe keinen Hunger.«

»Wie wär's einfach nur mit einem Cookie? Das Café ist gleich hier um die Ecke. Keine Angst, ich werde Ihnen nichts aufnötigen. Ich habe bloß keine Lust, Sie zusammennähen zu müssen, wenn Sie ohnmächtig werden und sich den Kopf aufschlagen.« Er hält mir die Hand hin, ein Akt der Freundlichkeit, der mich überrascht, und es kommt mir unhöflich vor, seine Hilfe auszuschlagen.

Ich ergreife seine Hand.

Er führt mich um die Ecke und eine schmale Seitenstraße hinunter zu einem Café, das sich No Frills nennt – »keine Extras« –, was sich als ernüchternd genaue Beschreibung erweist. Im Schein der Neonröhren sehe ich einen Linoleumfußboden und eine Vitrine mit wenig appetitanregenden Backwaren. Es ist ein Café, das ich nie freiwillig betreten würde, doch es scheint ein Treffpunkt für Einheimische zu sein. Ich entdecke den Fleischverkäufer aus dem Lebensmittelgeschäft, der gerade in einen Käseplunder beißt, und einen Postboten, der an der Kasse ansteht, um seinen Kaffee zum Mitnehmen zu bezahlen.

»Setzen Sie sich doch«, sagt der Arzt. Sein Name ist mir immer noch nicht eingefallen, und es ist mir zu peinlich, es zuzugeben. Ich setze mich an den erstbesten Tisch und hoffe, dass irgendjemand ihn mit Namen ansprechen wird, doch die junge Frau hinter der Theke begrüßt ihn nur mit einem munteren »Hallo, Doc, was darf's denn sein?«

Die Tür geht auf, und wieder betritt eine Person, die ich kenne, das Café. Donna Branca hat ihren Blazer abgelegt, und die Feuchtigkeit hat ihre sonst so makellose blonde Helmfrisur ein wenig zerzaust. Es lässt sie jünger aussehen, und ich kann das Mädchen sehen, das sie einmal gewesen sein muss, sonnengebräunt und hübsch, bevor der Ernst des Lebens sie zwang, die Uniform einer Geschäftsfrau anzulegen. Als sie den Arzt erblickt, hellt sich ihre Miene auf, und sie sagt: »Ben, ich hatte gehofft, dich hier zu treffen. Jen Oswalds Sohn bewirbt sich für ein Medizinstudium, und du bist genau der Richtige, um ihn dabei zu beraten.«

Ben. Jetzt fällt es mir wieder ein. Sein Name ist Ben Gordon.

»Ich kann ihn gerne mal anrufen«, sagt er. »Danke, dass du mir Bescheid gesagt hast.« Während er auf meinen Tisch zugeht, starrt Donna ihm hinterher. Dann starrt sie mich an, als ob an dem Bild irgendetwas nicht stimmte. Als ob ich kein Recht hätte, einen Tisch mit Dr. Gordon zu teilen.

»Bitte sehr. Das sollte Ihren Blutzuckerspiegel wieder ins Lot bringen«, sagt er und legt einen Cookie vor mich hin. Er ist so groß wie ein Unterteller und üppig mit Schokochips gespickt.

Ich habe absolut kein Interesse daran, diesen Cookie

zu essen, aber aus Höflichkeit beiße ich einmal ab. Er ist hoffnungslos süß, so langweilig und eintönig wie Zuckerwatte. Schon als Kind wusste ich, dass in jedem guten Rezept das Verhältnis von süß und sauer, von salzig und bitter fein ausbalanciert sein muss. Ich denke an meine allerersten selbst gebackenen Hafer-Rosinen-Kekse, und ich weiß noch, dass Lucy und ich es kaum erwarten konnten, sie zu probieren, als sie aus dem Ofen kamen. Lucy, immer großzügig mit ihrem Lob, erklärte sie zu den *besten Keksen der Welt*, aber ich wusste es besser. Wie im Leben geht es auch beim Kochen und Backen um den Ausgleich von Gegensätzen, und ich wusste, dass ich beim nächsten Mal mehr Salz in den Teig würde tun müssen.

Wenn nur jeder Fehler im Leben sich so leicht beheben ließe.

»Wie schmeckt's?«, fragt er.

»Gut. Ich habe bloß keinen Hunger.«

»Genügt wohl nicht Ihren hohen Qualitätsansprüchen? Ich habe gehört, dass Sie fantastische Heidelbeer-Muffins machen.« Als er meinen erstaunten Blick sieht, lacht er. »Ich hab es von der Dame am Postschalter gehört, die es wiederum von Billy gehört hat.«

»In dieser Stadt gibt es wirklich keine Geheimnisse.«

»Und was ist aus Ihrem Mäuseproblem geworden? Emmett vom Eisenwarenladen hat prophezeit, dass Sie binnen einer Woche wiederkommen würden, um neue Fallen zu kaufen.«

Ich seufze. »Ich hatte vor, heute welche zu besorgen. Dann bin ich im Historischen Verein hängen geblieben, und …« Ich verstumme, als ich bemerke, dass Donna, die allein ein paar Tische weiter sitzt, uns anschaut. Sie sieht mir direkt in die Augen, und ihr Blick verunsichert mich. Als ob sie mich bei etwas Verbotenem ertappt hätte.

Plötzlich wird die Tür aufgestoßen, und alle Blicke richten sich auf den Mann im Fischer-Overall, der ins Café gestürzt kommt. »Doc?«, ruft er Ben zu. »Sie werden am Hafen gebraucht.«

»Jetzt sofort?«

»Jetzt sofort. Pete Crouse hat eben am Anleger festgemacht. Sie müssen sich anschauen, was er aus der Bucht gefischt hat.«

»Was ist es denn?«

»Eine Leiche.«

So gut wie alle Gäste im Café folgen Ben und dem Fischer zur Tür hinaus. Neugier ist ansteckend. Sie zwingt uns anzuschauen, was wir eigentlich gar nicht sehen wollen, und auch ich lasse mich von der makabren Prozession mitziehen, die über die kopfsteingepflasterte Straße hinunter zum Hafen marschiert. Offenbar hat die Nachricht von einem Leichenfund schon die Runde gemacht, denn eine kleine Menschenmenge hat sich um den Anleger versammelt, an dem ein Hummerboot festgemacht hat. Ein Ortspolizist erblickt Ben und winkt.

»He, Doc! Sie ist auf dem Deck unter der Plane.«

»Ich hab sie bei Scully's Rocks gefunden, sie hatte sich im Seetang verheddert«, erklärt der Hummerfischer. »Im ersten Moment hab ich meinen Augen nicht getraut, aber als ich sie dann mit dem Bootshaken rangezogen habe, war mir klar, die ist echt. Ich hatte Bedenken, dass ich vielleicht … na ja, Schaden anrichten könnte, wenn ich sie an Bord hole. Aber ich konnte sie ja auch nicht da draußen dümpeln lassen, und ich hatte Angst, dass sie untergehen würde. Dann hätten wir sie nie mehr gefunden.«

Ben steigt in das Hummerboot und tritt an die blaue Plastikplane, unter der sich die Umrisse einer menschlichen Gestalt abzeichnen. Obwohl ich nicht sehen kann, was er sieht, kann ich die Erschütterung in seiner Miene lesen, als er eine Ecke der Plane lüftet und das anstarrt, was darunter liegt. Eine ganze Weile kauert er nur da, konfrontiert mit den grausamen Verwüstungen, die das Meer einem menschlichen Körper zufügen kann. Die Menge auf dem Anleger schweigt respektvoll, niemand wagt es, diesen ernsten Moment zu stören. Abrupt lässt Ben die Plane fallen und blickt zu dem Polizisten auf. »Haben Sie den Rechtsmediziner verständigt?«

»Ja, Sir. Er ist unterwegs.« Der Polizist sieht auf die Plane hinunter und schüttelt den Kopf. »Ich schätze mal, dass sie schon eine ganze Weile im Wasser gelegen hat.«

»Mindestens ein paar Wochen. Und nach der Größe und den Resten der Kleidung zu schließen, handelt es sich höchstwahrscheinlich um eine Frau.« Mit grimmiger Miene richtet Ben sich auf und steigt von dem Hummerboot. »Haben Sie aktuell irgendwelche Vermisstenmeldungen vorliegen?«

»Nein, in den letzten paar Monaten hat es keine gegeben.«

»Um diese Jahreszeit sind draußen in der Bucht viele Boote unterwegs. Sie könnte über Bord gegangen und ertrunken sein.«

»Aber wenn sie schon seit Wochen im Wasser liegt, sollte man meinen, dass inzwischen jemand sie als vermisst gemeldet hätte.«

Ben zuckt mit den Schultern. »Vielleicht war sie Einhandseglerin, und es hat noch niemand ihr Verschwinden bemerkt.«

Der Polizist dreht sich um und starrt aufs Wasser hinaus. »Oder jemand wollte nicht, dass sie gefunden wird.«

Als ich nach Brodie's Watch zurückfahre, bin ich immer noch aufgewühlt von der Szene am Hafen, deren Zeugin ich geworden bin. Zwar habe ich die Leiche nicht mit eigenen Augen gesehen, aber ich habe die unverkennbaren Konturen eines menschlichen Körpers unter der blauen Plane gesehen, und meine Fantasie ergänzt all die grausigen Details, denen Ben sich stellen musste. Ich denke an Captain Brodie, dessen Leib den gleichen unerbittlichen Kräften des Ozeans anheimgefallen ist. Ich stelle mir vor, wie es ist zu ertrinken, wild mit Armen und Beinen rudernd, während Salzwasser in die Lunge dringt. Ich male mir aus, wie Fische und Krebse sich über das Fleisch hermachen, wie Haut und Muskeln von der Strömung über messerscharfe Korallen gezogen werden. Nach anderthalb Jahrhunderten unter Wasser, was ist da noch übrig von dem stattlichen Mann, der mir aus dem Porträt entgegengeblickt hat?

Ich biege in meine Zufahrt ein und stöhne auf beim Anblick von Neds Pick-up, der vor dem Haus parkt. Ich habe inzwischen den Handwerkern einen Schlüssel überlassen, und natürlich sind sie hier bei der Arbeit, aber ich bin wirklich nicht in der Stimmung, mir wieder einen Nachmittag lang ihr Gehämmer anzuhören. Ich gehe nur so lange hinein, wie ich brauche, um einen Picknickkorb mit Brot, Käse und Oliven zu packen. Die angebrochene

Flasche Rotwein auf der Arbeitsplatte ruft mir zu: »Vergiss mich nicht!«, und ich lege sie ebenfalls in meinen Korb.

Beladen mit meinem Imbiss und einer Decke kraxele ich wie eine Bergziege über die mit Flechten bedeckten Felsen und folge dem Pfad zum Strand. Als ich mich umblicke, kann ich Billy und Ned bei der Arbeit hoch oben auf dem Witwenbalkon sehen. Sie sind damit beschäftigt, das neue Geländer zu installieren, und sie bemerken mich nicht. Ich setze meinen Weg fort, vorbei an den blühenden Rosen, und springe vom letzten Felsen auf den Kieselstrand, den ich an jenem ersten Morgen entdeckt habe. Einen Strand, an dem mich niemand sehen kann. Ich breite meine Decke über die Steine und packe meinen Lunch aus. Mag sein, dass ich den Verstand verliere, aber ich weiß immer noch, wie man stilvoll diniert. Obwohl es nur ein einfaches Picknick im Freien ist, spare ich nicht am Zeremoniell. Ich lege eine Stoffserviette neben den Teller, dann Gabel und Messer und ein Glas. Der erste Schluck Wein flutet meinen Körper mit Wärme. Seufzend lehne ich mich mit dem Rücken an einen Felsen und blicke aufs Meer hinaus. Das Wasser ist geradezu unheimlich still, die Oberfläche glatt wie ein Spiegel. Das ist genau das, was ich heute tun muss: absolut nichts. Ich werde in der Sonne baden wie eine Schildkröte und den Wein seine Wirkung tun lassen. Und die tote Frau vergessen, die sie aus dem Meer gezogen haben. Ich werde Captain Brodie vergessen, dessen Gebeine verstreut am Meeresgrund liegen. Heute ist Heilung angesagt.

Und Vergessen. Vor allem Vergessen.

Die salzige Luft macht mich hungrig, und ich reiße ein

Stück Brot ab, bestreiche es mit Brie und schlinge es in zwei Bissen hinunter. Dann verputze ich noch ein paar Oliven und spüle mit einem zweiten Glas Wein nach. Als ich mit meiner Mahlzeit fertig bin, ist die Riojaflasche leer, und ich bin so schläfrig, dass ich kaum die Augen offen halten kann.

Ich strecke mich auf der Decke aus, lege mir einen Sonnenhut übers Gesicht und falle sofort in einen tiefen, traumlosen Schlaf.

Und wache erst auf, als kaltes Wasser an meine Füße plätschert.

Ich schiebe meinen Hut zur Seite und sehe, dass der Himmel sich dunkelviolett verfärbt hat und die Sonne im Begriff ist, hinter dem Felsvorsprung unterzugehen. Wie lange habe ich geschlafen? Die auflaufende Flut hat meinen kleinen Strand schon zur Hälfte überschwemmt, und das untere Ende meiner Decke ist klatschnass. Schlaftrunken und mit schwerem Kopf raffe ich die Reste meines Picknicks zusammen, stopfe alles in den Korb und bringe mich mit schwankenden Schritten vor dem Wasser in Sicherheit. Meine Haut fühlt sich heiß und gerötet an, und ich giere nach einem Glas Mineralwasser. Vielleicht mit einem Schuss Rosé dazu.

Ich klettere den Pfad zum Klippenrand empor. Oben angekommen, halte ich inne, um zu verschnaufen und blicke zum Witwenbalkon hinauf. Was ich sehe, lässt mich erstarren. Obwohl ich das Gesicht des Mannes nicht ausmachen kann, weiß ich genau, wer dort steht.

Im Laufschritt eile ich auf das Haus zu, die leere Weinflasche rollt klirrend in meinem Picknickkorb umher. Irgendwo unterwegs verliere ich meinen Hut, aber ich kehre nicht um, um ihn aufzuheben, sondern laufe einfach weiter. Ich springe die Verandastufen hinauf, reiße die Haustür auf und stürze hinein. Die Zimmermänner sind weg, es dürfte also niemand im Haus sein außer mir. In der Diele lasse ich den Picknickkorb fallen, und er landet mit einem dumpfen Schlag, doch ich höre kein anderes Geräusch, nur das Pochen meines eigenen Herzens. Es steigert sich zu einem Trommelwirbel, als ich die Treppe hinaufgehe und den Flur entlang zum Erkerturm eile. Am Fuß der Turmtreppe bleibe ich stehen, um zu horchen.

Oben ist alles still.

Ich denke an den Mann auf dem Gemälde, die Augen, die mich direkt angesehen haben, nur mich, und ich sehne mich danach, sein Gesicht wiederzusehen. Ich will… Ich *muss* wissen, dass er echt ist. Ich erklimme die Stufen, höre das vertraute Knarren unter meinen Schritten, während das Dämmerlicht mir den Weg weist. Ich betrete das Turmzimmer, und der Geruch des Ozeans bricht über mich herein. Ich erkenne ihn als das, was er ist: *sein* Geruch. Er liebte die See, und es war die See, die ihn sich schließlich holte. In ihren Armen fand er seine ewige Ruhestätte, doch etwas von ihm verweilt immer noch in diesem Haus.

Ich durchquere das mit Werkzeug vollgestellte Zimmer und trete auf den Witwenbalkon. Alle durchgefaulten Planken sind inzwischen ausgetauscht, und zum ersten Mal kann ich mich auf die Plattform hinauswagen. Da ist niemand. Keine Zimmermänner, kein Captain Brodie. Ich kann immer noch das Meer riechen, aber diesmal ist es der Wind selbst, der den Geruch vom Wasser herbeiweht.

»Captain Brodie?«, rufe ich. Ich erwarte nicht wirklich eine Antwort, hoffe aber dennoch, eine zu hören. »Ich habe keine Angst vor Ihnen. Ich möchte Sie sehen. *Bitte*, lassen Sie mich Sie sehen.«

Der Wind zerzaust meine Haare. Kein kalter Wind, sondern der sanfte Hauch des Sommers, und er bringt die Aromen von Rosen und warmer Erde. Den Geruch des Landes. Lange stehe ich dort und blicke aufs Meer hinaus, wie er es einst getan haben muss, und warte darauf, seine Stimme zu hören. Doch niemand spricht zu mir, niemand erscheint.

Er ist verschwunden.

8

Ich liege in meinem dunklen Schlafzimmer und lausche wieder einmal dem Getrippel der Mäuse in den Wänden. Seit Monaten ist der Alkohol mein Anästhetikum, und oft habe ich nur Schlaf finden können, indem ich mich fast bis zur Besinnungslosigkeit betrank. Doch heute Abend bin ich auch nach zwei doppelten Whiskeys noch kein bisschen schläfrig. Irgendwie weiß ich, dass dies die Nacht ist, in der er mir erscheinen wird.

Hannibal, der an meiner Seite friedlich geschlummert hat, spitzt plötzlich die Ohren und setzt sich auf. Die Mäuse in den Wänden sind still. Die ganze Welt scheint regungslos zu verharren, sogar das Meer hält in seinem unablässigen rhythmischen Murmeln inne.

Ein vertrauter Geruch durchweht das Zimmer. Der Geruch des Ozeans.

Er ist hier.

Ich setze mich im Bett auf. Der Pulsschlag pocht in meinem Hals, meine Hände sind eiskalt. Ich suche das Zimmer ab, doch ich sehe nur das grüne Leuchten von Hannibals Augen, die mich beobachten. Keine Bewegung, kein Geräusch. Der Geruch des Ozeans wird stärker, als ob eine Flutwelle mitten durchs Zimmer geschwappt wäre.

Und dann gerät dort, nahe dem Fenster, die Dunkelheit

in Bewegung. Noch sehe ich keine Gestalt, nur die leiseste Andeutung einer Silhouette, die in der Dunkelheit zu einer Form gerinnt.

»Ich habe keine Angst vor Ihnen«, verkünde ich.

Der Schatten treibt davon wie Rauch, ich kann ihn fast nicht mehr sehen. »Bitte, kommen Sie zurück, Captain Brodie!«, rufe ich. »Sie *sind* doch Captain Brodie, nicht wahr? Ich will Sie sehen. Ich will wissen, dass Sie echt sind!«

»Die Frage ist: Bist *du* echt?«

Die Stimme ist verblüffend klar, die Worte erklingen *unmittelbar neben mir.* Erschrocken blicke ich mich um und schaue direkt in die Augen von Jeremiah Brodie. Das ist nicht bloß ein Schatten – nein, das ist ein Mann aus Fleisch und Blut, mit dichtem schwarzem Haar, das im Mondschein silbrig schimmert. Seine tief liegenden Augen fixieren mich so intensiv, dass ich fast die Hitze dieses Blicks spüren kann. Dies ist das Gesicht, das ich in dem Gemälde gesehen habe, der gleiche markante Unterkiefer, die gleiche scharf geschnittene Nase. Er ist seit anderthalb Jahrhunderten tot, und doch sehe ich ihn in diesem Moment vor mir, und er ist so handfest, so echt, dass die Matratze sich durchbiegt, als er sich zu mir aufs Bett setzt.

»Du bist in meinem Haus«, sagt er.

»Ich wohne jetzt hier. Ich weiß, dass dies Ihr Haus ist, aber …«

»Zu viele Menschen vergessen diese Tatsache.«

»Ich werde es nicht vergessen, niemals. Das hier *ist* Ihr Haus.«

Er beäugt mich von oben bis unten, und sein Blick verweilt aufreizend lange auf dem Ausschnitt meines Nachthemds. Dann richtet er ihn wieder auf mein Gesicht. Als er meine Wange berührt, fühlen sich seine Finger auf meiner Haut verblüffend warm an. »Ava.«

»Sie kennen meinen Namen.«

»Ich weiß viel mehr über dich als nur deinen Namen. Ich spüre deinen Schmerz. Ich höre dich im Schlaf weinen.«

»Sie beobachten mich?«

»Jemand muss über dich wachen. Hast du denn sonst niemanden?«

Seine Frage treibt mir die Tränen in die Augen. Er liebkost mein Gesicht, und es ist nicht die kalte Hand eines Leichnams, die ich spüre. Jeremiah Brodie ist lebendig, und seine Berührung lässt mich erzittern.

»Hier in meinem Haus wirst du finden, was du ersehnst«, sagt er.

Ich schließe die Augen, und ein Schauer überläuft mich, als er sanft mein Nachthemd zur Seite schiebt und meine Schulter küsst. Sein unrasiertes Gesicht ist rau auf meiner Haut, und ich seufze, während mein Kopf in den Nacken sinkt. Das Nachthemd rutscht von meiner anderen Schulter, und Mondlicht strömt über meine Brüste. Ich zittere am ganzen Leib, schutzlos seinen Blicken ausgesetzt, und doch verspüre ich keine Angst. Sein Mund findet meinen, und sein Kuss schmeckt nach Salz und Rum. Ich schnappe nach Luft und rieche feuchte Wolle und Meerwasser. Den Geruch eines Mannes, der zu lange auf einem Schiff gelebt hat; eines Mannes, der sich nach dem Geschmack einer Frau verzehrt.

So wie ich mich nach dem Geschmack eines Mannes verzehre.

»Ich weiß, was du begehrst«, sagt er.

Was ich begehre, ist *er*. Ich will, dass er mich alles vergessen lässt bis auf das Gefühl, in den Armen eines Mannes zu liegen. Ich lasse mich auf den Rücken fallen, und im nächsten Moment ist er auf mir, sein Gewicht drückt mich auf die Matratze. Er packt meine Handgelenke und hält sie über meinem Kopf nieder. Ich kann mich nicht gegen ihn wehren. Ich will mich nicht gegen ihn wehren.

»Ich weiß, was du brauchst.«

Ich schnappe erschrocken nach Luft, als seine Hand sich um meine Brust schließt. Das ist keine sanfte Umarmung, es ist eine Inbesitznahme, und ich zucke zurück, als ob er gerade sein Brandzeichen in meine Haut geätzt hätte.

»Und ich weiß, was du verdienst.«

Ich reiße die Augen auf. Und starre ins Nichts. Hektisch sehe ich mich im Zimmer um, sehe die Umrisse der Möbel, den Glanz des Mondlichts auf den Dielen. Und ich sehe Hannibals Augen, die mich anstarren, grün und stets wachsam.

»Jeremiah?«, flüstere ich.

Niemand antwortet.

Das Kreischen einer elektrischen Säge weckt mich, und als ich die Augen aufschlage, blendet mich strahlender Sonnenschein. Die Laken sind zerwühlt und um meine Beine gewickelt, und zwischen meinen Oberschenkeln ist das Betttuch feucht. Immer noch bin ich erregt und verzehre mich vor Sehnsucht nach ihm.

War er wirklich hier?

Schwere Schritte knarren oben im Turmzimmer, und

Hammerschläge lassen das Gebälk erzittern. Billy und Ned sind wieder bei der Arbeit, und ich liege hier im Zimmer direkt unter ihnen, die Beine gespreizt, meine Haut kribbelnd vor Wollust. Plötzlich schäme ich mich für meine Nacktheit. Ich steige aus dem Bett und ziehe dieselben Kleider an, die ich gestern getragen habe. Sie liegen immer noch auf dem Boden, ich kann mich nicht einmal erinnern, sie ausgezogen zu haben. Hannibal scharrt schon an der geschlossenen Tür und verlangt mit ungeduldigem Miauen, hinausgelassen zu werden. Kaum habe ich die Tür aufgemacht, schießt er schon hinaus und läuft hinunter in die Küche. Natürlich – er will sein Frühstück.

Ich folge ihm nicht, sondern gehe hinauf ins Turmzimmer, wo ich verblüfft auf das große Loch in der Wand starre. Billy und Ned haben den Gipskarton durchbrochen, und jetzt stehen sie da und spähen in den freigelegten Hohlraum.

»Was in aller Welt ist da?«, frage ich.

Ned dreht sich um und registriert stirnrunzelnd meine zerzausten Haare. »Oje, ich hoffe, wir haben Sie nicht geweckt.«

»Ähm, doch, das haben Sie.« Ich reibe mir die Augen. »Wie spät ist es?«

»Halb zehn. Wir haben an die Haustür geklopft, aber Sie haben uns wohl nicht gehört. Wir dachten, Sie sind vielleicht spazieren gegangen oder so.«

»Was haben Sie denn mit Ihrem Arm gemacht?«, fragt Billy.

Ich sehe auf die Schrammen hinunter. »Oh, das ist nichts weiter. Da hat Hannibal mich neulich gekratzt.«

»Ich meine Ihren anderen Arm.«

»Was?« Ich starre entgeistert den Bluterguss an, der sich wie ein hässliches blaues Armband um meinen Unterarm zieht. Ich kann mich nicht erinnern, wie das passiert ist, genauso wenig, wie ich mich erinnern kann, wie ich mir neulich abends das Knie angeschlagen habe. Ich denke an den Kapitän und daran, wie er meine Arme auf das Bett niedergedrückt hat. Ich erinnere mich an das Gewicht seines Körpers, an den Geschmack seines Mundes. Aber das war nur ein Traum, und Träume hinterlassen keine Blutergüsse. Bin ich auf dem Weg ins Bad im Dunkeln gestolpert? Oder ist es gestern Nachmittag am Strand passiert? So betäubt vom Wein, wie ich war, hätte ich vielleicht gar keinen Schmerz gespürt, wenn ich mir den Arm an einem Felsen gestoßen hätte.

Meine Kehle ist so trocken, dass ich kaum auf Billys Frage antworten kann. »Vielleicht habe ich mir den in der Küche geholt. Manchmal bin ich so ins Kochen vertieft, dass ich gar nicht merke, wenn ich mir wehtue.« Ich habe es jetzt eilig, ihren Fragen und Blicken zu entkommen, und wende mich zum Gehen. »Jetzt brauche ich erst mal einen Kaffee. Ich setze welchen auf, vielleicht mögen Sie ja auch eine Tasse.«

»Schauen Sie sich erst mal an, was wir hinter dieser Wand gefunden haben«, sagt Ned. Er reißt noch ein Stück von der Gipskartonwand heraus, sodass der Hohlraum dahinter besser zu sehen ist.

Ich spähe durch die Öffnung und sehe das Schimmern eines Messingleuchters an der mintgrün gestrichenen Wand. »Es ist ein kleiner Alkoven. Wie sonderbar.«

»Der Fußboden da drin ist immer noch in recht gutem Zustand. Und schauen Sie sich mal diese Stuckleisten an.

Die sind noch original. Dieser Raum ist wie eine Zeitkapsel, die über all die Jahre unverändert erhalten geblieben ist.«

»Wie kommt jemand auf die Idee, so einen Alkoven zuzumauern?«

»Ich habe mit Arthur darüber gesprochen, aber uns ist auch keine Erklärung eingefallen. Wir glauben, dass es vor der Zeit seiner Tante gemacht wurde.«

»Vielleicht waren es Schmuggler, die da drin Alkohol versteckt haben«, mutmaßt Billy. »Oder einen Schatz.«

»Es gibt nirgendwo eine Tür – wie hätte man da rankommen sollen?« Ned schüttelt den Kopf. »Nein, dieser Raum wurde versiegelt wie eine Grabkammer. Als ob jemand die Tatsache aus der Welt schaffen wollte, dass er je existiert hat.«

Ich schaudere unwillkürlich, als ich in den Raum blicke, in dem seit mindestens einer Generation die Zeit stillgestanden hat. Welche Skandalgeschichte könnte jemanden veranlasst haben, diesen Raum zu verschließen und alle Spuren seiner Existenz zu übertünchen? Welches Geheimnis hat diese Person zu verbergen gesucht?

»Arthur will, dass wir die Zwischenwand einreißen und den Alkoven passend zum Rest des Turmzimmers streichen«, sagt Ned. »Außerdem werden wir den Boden abschleifen und versiegeln müssen, das wird auch noch mal ein, zwei Wochen dauern. Wir arbeiten jetzt schon seit Monaten in diesem Haus, und allmählich glaube ich, dass wir nie damit fertig werden.«

»Dieses verrückte alte Haus«, sagt Billy und greift nach einem Vorschlaghammer. »Ich frage mich, was es noch für Überraschungen parat hält.«

Billy und Ned sitzen an meinem Küchentisch und strahlen beide übers ganze Gesicht, als ich zwei dampfende Schüsseln auf den Tisch stelle, die ein köstliches Aroma von Rindfleisch und Lorbeerblättern verströmen.

»Das hat schon den ganzen Vormittag so lecker gerochen«, sagt Billy, dessen grenzenloser Appetit mich immer wieder in Erstaunen versetzt. »Wir haben uns gefragt, was Sie hier unten wieder zaubern.«

»Labskaus«, antworte ich.

»Für mich sieht das aus wie Rindfleischeintopf.« Er schaufelt sich einen Löffel voll in den Mund und schließt die Augen, während er befriedigt aufseufzt. »Was immer es ist, ich komm mir vor wie im siebten Himmel.«

»Es ist so etwas wie der Rindfleischeintopf der Seeleute«, erkläre ich, während die beiden Männer sich über das Essen hermachen. »Das Rezept stammt ursprünglich von den Wikingern, aber die haben Fisch verwendet. Das Rezept ist dann mit den Seefahrern um die ganze Welt gereist, und irgendwann wurde der Fisch durch Rindfleisch ersetzt.«

»Yeah, Rindfleisch«, nuschelt Billy.

»Und Bier«, füge ich hinzu. »In diesem Gericht ist ein ordentlicher Schuss Bier drin.«

Billy hebt die Faust. »Yeah, Bier!«

»Mensch, Billy, Sie können es nicht einfach nur in sich reinschaufeln. Sie müssen mir schon sagen, was Sie davon *halten.*«

»Ich würd's wieder essen.« Natürlich würde er das. Wenn es ums Essen geht, ist Billy der anspruchsloseste Mensch, dem ich je begegnet bin. Wenn ich ihm eine gebratene Schuhsohle hinstellen würde, er würde sie ohne Murren verzehren.

Aber Ned lässt sich Zeit. In aller Ruhe führt er einen Löffel voll Kartoffeln und Rindfleisch zum Mund und überlegt, während er kaut. »Ich kann mir nicht vorstellen, dass das, was die Seefahrer damals gegessen haben, auch nur annähernd so gut geschmeckt hat«, lautet sein Urteil. »Das muss unbedingt in das Buch, Ava.«

»Das finde ich auch. Freut mich, dass der Guide Ned Haskell meinem Rezept grünes Licht gibt.«

»Was kochen Sie nächste Woche für uns?«, fragt Billy.

Ned knufft ihn in die Schulter. »Sie kocht nicht für *uns*. Das ist Recherche für ihr Buch.«

Ein Buch, für das ich bereits Dutzende von erhaltenswerten Rezepten zusammengestellt habe, von einem viele Generationen alten frankokanadischen Rezept für Tourtière-Schweinefleischpastete, saftig und triefend vor Fett, über einen Hirschrücken mit Wacholderbeeren bis hin zu einer Vielzahl von Gerichten mit gesalzenem Kabeljau. Jetzt kann ich sie alle an waschechten Mainers ausprobieren, an Männern mit gesundem Appetit.

Billy hat seine Schüssel als Erster geleert und geht wieder nach oben, um weiterzumachen, doch Ned genießt noch in Ruhe die letzten Bissen.

»Ich werde ganz traurig sein, wenn wir mit Ihrem Turmzimmer fertig sind«, sagt er.

»Und ich werde traurig sein, meine Testesser zu verlieren.«

»Sie haben doch bestimmt keinen Mangel an Freiwilligen, Ava.«

Mein Handy klingelt, und ich sehe den Namen meines Lektors auf dem Display aufleuchten. Ich bin seinen Anrufen ausgewichen, aber ich kann ihn nicht endlos vertrösten. Wenn ich jetzt nicht rangehe, wird er einfach immer wieder anrufen.

»Hallo, Simon«, melde ich mich.

»Dann bist du also doch nicht von einem Bären gefressen worden.«

»Tut mir leid, dass ich nicht zurückgerufen habe. Ich schick dir morgen die nächsten Kapitel.«

»Scott meint, wir sollten einfach nach Maine rauffahren und dich nach Hause schleifen.«

»Ich will aber nicht nach Hause geschleift werden. Ich will weiterschreiben. Ich brauchte nur ein bisschen Abstand.«

»Abstand wovon?«

Ich bin still, weil ich nicht recht weiß, was ich darauf antworten soll. Ich sehe zu Ned, der diskret aufsteht und seine leere Schüssel zur Spüle trägt.

»Ich bin nur sehr beschäftigt im Moment, das ist alles«, sage ich.

»Ach ja? Wie heißt er denn?«

»Also, jetzt bist du aber auf dem völlig falschen Dampfer. Ich ruf dich nächste Woche an.« Ich lege auf und sehe Ned an, der gewissenhaft das Geschirr spült. Mit seinen achtundfünfzig Jahren hat er immer noch den schlanken, athletischen Körperbau eines Mannes, der körperliche Arbeit verrichtet, aber er hat mehr zu bieten als nur Muskelkraft. Sein Schweigen hat Tiefe. Er ist ein Mann, der beobachtet und zuhört, der viel mehr wahrnimmt, als man vermuten mag. Ich frage mich, was er von mir denkt. Ob er es sonderbar findet, dass ich mich in dieses einsame Haus zurückgezogen habe, mit einem ungezogenen Kater als einziger Gesellschaft.

»Sie müssen doch nicht den Abwasch machen«, sage ich.

»Ist schon in Ordnung. Ich mag nun mal keine Unordnung hinterlassen.« Er spült die Schüssel aus und greift nach einem Geschirrtuch. »In dem Punkt bin ich eigen.«

»Sie sagten, dass Sie schon seit Monaten an diesem Haus arbeiten?«

»Schon fast ein halbes Jahr.«

»Und Sie haben die Mieterin gekannt, die vor mir hier gewohnt hat? Charlotte hieß sie, glaube ich.«

»Ja, eine nette Frau. Arbeitet als Grundschullehrerin in Boston. Es schien ihr ganz gut zu gefallen hier oben, deswegen hab ich mich gewundert, als sie so überstürzt abgereist ist.«

»Sie hat Ihnen nicht den Grund gesagt?«

»Kein Wort. Eines Tages sind wir zur Arbeit hergekommen, und sie war verschwunden.« Er stellt die abgetrocknete Schüssel in den Schrank, genau an den richtigen Platz. »Billy war ein bisschen verknallt in sie. Es hat ihn schwer getroffen, dass sie sich nicht mal verabschiedet hat.«

»Hat sie jemals von irgendwelchen merkwürdigen Beobachtungen erzählt?«

»Merkwürdige Beobachtungen?«

»Ich meine, irgendwelche Geräusche oder Gerüche, die sie sich nicht erklären konnte. Oder andere Dinge.«

»Was für andere Dinge?«

»Ein Gefühl, als ob jemand … sie beobachtet.«

Er dreht sich um und sieht mich an. Ich bin dankbar, dass wenigstens er sich die Zeit nimmt, überhaupt über meine Frage nachzudenken. »Nun ja, sie hat uns mal nach Vorhängen gefragt«, antwortet er schließlich.

»Was für Vorhänge?«

»Sie wollte, dass wir in ihrem Schlafzimmer Vorhänge anbringen, damit niemand zum Fenster reinschauen kann. Ich habe sie darauf hingewiesen, dass ihr Schlafzimmer zum Meer liegt und dass da draußen niemand ist, der sie sehen kann, aber sie hat darauf bestanden, dass ich mit dem Eigentümer darüber spreche. Eine Woche danach ist sie abgereist. Die Vorhänge haben wir nie aufgehängt.«

Ich spüre, wie mich ein kalter Schauer überläuft. Dann hat Charlotte es also auch empfunden – dieses Gefühl, dass sie nicht allein in diesem Haus war, dass sie beobachtet wurde. Aber Vorhänge können nicht vor den Blicken eines Mannes schützen, der längst tot ist.

Nachdem Ned wieder ins Turmzimmer hinaufgegangen ist, lasse ich mich auf einen Küchenstuhl sinken und reibe mir den Kopf, in dem vergeblichen Versuch, die Erinnerung an letzte Nacht wegzumassieren. Bei Tageslicht betrachtet kann es nur ein Traum gewesen sein. Natürlich war es ein Traum, denn die Alternative ist schlichtweg unmöglich: dass ein Mann, der längst tot ist, versucht hat, mit mir zu schlafen.

Nein, das ist viel zu harmlos ausgedrückt. Was letzte Nacht passiert ist, war eine Eroberung, eine Inbesitznahme. Obwohl es mir Angst gemacht hat, sehne ich mich nach mehr. *Ich weiß, was du verdienst,* hat er gesagt. Irgendwie weiß er von meinem Geheimnis, vom Grund für meine Schande. Er weiß es, weil er mich beobachtet.

Beobachtet er mich in diesem Moment?

Ich setze mich kerzengerade auf und blicke mich nervös in der Küche um. Natürlich ist da niemand sonst. So wie auch letzte Nacht niemand in meinem Schlafzimmer war, nur das Phantom, das ich aus meiner eigenen Einsamkeit heraufbeschworen hatte. Ein Geist ist schließlich der perfekte Liebhaber für jede Frau. Ich muss ihn nicht bezirzen oder unterhalten, ich muss mir keine Gedanken machen, dass ich zu dick oder zu alt oder zu hässlich bin. Er macht sich nicht nachts in meinem Bett breit oder lässt seine Schuhe und Socken im Zimmer herumliegen. Er erscheint, wenn ich das Bedürfnis habe, geliebt zu werden, so wie ich geliebt werden *will*, und am Morgen löst er sich praktischerweise in Luft auf. Ich muss ihm nie Frühstück machen.

Mein Lachen hat den schrillen Klang des Wahnsinns. Entweder verliere ich den Verstand, oder es spukt wirklich in meinem Haus.

Ich weiß nicht, mit wem ich reden oder wem ich mich anvertrauen soll. In meiner Verzweiflung klappe ich meinen Laptop auf. Das letzte Dokument, an dem ich gearbeitet hatte, ist noch geöffnet – eine Liste der Zutaten für das nächste Rezept: Crème double, ein paar Klümpchen Butter, ausgelöste Austern, kombiniert zu einem deftigen Eintopf, der früher wohl auf den gusseisernen Öfen überall entlang der neuenglischen Küste schmorte. Ich schließe die Datei und öffne eine Suchmaschine. Aber wonach suche ich eigentlich? Nach Psychiatern in der näheren Umgebung?

Stattdessen tippe ich: *Spukt es in meinem Haus?*

Zu meiner Überraschung füllt sich der Bildschirm mit einer ganzen Latte von Websites. Ich klicke den ersten Link an.

Viele Menschen glauben, dass es in ihrem Haus spukt, aber in den weitaus meisten Fällen gibt es logische Erklärungen für das, was sie erlebt haben. Zu den beschriebenen Phänomenen zählen:

- Haustiere, die sich merkwürdig verhalten.
- Seltsame Geräusche (Schritte, Knarren), wenn sonst niemand im Haus ist.
- Gegenstände, die verschwinden und an einem anderen Ort wieder auftauchen.
- Das Gefühl, beobachtet zu werden …

Ich halte inne, lasse meinen Blick wieder durch die Küche wandern und denke an seine Worte von letzter Nacht: *Jemand muss über dich wachen.* Was das merkwürdige Verhalten von Haustieren betrifft: Hannibal ist so damit beschäftigt, sein Mittagsmahl hinunterzuschlingen, dass er nicht ein einziges Mal von seiner Schüssel aufschaut. Vollkommen normales Verhalten für Mr. Dickwanst.

Ich scrolle weiter zur nächsten Seite der Website.

- Das Erscheinen von menschenähnlichen Gestalten oder Schatten, die sich bewegen.
- Das Gefühl, berührt zu werden.
- Gedämpfte Stimmen.
- Unerklärliche Gerüche, die kommen und gehen.

Betroffen starre ich auf diese letzten vier Spukphänomene. Du lieber Gott, ich habe sie alle vier erlebt! Nicht bloß Berührungen oder gedämpfte Stimmen. Ich habe sein Gewicht auf mir gespürt. Ich kann immer noch seine Lippen auf meinen spüren. Ich atme tief durch, um mich zu beruhigen. Es gibt eine ganze Reihe von Websites, die sich diesem Thema widmen, ich bin also nicht allein mit meinem Problem. Wie viele andere Menschen haben schon verzweifelt im Internet nach Antworten gesucht? Wie viele von ihnen haben sich gefragt, ob sie den Verstand verlieren?

Ich konzentriere mich wieder auf den Bildschirm meines Laptops.

Was ist zu tun, wenn Sie glauben, dass es in Ihrem Haus spukt?

- Beobachten und dokumentieren Sie alle ungewöhnlichen Vorfälle. Notieren Sie Zeitpunkt und Ort der Phänomene.
- Nehmen Sie alle physischen oder akustischen Phänomene auf Video auf. Halten Sie jederzeit ein Handy griffbereit.
- Holen Sie den Rat eines Experten/einer Expertin ein.

Ein Experte. Und wo finde ich so einen? »*Who ya gonna call? Ghostbusters!*«, sage ich laut, und mein Lachen klingt hysterisch.

Ich rufe wieder die Suchmaschine auf und gebe ein: *Maine Spukphänomene Beratung.*

Eine neue Seite mit Links zu Websites öffnet sich. Die meisten befassen sich mit Geschichten von Spukhäusern, und wie es aussieht, hat Maine Dutzende solcher Geschichten hervorgebracht, von denen manche es ins Fernsehen geschafft haben. Geister in Wirtshäusern, Geister auf Highways, Geister in Kinosälen. Meine Skepsis verstärkt sich, während ich mich durch die Liste scrolle. Ich habe den Eindruck, dass es hier nicht um echte Spukphänomene geht, sondern um bloße Mythen, um Gruselgeschichten, die man sich abends am Lagerfeuer erzählt. Die weiß gekleidete Anhalterin. Der Mann mit dem Zylinderhut. Ich scrolle zum Fuß der Seite und bin schon kurz davor, sie zu schließen, als mein Blick auf den Link ganz unten fällt.

Hilfe, Geister! – Professionelle Beratung bei Spukphänomenen, Maine.

Ich klicke den Link an. Die Website ist spärlich, sie besteht mehr oder weniger nur aus einer kurzen Tätigkeitsbeschreibung.

»Wir untersuchen und dokumentieren paranormale Aktivitäten im Bundesstaat Maine. Wir fungieren zudem als Schaltstelle für Informationen, und wir bieten Menschen, die mit paranormalen Phänomenen konfrontiert sind, emotionale und logistische Unterstützung.«

Es gibt ein Kontaktformular, aber keine Telefonnummer.

Ich tippe meinen Namen und meine Telefonnummer ein. In das Feld *Anlass Ihrer Anfrage* tippe ich: *Ich glaube, dass es in meinem Haus spukt. Ich weiß nicht, was ich tun soll.* Dann klicke ich auf *Senden.*

Die Anfrage zischt in den Äther davon, und gleich darauf komme ich mir lächerlich vor. Habe ich wirklich gerade einen Geisterjäger kontaktiert? Ich denke daran, was meine stets so logisch denkende Schwester Lucy dazu sagen würde. Lucy, deren Beruf als Ärztin auf wissenschaftlichen Fakten basiert. Ich brauche ihren Rat jetzt dringender denn je, doch ich wage es nicht, sie anzurufen. Ich habe Angst vor dem, was sie mir sagen wird, und noch mehr vor dem, was ich *ihr* sagen werde. Ich werde auch nicht meinen langjährigen Freund und Lektor Simon anrufen, weil er mich bestimmt auslachen und mir sagen wird, dass ich einen Vogel habe. Und dann wird er mich daran erinnern, wie sehr ich mit meinem Manuskript in Verzug bin.

In einem verzweifelten Versuch, mich abzulenken, kratze ich den Rest des Labskaus in eine Schüssel und trage sie zum Kühlschrank. Ich reiße die Tür auf, und mein Blick bleibt an der Flasche Sauvignon blanc hängen, die in der Tür schimmert. Es ist so verlockend, dass ich schon die kühle, frische Schärfe des Alkohols schmecken kann. Die Flasche säuselt mir so verführerisch zu, dass ich fast das *Ping* überhöre, das den Eingang einer E-Mail signalisiert.

Ich drehe mich zum Laptop um. Die Mail kommt von einem unbekannten Account, aber ich öffne sie dennoch.

Von: Maeve Cerridwyn
Re: Ihr Spukproblem
Wann wäre es Ihnen recht?

9

Die Fahrt von Tucker Cove nach Tranquility, wo die Geisterjägerin wohnt, dauert zwei Stunden. Laut Karte sind es nur fünfundfünfzig Meilen Luftlinie, doch ein alter Spruch, den man in Maine oft zu hören bekommt, lautet: »Es führt kein Weg von hier nach da«, und daran muss ich denken, während ich über eine Reihe von Nebenstraßen langsam von der Küste ins Landesinnere vordringe. Ich komme vorbei an verlassenen Bauernhöfen mit verfallenen Scheunen, an Feldern, die schon so lange brach liegen, dass junge Bäume darauf sprießen, und durch dichte Wälder, wo kein Sonnenstrahl durch das Laubdach dringt. Mein Navi dirigiert mich über Straßen, die nirgendwohin zu führen scheinen, doch ich folge gehorsam der nervigen Stimme aus dem Lautsprecher, weil ich keine Ahnung habe, wo ich bin. Schon seit vielen Meilen ist mir kein anderes Auto mehr begegnet, und ich frage mich allmählich, ob ich nicht dauernd im Kreis fahre – wohin ich blicke, überall sehe ich nur Bäume, und alle Kurven sehen irgendwie gleich aus.

Dann entdecke ich den Briefkasten am Straßenrand mit dem aufgemalten hellblauen Schmetterling: Nummer 41. Ich habe mein Ziel erreicht.

Ich rumple die nicht geteerte Zufahrt hinauf, bis der

Wald weicht und den Blick auf Maeve Cerridwyns Haus freigibt. Die Behausung einer Geisterjägerin hatte ich mir irgendwie düster und unheimlich vorgestellt, aber dieses Cottage im Wald sieht eher so aus, als ob dort sieben freundliche Zwerge wohnen könnten. Als ich aus dem Wagen steige, höre ich das Klimpern von Windspielen. Hinter dem Haus ist ein Birkenwäldchen, die weißen Stämme ragen auf wie geisterhafte Wächter des Waldes. Auf dem besonnten Platz vor dem Haus blühen Salbei und Katzenminze in einem Kräutergarten.

Ich folge dem Feldsteinweg zum Haus, vorbei an meinen altbekannten kulinarischen Freunden: Thymian und Rosmarin, Petersilie und Estragon, Salbei und Oregano. Aber da sind auch noch andere Kräuter, die ich nicht identifizieren kann, und an diesem magischen Ort mitten im Wald muss ich mich unwillkürlich fragen, für welche mysteriösen Zwecke sie verwendet werden. Vielleicht als Ingredienzien für einen Liebestrank oder zur Abwehr von Dämonen? Ich bücke mich, um eine Pflanze mit schwarzen Beeren und kelchförmigen lila Blüten zu inspizieren.

Als ich mich wieder aufrichte, stelle ich erschrocken fest, dass eine Frau mich von der Veranda aus beobachtet. Wie lange ist sie schon da?

»Ich bin froh, dass Sie hergefunden haben, Ava«, sagt sie. »Man hat sich schnell mal verfahren in dieser Gegend.«

Maeve Cerridwyn entspricht überhaupt nicht dem Bild, das ich mir von einer Geisterjägerin gemacht habe. Sie wirkt weder mysteriös noch furchteinflößend, diese zierliche Frau mit ihrem freundlichen Allerweltsgesicht. Die Sonne hat ihre Haut mit Sommersprossen gesprenkelt und tiefe Lachfalten um ihre braunen Augen eingegraben, und ihr dunkles Haar ist schon halb ergraut. Ich kann mir nicht vorstellen, dass diese Frau Geistern die Stirn bieten oder gegen Dämonen kämpfen soll. Sie sieht eher aus, als ob sie ihnen Plätzchen backen würde.

»Es tut mir leid, dass Sie die lange Fahrt auf sich nehmen mussten, um mich zu treffen. Normalerweise komme ich zu den Klienten nach Hause, aber mein Auto ist noch in der Werkstatt.«

»Das ist schon in Ordnung. Ich hatte sowieso das Gefühl, dass mir ein bisschen Abstand guttun würde.« Ich lasse den Blick über ihren Garten schweifen. »Was für eine Pracht. Ich schreibe über Kochen und Essen, und ich bin immer auf der Suche nach neuen Küchenkräutern, die ich noch nicht ausprobiert habe.«

»Nun ja, mit dem Kraut da sollten Sie lieber nicht kochen«, sagt sie und deutet auf die Pflanze, die ich gerade bewundert habe. »Das ist eine Tollkirsche. Eine Handvoll von den Beeren kann schon tödlich sein.«

»Aber warum haben Sie sie dann in Ihrem Garten?«

»Jede Pflanze hat ihren Nutzen, auch die giftigen. Eine Belladonna-Tinktur kann als Anästhetikum und zur Wundheilung eingesetzt werden.« Sie lächelt. »Kommen Sie doch rein. Ich verspreche, dass ich Ihnen nichts in den Tee tue außer Honig.«

Ich betrete das Haus und halte einen Moment inne, während ich staunend die vielen Spiegel betrachte, die an fast allen Wänden hängen. Manche sind bloße Glasscherben, andere reichen vom Boden bis zur Decke. Einige sind in üppig dekorierte Rahmen gefasst. Wohin ich auch schaue, überall bewegt sich etwas – ich selbst, wie ich von einem Spiegelbild zum nächsten wandere.

»Wie Sie sehen, habe ich einen Spiegeltick«, gesteht sie. »Manche Leute sammeln Porzellanfrösche. Ich sammle Spiegel aus aller Welt.« Sie deutet auf jeden Einzelnen, während wir den Flur entlanggehen. »Der da ist aus Guatemala. Und der aus Indien. Malaysia. Slowenien. Wo man auch hinkommt, überall wollen die Menschen sich selbst anschauen. Sogar Perlhühner bleiben stehen und starren ihr eigenes Spiegelbild an.«

Ich bleibe vor einem besonders auffälligen Exemplar stehen. Das Spiegelglas ist von einem Blechrahmen eingefasst, der mit grotesken und furchterregenden Fratzen geschmückt ist. *Dämonen.* »Das ist ja ein interessantes Hobby, das Sie da haben«, murmele ich.

»Es ist mehr als ein Hobby. Sie dienen auch als Schutz.«

Ich sehe sie fragend an. »Schutz wovor?«

»In manchen Kulturen gelten Spiegel als gefährlich. Man glaubt, dass sie Tore zu einer anderen Welt sind, durch die Geister hin- und herwandern und Unheil anrichten können. Aber die Chinesen glauben, dass Spiegel ein Abwehrzauber sind, und sie hängen sie an die Außenwände ihrer Häuser, um böse Geister abzuschrecken. Wenn ein Dämon sein eigenes Spiegelbild erblickt, ergreift er die Flucht und lässt einen in Ruhe.« Sie deutet auf einen Spiegel mit grün und goldgelb bemaltem Rahmen, der über der Küchentür hängt. »Das ist ein BaGua-Spiegel. Er ist konvex, wie Sie sehen. So soll er negative Energien absorbieren und sie von meiner Küche fernhalten.« Sie bemerkt meinen zweifelnden Gesichtsausdruck. »Sie halten das alles für Humbug, nicht wahr?«

»Ich war schon immer skeptisch, was das Übernatürliche betrifft.«

Sie lächelt. »Und dennoch sind Sie hier.«

Wir setzen uns in ihre Küche, wo Kristalle im Fenster hängen und kleine Regenbogen auf die Wände malen. Hier gibt es keine Spiegel. Vielleicht glaubt sie, dass die Küche vor Dämonen sicher ist, geschützt durch den Hindernisparcours von Spiegeln in der Diele. Ich bin erleichtert, dass ich in diesem Raum nirgendwo mein eigenes Gesicht reflektiert sehe. Wie diese Dämonen fürchte auch ich mich vor meinem eigenen Spiegelbild – fürchte mich davor, mir selbst in die Augen zu sehen.

Maeve stellt zwei Tassen mit dampfendem Kamillentee auf den Tisch und setzt sich mir gegenüber. »Und jetzt erzählen Sie mir doch von Ihrem Geisterproblem.«

Ich kann mir ein verlegenes Lachen nicht verkneifen. »Tut mir leid, aber das kommt mir irgendwie lächerlich vor.«

»Kein Wunder, Sie glauben ja nicht an Geister.«

»Nein, wirklich nicht. Noch nie. Ich habe immer gedacht, dass Menschen, die Gespenster sehen, entweder an Wahnvorstellungen leiden oder zu viel Fantasie haben, aber ich weiß nicht, wie ich das erklären soll, was in meinem Haus vorgeht.«

»Sie glauben, dass es sich um paranormale Phänomene handelt?«

»Ich weiß es nicht. Ich weiß nur, dass ich mir das alles *nicht* eingebildet habe.«

»Das haben Sie ganz bestimmt nicht. Aber in alten Häusern knarrt es oft im Gebälk. Das Holz dehnt sich aus und zieht sich zusammen. Wasserhähne tropfen.«

»Nichts davon kann erklären, was ich gesehen habe. Oder was ich gespürt habe, als er mich berührte.«

Sie zieht eine Augenbraue hoch. »Etwas hat Sie tatsächlich *berührt*?«

»Ja.«

»Wo?«

»Im Gesicht. Er hat mein Gesicht berührt.« Ich werde ihr nicht sagen, wo er mich sonst noch berührt hat. Oder wie er meinen Körper mit seinem aufs Bett niedergedrückt hat.

»Sie sagten am Telefon, dass Sie auch ungewöhnliche Gerüche wahrnehmen.«

»Es ist fast immer das Erste, was mir auffällt, kurz bevor er erscheint.«

»Gerüche werden oft als Vorboten einer übernatürlichen Präsenz beschrieben. Ist es ein unangenehmer Geruch?«

»Nein. Es ist wie … wie eine Meeresbrise. Der Geruch der See.«

»Was ist Ihnen noch aufgefallen? Sie sagten, dass Ihr Kater sich manchmal merkwürdig verhält.«

»Ich glaube, dass er es auch wahrnimmt. Ich glaube, er sieht ihn.«

Maeve nickt und nimmt einen Schluck Tee. Nichts von dem, was ich gesagt habe, scheint sie zu überraschen. Die Gelassenheit, mit der sie auf diese so abstrusen Schilderungen reagiert, beruhigt mich irgendwie. Sie gibt mir das Gefühl, dass meine Geschichte wohl doch nicht so lächerlich ist. »Was sehen Sie genau, Ava? Beschreiben Sie es.«

»Ich sehe einen Mann. Er ist in meinem Alter, groß, mit dichten schwarzen Haaren.«

»Eine Ganzkörpererscheinung.«

»Ja, von Kopf bis Fuß.« *Und mehr.* »Er trägt einen dunklen Mantel. Schlicht und schmucklos. Wie der Mantel, den Captain Brodie auf seinem Porträt trägt.«

»Captain Brodie ist der Mann, der Ihr Haus gebaut hat?«

Ich nicke. »Sein Porträt hängt im Historischen Verein von Tucker Cove. Es heißt, er sei auf See umgekommen, was erklären würde, warum ich jedes Mal den Ozean rieche, bevor er erscheint. Und als er zu mir sprach, sagte er: ›Du bist in meinem Haus.‹ Er glaubt, dass es *immer noch* sein Haus ist. Ich weiß nicht, ob ihm überhaupt bewusst ist, dass er gestorben ist …« Ich wünsche mir so sehr, dass sie mir glaubt, und als ich den Blick senke, merke ich, wie sich meine Hände auf dem Tisch ineinander verkrampft haben. »Es ist Captain Brodie. Ich bin mir sicher, dass er es ist.«

»Fühlen Sie sich in diesem Haus willkommen?«

»Inzwischen schon.«

»Aber anfangs nicht?«

»Als ich es zum ersten Mal von außen sah, wirkte das Haus unfreundlich auf mich, als ob es mich nicht dort haben wollte. Dann bin ich hineingegangen und habe das Meer gerochen. Und plötzlich fühlte ich mich willkommen. Ich hatte den Eindruck, dass das Haus mich akzeptiert hatte.«

»Dann haben Sie also gar keine Angst?«

»Anfangs schon, aber jetzt nicht mehr. Sollte ich denn Angst haben?«

»Das hängt davon ab, womit Sie es tatsächlich zu tun haben. Ob es *nur* ein Geist ist.«

»Was sollte es sonst sein, wenn nicht ein Geist?«

Sie zögert, und zum ersten Mal spüre ich ihr Unbehagen, als ob es ihr widerstrebt, mir zu sagen, was sie denkt.

»Geister sind die Seelen von Verstorbenen, die es nicht geschafft haben, sich ganz von unserer Welt zu lösen«, erklärt sie. »Sie bleiben in unserer Nähe, weil in ihrem Leben etwas unerledigt geblieben ist. Oder sie hängen hier fest, weil sie noch nicht erkannt haben, dass sie tot sind.«

»Wie Captain Brodie.«

»Möglicherweise. Hoffen wir, dass es nichts weiter ist als das. Ein freundlicher Geist.«

»Gibt es auch unfreundliche Geister?«

»Es kommt darauf an, was für ein Mensch er in seinem irdischen Leben war. Freundliche Menschen werden zu freundlichen Geistern. Da Ihre Erscheinung Ihnen offenbar keine Angst macht, steckt vielleicht wirklich nicht mehr dahinter. Ein Geist, der Sie in seinem Haus akzeptiert hat. Der vielleicht sogar versuchen wird, Sie vor Unheil zu beschützen.«

»Dann muss ich mir ja keine Sorgen machen.«

Sie greift nach ihrer Teetasse und nimmt einen kleinen Schluck. »Wahrscheinlich nicht.«

Der Klang dieses Worts gefällt mir nicht: *wahrscheinlich*. Die Möglichkeiten, die es heraufbeschwört. »Gibt es etwas, weswegen ich mir Sorgen machen *sollte*?«

»Es gibt noch andere Erscheinungen, die sich in einem Haus manifestieren können. Manchmal werden sie von negativer Energie angezogen. Poltergeister zum Beispiel scheinen oft in Haushalten aufzutreten, in denen Heranwachsende leben. Oder bei Familien, in denen emotionales Chaos herrscht.«

»Ich lebe allein.«

»Machen Sie derzeit eine persönliche Krise durch?«

Wo soll ich anfangen? Ich könnte ihr erzählen, dass ich

die letzten acht Monate vor Schuldgefühlen wie gelähmt war. Ich könnte ihr erzählen, dass ich aus Boston geflüchtet bin, weil ich es nicht ertrage, mit der Vergangenheit konfrontiert zu werden. Aber ich erzähle ihr nichts von alldem und sage nur: »Ich versuche, ein Buch fertigzuschreiben. Es ist fast ein Jahr überfällig, und mein Lektor liegt mir ständig damit in den Ohren. Also ja, ich stehe momentan unter einem gewissen Stress.« Sie betrachtet mich eingehend, und ihr Blick ist so durchdringend, dass ich die Augen abwenden muss, während ich frage: »Wenn es tatsächlich ein Poltergeist ist, woran würde ich das erkennen?«

»Poltergeister können sich auf recht handfeste Weise bemerkbar machen. Möbel werden verschoben oder beginnen zu schweben. Geschirr fliegt durch die Luft, Türen knallen. Es kann sogar zu Gewaltakten kommen.«

Ich hebe den Kopf. »Gewalt?«

»Aber Sie haben nichts dergleichen erlebt. Oder?«

Ich zögere. »Nein.«

Glaubt sie mir? Ihr Schweigen lässt auf Zweifel schließen, doch nach einer Weile geht sie einfach darüber hinweg. »Ich werde mich ein wenig mit der Geschichte Ihres Hauses befassen, um herauszufinden, ob es irgendwelche Vorfälle in der Vergangenheit gab, die Ihre Spukphänomene erklären könnten. Danach können wir entscheiden, ob eine Amelioration angebracht ist.«

»Eine Amelioration? Sie meinen – es loswerden?«

»Es gibt Möglichkeiten, diese Phänomene abzustellen. Passieren diese Vorfälle jeden Tag?«

»Nein.«

»Wann war das letzte Mal?«

Ich senke den Blick auf meine Teetasse. »Vor drei Tagen.« Und drei Nächten, in denen ich wach gelegen und darauf gewartet habe, dass der Captain wieder erscheint. Und mich gefragt habe, ob ich ihn mir nur eingebildet habe.

In denen ich schon befürchtete, ihn nie wiederzusehen.

»Ich will ihn nicht vertreiben«, sage ich. »Ich wollte mich nur vergewissern, dass das, was ich erlebt habe, *real* ist.«

»Sie sind also bereit, seine Anwesenheit zu tolerieren?«

»Was kann ich denn sonst tun?«

»Sie können ihn auffordern zu gehen.«

»Ist das so einfach?«

»Manchmal braucht es nicht mehr. Ich hatte Klienten, die ihren Geist aufgefordert haben, das Haus zu räumen und weiterzuziehen. Und das war's – Problem gelöst. Wenn es das ist, was Sie wollen, kann ich Ihnen helfen.«

Einen Moment lang sage ich nichts, denke nur darüber nach, wie es wäre, ihn nie mehr im Dunkel meines Zimmers auftauchen zu sehen. Nie wieder seine Gegenwart zu spüren, die über mich wacht. Mich beschützt. *Unter meinem Dach wird dir kein Leid geschehen.*

»Sind Sie bereit, mit dieser Erscheinung zu leben?«, fragt sie.

Ich nicke. »So sonderbar es klingt, ich fühle mich sicherer, wenn ich weiß, dass er da ist.«

»Dann ist es das Vernünftigste, zunächst einmal gar nichts zu tun. In der Zwischenzeit werde ich ein wenig zu Brodie's Watch recherchieren. Die Maine State Library in Augusta hat Zeitungsarchive, die Hunderte von Jahren zurückreichen, und ich habe eine Bekannte, die dort arbeitet.«

»Wonach wollen Sie suchen?«

»Nach eventuellen Tragödien, die sich im Haus ereignet haben. Todesfälle, Suizide, Morde. Berichte von paranormalen Aktivitäten.«

»Von einem tragischen Zwischenfall weiß ich bereits. Ein Handwerker hat mir davon erzählt. Er sagt, es sei vor ungefähr zwanzig Jahren passiert, in einer Halloween-Nacht. Ein paar Teenager sind in das Haus eingebrochen, haben sich betrunken und randaliert. Eines der Mädchen ist vom Witwenbalkon gestürzt und gestorben.«

»Es *hat* also einen Todesfall gegeben.«

»Aber es war nur ein Unfall. Das ist die einzige Tragödie, von der ich weiß.«

Ihr Blick wandert zum Küchenfenster, wo die vielfarbigen Kristalle funkeln. Leise sagt sie: »Wenn es noch weitere gab, würde ich mir schon Gedanken machen.«

»Worüber?«

Sie sieht mich an. »Ob Ihr Problem tatsächlich ein Geist ist.«

Es ist bereits später Nachmittag, als ich wieder in Richtung Tucker Cove aufbreche. Unterwegs halte ich an einem Diner, um etwas zu essen und über das nachzudenken, was Maeve mir gesagt hat. *Ich kann Ihnen helfen. Es gibt Möglichkeiten, diese Phänomene abzustellen.* Möglichkeiten, Captain Brodie für immer verschwinden zu lassen. Aber das ist es nicht, was ich will – das war mir schon klar, bevor ich mit ihr gesprochen habe. Ich wollte einfach nur, dass man mir glaubt. Ich wollte wissen, dass das, was ich in Brodie's Watch gesehen und empfunden habe, echt ist. Nein, ich habe keine Angst vor Captain Brodies Geist.

Wovor ich panische Angst habe, ist die Möglichkeit, dass er *nicht* existiert und ich dabei bin, den Verstand zu verlieren.

Während ich auf das Hähnchen warte, das ich bestellt habe, gehe ich die Nachrichten auf meinem Handy durch. Ich hatte es während des Treffens mit Maeve stumm geschaltet, und jetzt sehe ich, dass ich mehrere neue Sprachnachrichten habe. Die erste ist von Simon, meinem Lektor, der wieder angerufen hat, um sich nach dem Stand meines überfälligen Manuskripts zu erkundigen. *Die Kapitel, die du geschickt hast, sind fantastisch! Wann kriege ich mehr zu sehen? Und wir müssen auch über ein neues Erscheinungsdatum reden.*

Ich werde ihm morgen eine Mail schreiben. Immerhin kann ich so viel berichten: Mit dem Buch geht es weiterhin gut voran. (Und meine Handwerker haben sichtlich zugenommen.) Ich scrolle über die nächsten beiden Voicemails weg, beides Spam-Anrufe, und komme zu einer Nummer, die ich nur zu gut kenne.

Um 13.21 Uhr hat Lucy angerufen.

Ich höre ihre Nachricht nicht ab – ich könnte es nicht ertragen, ihre Stimme zu hören.

Stattdessen konzentriere ich mich auf mein Essen, das gerade gekommen ist. Das Brathähnchen ist trocken und zäh, und das Kartoffelpüree schmeckt, als ob es aus der Tüte kommt. Obwohl ich kein Mittagessen hatte, habe ich keinen Appetit, doch ich zwinge mich, ein paar Happen zu essen. Ich will nicht über Lucy oder Simon nachdenken und auch nicht über das Buch, das ich fertigschreiben muss. Nein, ich denke lieber an den Geist, der zu einer willkommenen Ablenkung geworden ist. Maeve hat mir versichert, dass auch andere Menschen, vernünftige Menschen, Geister sehen. Ich kann die Gesellschaft eines Geistes jedenfalls gut gebrauchen, und das Haus ist groß genug für uns beide. Welche einsame Frau würde nicht gerne ihr Bett mit einem strammen Schiffskapitän teilen?

Wo bist du gewesen, Captain Brodie? Werde ich dich heute Nacht sehen?

Ich bezahle mein Essen, das ich kaum angerührt habe, und setze meine Fahrt fort.

Als ich zu Hause ankomme, ist die Nacht hereingebrochen. Es ist so dunkel, dass ich mich die Verandastufen hinauftasten muss. Als ich an der Haustür ankomme, halte ich inne, und der Schreck fährt mir durch alle Glieder. Selbst in dem schwachen Licht kann ich sehen, dass die Tür nur angelehnt ist.

Heute ist Freitag, also werden Billy und Ned im Haus gearbeitet haben, aber sie würden niemals die Haustür unverschlossen lassen. Ich überlege, wer sonst noch einen Haustürschlüssel haben könnte: Donna Branca. Arthur Sherbrooke. Meine Vormieterin. Hat Charlotte vergessen, ihren Schlüssel zurückzugeben, als sie abgereist ist? Hat jemand anderes ihn in die Finger bekommen?

Ein lautes Miauen dringt aus dem Haus, und Hannibal steckt den Kopf durch den Türspalt, um mich zu begrüßen. Mein schlauer Maine-Coon-Kater hat schon bewiesen, dass er Türknäufe drehen und Türen aufdrücken kann, und er wirkt vollkommen gelassen. Da er nicht beunruhigt ist, muss im Haus doch alles in Ordnung sein.

Ich drücke leicht gegen die Tür, und sie schwingt mit einem erschreckend lauten Quietschen auf. Ich schalte das Licht ein und sehe mich in der Diele um – hier scheint alles unverändert. Hannibal sitzt zu meinen Füßen, zuckt mit dem Schwanz und fordert miauend sein Abendessen. Vielleicht hat Ned wirklich vergessen, die Tür abzuschließen. Vielleicht hat Hannibal es fertiggebracht, sie zu öffnen.

Vielleicht war es der Geist.

Ich folge Hannibal in die Küche und schalte das Licht ein. Er läuft zielstrebig auf den Schrank mit dem Katzenfutter zu, aber ich achte nicht mehr auf ihn. Stattdessen heftet sich mein Blick auf einen Erdklumpen auf dem Boden.

Und den Schuhabdruck.

Ich entdecke noch einen weiteren Abdruck und noch einen, und ich verfolge die Spur zurück zu ihrem Ursprung: dem Küchenfenster, das sperrangelweit offen steht.

10

Die Polizei durchsucht jedes Zimmer in meinem Haus bis in den hintersten Winkel. Die Polizei, das sind in diesem Fall Officer Quinn und Officer Tarr. Der Hase und die Schildkröte – das war mein erster Gedanke, als ich sie aus ihrem Streifenwagen steigen sah. Quinn, der Jüngere von beiden, springt behände vom Beifahrersitz, während der etwa fünfzigjährige Officer Tarr sich in Zeitlupe aus dem Fahrersitz schält. Wenn er so fährt, wie er sich bewegt, wundert es mich nicht, dass von meinem Anruf bis zu ihrem Eintreffen fünfundvierzig Minuten vergangen sind.

Aber nun sind sie endlich da, und sie gehen an diesen Einbruch mit einer Gewissenhaftigkeit heran, als ob es sich um eine Mordermittlung handelte. Sie folgen mir nach oben zu den Schlafzimmern. Officer Quinn nimmt immer zwei Stufen auf einmal, während Tarr schwerfällig hinterhertappt. Ich bestätige ihnen, dass anscheinend nichts gestohlen oder verändert wurde. Während Tarr sich akribisch Notizen macht, durchsucht Quinn die Schränke und trabt dann hinauf ins Turmzimmer, um sich zu vergewissern, dass der Einbrecher sich nicht dort oben versteckt hat.

Zurück in der Küche, nehmen sie die Schuhabdrücke genauer in Augenschein. Sie sind eindeutig zu groß, um von mir zu stammen. Dann wendet Tarr seine Aufmerksamkeit dem offenen Fenster zu, durch das der Täter offensichtlich eingedrungen ist.

»Stand dieses Fenster so offen, als Sie das Haus verlassen haben?«, fragt er mich.

»Ich bin mir nicht sicher. Ich weiß, dass ich es heute Morgen geöffnet hatte, als ich Frühstück machte, aber …« Ich verstumme. Ich kann mich beim besten Willen nicht erinnern, ob ich es geschlossen habe, ohne es zu verriegeln. In letzter Zeit war ich immer so abgelenkt – von meinem Buch, von dem Geist –, dass mir Details entfallen sind, an die ich mich eigentlich erinnern sollte. *Wie zum Beispiel, woher ich diese blauen Flecken habe.*

»Haben Sie in letzter Zeit Personen in der Nähe des Hauses beobachtet, die sich irgendwie verdächtig benahmen?«

»Nein. Ich meine, da sind die zwei Zimmermänner, die am Haus arbeiten, aber die würde ich nicht als verdächtig bezeichnen.«

Er schlägt eine neue Seite in seinem Notizbuch auf. »Die Namen der beiden?«

»Ned und Billy.« Ihre Nachnamen habe ich vergessen, und Tarr blickt zu mir auf.

»Ned? Ned Haskell?«

»Genau, so heißt er.«

Schweigend nimmt er diese Information auf, und sein Schweigen macht mich nervös. »Sie hatten jederzeit Zugang zum Haus«, erkläre ich. »Ich lasse ihnen immer einen Schlüssel da. Sie könnten einfach zur Haustür hineingehen und hätten es nicht nötig, durchs Fenster zu klettern.«

Tarr lässt seinen Blick langsam durch die Küche schweifen und auf meinem Laptop verweilen, der unversehrt auf dem Küchentisch steht, immer noch eingesteckt und eingeschaltet. Dann wendet er sich ganz langsam zur Arbeitsplatte um, wo in einer Schüssel eine Handvoll Kleingeld liegt, ebenfalls unberührt. Officer Tarr mag keiner von der schnellen Truppe sein, aber dumm ist er nicht, und er kann die Indizien interpretieren, die zu einer verblüffenden Schlussfolgerung führen.

»Der Einbrecher hebt das Fliegengitter heraus und wirft es ins Gebüsch«, denkt er laut nach. »Er steigt durch das offene Fenster ein und durchquert die Küche, wobei Erde von seinen Sohlen auf dem Boden zurückbleibt.« Er senkt seinen schildkrötenartigen Kopf, während er den Schuhabdrücken folgt, die sich auf halbem Weg durch die Küche verlieren. »Er ist in Ihrem Haus, und doch nimmt er nicht einen einzigen Wertgegenstand mit. Er lässt den Laptop dort stehen. Steckt nicht einmal das Bargeld ein.«

»Es war also kein Raub?«, sagt Quinn.

»Da will ich mich noch nicht festlegen.«

»Warum hat er nichts mitgenommen?«

»Vielleicht weil er nicht mehr dazu kam.« Tarr tapst schwerfällig zur Küchentür hinaus in die Diele, wo er ächzend in die Hocke sinkt. Jetzt erst bemerke ich das, worauf sein Blick gerichtet ist: ein Klümpchen Lehm, das unmittelbar vor der Haustürschwelle am Boden liegt. Beim Hereinkommen hatte ich es übersehen.

»Das stammt von seinen Schuhen«, sagt Tarr. »Merkwürdig, nicht wahr? Er hat nirgendwo sonst im Haus Fußspuren hinterlassen. Nur in der Küche und hier, auf dem Weg nach draußen. Da frage ich mich doch …«

»Was?«

»Warum ist er so schnell wieder verschwunden? Er hat nichts mitgenommen. Ist nur zum Fenster eingestiegen und durch die Küche gegangen, und dann hatte er es so eilig, das Haus wieder zu verlassen, dass er sich nicht mal die Zeit genommen hat, die Haustür hinter sich zuzuziehen.« Tarr ächzt wieder, als er sich aufrichtet. Von der Anstrengung ist sein Gesicht knallrot angelaufen. »Das ist das Rätsel, nicht wahr?«

Eine Weile stehen wir alle drei schweigend da und suchen nach einer Erklärung für das sonderbare Verhalten des Einbrechers. Hannibal schleicht sich an mir vorbei und streckt sich zu Füßen von Officer Tarr aus, in dessen Phlegma er sich anscheinend wiedererkennt.

»Offenbar hat ihn irgendetwas verscheucht«, mutmaßt Quinn. »Vielleicht hat er Ihre Scheinwerfer den Weg raufkommen sehen und sich aus dem Staub gemacht.«

»Aber ich habe niemanden gesehen«, erwidere ich. »Und es stand kein Auto in der Einfahrt, als ich nach Hause kam.«

»Wenn es ein Jugendlicher war, ist er vielleicht nicht mit dem Auto gekommen«, meint Quinn. »Er könnte zu Fuß über den Klippenpfad gekommen sein. Der Wanderweg beginnt an dem öffentlichen Strand, nur eine Meile von hier. Ja, das steckt bestimmt dahinter. Irgendein junger Kerl, der glaubte, in ein leer stehendes Haus einzubrechen. Das ist hier schon mal vorgekommen.«

»Davon habe ich gehört«, sage ich und denke an das, was Ned mir über den Einbruch an Halloween erzählt hat, und über das arme Mädchen, das vom Witwenbalkon in den Tod gestürzt ist.

»Wir geben Ihnen deshalb den gleichen Rat, den wir

ihr damals gegeben haben: Halten Sie immer alle Türen und Fenster verschlossen. Und sagen Sie uns Bescheid, wenn …«

»Ihr?« Ich blicke zwischen den beiden Polizisten hin und her. »Von wem reden Sie?«

»Von der Dame, die das Haus vor Ihnen gemietet hatte. Der Lehrerin.«

»Bei Charlotte wurde auch eingebrochen?«

»Sie lag im Bett, als sie unten ein Geräusch hörte. Als sie runterkam, sah sie ein Fenster offen stehen. Aber da war der Einbrecher schon verschwunden, und er hatte nichts mitgenommen.«

Ich sehe auf den Lehmklumpen hinunter, abgefallen von der Sohle des Einbrechers, der heute Abend in mein Haus eingedrungen ist. Ein Einbrecher, der vielleicht noch im Haus war, als ich die Zufahrt hinauffuhr. Plötzlich überläuft es mich kalt, und ich schlinge mir die Arme um den Oberkörper. »Was, wenn es nicht nur irgendein Jugendlicher war?«, frage ich leise.

»Tucker Cove ist eine sehr sichere Stadt, Ma'am«, sagt Officer Quinn. »Ab und zu gibt's mal einen Ladendiebstahl, klar, aber wir hatten hier keine schwerwiegenden Vorkommnisse seit …«

»Es ist immer klug, Sicherheitsvorkehrungen zu treffen«, fällt ihm Tarr ins Wort. »Halten Sie Türen und Fenster verschlossen. Und vielleicht überlegen Sie, ob Sie sich nicht einen Hund zulegen wollen.« Er sieht auf Hannibal hinunter, der sich zufrieden schnurrend an seinen Stiefel schmiegt. »Ich glaube nicht, dass Ihr Kater hier einen Einbrecher in die Flucht schlagen könnte.«

Aber ich weiß, wer dazu in der Lage wäre. *Ein Geist.*

Ich verriegele die Haustür und mache mich gleich daran, sämtliche Fenster im Erdgeschoss zu schließen und ebenfalls zu verriegeln. Die Polizisten haben jedes Zimmer und jeden Wandschrank durchsucht, aber meine Nerven flattern immer noch, und ich kann mir nicht vorstellen, jetzt schon ins Bett zu gehen.

Stattdessen bleibe ich in der Küche und schenke mir einen Whisky ein. Und dann noch einen.

Die zweite Flasche ist fast leer. Als ich in Brodie's Watch eingezogen bin, war diese Flasche halb voll – habe ich wirklich in dieser kurzen Zeit den ganzen Whisky getrunken? Ich weiß, ich sollte mich auf einen Drink beschränken, aber nach diesem wirklich aufwühlenden Tag brauche ich einen beruhigenden Schlummertrunk. Ich nehme mein Glas und die Flasche mit dem kleinen Rest Whisky und gehe nach oben.

In meinem Schlafzimmer sehe ich mich unwillkürlich um, während ich meine Bluse aufknöpfe und die Jeans ausziehe. Als ich in der Unterwäsche dastehe, komme ich mir schutzlos und ausgeliefert vor, obwohl niemand da ist, der mich sehen könnte. Jedenfalls niemand, den *ich* sehen kann. Das Meer ist heute Nacht unruhig, und durch das offene Fenster höre ich das Tosen der Wellen, die sich an den Klippen brechen. Schwarz wie Öl erstreckt sich die See unter dem Sternenhimmel bis zum Horizont. Obwohl mein Zimmer nur auf menschenleere Klippen und eine endlose Wasserfläche hinausgeht, verstehe ich, warum Charlotte Vorhänge vor diesem Fenster wollte. Die Nacht selbst scheint Augen zu haben, die mich sehen können, wie ich hier im Schein der Nachttischlampe stehe.

Ich schalte das Licht aus und lasse mich von der Dunkelheit einhüllen. Jetzt fühle ich mich nicht mehr so exponiert, als ich am Fenster stehe und die kühle Luft über meine Haut streichen lasse. Das wird mir fehlen, wenn ich nach Boston zurückkehre – jede Nacht beim Rauschen der Wellen einzuschlafen, mit der Salzluft auf meiner Haut. Und wenn ich gar nicht mehr in die Stadt zurückgehe? In letzter Zeit hat mich diese Möglichkeit mehr und mehr beschäftigt. Ich kann schließlich überall arbeiten. In Boston habe ich sowieso sämtliche Brücken hinter mir abgebrochen, habe mein altes Leben achtlos abgefackelt wie eine betrunkene Brandstifterin. Warum nicht hier in Tucker Cove bleiben, in diesem Haus?

Ich ziehe mein Nachthemd an, und während es über meinen Kopf gleitet, sehe ich aus dem Augenwinkel ein Licht vor meinem Fenster. Es flackert nur einen Moment lang auf und verlischt dann wieder.

Ich starre in die Nacht hinaus. Ich weiß, dass da draußen nichts ist als Klippen und Meer – wo kam dann dieses Licht her? In meinem dunklen Schlafzimmer bin ich unsichtbar, aber vor wenigen Sekunden hätte jeder, der dieses Fenster beobachtet, mich hier nackt sehen können, und der Gedanke lässt mich zurückweichen, weiter ins dunkle Zimmer hinein. Doch dann sehe ich das Licht wieder aufblitzen – es bewegt sich auf und ab wie ein Funken Glut, der vom Wind verweht wird. Es schwebt am Fenster vorbei und verglimmt in der Nacht.

Ein Glühwürmchen.

Ich nippe an meinem Whisky, und meine Gedanken wandern zurück zu anderen warmen Sommerabenden – damals, als Lucy und ich auf der Farm meiner Großeltern Glühwürmchen jagten. Wir liefen über eine Wiese, wo es funkelte wie tausend Sterne, und schwangen unsere Netze, fingen ganze Galaxien ein und sperrten sie in Einmachgläser. Mit unserer Beute gingen wir zum Haus zurück, zwei kleine Feen mit ihren Glühwürmchen-Laternen. Die Erinnerung ist so lebhaft, dass ich das Kitzeln der Grashalme an meinen Fußsohlen spüre, und ich höre wieder das Knarren der Fliegengittertür, durch die wir ins Haus zurückgingen. Ich weiß noch, wie wir die halbe Nacht wach blieben und die wirbelnden Lichter in unseren Gläsern bestaunten, eines auf ihrem Nachttisch, das andere auf meinem. Ein perfektes Paar, wie Lucy und ich.

Wie wir es früher waren.

Ich gieße mir den letzten Rest Whisky ins Glas, kippe ihn hinunter und strecke mich auf dem Bett aus.

Es ist jetzt die vierte Nacht, seit Captain Brodie zuletzt erschienen ist. Schon viel zu viele Stunden habe ich wach gelegen, geplagt von Zweifeln an seiner Existenz. Und an meinem eigenen Verstand. Als ich heute die Geisterjägerin aufsuchte, wollte ich nichts so sehr wie ihre Bestätigung, dass ich nicht an Wahnvorstellungen leide, dass die Dinge, die ich erlebt habe, wirklich passiert sind. Jetzt sind meine Zweifel wieder da.

Und dabei brauche ich so dringend Schlaf. Was würde ich nicht darum geben, nur ein Mal richtig durchschlafen zu können? Ich bin versucht, in die Küche hinunterzugehen und eine neue Flasche Wein aufzumachen. Nur noch ein, zwei Gläser, das würde vielleicht helfen, dieses elektrische Summen in meinem Kopf verstummen zu lassen.

Hannibal, der neben mir auf dem Bett liegt, hebt plötzlich den Kopf. Die flauschigen Ohren sind aufgestellt, sein Blick ist starr auf das offene Fenster gerichtet. Doch ich kann dort nichts Ungewöhnliches sehen, keinen ominösen Dunstwirbel, keinen dichter werdenden Schatten.

Ich steige aus dem Bett und blicke aufs Meer hinaus. »Komm zurück zu mir«, flehe ich. »Bitte, komm zurück!«

Etwas berührt leicht meinen Arm, aber sicherlich ist es nur meine Einbildung. Hat mein inständiger Wunsch nach seiner Gesellschaft aus einem bloßen Windhauch eine geisterhafte Berührung gemacht? Doch dann spüre ich das warme Gewicht einer Hand auf meiner Schulter. Ich drehe mich um, und *da ist er*, er steht mir direkt gegenüber, so real, wie ein Mann nur sein kann.

Ich blinzele meine Tränen weg. »Ich dachte schon, ich würde dich nie wiedersehen.«

»Du hast mich vermisst.«

»Ja.«

»Wie sehr, Ava?«

Ich seufze und schließe die Augen, als seine Finger sanft über meine Wange streichen. »Oh Gott, so sehr. Du bist mein einziger Gedanke. Alles, was ich …«

»Begehre?«

Die Frage, so leise ausgesprochen, jagt einen Schauer der Erregung durch meinen Körper. Ich öffne die Augen und blicke in ein Gesicht, dessen Züge im Schatten verborgen sind. Im Sternenlicht sehe ich nur die scharfe Kontur seiner Nase, die hervortretenden Wangenknochen. Was verhüllt die Dunkelheit noch?

»Begehrst du mich?«, fragt er.

»Ja.«

Er streichelt mein Gesicht, und obwohl seine Finger mich nur sachte berühren, habe ich das Gefühl, dass sie meine Haut verbrennen. »Und du wirst dich unterwerfen?«

Ich schlucke krampfhaft. Ich weiß nicht, was er will, aber ich bin bereit, ja zu sagen. Zu allem.

»Was verlangst du von mir?«, frage ich.

»Was du zu geben bereit bist.«

»Sag's mir.«

»Du bist keine Jungfrau. Du hast Männer gekannt.«

»Ja, das stimmt.«

»Männer, mit denen du gesündigt hast.«

Meine Antwort ist nur ein Flüstern. »Ja.«

»Sünden, für die du noch nicht gebüßt hast.« Seine Hand, die mein Gesicht so zärtlich umfasst hatte, schließt sich plötzlich fest um mein Kinn. Ich starre ihm direkt in die Augen. Er weiß es. Irgendwie hat er in meine Seele geblickt und meine Schuld gesehen. Meine Schande.

»Ich weiß, was dich quält, Ava. Und ich weiß, was du begehrst. Wirst du dich unterwerfen?«

»Ich verstehe nicht.«

»Sag es.« Er beugt sich näher heran. »Sag, dass du dich unterwerfen wirst.«

Meine Stimme ist kaum vernehmbar. »Ich werde mich unterwerfen.«

»Und du weißt, wer ich bin.«

»Jeremiah Brodie.«

»Ich bin der Kapitän des Schiffs. Ich befehle. Du gehorchst.«

»Was ist, wenn ich mich verweigere?«

»Dann werde ich mich in Geduld üben und auf eine Frau warten, die meiner Aufmerksamkeit würdiger ist. Und du wirst dieses Haus verlassen.« Schon spüre ich, wie seine Berührung schwächer wird, wie sein Gesicht sich in Schatten auflöst.

»Bitte«, rufe ich aus. »Verlass mich nicht!«

»Du musst einwilligen.«

»Das tue ich.«

»Dich zu unterwerfen?«

»Ja.«

»Zu gehorchen?«

»Ja.«

»Auch wenn es mit Schmerz verbunden ist?«

Ich verstumme für einen Moment. »Wie viel Schmerz?«, hauche ich.

»Genug, um deine Lust umso süßer zu machen.«

Er streichelt meine Brust, seine Liebkosung ist warm und sanft. Ich seufze, und mein Kopf sinkt nach hinten. Ich verlange nach mehr, so viel mehr. Er nimmt meine Brustwarze zwischen die Finger, und meine Knie werden weich, als der jähe Schmerz in Lust umschlägt.

»Wenn du bereit bist«, flüstert er, »werde ich da sein.«

Ich schlage die Augen auf, und er ist verschwunden.

Ich stehe allein in meinem Zimmer, schwankend und mit zitternden Knien. Meine Brust kribbelt, die Brustwarze schmerzt noch von seiner Attacke. Ich bin nass, so nass vor Lust, dass ich spüre, wie es feucht an meinem Schenkel herabrinnt. Mein Körper verzehrt sich danach, ausgefüllt zu werden, erobert zu werden, doch er hat mich im Stich gelassen.

Oder war er überhaupt je hier?

11

Am nächsten Morgen wache ich mit Fieber auf.

Die Sonne hat den Nebel bereits weggebrannt, und draußen zwitschern die Vögel, doch die milde Seeluft, die durch das offene Fenster hereinweht, kommt mir vor wie ein arktischer Windstoß. Fröstelnd und schlotternd taumle ich aus dem Bett, um das Fenster zu schließen, und krieche dann wieder unter die Decke. Ich will nicht aufstehen. Ich will nicht essen. Ich will nur aufhören zu zittern. Ich rolle mich zusammen wie ein Igel und sinke in einen tiefen Erschöpfungsschlaf.

Den ganzen Tag bleibe ich im Bett und stehe nur auf, um zur Toilette zu gehen oder einen Schluck Wasser zu trinken. Mein Schädel dröhnt, und das Sonnenlicht tut meinen Augen weh, deshalb ziehe ich mir die Decke über den Kopf.

So überhöre ich fast die Stimme, die meinen Namen ruft. Eine Frauenstimme.

Als ich die Decke zurückschlage, sehe ich, dass das Tageslicht geschwunden ist und das Zimmer im Halbdunkel liegt. Immer noch nicht ganz wach, rätsle ich, ob wirklich jemand mich gerufen hat oder ob ich es nur geträumt habe. Und wie ist es möglich, dass ich den ganzen Tag geschlafen habe? Warum hat Hannibal mich nicht wachgestupst und sein Frühstück verlangt?

Mit schmerzenden Augen suche ich das Zimmer ab, doch mein Kater ist nirgends zu sehen, und die Schlafzimmertür steht weit offen.

Es hämmert unten an die Tür, und wieder höre ich jemanden meinen Namen rufen. Dann war es also doch kein Traum.

Ich habe nicht die geringste Lust, mich aus dem Bett zu quälen, aber wer immer da unten an die Tür pocht, scheint nicht aufgeben zu wollen. Ich ziehe einen Bademantel über und wanke aus dem Zimmer zur Treppe. Im Dämmerlicht halte ich mich am Geländer fest, während ich mich von Stufe zu Stufe taste. Unten angekommen, sehe ich zu meinem Schrecken die Haustür offen stehen. Die Silhouette meiner Besucherin zeichnet sich im Gegenlicht von Autoscheinwerfern ab.

Ich taste hektisch nach dem Lichtschalter, und als ich ihn gefunden habe, ist das Dielenlicht so grell, dass meine Augen schmerzen. Ich bin immer noch so benommen, dass ich einen Moment brauche, um ihren Namen aus meinem Gedächtnis hervorzukramen, obwohl ich erst gestern mit ihr gesprochen habe, als ich sie in ihrem Haus besucht habe.

»Maeve?«, bringe ich schließlich hervor.

»Ich hab versucht, Sie anzurufen. Als Sie nicht drangingen, dachte ich mir, ich fahre trotzdem einfach mal hin, um mir das Haus anzusehen. Und da fand ich Ihre Haustür sperrangelweit offen.« Sie mustert mich kritisch. »Geht es Ihnen nicht gut?«

Der Schwindelanfall überkommt mich so unvermittelt, dass ich ins Wanken gerate und mich am Treppengeländer festhalten muss. Alles drehte sich um mich, und Maeves

Gesicht verschwimmt vor meinen Augen. Dann kippt der Boden weg, und ich falle, falle in eine tiefe Schlucht.

Ich höre Maeve noch rufen: »Ava!«

Und dann höre ich gar nichts mehr.

Ich weiß nicht, wie ich auf das Sofa im Salon gelangt bin, aber als ich zu mir komme, liege ich dort. Irgendjemand hat im Kamin Feuer gemacht. Die flackernden Flammen erzeugen eine Illusion von wohliger Wärme, die aber noch nicht bis unter die Decken gedrungen ist, in die ich jetzt gehüllt bin.

»Ihr Blutdruck ist auf neunzig zu sechzig gestiegen. Das ist schon viel besser. Ich vermute, dass Sie einfach nur dehydriert waren und deswegen ohnmächtig geworden sind.«

Dr. Ben Gordon nimmt mir die Blutdruckmanschette ab, wobei der Klettverschluss ein lautes Ratschen von sich gibt. Heutzutage findet man kaum noch Ärzte, die Hausbesuche machen, aber vielleicht ist das immer noch Alltag in Kleinstädten wie Tucker Cove. Ein Anruf von Maeve genügte, und zwanzig Minuten später betrat Ben Gordon mit seiner schwarzen Tasche und einem besorgten Gesichtsausdruck mein Haus.

»Sie war schon wieder bei Bewusstsein, als ich Sie angerufen habe«, erklärt Maeve dem Arzt. »Und sie wollte absolut nicht, dass ich einen Krankenwagen rufe.«

»Ich war ja schließlich nur kurz ohnmächtig, weiter nichts«, sage ich zu ihm. »Ich habe den ganzen Tag im Bett gelegen und so gut wie nichts getrunken.«

Dr. Gordon wendet sich an Maeve. »Könnten Sie ihr noch ein Glas Orangensaft bringen? Wir müssen ihren Flüssigkeitsspeicher auffüllen.«

»Kommt sofort«, sagte Maeve und verschwindet in der Küche.

»So viel Aufhebens.« Ich seufze. »Ich fühle mich schon viel besser.«

»Das war aber nicht mein Eindruck, als ich hier ankam. Ich war schon drauf und dran, Sie in die Notaufnahme zu schicken.«

»Was denn – wegen einer Grippe?«

»Es könnte die Grippe sein, es könnte aber auch etwas anderes sein.« Er schlägt die Decken zurück, um mich zu untersuchen, und sofort fällt sein Blick auf meinen rechten Arm. »Was ist denn hier passiert? Wie haben Sie sich die geholt?«

Ich schaue auf die Reihe von kleinen Bläschen, die sich über meine Haut zieht. »Das ist nichts weiter. Es war bloß ein Kratzer.«

»Ihr Kater ist mir schon aufgefallen. Ein richtiger Kaventsmann ist das. Er hat auf der Veranda gesessen.«

»Stimmt. Er heißt übrigens Hannibal.«

»Nach dem Hannibal, der die Alpen überquert hat?«

»Nein, nach Hannibal Lecter, dem Serienmörder. Wer meinen Kater kennt, weiß, wie er zu dem Namen gekommen ist.«

»Und wann hat Ihr serienmordender Kater Sie gekratzt?«

»Vor einer Woche, glaube ich. Es tut nicht weh. Es juckt nur ein bisschen.«

Er streckt meinen Arm und beugt sich darüber, während er mit den Fingern meine Achselhöhle abtastet. Es ist eine zutiefst intime Situation, sein Kopf so dicht über meinem Gesicht. Er riecht nach Waschmittel und Holzrauch, und ich bemerke silbergraue Strähnen in seinen braunen Haaren. Seine Hände sind sanft und warm, und mit einem Mal wird mir peinlich bewusst, dass ich unter meinem Nachthemd absolut gar nichts trage.

»Ihre Achsellymphknoten sind vergrößert«, sagt er und runzelt die Stirn.

»Was bedeutet das?«

»Lassen Sie mich noch die andere Seite untersuchen.« Als er die Hand ausstreckt, um meine andere Achselhöhle abzutasten, streift er meine Brust. Ich spüre ein Kribbeln, und meine Brustwarze wird hart. Ich bin gezwungen, mich abzuwenden, damit er nicht sieht, wie ich erröte.

»Auf dieser Seite kann ich keine vergrößerten Lymphknoten tasten. Das ist ein gutes Zeichen«, sagt er. »Ich bin ziemlich sicher, dass ich weiß, was das Problem …«

Ein lautes Krachen lässt uns beide zusammenfahren. Wir starren auf die Scherben der Vase, die verstreut auf dem Boden liegen. Einer Vase, die eben noch auf dem Kaminsims gestanden hat.

»Ich schwöre, dass ich nichts angerührt habe!«, sagt Maeve, die gerade mit einem Glas Orangensaft aus der Küche zurückgekommen ist. Sie betrachtet stirnrunzelnd die Glasscherben. »Wie um alles in der Welt ist das denn passiert?«

»Gegenstände fallen nicht einfach so von selbst vom Sims«, sagt Dr. Gordon.

»Nein.« Maeve sieht mich mit einem merkwürdigen Ausdruck an und fügt leise hinzu: »Normalerweise nicht.«

»Sie muss ganz am Rand gestanden haben«, mutmaßt er – eine Erklärung, die vollkommen logisch klingt. »Und durch irgendeine Erschütterung ist sie dann endgültig über die Kante gekippt.«

Unwillkürlich lasse ich den Blick durchs Zimmer schweifen, auf der Suche nach dem unsichtbaren Verursacher. Ich weiß, dass Maeve dasselbe denkt wie ich: *Das war der Geist.* Aber das würde ich vor Dr. Gordon, einem Mann der Wissenschaft, niemals laut sagen. Er fährt bereits mit seiner Untersuchung fort, betastet meinen Hals, horcht mein Herz ab, befühlt meinen Bauch.

»Ihre Milz fühlt sich vollkommen normal an.« Er deckt mich wieder zu und richtet sich auf. »Ich glaube, ich weiß, was das Problem ist. Es handelt sich um einen klassischen Fall von Bartonellose. Eine bakterielle Infektion.«

»Oje, das hört sich ernst an«, sagt Maeve. »Können wir das auch kriegen?«

»Nur, wenn Sie eine Katze haben.« Er sieht mich an. »Sie wird auch Katzenkratzkrankheit genannt. Normalerweise verläuft sie harmlos, kann aber zu Fieber und angeschwollenen Lymphknoten führen. Und in seltenen Fällen zu einer Enzephalopathie.«

»Es kann das Gehirn angreifen?«, frage ich.

»Ja, aber Sie wirken wach und orientiert. Und Sie leiden bestimmt nicht unter Wahnvorstellungen.« Er lächelt. »Ich wage mal die Diagnose, dass Sie geistig völlig gesund sind.«

Das hätte er vielleicht nicht gesagt, wenn er wüsste, was ich letzte Nacht erlebt habe. Ich spüre, wie Maeve meine Miene studiert. Fragt sie sich jetzt – so wie ich auch –, ob meine Visionen von Captain Brodie nichts weiter als das Produkt von Fieberfantasien waren?

Dr. Gordon greift in seine schwarze Tasche. »Die Pharmavertreter lassen mir immer reichlich Gratisproben da, und ich glaube, ich habe hier noch etwas Azithromycin.«

Er kramt eine Blisterpackung Tabletten hervor. »Sie sind nicht allergisch auf irgendwelche Medikamente, oder?«

»Nein.«

»Dann dürfte dieses Antibiotikum für Abhilfe sorgen. Folgen Sie den Anweisungen auf dem Beipackzettel, bis die Tabletten ganz aufgebraucht sind. Und kommen Sie nächste Woche zu mir in die Praxis, damit ich mir Ihre Lymphknoten noch einmal anschauen kann.« Er klappt seine schwarze Tasche zu und mustert mich von Kopf bis Fuß. »Essen Sie etwas, Ava. Ich glaube, das ist auch ein Grund, warum Sie sich so schwach fühlen. Und ein paar Pfund mehr auf den Rippen können Sie ganz gut gebrauchen.«

Maeve und ich schweigen, während er das Haus verlässt. Wir hören die Haustür ins Schloss fallen, und dann kommt Hannibal ins Zimmer spaziert. Er sieht aus, als könne er kein Wässerchen trüben, als er sich vor den Kamin setzt und sich seelenruhig die Pfote leckt. Der Kater, mit dem der ganze Ärger erst angefangen hat.

»Ich wünschte, ich hätte auch so einen gut aussehenden Hausarzt«, sagt Maeve.

»Wie kommt es, dass Sie Dr. Gordon angerufen haben?«

»Sein Name steht auf der Liste beim Küchentelefon – zusammen mit den Nummern von Klempner und Elektriker. Deswegen habe ich einfach angenommen, dass er Ihr Hausarzt ist.«

»Ach, diese Liste. Die stammt noch von meiner Vormieterin.« Wie es scheint, ist Dr. Gordon in der Stadt ausgesprochen beliebt.

Maeve setzt sich in den Sessel gegenüber von mir. Das Kaminfeuer lässt ihre Haare wie einen Heiligenschein schimmern und betont die silbergrauen Strähnen. »Ein Glück, dass ich spontan beschlossen habe, bei Ihnen vorbeizuschauen. Ich mag mir gar nicht vorstellen, was passiert wäre, wenn Sie die Treppe runtergefallen wären und niemand Sie gefunden hätte.«

»Es geht mir inzwischen schon viel besser, danke. Aber ich glaube, ich bin noch nicht fit genug, um Ihnen das Haus zu zeigen. Wenn Sie ein andermal wiederkommen möchten, kann ich Sie gerne herumführen und Ihnen zeigen, wo ich den Geist gesehen habe.«

Maeve blickt zur Decke auf, zu dem Spiel von Feuerschein und Schatten. »Ich wollte eigentlich nur ein Gefühl für das Haus bekommen.«

»Und ist Ihnen das gelungen? Spüren Sie etwas?«

»Ich dachte, ich hätte etwas gespürt – vorhin, als ich mit Ihrem Saft ins Zimmer zurückkam. Und diese Vase plötzlich herunterfiel.« Sie blickt auf die Stelle, wo die Vase aufgeschlagen ist, und schüttelt sich. »*Etwas* habe ich gespürt.«

»Positiv oder negativ?«

Sie sieht mich an. »Nicht ganz und gar freundlich.«

Hannibal springt aufs Sofa und rollt sich zu meinen Füßen zusammen. Mein Zwölf-Kilo-Fellknäuel, das ich den ganzen Tag nicht gesehen habe. Er scheint keinen Hunger zu haben, wirkt rundum zufrieden. Wann hat er zuletzt etwas bekommen? Plötzlich fällt mir ein, was Maeve gesagt hat, als sie hier ankam: *Ihre Haustür stand sperrangelweit offen.* Hannibal muss losgezogen sein, um sich seine Mahlzeit selbst zu jagen.

»Das ist schon das zweite Mal, dass meine Haustür offen gestanden hat«, sage ich zu ihr. »Gestern Abend, als ich nach meinem Besuch bei Ihnen nach Hause kam, war sie auch nur angelehnt. Und da habe ich die Polizei gerufen.«

»Schließen Sie Ihre Tür normalerweise nicht ab?«

»Ich *weiß*, dass ich sie gestern Abend abgeschlossen habe, bevor ich ins Bett gegangen bin. Ich verstehe nicht, wie es sein kann, dass sie jetzt wieder offen war.«

»Und sie war weit offen, Ava. Als ob das Haus mich aufforderte, hereinzukommen und nach Ihnen zu sehen.« Sie grübelt über die merkwürdigen Vorkommnisse des Abends nach. »Aber als diese Vase zerbrach, fühlte sich das völlig anders an. Das war eindeutig *kein* Willkommenssignal. Es war feindselig.« Sie sieht mich an. »Haben Sie jemals so etwas empfunden in diesem Haus?«

»Feindseligkeit? Nein, nie.«

»Dann hat diese Erscheinung Sie vielleicht akzeptiert. Vielleicht beschützt sie Sie sogar.« Sie sieht zur Diele. »Und sie hat mich ins Haus eingeladen, weil sie wusste, dass Sie meine Hilfe brauchten. Gott sei Dank habe ich Ihnen die Unterlagen nicht einfach vor die Tür gelegt und bin wieder gefahren.«

»Welche Unterlagen?«

»Ich habe Ihnen doch gesagt, dass ich die Zeitungsarchive nach Erwähnungen Ihres Hauses durchsuchen wollte. Gleich nachdem Sie gestern gefahren waren, habe ich meine Bekannte in der Maine State Library angerufen. Heute Vormittag konnte sie schon mehrere Dokumente ausfindig machen, die sich auf einen Captain Jeremiah Brodie aus Tucker Cove beziehen. Warten Sie, ich gehe die Papiere holen. Ich habe sie im Auto gelassen.«

Während ich darauf warte, dass sie zurückkommt,

merke ich schon, wie mein Puls zu rasen beginnt. Bisher habe ich nur ganz wenige Details zu Captain Brodie erfahren, und ich habe nur das eine Porträt von ihm im Historischen Verein gesehen. Im Grunde weiß ich von ihm nur, wie er gestorben ist – auf einem sturmgepeitschten Ozean, wo sein Schiff Wind und Wellen hilflos ausgeliefert war.

Deshalb trägst du den Geruch der See mit dir.

Maeve kommt von ihrem Wagen zurück und drückt mir eine Mappe in die Hand. »Meine Bekannte hat Kopien für Sie gemacht.«

Ich schlage die erste Seite auf, die mit einer kunstvoll geschwungenen Handschrift bedeckt ist. Es ist ein Schiffsregister, datiert auf den 4. September 1862, und ich erkenne den Namen sofort wieder: *The Minotaur.*

Sein Schiff.

»Diese Papiere sind nur ein Anfang«, sagt Maeve. »Ich gehe davon aus, dass meine Bekannte noch viel mehr finden wird, und ich werde auch bei Ihrem hiesigen Historischen Verein recherchieren. Aber damit können Sie sich fürs Erste schon mal einen Eindruck von dem Mann verschaffen, der möglicherweise in Ihrem Haus umgeht.«

12

Als ich am nächsten Morgen aufwache, ist das Fieber abgeklungen. Ich habe einen Bärenhunger, auch wenn ich mich noch recht schwach fühle. Mit unsicheren Schritten tappe ich hinunter in die Küche, wo Hannibal gerade den letzten Rest Trockenfutter aus seiner Schüssel leckt. Maeve muss sie aufgefüllt haben, bevor sie gestern Abend losfuhr. Kein Wunder, dass ich heute Morgen nicht unsanft von fordernden Tatzenhieben auf die Brust geweckt wurde. Ich werfe die Kaffeemaschine an, verrühre drei Eier mit einem Schuss Sahne und stecke zwei Scheiben Brot in den Toaster. Nachdem ich alles hinuntergeschlungen und meine zweite Tasse Kaffee getrunken habe, fühle ich mich wieder wie ein Mensch und in der Lage, mich auf die Dokumente zu konzentrieren, die Maeve mir dagelassen hat.

Ich schlage die Mappe auf und finde das Schiffsregister der *Minotaur*. Gestern Abend hatte ich Mühe, die verschnörkelte Handschrift zu lesen, aber heute, im hellen Morgenlicht, gelingt es mir, die verblasste Beschreibung von Captain Brodies Schicksalsschiff zu entziffern. Die *Minotaur* wurde auf der Werft von Goss, Sawyer & Packard in Bath im Bundesstaat Maine gebaut und am 4. September 1862 vom Stapel gelassen. Sie war ein Dreimaster mit hölzernem Rumpf vom Typ »Down Easter«, zweihundertfünfzig Fuß lang und vierundvierzig Fuß breit, bei etwas über zweitausend Bruttoregistertonnen. Sie erforderte eine Besatzung von fünfunddreißig Mann. Im Besitz des Charles-Thayer-Konsortiums aus Portland, war die *Minotaur* ein auf Schnelligkeit ausgelegtes Handelsschiff, doch sie war auch robust genug, um auf ihren Fahrten zwischen den Küsten von Maine und dem Fernen Osten die brutale Passage um das Kap der Guten Hoffnung zu überstehen.

Ich blättere die nächsten Dokumente durch, in denen die Fahrten des Schiffs aufgelistet sind, die verschiedenen Häfen, die es anlief, und die Fracht, die es transportierte. Auf der Fahrt nach Schanghai war es mit Tierhäuten, Zucker, Wolle und Petroleum beladen. Auf dem Rückweg nach Amerika transportierte es Tee, Seide, Elfenbein und Teppiche. Bei ihrer Jungfernfahrt stand die *Minotaur* unter dem Kommando von Captain Jeremiah Brodie.

Zwölf Jahre lang war er der Kapitän der *Minotaur* auf ihren Fahrten nach Schanghai und Macao, San Francisco und London. Zwar geht aus diesen Schiffsdokumenten nicht hervor, wie er für seine Dienste entlohnt wurde, doch dieses Haus, das er gebaut hat, mit seinen großzügigen Proportionen und den edlen Holzarbeiten, ist Beweis genug, dass sein Einkommen aus diesen Fahrten stattlich gewesen sein muss. Doch es war auch schwer verdient. Nach so vielen Monaten der Strapazen und Entbehrungen auf See, welche Freude muss es da gewesen sein, endlich in dieses Haus zurückzukehren und in einem Bett schlafen zu können, das nicht schwankte, und sich an frischem Fleisch und Gemüse aus dem eigenen Garten gütlich zu tun.

Ich blättere weiter und finde die Kopie eines Zeitungsartikels aus dem *Camden Herald* von Januar 1875.

Wieder wurde ein Schiff aus Maine in den stürmischen Gewässern vor dem Kap der Guten Hoffnung von einem tragischen Schicksal ereilt. Der Down Easter The Minotaur, *der vor sechs Monaten von Tucker Harbor in See gestochen war, ist vermutlich ein Raub der See geworden. Das Schiff hatte zuletzt am 8. September den Hafen von Rio de Janeiro angelaufen und war drei Tage später mit Kurs auf Schanghai in See gestochen. Die Route der* Minotaur *führte um das gefürchtete Kap herum, wo stürmische Winde und gewaltige Wellen immer wieder das Leben jener kühnen Männer bedrohen, die den Gefahren der See trotzen. In diesen Gewässern dürfte die* Minotaur *höchstwahrscheinlich ihr furchtbares Ende gefunden haben. Ein Teil der Postsäcke, die sie geladen hatte, sowie einige zersplitterte Holzstücke wurden in Port Elizabeth nahe der Südspitze Afrikas an Land gespült. Unter den sechsunddreißig Seelen, die vermutlich umgekommen sind, war auch Captain Jeremiah Brodie aus Tucker Harbor, ein erfahrener Schiffsführer, unter dessen Kommando die* Minotaur *die gleiche Passage schon fünf Mal unbeschadet bewältigt hatte. Dass einem so bewährten Kapitän mit einer erfahrenen Mannschaft und einem soliden Schiff die Fahrt auf einer so vertrauten Route zum Verhängnis werden konnte, ruft uns wieder einmal in Erinnerung, wie gefährlich und gnadenlos das Meer ist.*

Ich klappe meinen Laptop auf und gebe *Kap der Guten Hoffnung* in die Suchmaschine ein. Es ist ein grausam irreführender Name für eine Passage, die einst von den Portugiesen »Kap der Stürme« genannt wurde. Ich betrachte Fotos von furchteinflößenden Wellen, die an eine felsige Küste schlagen. Ich male mir das Heulen des Winds aus, das Ächzen der Schiffsplanken und den entsetzlichen Anblick, wie die Männer einer nach dem anderen über Bord gespült werden, während die fatalen Felsen immer näher kommen. Dort also hat er den Tod gefunden. Auch der fähigste Seemann muss dem Meer seinen Tribut zollen.

Ich blättere weiter und rechne damit, mehr Details über die Tragödie zu lesen. Stattdessen finde ich die mehrseitige Kopie eines handgeschriebenen Briefs, datiert ein Jahr vor dem Untergang der *Minotaur.* In der oberen Ecke klebt ein gelber Heftzettel, auf den entweder Maeve oder ihre Bekannte von der Bibliothek eine Erläuterung notiert hat:

Gefunden in den Papieren aus dem Nachlass einer Mrs. Ellen Graham, verstorben 1922. Interessant wegen Erwähnung der Minotaur.

Der Brief selbst scheint von einer Frau geschrieben zu sein, nach der sauberen, elegant geschwungenen Handschrift zu schließen.

Liebste Ellen,
hier sende ich Dir nun die neuesten Nachrichten, zusammen mit dem Ballen Chinaseide, auf den Du all die Monate so sehnlich gewartet hast. Die

Ladung ist letzte Woche an Bord der Minotaur *eingetroffen, eine reiche Auswahl an Seidenstoffen, allesamt so verlockend, dass Mama und ich uns schier nicht entscheiden konnten, welche wir kaufen wollten. Wir mussten uns jedoch rasch entschließen, da sämtliche jungen Damen der Stadt sich bald um die schönsten Stücke reißen werden. Mama und ich haben Ballen in Rosenrot und Kanariengelb gewählt. Für Dich habe ich das Grün ausgesucht, weil ich finde, dass es sehr schön zu Deinen roten Haaren passen wird. Wie glücklich wir uns doch schätzen können, dass wir unsere Auswahl aus den kostbaren Stoffen gleich am Schiff treffen konnten. Nächste Woche schon wird der Rest auf dem Weg zu den Läden entlang der Küste sein.*

Diese glückliche Fügung haben wir Mamas herzlichem Verhältnis zu unserer Näherin Mrs. Stephens zu verdanken, deren Gatte als Erster Offizier unter Captain Brodie dient. Sie war so freundlich, Mama auf die just eingetroffene Ladung Seide hinzuweisen, und wir wurden ins Lagerhaus eingeladen, wo wir die Schätze noch am Tag, da sie gelöscht worden waren, in Augenschein nehmen konnten.

Aber bei all der Pracht dieser edlen Seidenstoffe und Teppiche muss ich doch gestehen, dass ein anderer Anblick mich ganz und gar abgelenkt hat, nämlich die stattliche Gestalt von Captain Brodie selbst, der in das Lagerhaus trat, kurz nachdem Mama und ich angekommen waren. Ich beugte mich gerade über eine Kiste mit Seide, als ich hörte, wie er mit dem Lagermeister sprach. Ich blickte auf, und da stand er, umrahmt vom Licht, das durch die offene Tür fiel, und ich war so perplex, dass ich wie ein Fisch auf dem Trockenen ausgesehen haben muss, wie ich ihn so mit offenem Mund anglotzte. Ich glaube, er hat mich anfangs gar nicht bemerkt, deswegen konnte ich nach Belieben starren. Als er zuletzt von Tucker Harbor in See stach, war ich erst dreizehn Jahre alt. Seither sind drei Jahre vergangen, und mittlerweile weiß ich solche Dinge wie breite, männliche Schultern und einen markant geschnittenen Kiefer sehr wohl zu würdigen. Ich muss ihn wohl schon eine gute Weile angegafft haben, ehe er mich bemerkte und lächelte.

Und, meine liebe Ellen, habe ich schon erwähnt, dass er noch Junggeselle ist?

Hätte er mich angesprochen, ich hätte wohl kein einziges Wort hervorgebracht. Aber just in diesem Moment fasste Mama mich am Arm und sagte leise: »Wir haben unsere Einkäufe getätigt, Ionia. Es wird Zeit, dass wir gehen.«

Ich wollte nicht gehen. Ich hätte eine Ewigkeit in diesem kalten Lagerhaus stehen, den Captain anstarren und mich in der Wärme seines Lächelns sonnen können. Doch Mama bestand darauf, dass wir rasch aufbrechen sollten, und so hatte ich nur diese wenigen kostbaren Momente, um ihn zu bewundern. Ich war wirklich überzeugt, dass er meinen Blick mit ähnlichem Wohlgefallen erwiderte, doch als ich es Mama sagte, warnte sie mich davor, auch nur solche Gedanken zu hegen.

»Benutz um Himmels willen Deinen Verstand«, zischte sie mir zu. »Du bist doch noch ein Mädchen. Wenn Du Dich nicht in Acht nimmst, wird irgendwann ein Mann das ausnutzen.«

Ist es sehr schlimm, dass mir diese Vorstellung irgendwie gefällt?

Nächste Woche gibt es ein Abendessen für die Schiffsoffiziere in Brodie's Watch. Ich war eingeladen, aber Mama hat die Einladung ausgeschlagen! Meine Freundin Genevieve wird hingehen, und Lydia auch, aber Mama besteht darauf, dass ich zu Hause bleibe. Ich soll wohl brav in der Ecke hocken und stricken, ganz wie die alte Jungfer, die ich bestimmt einmal sein werde. Ich bin fast so alt wie die anderen Mädchen, und ich bin gewiss alt genug, um an einem Abendessen mit Herren teilzunehmen, aber Mama hat es verboten. Das ist so ungerecht! Sie sagt, ich sei zu naiv. Sie sagt, ich kenne nicht den verkommenen Ruf des Captains. Sie hat Gerüchte gehört über die Dinge, die in seinem Haus bis tief in die Nacht vorgehen. Wenn ich dann in sie dringe, sind ihre Lippen versiegelt, und sie weigert sich, mir mehr zu sagen.

Oh Ellen, welch eine Qual zu wissen, was ich versäumen werde! Ich denke an dieses prächtige Haus auf dem Hügel. Ich denke daran, wie die anderen Mädchen ihn anlächeln werden (und, schlimmer noch, wie er wiederum sie anlächeln wird). Ich lebe in ständiger Furcht vor der Ankün-

digung einer Vermählung. Was, wenn er Genevieve oder Lydia zur Frau wählt?

Dann ist es allein Mamas Schuld.

Ich halte inne, und mein Blick heftet sich wieder auf diesen Satz am Beginn der Seite. *Sie sagt, ich kenne nicht den verkommenen Ruf des Captains. Sie hat Gerüchte gehört.*

Was können das für Gerüchte gewesen sein? Was könnte Ionias Mutter so schockiert haben, dass sie ihrer sechzehnjährigen Tochter jeden Kontakt mit Brodie untersagte? Dazu kam auch noch der Altersunterschied. Als dieser Brief geschrieben wurde, war Jeremiah Brodie achtunddreißig Jahre alt, mehr als doppelt so alt wie das Mädchen, und nach ihrer Schilderung zu urteilen ein strammer Mann in der Blüte seiner Männlichkeit. Ich denke an das Porträt, das ich im Historischen Verein gesehen habe, und ich kann mir vorstellen, wie er die Herzen sämtlicher jungen Damen höherschlagen ließ. Er war ein Mann von Welt, der Kommandant eines Segelschiffs und der Herr dieses stattlichen Hauses auf dem Hügel. Und er war unverheiratet – welche junge Frau hätte da nicht versucht, seine Aufmerksamkeit zu erregen?

Ich male mir das Abendessen in Brodie's Watch aus, stelle mir das Gewusel der Köchinnen und Bediensteten in der Küche vor, in der ich jetzt sitze. Und im Esszimmer die bei Kerzenschein versammelten Schiffsoffiziere, mit den jungen Damen in jenen schimmernden Seidenstoffen, die auf der *Minotaur* aus China gebracht wurden. Man lacht und trinkt Wein, und mehr als nur ein paar amouröse Blicke werden gewechselt. Und am Kopfende des Tisches sitzt Jeremiah Brodie, dessen zweifelhafter Ruf ihn für mindestens eine unschuldige junge Dame tabu machte.

Begierig, mehr über diesen Ruf zu erfahren, wende ich mich der nächsten Seite des Briefs zu und bin enttäuscht, nur einen einzigen letzten Absatz von Ionia zu finden.

Bitte, kannst Du Dich nicht bei Deiner Mama für mich einsetzen? Bitte sie doch, mit meiner Mama zu reden. Die Zeiten haben sich geändert, und wir sind nicht die Mimosen, die sie in unserem Alter waren. Wenn ich nicht zu dem Abendessen gehen kann, muss ich einen anderen Weg finden, ihn wiederzusehen. Die Minotaur *muss repariert werden und bleibt mindestens bis Mai im Dock. Gewiss werden sich andere Gelegenheiten bieten, bevor mein Captain wieder Segel setzt!*

Stets die Deine
Ionia

Ich kenne Ionias Nachnamen nicht und weiß nicht, was aus ihr geworden ist, aber ich weiß, dass Captain Brodie drei Monate, nachdem sie diesen Brief geschrieben hatte, zu seiner verhängnisvollen letzten Fahrt aufbrach.

Ich lege die Kopien hin und denke über Ionias Worte nach: *Sie sagt, ich sei zu naiv. Sie sagt, ich kenne nicht den verkommenen Ruf des Captains.* Ich denke daran, wie er in meinem Schlafzimmer stand. Ich denke an seine Hand auf meiner Brust. Und an seine Worte:

Wirst du dich unterwerfen?

Mein Herz pocht, meine Haut ist gerötet. Nein, er ist nicht der Mann für die unschuldigen Ionias dieser Welt.

Er ist ein Mann, der weiß, was er will – und was er will, ist eine Frau, die bereit ist, von der gefährlichen Frucht zu kosten. Eine Frau, die bereit ist, sich in ein dunkles Spiel hineinziehen zu lassen, bei dem er alle Macht hat. Bei dem die höchsten Wonnen mit völliger Unterwerfung beginnen.

Ich bin bereit, sein Spiel zu spielen.

13

An diesem Abend trinke ich Wein, während ich ein ausgedehntes Bad in der Löwenfußwanne nehme. Als ich aus dem Wasser steige, glänzt meine Haut rosig. Ich reibe mir Arme und Beine mit Lotion ein und schlüpfe in ein durchscheinendes Nachthemd, als ob ich mich auf den Besuch eines Liebhabers vorbereite – dabei weiß ich gar nicht, ob er heute Nacht erscheinen wird.

Ich weiß nicht einmal, ob er wirklich existiert.

Im Dunkeln liege ich im Bett und warte auf den ersten Hauch des Ozeans. So werde ich wissen, dass er da ist – wenn ich die See rieche, die ihn genommen hat und in der seine Gebeine nun ruhen. Hannibal liegt zusammengerollt neben mir, ich spüre sein Schnurren an meinem Bein. Es ist eine mondlose Nacht, nur die Sterne funkeln im Fenster. Im Halbdunkel kann ich gerade so die Umrisse der Kommode, des Nachttischs und der Lampe ausmachen.

Hannibals Kopf schnellt hoch, und der kühle, frische Lufthauch hüllt mich ein, als ob eine Welle ins Zimmer geschwappt wäre. Diesmal kündigt kein wirbelnder Schatten sein Erscheinen an, keine langsam sich formende Silhouette. Ich blicke auf, und da ist er – voll ausgeformt steht er vor meinem Bett. Er schweigt, aber ich spüre seinen Blick, der die Dunkelheit zwischen uns zerreißt wie einen Vorhang und mich vollkommen schutzlos zurücklässt.

Er streckt die Hand nach meiner aus und ergreift sie. Bei seiner Berührung erhebe ich mich aus dem Bett, als ob ich plötzlich schwerelos wäre, bis ich direkt vor ihm stehe. Mit nichts am Leib als dem dünnen Nachthemd, zittere ich ebenso sehr vor Aufregung wie von der feuchtkühlen Seeluft.

»Schließ die Augen«, befiehlt er.

Ich gehorche und warte auf seine nächste Anweisung. Darauf, dass etwas – irgendetwas – passiert. *Ja, ich bin bereit.*

Seine Worte sind nur ein Flüstern. »Sieh, Ava.«

Ich schlage die Augen auf, und mir stockt der Atem vor Verblüffung. Wir müssen immer noch in meinem Schlafzimmer stehen, doch die grünen Samtvorhänge am Fenster habe ich noch nie gesehen, ebenso wenig wie die Chinoiserie-Tapeten oder das riesige Himmelbett. Im Kamin flackert ein Feuer, der Widerschein der Flammen tanzt an den Wänden und taucht alles in einen goldenen Glanz.

»Wie kann das sein?«, murmle ich. »Ist das ein Traum?«

Er drückt mir seine Finger auf die Lippen, um mich zum Schweigen zu mahnen. »Wünschst du, mehr zu sehen?«

»Ja. Ja!«

»Dann komm.« Er führt mich aus dem Schlafzimmer. Als mein Blick auf unsere ineinander verschränkten Hände fällt, erblicke ich Spitzenstoff an meinem Handgelenk. Da merke ich erst, dass mein dünnes Nachthemd verschwunden ist – statt seiner trage ich ein blaues Kleid aus schimmernder Seide, wie die Stoffballen, die einst an

Bord der *Minotaur* hier eingetroffen sind. Ich *muss* doch träumen. Liege ich in diesem Moment schlafend in meinem Bett, während die Traum-Ava aus dem Schlafzimmer geführt wird?

Auch im Flur ist alles anders. Der Teppich ist mit einem gewebten Rankenmuster verziert, an den Wänden brennen Kerzen in Messinghaltern und erhellen eine Reihe mir unbekannter Porträts. Schweigend führt er mich an den Gemälden vorbei und öffnet die Tür zum Erkerturm.

Die Stufen liegen im Schatten, doch ein Lichtstreifen dringt unter der geschlossenen oberen Tür durch. Als ich mein Gewicht auf die erste Stufe verlagere, rechne ich damit, das vertraute Knarren zu hören, doch das Holz bleibt stumm – das Knarren wird sich erst in der Zukunft einstellen, in einem Jahrhundert, das noch nicht angebrochen ist. Alles, was ich höre, ist das leise Rascheln der Seide an meinen Beinen und die schweren Tritte seiner Stiefel, als er mich die Treppe hinaufführt. Warum gehen wir ins Turmzimmer? Was erwartet mich dort? Selbst wenn ich jetzt noch umkehren wollte, ich könnte es nicht – dem eisernen Griff seiner Finger könnte ich mich nicht entreißen. Ich habe meine Wahl getroffen, und jetzt bin ich ihm auf Gedeih und Verderb ausgeliefert.

Wir betreten einen in Kerzenschein getauchten Raum.

Voller Staunen blicke ich mich um. Sämtliche Wände sind mit Spiegeln behängt, und wohin ich schaue, überall sehe ich mich selbst, überall Avas im blauen Kleid, unendlich vervielfacht. Wie oft schon habe ich in diesem Zimmer gestanden und nur Zimmermannswerkzeuge in einem renovierungsbedürftigen Raum gesehen. Nie hätte ich mir das Turmzimmer so vorgestellt, wie ich es jetzt sehe, von glitzernden Lichtern erfüllt, mit Spiegeln an den Wänden und …

Einem Alkoven.

Rote Samtvorhänge hängen vor der Nische, die noch bis letzte Woche mit einer Wand verschlossen war. Was liegt dahinter?

»Du hast Angst«, bemerkt er.

»Nein.« Ich schlucke, dann gestehe ich die Wahrheit ein. »Ja.«

»Aber du bist immer noch bereit, dich zu unterwerfen?«

Ich starre zu ihm auf. Hier ist der Mann, den ich auf dem Gemälde gesehen habe: vom Wind zerzaustes schwarzes Haar, ein Gesicht wie grob behauener Granit. Aber jetzt sehe ich mehr, als ein bloßes Gemälde enthüllen könnte. In seinen Augen ist ein hungriger Glanz, eine Warnung vor gefährlichen Begierden. Noch kann ich zurück. Ich kann aus diesem Raum fliehen, aus diesem Haus.

Aber ich tue es nicht. Ich will wissen, was als Nächstes passiert.

»Ich unterwerfe mich«, antworte ich.

Sein Lächeln lässt mich erschaudern. Jetzt bin ich ihm ausgeliefert, und ich komme mir so naiv vor wie die sechzehnjährige Ionia, eine Jungfrau in den Händen eines Mannes, dessen geheimste Gelüste nun im Begriff sind, enthüllt zu werden. Mit dem Handrücken streichelt er mein Gesicht, und seine Berührung ist so sanft, dass ich die Augen schließe und seufze. Es gibt nichts, wovor ich mich fürchten muss. Ich weiß nicht, was geschehen wird, aber was es auch sein mag, ich heiße es willkommen.

Er führt mich zu dem Alkoven und zieht den Vorhang

zur Seite. Dahinter kommt ein Bett zum Vorschein, bezogen mit schwarzer Seide. Aber es ist nicht das Bett, auf das mein Blick sich sofort heftet – nein, es ist das, was an jedem der vier Bettpfosten hängt.

Lederfesseln.

Er packt meine Schultern, und plötzlich falle ich rücklings aufs Bett. Mein Kleid ergießt sich über die Laken, Seide auf Seide, schimmerndes Blau auf Schwarz. Wortlos legt er eine Ledermanschette um mein rechtes Handgelenk und zurrt sie so fest, dass ich nicht hoffen kann, mich daraus zu befreien. Er geht um das Bett herum, um mein linkes Handgelenk zu fesseln, und seine Bewegungen sind von unerbittlicher Zielstrebigkeit. Zum ersten Mal verspüre ich Angst, denn wenn ich in seine Augen blicke, sehe ich einen Mann, der mich ganz in seiner Gewalt hat. Ich bin absolut machtlos zu verhindern, was als Nächstes geschehen wird.

Er tritt ans Fußende des Betts, schlägt den Saum meines Kleids zurück und packt meinen rechten Fuß so jäh, dass ich nach Luft schnappe. Binnen Sekunden ist die Ledermanschette um meinen Knöchel geschlungen und stramm gezogen. Drei meiner Gliedmaßen sind nun fixiert. Auch wenn ich es wollte, ich kann mich nicht befreien. Hilflos muss ich zusehen, wie er die letzte Manschette um meinen linken Knöchel legt und am Bettpfosten befestigt. Ich liege mit gespreizten Armen und Beinen da und warte mit pochendem Herzen auf das, was nun kommt.

Einen Moment lang steht er nur am Fußende des Betts und bewundert sein Werk. Seine Erregung ist nicht zu übersehen, doch er rührt sich nicht von der Stelle, genießt einfach nur meine Hilflosigkeit und verschlingt mit seinen Blicken meinen gefesselten Körper, mein zerknittertes Kleid. Nicht ein Wort kommt über seine Lippen, und das Schweigen allein ist eine ausgesuchte Qual.

Er greift in seinen Stiefel und zieht ein Messer heraus.

Ängstlich beobachte ich, wie er die Klinge ins Kerzenlicht hält und das funkelnde Metall anstarrt. Ohne Vorwarnung packt er den Ausschnitt meines Kleids und schlitzt den Stoff auf, trennt ihn mit einem Schnitt von oben bis unten auf. Er reißt das ruinierte Kleid auseinander, legt meine nackte Haut frei und wirft das Messer weg. Er braucht kein Messer, um mich zu bedrohen, sein Blick genügt – seine Augen, die zugleich Lust und Bestrafung verheißen. Ich zucke zurück, als er sich über mich beugt, um mein Gesicht zu streicheln. Seine Finger gleiten an meinem Hals hinunter, über mein Brustbein, über meinen Bauch. Er lächelt, als er zwischen meinen Beinen angelangt ist. »Möchtest du, dass ich aufhöre?«

»Nein. Ich will nicht, dass du aufhörst.« Ich schließe die Augen und seufze. »Ich will mehr. Ich will *dich.*«

»Auch wenn es dich schreien macht?«

Ich starre ihn an. »Schreien?«

»Ist das nicht, was du willst? Genommen werden, bestraft werden?« Im flackernden Kerzenschein wirkt sein Lächeln mit einem Mal grausam. Teuflisch. »Ich weiß, wonach du dich verzehrst, Ava. Ich kenne deine dunkelsten, schändlichsten Gelüste. Ich weiß, was du verdienst.«

Oh Gott, passiert das alles wirklich? Ist das echt?

Der Mann, der jetzt sein Hemd und seine Kniehose auszieht, ist allerdings echt, geradezu einschüchternd. Es ist das Gewicht eines echten Mannes, das ich auf mir spüre, ein echter Mann, der mich aufs Bett niederdrückt. Mein

Becken hebt sich ihm automatisch entgegen, denn sosehr ich ihn fürchte, mein Verlangen hat mich bis an einen Punkt getrieben, an dem es kein Zurück mehr gibt. Er lässt mir keine Chance, mich vorzubereiten, mit einem brutalen Stoß ist er in mir und dringt tief ein.

»Wehr dich«, befiehlt er.

Ich schreie auf, aber es ist niemand da, der mich hören kann. Niemand im Umkreis von Meilen um dieses windgepeitschte, einsame Haus.

»*Wehr dich!*« Ich starre in seine Augen, in denen ein rasendes Feuer lodert. *Das* ist das Spiel, das er spielt. Ein Spiel von Eroberung und Unterwerfung. Er will nicht, dass ich mich ergebe, er will, dass ich Widerstand leiste. Dass er seinen Sieg erkämpfen muss.

Ich winde mich unter ihm, werfe mich nach links und nach rechts. Mein Sträuben erregt ihn umso mehr, und er stößt noch tiefer in mich hinein.

»*Das* ist es, was du willst, nicht wahr?«

»Ja«, stöhne ich.

»Du willst genommen werden. Beherrscht.«

»Ja …«

»Deine Schuld abtragen.«

Ich kann mich nicht länger gegen ihn wehren, weil ich mich in seinem Spiel verloren habe. Verloren in der Fantasie völliger Unterwerfung. Mein Kopf kippt nach hinten, und seine Lippen drücken sich auf meinen Hals, sein Bart kratzt über meine Kehle. Ich schreie, ich schluchze, als Wogen der Wonne mich durchfluten. Er stößt einen triumphierenden Schrei aus und bricht auf mir zusammen, sein Körper ist so schwer, dass ich mich nicht rühren kann und es mir den Atem nimmt.

Endlich regt er sich und hebt den Kopf. Ich blicke auf in seine Augen, die eben noch vor Lust gebrannt haben, ein Blick, der mich zugleich beängstigt und erregt hat. Was ich jetzt sehe, ist ein anderer Mann. Ein Mann, der mit ruhiger Hand die Fesseln an meinen Hand- und Fußgelenken löst. Während ich mir die brennende Haut massiere, kann ich nicht glauben, dass dies die rasende Bestie ist, die mich attackiert hat. Jetzt erlebe ich einen anderen Mann. Ruhig, zurückhaltend. Sogar zärtlich.

Er nimmt meine Hand und hilft mir hoch. Wir stehen uns gegenüber, nackt den Blicken des anderen ausgesetzt, doch wenn ich in seine Augen schaue, kann ich darin nichts lesen. Ich könnte ebenso gut ein Porträt an der Wand anstarren.

»Jetzt kennst du mein Geheimnis«, sagt er. »So, wie ich deines kenne.«

»Dein Geheimnis?«

»Meine Bedürfnisse. Meine Gelüste.« Ich erschaudere, als er mit dem Finger über mein Schlüsselbein streicht. »Habe ich dir Angst gemacht?«

»Ja«, flüstere ich.

»Du musst keine Angst haben. Ich gehe immer sorgsam mit meinem Eigentum um.«

»Ist es das, was ich für dich bin?«

»Und es erregt dich, nicht wahr? Genommen zu werden, wie ich dich heute Nacht genommen habe? Hart geritten zu werden und hilflos all meinen Launen ausgeliefert zu sein?«

Ich schlucke und hole stockend Luft. »Ja.«

»Dann wirst du dich über meinen nächsten Besuch freuen. Er wird anders sein.«

»Wie anders?«

Er hebt mein Kinn und sieht mir in die Augen, mit einem Blick, der mich erschaudern lässt. »Heute Nacht, meine liebe Ava, ging es ums Vergnügen. Aber wenn ich wiederkehre…«, er lächelt, »… wird es um Schmerz gehen.«

14

Dr. Ben Gordons Sprechstundenhilfe sieht aus, als könnte sie seine Großmutter sein. Als ich mir die Reihe von Fotos an der Wand des Wartezimmers anschaue, entdecke ich ihr wesentlich jüngeres Gesicht: mit der gleichen Schmetterlingsbrille auf der Nase lächelt sie mir aus einer Aufnahme entgegen, die vor zweiundvierzig Jahren gemacht wurde, als dies noch die Praxis von Dr. Edward Gordon war. Und da ist sie wieder auf einem anderen Foto, zwei Jahrzehnte später, mit inzwischen ergrauten Haaren, wie sie mit Dr. Paul Gordon posiert. Dr. Ben Gordon ist der Dritte in einer Dynastie von Gordons, die alle in Tucker Cove praktiziert haben, und Miss Viletta Hutchins hat ihnen allen als Sprechstundenhilfe gedient.

»Sie haben Glück, dass er Sie heute noch einschieben kann«, sagt sie, während sie mir ein Klemmbrett mit einem leeren Patienteninformationsbogen reicht. »Normalerweise empfängt er in der Mittagspause keine Patienten, aber er sagte, bei Ihnen handle es sich um einen dringenden Kontrolltermin. Mit den ganzen Sommerurlaubern in der Stadt ist er auf Wochen hinaus völlig ausgebucht.«

»Und ich kann wirklich froh sein, dass er auch Hausbesuche macht«, sage ich. »Ich dachte, das macht heutzutage kein Arzt mehr.«

Miss Hutchins blickt zu mir auf und runzelt die Stirn. »Er hat einen Hausbesuch gemacht?«

»Ja, letzte Woche. Nachdem ich in Ohnmacht gefallen war.«

»Ach ja, tatsächlich?«, sagt sie nur, ehe sie den Blick wieder diskret auf ihren Terminkalender senkt. Im Zeitalter elektronischer Patientenakten mutet es kurios an, die Namen der Patientinnen und Patienten von Hand mit Tinte geschrieben zu sehen. »Bitte, nehmen Sie doch Platz, Miss Collette.«

Ich setze mich auf einen Stuhl im Wartezimmer, um den Informationsbogen auszufüllen. Name, Adresse, Krankheitsgeschichte. Als ich zu dem Feld *Im Notfall kontaktieren* komme, zögere ich. Eine ganze Weile starre ich die weiße Fläche an, in die ich sonst stets Lucys Namen eingetragen habe. Stattdessen setze ich Simons Namen und Telefonnummer ein. Er ist kein Blutsverwandter, aber wenigstens ist er immer noch mein Freund. Das ist die eine Brücke, die ich nicht hinter mir abgebrochen habe. Noch nicht.

»Ava?« Ben Gordon steht in der Tür und lächelt mich an. »Kommen Sie doch bitte mit, dann schauen wir uns Ihren Arm mal an.«

Ich gebe das Klemmbrett am Empfang ab und folge ihm den Flur entlang zum Untersuchungszimmer, wo die Ausstattung beruhigend modern aussieht, ganz anders, als die greise Miss Hutchins mich befürchten ließ. Während ich mich auf die Liege schwinge, geht er zum Waschbecken und wäscht sich die Hände, wie es sich für einen guten Mediziner gehört.

»Was macht das Fieber?«, fragt er.

»Ist weg.«

»Haben Sie die Antibiotika aufgebraucht?«

»Bis zur letzten Tablette. Wie Sie es angeordnet haben.«

»Appetit? Energie?«

»Ich fühle mich eigentlich ganz gut.«

»Ah, ein medizinisches Wunder! Ab und zu lande ich doch mal einen Volltreffer.«

»Und ich wollte mich noch einmal herzlich bei Ihnen bedanken.«

»Dafür, dass ich die Arbeit mache, für die ich ausgebildet bin?«

»Dafür, dass Sie solche Mühen auf sich genommen haben, um mir zu helfen. Ich nehme an, dass Sie normalerweise keine Hausbesuche machen, wenn ich Ihre Sprechstundenhilfe vorhin richtig verstanden habe.«

»Nun, mein Großvater und mein Vater haben das ständig gemacht. Brodie's Watch ist ja nicht so weit außerhalb, da war es kein Problem für mich, bei Ihnen vorbeizuschauen. Ich wollte Ihnen einen sehr teuren Transport in die Notaufnahme ersparen.« Er trocknet sich die Hände ab und dreht sich zu mir um. »So, jetzt zeigen Sie mal den Arm her.«

Ich knöpfe die Manschette meiner Bluse auf. »Er sieht schon deutlich besser aus, glaube ich.«

»Keine neuen Kratzer von Ihrem Monsterkater?«

»Er ist eigentlich gar nicht so bösartig, wie er wirkt. An dem Tag, als er mich gekratzt hat, hat ihn einfach nur etwas erschreckt.« Etwas, wovon ich Dr. Gordon ganz bestimmt nichts erzählen will, weil er sonst an meinem Verstand zweifeln würde. Ich kremple den Ärmel bis über den Ellbogen hoch. »Man kann kaum noch etwas sehen.«

Er untersucht die verheilten Kratzer. »Die Papeln sind eindeutig zurückgegangen. Keine Erschöpfungszustände, keine Kopfschmerzen?«

»Nein.«

Er streckt meinen Arm und betastet meine Achselhöhle. »Mal sehen, ob die Lymphknoten auch kleiner geworden sind.« Er hält inne und betrachtet stirnrunzelnd den Bluterguss, der sich um mein Handgelenk zieht. Er ist inzwischen verblasst, aber immer noch deutlich zu erkennen.

Ich ziehe den Arm von ihm weg und kremple den Ärmel wieder herunter. »Mir fehlt nichts. Wirklich.«

»Wie haben Sie sich diesen Bluterguss geholt?«

»Wahrscheinlich bin ich irgendwo dagegen gelaufen. Ich kann mich nicht mal mehr erinnern.«

»Gibt es irgendetwas, worüber Sie gerne reden würden? Was auch immer?«

Er hat die Frage ganz sanft und behutsam gestellt. Wo könnte ich bedenkenloser die Wahrheit gestehen als hier in dieser Praxis, gegenüber diesem Mann, dessen Beruf es ist, sich die peinlichsten Geheimnisse seiner Patientinnen und Patienten anzuhören? Aber ich sage kein Wort, während ich den Manschettenknopf wieder schließe.

»Tut Ihnen jemand weh, Ava?«

»Nein.« Ich zwinge mich, seinen Blick zu erwidern, und antworte ruhig: »Es ist wirklich nichts.«

Nach einer Weile nickt er. »Es ist meine Aufgabe, für das Wohlergehen meiner Patienten zu sorgen. Ich weiß, dass Sie da oben ganz allein leben, und ich will mich vergewissern, dass Sie sich dort sicher fühlen. Dass Sie sicher *sind.*«

»Das bin ich. Ich meine, abgesehen davon, dass ich einen Kampfkater im Haus habe.«

Darüber muss er lachen, und das löst die Anspannung zwischen uns. Er muss gespürt haben, dass ich ihm nicht alles gesagt habe, aber vorläufig drängt er mich nicht mehr, ihm die Wahrheit zu sagen. Und was würde er sagen, wenn ich ihm tatsächlich erzählte, was mir im Turmzimmer widerfahren ist? Wäre er entsetzt zu hören, dass ich es in Wahrheit genossen habe? Dass ich seit jener Nacht sehnsüchtig auf die Rückkehr meines sinnlich-übersinnlichen Liebhabers warte?

»Ich denke, es ist nicht nötig, dass Sie noch einmal kommen, solange das Fieber nicht wieder aufflammt«, sagt er und schließt die Akte. »Wie lange bleiben Sie noch in Tucker Cove?«

»Ich habe das Haus bis Ende Oktober gemietet, aber ich spiele inzwischen mit dem Gedanken, noch länger zu bleiben. Ich habe festgestellt, dass es für mich der ideale Ort zum Schreiben ist.«

»Ah ja«, sagt er, während er mich zurück zum Empfang begleitet. »Ich habe schon viel von Ihrem Buch gehört. Billy Conway hat mir erzählt, Sie hätten ihm einen Rindfleischeintopf serviert, der einfach nur göttlich war.«

»Gibt es *irgendjemanden* in dieser Stadt, den Sie nicht kennen?«

»Das macht den Reiz des Lebens in Tucker Cove aus. Wir wissen alles über jeden, und trotzdem reden wir noch miteinander. Meistens jedenfalls.«

»Was haben Sie noch über mich gehört?«

»Abgesehen von der Tatsache, dass Sie eine fantastische Köchin sind? Sie sind auch sehr an der Geschichte unserer Stadt interessiert.«

»Das haben Sie von Mrs. Dickens gehört, stimmt's?«

Er lacht verlegen und nickt. »Genau, Mrs. Dickens.«

»Das ist unfair. Sie wissen alles über mich, aber ich weiß rein gar nichts über Sie.«

»Das lässt sich jederzeit ändern.« Er öffnet die Tür zum Empfangsbereich, und wir betreten beide das Wartezimmer. »Interessieren Sie sich für Kunst?«

»Wieso fragen Sie?«

»In der Seaglass Gallery in der Innenstadt gibt es heute eine Vernissage mit neuen Werken hiesiger Künstler. Zwei meiner Bilder sind auch ausgestellt – vielleicht möchten Sie ja vorbeischauen.«

»Ich hatte ja keine Ahnung, dass Sie malen.«

»Also, dann wissen Sie jetzt wenigstens etwas über mich. Ich würde nie behaupten, dass ich ein Picasso oder so was bin, aber das Malen verhindert, dass ich Unsinn anstelle.«

»Vielleicht schau ich heute Abend tatsächlich mal rein.«

»Dann können Sie gleich auch Neds neue Skulpturen bewundern.«

»Sie meinen Ned, den Zimmermann?«

»Er ist mehr als nur ein Zimmermann. Er hat sein ganzes Leben lang mit Holz gearbeitet, und seine Schnitzereien werden in Boston in den Galerien verkauft.«

»Er hat mir gegenüber nie erwähnt, dass er Künstler ist.«

»Viele Leute in dieser Stadt haben verborgene Talente.«

Und auch Geheimnisse, denke ich, als ich seine Praxis verlasse. Ich frage mich, wie er reagieren würde, wenn er von *meinen* Geheimnissen erführe. Wenn er den Grund wüsste, warum ich Boston verlassen habe. Wenn er wüsste, was mir im Turmzimmer von Brodie's Watch widerfahren ist. Nacht um Nacht habe ich voller Sehnsucht auf Captain Brodies Wiederkehr gewartet. Vielleicht ist dies ein Teil der Strafe, die er mir auferlegt – dass ich nie weiß, ob er je wieder erscheinen wird.

Ich gehe eine Straße hinunter, auf der es von Sommertouristen wimmelt. Keiner dieser Menschen kann auch nur ahnen, welche Gedanken in meinem Kopf umherwirbeln. Der rote Samtvorhang. Die Lederfesseln. Das ratschende Geräusch, mit dem mein Seidenkleid zerreißt. Plötzlich bleibe ich stehen, in der Hitze bricht mir der Schweiß aus, der Pulsschlag dröhnt in meinen Ohren. Fühlt es sich so an, wenn man wahnsinnig wird – diese wilde Achterbahnfahrt zwischen Scham und Lust?

Ich denke an den Brief, der vor anderthalb Jahrhunderten von einem liebeskranken Teenager namens Ionia geschrieben wurde. Auch sie war von Jeremiah Brodie besessen. Welche unsäglichen Gerüchte rankten sich um ihn, die Ionias Mutter veranlassten, ihr jeden Kontakt mit ihm zu verbieten? Wie viele Frauen hat er zu seinen Lebzeiten in sein Turmzimmer mitgenommen?

Sicher bin ich nicht die Einzige.

Als ich das Büro von *Branca Immobilien und Hausverwaltung* betrete, sitzt Donna wie üblich hinter ihrem Schreibtisch und telefoniert. Sie bedeutet mir mit einem Winken, dass sie gleich für mich da sein wird, worauf ich im Wartebereich Platz nehme und die Fotos von Immobilien betrachte, die dort an der Wand hängen. Bauernhäuser inmitten von sattgrünen Wiesen. Cottages am Meer. Eine viktorianische Villa mit Pfefferkuchenhaus-Ornamenten.

Hat irgendeines dieser Objekte einen Hausgeist oder ein Geheimzimmer für skandalöse Vergnügungen zu bieten?

»Alles in Ordnung oben in Brodie's Watch, Ava?« Donna hat aufgelegt und sitzt nun da, die Hände sittsam auf dem Schreibtisch gefaltet, ganz die adrette Geschäftsfrau im blauen Blazer.

»Alles wunderbar«, antworte ich.

»Ich habe gerade Neds Abschlussrechnung für die Zimmerarbeiten bekommen. Ich nehme an, dass er und Billy mit den Reparaturen fertig sind.«

»Sie haben hervorragende Arbeit geleistet. Das Turmzimmer sieht wunderschön aus.«

»Und jetzt haben Sie das Haus ganz für sich.«

Nicht direkt. Ich bin einen Moment lang still, während ich die Frage so zu formulieren versuche, dass sie nicht vollkommen abwegig klingt. »Ähm, ich würde gerne die Frau kontaktieren, die vor mir in dem Haus gewohnt hat. Sie sagten, ihr Name sei Charlotte? Ihren Nachnamen kenne ich nicht.«

»Charlotte Nielson. Warum müssen Sie sie erreichen?«

»Das Kochbuch ist nicht das Einzige, was sie im Haus zurückgelassen hat. Im Schlafzimmerschrank habe ich einen Seidenschal gefunden, einen sehr teuren, von Hermès. Ich bin sicher, dass sie den gerne wiederhätte. Ich habe ein FedEx-Konto und wäre gerne bereit, ihr die Sachen zu schicken, wenn Sie mir nur ihre Adresse geben könnten. Und auch die Mailadresse.«

»Selbstverständlich, aber leider scheint Charlotte in letzter Zeit ihre Mails nicht zu beantworten. Ich habe ihr vor ein paar Tagen wegen dieses Kochbuchs geschrieben, und sie hat immer noch nicht reagiert.« Donna schwenkt zu ihrem Computer herum. »Hier ist ihre Bostoner Adresse: 4318 Commonwealth Avenue, Apartment 314«, liest sie vor, und ich notiere mir die Adresse auf einem Zettel. »Es muss eine ziemlich ernste Krise sein.«

Ich blicke auf. »Wie bitte?«

»Nachdem sie abgereist war, hat sie mir geschrieben, es gebe eine Familienkrise, und sie hat sich entschuldigt, weil sie den Mietvertrag nicht eingehalten hatte. Sie hatte die Miete schon bis Ende August bezahlt, also hat der Eigentümer nichts weiter unternommen. Trotzdem war es ziemlich abrupt. Und ein bisschen merkwürdig.«

»Und sie hat Ihnen nicht gesagt, was das für eine Krise war?«

»Nein. Ich habe nur diese kurze E-Mail von ihr bekommen. Als ich zum Haus raufgefahren bin, um nach dem Rechten zu sehen, hatte sie schon ihre Sachen gepackt und war abgereist. Muss es ganz schön eilig gehabt haben.« Donna lässt mich ihr optimistisches Maklerinnen-Lächeln sehen. »Aber ein Gutes hatte es schließlich – so war das Haus frei, und Sie konnten es mieten.«

Ich finde diese Geschichte einer Mieterin, die abrupt aus Brodie's Watch geflüchtet ist, mehr als nur seltsam – ich finde sie alarmierend. Doch das sage ich ihr nicht, als ich aufstehe und mich verabschiede.

Ich bin schon an der Tür, als Donna mir hinterherruft: »Ich wusste gar nicht, dass Sie Verbindungen nach Tucker Cove haben.«

Ich drehe mich noch einmal zu ihr um. »Verbindungen?«

»Sie und Dr. Gordon. Sie sind doch befreundet, nicht wahr? Ich habe Sie zusammen im Café gesehen.«

»Ach, das.« Ich zucke mit den Schultern. »An dem Tag war mir in der Hitze ein bisschen schwindlig geworden, und er hatte Sorge, dass ich ohnmächtig werden könnte. Er scheint ein netter Mann zu sein.«

»Das ist er. Er ist zu allen nett«, fügt sie hinzu, und die Botschaft ist unmissverständlich: *Glaub nicht, dass du etwas Besonderes bist.* Der eisige Blick, mit dem sie mich bedenkt, lässt es geraten erscheinen, das Thema Dr. Ben Gordon bei ihr in Zukunft zu vermeiden.

Sie greift wieder nach dem Hörer und telefoniert bereits, als ich zur Tür hinausgehe.

Ich nehme den Seidenschal aus meinem Schlafzimmerschrank und bewundere noch einmal das sommerliche Rosenmuster. Es ist ein Schal, der für eine Gartenparty geschaffen ist, ein Schal für einen Flirt bei Häppchen und Champagner. Er wäre das perfekte Accessoire, um eines meiner langweiligen schwarzen City-Kleider aufzupeppen, und kurz bin ich versucht, ihn zu behalten. Schließlich hat Charlotte nicht danach gefragt, wie wichtig kann es ihr da sein, ihn wiederzubekommen? Aber es ist ihr Schal, nicht meiner, und wenn ich hoffe, sie zu dem Geist im Turmzimmer befragen zu können, könnte dieser Schal der beste Weg sein, mit ihr ins Gespräch zu kommen.

Unten wickele ich den zusammengelegten Schal in Seidenpapier ein und stecke ihn zusammen mit dem Kochbuch in einen FedEx-Umschlag. Dazu lege ich eine kurze Nachricht.

Hallo, Charlotte,
ich bin die neue Mieterin in Brodie's Watch. Sie haben Ihr Kochbuch und diesen wunderbaren Schal im Haus vergessen, und ich bin sicher, dass Sie beides gerne wiederhaben würden.

Ich bin Buchautorin, und ich würde mich sehr gerne mit Ihnen über dieses Haus und Ihre Erfahrungen während Ihrer Zeit hier unterhalten. Es könnten nützliche Informationen für das neue Buch sein, an dem ich arbeite. Wäre es möglich, dass wir einmal telefonieren? Rufen Sie mich doch bitte an. Ich kann Sie aber auch anrufen.

Ich schreibe meine Telefonnummer und meine Mailadresse dazu und verschließe den Umschlag. Morgen werde ich ihn abschicken.

An diesem Nachmittag werkele ich im Haus herum, reinige den Backofen, gebe Hannibal sein Futter (zum wiederholten Mal) und schreibe ein neues Kapitel meines Buches, diesmal über Fischpasteten. Während die Uhr tickt und der Abend näher rückt, lenkt mich der Anblick dieses Pakets für Charlotte immer wieder ab. Ich denke an die verschiedenen Gegenstände, die sie zurückgelassen hat. Die Whiskyflaschen (die ich längst geleert habe, vielen Dank auch). Der Schal. Der einzelne Flipflop. Das Exemplar von *Joy of Cooking* mit ihrem Namen darin. Letzteres finde ich am rätselhaftesten. Dieses mit Fettspritzern verzierte Kochbuch war ganz offensichtlich ein treuer Begleiter in ihrer Küche, und ich selbst kann mir nicht vorstellen, dass ich jemals eines meiner geliebten Kochbücher irgendwo zurücklassen würde.

Ich schließe den Laptop und merke, dass ich noch keinen Gedanken ans Abendessen verschwendet habe. Wird es wieder eine dieser langen Nächte werden, in denen ich wach liege und hoffe, dass *er* erscheint? Ich stelle mir vor, wie ich in zehn oder zwanzig Jahren in diesem Haus sitze, immer noch allein, immer noch in der Hoffnung, den Mann wiederzusehen, den nur ich sehen kann. Wie viele Nächte, wie viele Jahre werde ich hier warten, mit einer Reihe von Katzen als einziger Gesellschaft?

Ich blicke zur Uhr auf und sehe, dass es schon sieben ist. In diesem Moment sind in der Seaglass Gallery unten in der Stadt Menschen versammelt, um Kunstwerke zu bewundern und Wein zu trinken. Und sich mit den Lebenden zu unterhalten, nicht mit den Toten.

Ich schnappe meine Handtasche und verlasse das Haus, um mich zu ihnen zu gesellen.

15

Durch das Fenster der Seaglass Gallery erblicke ich elegant gekleidete Menschen mit Champagnerflöten in den Händen und eine Frau in einem langen schwarzen Kleid, die auf einer Harfe zupft. Ich kenne niemanden von diesen Leuten, und ich bin nicht dem Anlass entsprechend gekleidet. Kurz spiele ich mit dem Gedanken, wieder in mein Auto zu steigen und nach Hause zu fahren, doch dann entdecke ich Ned Haskell in der Menge. Sein Name steht auf der Liste der teilnehmenden Künstler, die im Schaufenster der Galerie hängt, und obwohl er wie üblich Bluejeans trägt, hat er sich für die Vernissage ein wenig herausgeputzt und ein weißes Hemd mit Button-down-Kragen angezogen. Das eine bekannte Gesicht genügt, um mich doch noch zum Eintreten zu bewegen.

Drinnen greife ich gleich zu einem flüssigen Mutmacher in Form eines Champagnerglases und gehe quer durch den Raum auf Ned zu, der neben einem Ensemble von Vogelskulpturen steht. Ich hatte keine Ahnung, dass mein Zimmermann auch ein Künstler ist, und ein beeindruckender obendrein. Jeder der Vögel sitzt auf seinem eigenen kleinen Sockel, und jeder hat seine ganz eigene Persönlichkeit. Der Kaiserpinguin hat den Kopf in den Nacken gelegt und den Schnabel weit aufgerissen, als ob er den Himmel anschreit. Der Papageitaucher hat einen Fisch unter jeden Flügel geklemmt und blickt finster drein, als ob er sagen will: *Wehe, du versuchst, sie mir wegzunehmen*! Die Skulpturen bringen mich zum Lachen, und plötzlich sehe ich Ned in einem anderen Licht. Er ist mehr als nur ein geschickter Zimmermann, er ist auch ein Künstler mit einem wunderbaren Sinn für das Skurrile. In dieser herausgeputzten Gesellschaft wirkt er unbehaglich und eingeschüchtert von seinen eigenen Bewunderern.

»So, jetzt kenne ich endlich Ihr geheimes Talent«, begrüße ich ihn. »Da haben Sie wochenlang in meinem Haus gearbeitet und nicht ein Mal erwähnt, dass Sie Künstler sind.«

Er hebt bescheiden die Schultern. »Das ist nur eines von meinen Geheimnissen.«

»Gibt es noch andere, die ich kennen sollte?«

Selbst mit seinen achtundfünfzig Jahren kann Ned immer noch rot werden wie ein kleiner Junge, was ich charmant finde. Mir wird bewusst, wie wenig ich eigentlich über ihn weiß. Hat er Kinder? Er hat mir erzählt, dass er nie geheiratet hat, und ich frage mich, ob es jemals eine Frau in seinem Leben gegeben hat. Er hat mir sein Geschick im Arbeiten mit Holz demonstriert, aber darüber hinaus hat er von sich selbst nichts preisgegeben.

In dieser Hinsicht sind wir uns ähnlicher, als er wissen kann.

»Ich habe gehört, dass Ihre Skulpturen sogar in Boston verkauft werden.«

»Stimmt, die Galerie dort unten nennt es ›rustikale Kunst‹ oder so ähnlich. Mir ist noch nicht ganz klar, ob das eine Beleidigung ist.«

Ich blicke mich unter den champagnerschlürfenden Gästen um. »Das sieht mir nicht gerade nach einer rustikalen Gesellschaft aus.«

»Nein, die meisten Leute hier sind ja auch aus Boston.«

»Ich habe gehört, dass Dr. Gordon heute Abend auch ein paar Gemälde ausstellt.«

»Ja, im Raum nebenan. Eines hat er schon verkauft.«

»Von ihm habe ich auch nicht gewusst, dass er Künstler ist. Noch so ein Mann mit einem geheimen Talent.«

Ned wendet sich ab und blickt starr durch den Raum. »Die Menschen sind kompliziert, Ava«, sagt er leise. »Der Schein kann oft trügen.«

Ich folge seinem Blick und sehe, dass Donna Branca soeben die Galerie betreten hat. Sie greift gerade nach einem Glas Champagner, als unsere Blicke sich treffen, und einen Moment lang verharrt ihre Hand reglos über dem Tablett. Dann hebt sie die Flöte an die Lippen, trinkt demonstrativ einen Schluck und geht weiter.

»Donna Branca und Ben Gordon – läuft da was zwischen den beiden?«, frage ich Ned.

»Wie bitte?«

»Ich meine, sind sie ein Paar?«

Er sieht mich stirnrunzelnd an. »Wieso fragen Sie?«

»Sie wirkte ein wenig pikiert, als sie mich neulich zusammen mit Ben sah.«

»Haben *Sie* denn etwas mit ihm?«

»Ich interessiere mich nur für ihn. Er war so nett, einen Hausbesuch zu machen, als ich letzte Woche einen Schwächeanfall hatte.«

Eine ganze Weile sagt Ned gar nichts, und ich frage mich, ob ich, die Außenseiterin, mich irgendwie auf vermintes

Gelände verirrt habe. In einer Kleinstadt wie Tucker Cove kennt jeder jeden so gut, dass jede Affäre schon per se einen inzestuösen Beigeschmack hat.

»Ich dachte, Sie hätten einen Freund in Boston«, sagt er schließlich.

»Wie kommen Sie darauf?«

»Na ja, ich habe gehört, wie Sie mit einem gewissen Simon telefoniert haben, und da dachte ich …«

Ich lache. »Er ist mein Lektor. Und er ist verheiratet, mit einem sehr netten Mann namens Scott.«

»Oh.«

»Er ist also ganz bestimmt kein Kandidat für mich.«

Ned sieht mich neugierig an. »Sind Sie denn auf der Suche?«

Ich lasse den Blick über die Männer in der Galerie schweifen – manche sind attraktiv, alle sind sehr lebendig. Es ist Monate her, dass ich so etwas wie Interesse für das andere Geschlecht empfunden habe – Monate, in denen meine Lust auf Eis gelegen hat.

»Vielleicht.« Ich nehme mir noch ein Glas Champagner und schlängle mich vorbei an Frauen im kleinen Schwarzen zum Nebenzimmer. Wie sie bin auch ich ein Sommergast, aber in dieser Gesellschaft komme ich mir vor wie eine Außenseiterin. Weder aus Maine noch Kunstsammlerin, passe ich in keine Kategorie – die Katzenfrau, die in dem Spukhaus wohnt. Ich habe noch nicht zu Abend gegessen, und der Champagner ist mir gleich in den Kopf gestiegen, der Raum kommt mir zu laut, zu hell vor. Zu voll mit Kunst. Ich lasse meinen Blick über die Wände schweifen, betrachte abstrakte Gemälde in Schlammfarben und überdimensionale Fotos von Oldtimern. Ich hoffe aufrichtig, dass ich Ben Gordons Bilder nicht furchtbar finden werde, denn ich bin eine zu schlechte Lügnerin, um überzeugend heucheln zu können: *Ich finde Ihre Arbeiten großartig!* Dann erspähe ich einen roten Punkt, der auf einem der Bilderrahmen klebt – ein Hinweis, dass dieses Werk bereits verkauft ist. Und mir ist auf den ersten Blick klar, warum jemand für dieses Bild zweitausendfünfhundert Dollar hinblättern würde. Es fängt die See in all ihrer urtümlichen Wildheit und Turbulenz ein, die Wellen vom Wind gepeitscht, der Horizont ein bedrohliches Band von Gewitterwolken. Die Signatur des Künstlers, *B. Gordon*, verschwindet fast in einem Strudel von grünem Wasser.

Daneben hängt ein weiteres Werk von B. Gordon, das noch zu haben ist. Im Gegensatz zu dem dramatischen Seestück zeigt dieses einen Strand mit sanften Wellen, die über den Kies plätschern. Das Bild wirkt so realistisch, dass man es für ein Foto halten könnte, und ich gehe näher heran, bis ich die Pinselstriche ausmachen kann. Jedes Detail, von dem Baum mit dem bizarr verdrehten Stamm über die mit Seetang bedeckten Felsen bis hin zu der geschwungenen Uferlinie, die sich bis zu einer jäh aufragenden Felseninsel hinzieht, sagt mir, dass dies das Porträt eines realen Orts ist. Ich frage mich, wie viele Stunden, wie viele Tage er an diesem Strand gesessen und gemalt hat, bis die Schatten länger wurden und das Tageslicht schwand.

»Kann ich es wagen, Sie nach Ihrem Urteil zu fragen, oder sollte ich mich lieber gleich unauffällig zurückziehen?«

Das Gemälde hat mich so in seinen Bann geschlagen, dass ich Ben gar nicht bemerkt habe, der jetzt direkt neben mir steht. Trotz der vielen Menschen, die sich um uns drängen, scheint er nur mich wahrzunehmen, und sein Blick ist so durchdringend, dass ich mich abwenden muss. Ich fixiere stattdessen sein Bild.

»Ich will absolut ehrlich zu Ihnen sein«, sage ich.

»Dann kann ich mich wohl auf etwas gefasst machen.«

»Als Sie sagten, dass Sie malen, habe ich mir nicht vorstellen können, dass Ihre Gemälde *so* gut sein würden. Es wirkt so realistisch, dass ich die Kieselsteine unter meinen Sohlen spüren kann. Es ist beinahe schade, dass Sie stattdessen Arzt geworden sind.«

»Nun ja, die Medizin war nicht meine erste Wahl.«

»Und warum haben Sie dann die jahrelange Ausbildung auf sich genommen?«

»Sie waren doch in meiner Praxis. Sie haben die Fotos meines Vaters und meines Großvaters gesehen. Wie es scheint, hat es in Tucker Cove schon immer einen Dr. Gordon gegeben – wie konnte ich mir da anmaßen, mit der Tradition zu brechen?« Er lacht ein wenig gequält. »Mein Vater hat mir gesagt, ich könnte doch immer noch in meiner Freizeit malen. Ich hatte einfach nicht den Mut, ihn zu enttäuschen.« Er starrt das Seestück an, als ob er sein eigenes Leben in diesen aufgewühlten grünen Wellen sehen könnte.

»Es ist nie zu spät, um zu rebellieren.«

Einen Moment lang lächeln wir uns an, während die Menge um uns herum wogt und Harfenklänge durch den Raum schweben. Dann tippt ihm jemand auf die Schulter, und er dreht sich zu einer Brünetten mit sportlicher Figur um, die gerade ein älteres Paar herbeiführt, um sie ihm vorzustellen.

»Entschuldige bitte die Störung, Ben, aber das sind Mr. und Mrs. Weber aus Cambridge. Sie sind sehr beeindruckt von deinem Werk *Blick vom Strand*, und sie würden gerne den Künstler kennenlernen.«

»Zeigt dieses Gemälde einen realen Ort?«, fragt Mrs. Weber. »Denn es wirkt beinahe zu perfekt.«

»Ja, den Strand gibt es wirklich, aber ich habe ihn ein bisschen aufgehübscht. Das Treibgut weggelassen. Ich wähle stets reale Orte als Motive für meine Gemälde.«

Während die Webers näher treten, um das Bild genauer in Augenschein zu nehmen, ziehe ich mich zurück, um Ben die Gelegenheit zu geben, den Verkauf unter Dach und Fach zu bringen. Er hält mich am Arm fest und murmelt: »Können Sie noch ein bisschen bleiben, Ava? Vielleicht können wir nachher eine Kleinigkeit essen gehen?«

Mir bleibt keine Zeit zum Nachdenken, weil die Webers und die Brünette uns beobachten. So nickte ich nur und gehe meiner Wege.

Eine Verabredung zum Essen mit meinem Arzt. Damit hätte ich heute Abend nicht unbedingt gerechnet.

Ich schlendere durch den Raum, nippe an meinem Champagner und grüble darüber nach, ob ich zu viel in Bens Einladung hineininterpretiere. Es ist acht Uhr, und die Galerie ist inzwischen so voll, dass ich gar nicht mehr durchkomme, um mir die beliebtesten Objekte aus der Nähe anzusehen. Ich halte mich nicht für eine Kunstexpertin, aber ich weiß, was mir gefällt, und es gibt hier durchaus das eine oder andere Glanzstück zu bewundern. Neds Papageitaucher ist inzwischen mit einem roten Punkt versehen, und eine Frau in einem auffälligen lila Kaftan hat ihn mit Beschlag belegt. Nach zu vielen Abenden, die ich allein in meinem Haus auf dem Hügel verbracht habe, komme ich mir vor, als wäre ich nach langer Zeit endlich aus einem Koma erwacht. Und das habe ich Ben Gordon zu verdanken.

Eine Gruppe hat sich um ihn geschart, er ist umringt von den Webers, der brünetten Galeriebesitzerin und einem halben Dutzend Bewunderern. Er wirft mir einen bedauernden Blick zu, und das reicht, um mich weiter geduldig warten zu lassen, obwohl mir vor Hunger und vom Champagner schon ein wenig schwindlig ist. So viele Frauen, die er hätte fragen können, ob sie mit ihm essen gehen, und er hat sich ausgerechnet für mich entschieden – warum? Weil ich die Neue in der Stadt bin? Als begehrter Junggeselle in Tucker Cove hat er vielleicht die Nachstellungen der hiesigen Weiblichkeit satt, und ich bin die eine Frau, die sich nicht für ihn interessiert.

Aber stimmt das denn?

Ich schlendere durch die Galerie, mein Blick gleitet über die Kunstobjekte hinweg, während meine Aufmerksamkeit auf Ben fixiert bleibt. Seine Stimme, sein Lachen. Ich bleibe vor einer abstrakten Bronzeskulptur stehen, die den Titel *Leidenschaft* trägt. Ein Konvolut von Kurven; Körper, die so vollkommen ineinander verschmolzen sind, dass man nicht sagen kann, wo der eine endet und der andere beginnt. Ich denke an das Turmzimmer und an Jeremiah Brodie. Ich denke an die Lederfesseln an meinen Handgelenken, unsere schwitzenden, kollidierenden Leiber. Mein Mund wird plötzlich trocken, mein Gesicht wird heiß. Ich schließe die Augen, meine Hand liegt auf der Rundung der Skulptur, und die Bronze fühlt sich so hart und unnachgiebig an wie die Muskeln in seinem Rücken. *Heute Nacht. Bitte, komm zu mir. Ich will dich.*

»Können wir dann gehen, Ava?«

Ich öffne die Augen und sehe Ben, der mich anlächelt. Der seriöse Dr. Gordon ist eindeutig interessiert, aber bin ich auch an ihm interessiert? Könnte ein wirklicher Mann mich je so befriedigen, wie Jeremiah Brodie es tut?

Wir flüchten uns vor den Menschenmassen in der Galerie hinaus in den warmen Sommerabend. Ganz Tucker Cove scheint an diesem Abend auf den Beinen zu sein und durch die Straßen des Orts zu flanieren. Die T-Shirt-Läden können sich vor dem Ansturm kaum retten, und wie üblich hat sich vor der Eisdiele eine lange Schlange gebildet.

»Sieht nicht so aus, als ob wir irgendwo noch einen freien Tisch finden«, stelle ich fest, als wir zum wiederholten Mal an einem voll besetzten Restaurant vorbeigehen.

»Ich weiß etwas, wo wir keinen Tisch brauchen.«

»Wo?«

Er grinst. »Das beste Essen in ganz Tucker Cove. Vertrauen Sie mir.«

Wir lassen das Ortszentrum hinter uns und spazieren eine kopfsteingepflasterte Straße hinunter zum Hafen. Hier ist es ruhiger, nur wenige Touristen tummeln sich am Anleger. Wir gehen an Windjammern vorbei, die knarrend an ihrer Vertäuung zerren, vorbei an einem Angler, der seine Schnur von der Kaimauer wirft.

»Wir haben Flut, die Makrelen kommen«, ruft der Angler. Ich werfe einen Blick auf seinen Fang, und im schwachen Schein der Straßenlaterne sehe ich silbrige Fische in seinem Eimer zappeln.

Ben und ich gehen weiter, auf eine kleine Gruppe von Menschen zu, die sich um einen Imbisswagen scharen. Ich sehe dampfende Töpfe, und dann steigt mir auch schon der verlockende Duft in die Nase. Jetzt weiß ich, warum Ben mich zum Anleger geführt hat.

»Kein Besteck, keine Tischdecken, nur Hummer«, sagt er. »Ich hoffe, das ist okay für Sie.«

Es ist mehr als nur okay – es ist genau das, worauf ich jetzt Lust habe.

Wir kaufen gedämpfte Hummer, Maiskolben und Fritten und gehen mit unserem Essen zum Pier. Dort setzen wir uns auf die Mauer, mit unseren Papptellern auf dem Schoß. Das Einzige, was fehlt, ist eine Flasche Wein, aber da ich schon drei Gläser Champagner intus habe, sollte ich vielleicht für den Rest des Abends auf Alkohol verzichten. Zu hungrig, um Konversation zu machen, falle ich gleich über mein Essen her, löse geschickt das Fleisch aus der Schale und stecke es mir in den Mund.

»Wie ich sehe, haben Sie keine Anleitung nötig, wie man einen Hummer zerlegt«, bemerkt er.

»Ich hatte reichlich Übung in der Küche. Sie sollten mal sehen, wie schnell ich Austern auslöse.« Ich wische mir geschmolzene Butter vom Kinn und grinse ihn an. »Das nenne ich eine perfekte Mahlzeit. Keine beflissenen Ober, keine protzige Speisekarte. Einfach und frisch, das ist immer noch die unschlagbare Kombination.«

»Sagt die Food-Autorin.«

»Sagt die begeistere Esserin.« Ich beiße in den Maiskolben, und er ist genau so, wie ich es erhofft hatte, süß und knusprig. »Ich habe vor, ein ganzes Kapitel meines Buches dem Hummer zu widmen.«

»Sie wissen, dass Hummer früher als Armeleuteessen galt? Wer Hummer in seinem Henkelmann mitbrachte, galt automatisch als arm.«

»Ja, verrückt, nicht wahr? Dass man so über das Essen der Götter denken konnte.«

Er lacht. »Ich weiß nicht, was bei Göttern so auf den Tisch kommt, aber wenn Sie mehr über Hummer wissen wollen, mache ich Sie mal mit Captain Andy bekannt.« Er deutet auf ein Boot, das im Hafenbecken dümpelt. »Das da ist seins, die *Lazy Girl.* Er kann Sie mit rausnehmen und Ihnen mehr über Hummerfang erzählen, als Sie je wissen müssen.«

»Das wäre prima. Danke.«

Er blickt auf den dunklen Hafen hinaus. »Als Junge habe ich auf einigen dieser Boote gearbeitet. In einem Sommer gehörte ich zur Crew der *Mary Ryan*, die liegt gleich da drüben.« Er zeigt auf einen Dreimast-Schoner, der am Kai festgemacht ist. »Mein Dad wollte, dass ich als Laborassistent im Krankenhaus jobbe, aber ich konnte die Vorstellung nicht ertragen, den ganzen Sommer drinnen eingesperrt zu sein. Ich musste da draußen sein, auf dem Wasser.« Er wirft eine leere Hummerschale ins Hafenbecken, wo sie mit einem leisen Platschen landet. »Segeln Sie?«

»Als junges Mädchen bin ich immer mit meiner Schwester auf einem See in New Hampshire gesegelt.«

»Ah, Sie haben eine Schwester. Älter oder jünger als Sie?«

»Zwei Jahre älter.«

»Und was macht sie?«

»Sie ist Ärztin. Arbeitet als orthopädische Chirurgin

in Boston.« Die Erwähnung von Lucy bereitet mir Unbehagen, und ich wechsle rasch das Thema. »Aber ich bin noch nie auf dem Meer gesegelt. Ehrlich gesagt, das Meer macht mir ein bisschen Angst. Ein Fehler, und es ist vorbei. Da fällt mir ein ...« Ich drehe mich zu ihm um. »Was ist eigentlich aus dieser Leiche geworden, die der Hummerfischer aus dem Wasser gezogen hat?«

Er zuckt mit den Schultern. »Ich habe das nicht weiter verfolgt. Ein Unfall höchstwahrscheinlich. Die Leute fahren mit dem Boot raus, trinken zu viel, werden unvorsichtig.« Er sieht mich an. »Ich bin nie unvorsichtig, nicht auf dem Wasser. Ein guter Seemann zollt dem Ozean den Respekt, der ihm gebührt.«

Ich denke an Captain Brodie, der den Ozean sicherlich so gut kannte wie nur irgendein Mensch. Und doch fand er dort den Tod, und seine Gebeine ruhen nun unter den Wellen. Ich schaudere, als ob der Wind gerade meinen Namen geflüstert hätte.

»Ich kann Ihnen helfen, Ihre Angst zu überwinden, Ava.«

»Wie?«

»Kommen Sie mit mir segeln. Ich werde Ihnen zeigen, dass es nur darauf ankommt zu wissen, womit man rechnen muss, und entsprechend vorbereitet zu sein.«

»Sie haben ein Boot?«

»Eine Dreißig-Fuß-Slup mit Holzrumpf. Sie ist nicht mehr ganz neu, aber bewährt und zuverlässig.« Er wirft noch eine leere Schale ins Wasser. »Nur damit das ganz klar ist: Das soll kein offizielles Date sein.«

»Nein?«

»Weil so etwas zwischen Ärzten und ihren Patientinnen tabu ist.«

»Dann müssen wir es wohl irgendwie anders nennen.«

»Dann kommen Sie also mit?«

Dafür, dass es kein Date ist, hört es sich aber allmählich verdächtig nach einem an. Ich antworte nicht sofort, sondern nehme mir Zeit, um über sein Angebot nachzudenken, während ich die Papierservietten und das Plastikgeschirr zusammenräume. Ich weiß nicht, warum ich zögere. Ich war noch nie besonders vorsichtig, wenn es um Männer ging, und in jeder praktischen Hinsicht ist Ben Gordon eine gute Partie. Ich kann sie fast hören, die stets so logisch denkende Lucy, die ihr ganzes Leben damit verbracht hat, auf mich aufzupassen. *Er erfüllt alle wichtigen Kriterien, Ava! Er ist attraktiv, intelligent, und Arzt ist er auch noch. Er ist genau der Richtige nach all den Nieten, die du bisher gezogen hast.* Und Lucy weiß von allen, von jedem Fehlgriff im Rausch, von jedem Mann, mit dem ich ins Bett gegangen bin, nur um es hinterher zu bereuen.

Von jedem bis auf einen.

Ich sehe Ben an. »Darf ich Sie etwas fragen?«

»Natürlich.«

»Laden Sie eigentlich alle Ihre Patientinnen zu einem Segeltörn ein?«

»Nein.«

»Und warum dann mich?«

»Warum nicht?« Er bemerkt meinen skeptischen Blick und seufzt. »Tut mir leid, das sollte nicht flapsig klingen. Es ist nur … Ich weiß auch nicht, was an Ihnen so anders ist. Ich sehe hier viele Sommertouristinnen kommen und gehen. Sie bleiben ein paar Wochen, ein paar Monate, und dann sind sie weg. Ich habe nie eingesehen, warum ich emotionale Energie in eine von ihnen investieren sollte. Aber Sie sind anders.«

»Inwiefern?«

»Sie faszinieren mich. Sie haben etwas an sich, das in mir den Wunsch weckt, mehr zu erfahren. Als ob es da unter der Oberfläche eine ganze Menge zu entdecken gibt.«

Ich lache. »Eine Frau mit Geheimnissen.«

»Sind Sie das?«

Wir sehen einander in die Augen, und ich fürchte schon, dass er versuchen wird, mich zu küssen – ein Tabu zwischen Arzt und Patientin, wie er gerade selbst gesagt hat. Zu meiner Erleichterung tut er das nicht, sondern wendet sich ab, um wieder auf den Hafen hinauszublicken. »Es tut mir leid. Das hat sich wahrscheinlich ziemlich seltsam angehört.«

»Es hat sich angehört, als ob ich ein Safe wäre, den Sie gerne knacken würden.«

»So war es ganz und gar nicht gemeint.«

»Wie denn?«

»Ich möchte *Sie* kennenlernen, Ava. Alle Ihre großen und kleinen Geheimnisse, die Sie bereit sind, mir zu verraten.«

Ich erwidere nichts, sondern denke an das, was im Turmzimmer auf mich wartet. Wie schockiert Ben wäre, wenn er wüsste, wie begierig ich sowohl die Lust als auch den Schmerz willkommen geheißen habe. Nur Captain Brodie kennt mein Geheimnis. Er ist der perfekte Partner für meine Schande, denn er wird nie etwas verraten.

Mein Schweigen hat sich zu lange hingezogen, und Ben versteht den Wink. »Es ist schon spät. Sie möchten jetzt sicher nach Hause fahren.«

Wir stehen beide auf. »Danke für die Einladung. Es war schön mit Ihnen.«

»Wir sollten das wieder machen. Vielleicht das nächste Mal draußen auf dem Wasser?«

»Ich werde darüber nachdenken.«

Er lächelt. »Und ich werde dafür sorgen, dass das Wetter perfekt ist. Sie müssen sich überhaupt keine Sorgen machen.«

Als ich zu Hause ankomme, sitzt Hannibal in der Diele und wartet schon auf mich. Er fixiert mich mit seinen leuchtenden Katzenaugen. Was sieht er noch? Spürt er die Gegenwart des Geistes? Ich stehe am Fuß der Treppe und schnuppere, doch ich kann nur frische Farbe und Sägemehl riechen, die Gerüche der Renovierungsarbeiten.

In meinem Schlafzimmer ziehe ich mich aus und lösche das Licht. Nackt stehe ich da in der Dunkelheit, wartend, hoffend. Warum ist er nicht zurückgekommen? Was muss ich tun, um ihn zu mir zu locken? Mit jeder Nacht, die vergeht, ohne dass ich ihn sehe, wächst meine Furcht, dass er vielleicht nie existiert hat, dass er nichts weiter als eine Fantasie war, geboren aus Einsamkeit und zu viel Wein. Ich drücke die Hände an die Schläfen und frage mich, ob es sich so anfühlt, wenn man dem Wahnsinn verfällt. Oder ist es eine Komplikation der Katzenkratzkrankheit, eine Enzephalitis mit Schädigung des Gehirns? Das wäre genau die Art von logischer Erklärung, die Lucy akzeptieren würde. Bakterien kann man schließlich unter dem Mikroskop sehen und in Petrischalen züchten. Niemand bezweifelt ihre Existenz oder die verheerenden Schäden, die sie im menschlichen Gehirn anrichten können.

Vielleicht ist Hannibal tatsächlich an allem schuld.

Ich lege mich ins Bett und ziehe die Decke bis zum Kinn hoch. Das sind immerhin Dinge, von denen ich weiß, dass sie wirklich sind: das frische, kühle Laken an meiner Haut. Das ferne Rauschen des Ozeans und das Schnurren von Hannibal an meiner Seite.

Nichts nimmt in der Dunkelheit Gestalt an, kein dichter werdender Schatten formt sich zu einem Mann. Irgendwie weiß ich, dass er mich heute Nacht nicht besuchen wird. Vielleicht war er auch nie hier. Aber es gibt einen Mann, der in meinem Bett sein *könnte*, wenn ich ihn wollte. Einen echten Mann.

Es wird Zeit, dass ich mich entscheide.

16

Das Großsegel strafft sich mit einem Knall, und ich klammere mich an der Steuerbord-Reling fest, als die *Callista* im Wind krängt und ihr Bug durch die Dünung gleitet.

»Nervös?«, ruft Ben von der Ruderpinne.

»Ähm, ein bisschen!«

»Kein Grund zur Sorge. Lehnen Sie sich einfach zurück und genießen Sie die Aussicht. Ich habe alles im Griff.«

Und das hat er. Von dem Moment an, als ich an Bord der *Callista* gegangen bin, wusste ich, dass ich in kompetenten Händen bin. Ben hat an alles gedacht, was es braucht, um diesen Nachmittag perfekt zu machen. Mineralwasser und Wein stehen in der Kühlbox bereit, und der Picknickkorb ist randvoll mit Käse und Obst und Hähnchen-Sandwiches. Ich hatte angeboten, etwas zu essen zu machen, aber er hat mir versichert, dass für alles gesorgt sei – und so ist es. Ich blicke mich auf dem blitzsauberen Deck um, wo alle Taue säuberlich aufgerollt sind, alle Messingbeschläge funkeln und das Teakholz glänzt wie frisch lackiert.

»Dieses Boot sieht nicht aus, als wäre es fünfzig Jahre alt«, bemerke ich.

»Es ist aus Holz, da hat man eine Menge Arbeit mit der Instandhaltung, aber es hat meinem Dad gehört, und der würde sich im Grab umdrehen, wenn ich es nicht sorgsam pflegen würde.« Er blickt zum Großsegel auf und löst die Fockschot. »Okay, klar zum Wenden!«

Während er den Bug durch den Wind dreht, laufe ich rasch hinüber nach Backbord. Das Boot krängt, und wieder muss ich mich an der Reling festhalten. »Wie lange ist Ihr Vater schon tot?«, frage ich.

»Fünf Jahre. Er war siebzig und hat immer noch Vollzeit in der Praxis gearbeitet. Er ist zusammengebrochen, als er gerade im Krankenhaus Visite machte. So möchte ich nicht abtreten.«

»Wie *möchten* Sie denn abtreten?«

»Ganz bestimmt nicht während der Arbeit. Ich wäre lieber draußen auf dem Wasser, so wie heute. Wenn ich es mir gerade so richtig gut gehen lasse, mit einem Menschen, den ich mag.«

Seine Antwort klingt ganz beiläufig, aber ich höre die Betonung auf seinen letzten Worten, *mit einem Menschen, den ich mag.* Ich wende mich ab und blicke zur Küste, wo die bewaldeten Hänge bis fast ans Wasser reichen. Hier gibt es keine Strände, nur Wälder und Granitklippen, über denen die Möwen kreisen und herabstoßen.

»Gleich hinter der Landzunge dort ist eine nette kleine Bucht«, sagt er. »Da können wir vor Anker gehen.«

»Wie kann ich helfen?«

»Gar nicht, Ava. Ich bin es gewohnt, allein zu segeln, das ist gar kein Problem.«

Mit ein paar gekonnten Wendemanövern steuert er die *Callista* um die Landzunge herum und in eine geschützte Bucht. Mir bleibt nur die Rolle der Zuschauerin, als er die Segel einholt und den Anker wirft, und er bewegt sich so behände auf Deck, dass ich ihn wahrscheinlich nur behindern würde, wenn ich versuchte, ihm zu helfen. Also beschäftige ich mich mit dem, was ich am besten kann: Ich entkorke die Weinflasche und packe unser Picknick aus. Als er die Segel gesichert und die Taue eingerollt hat, kann ich ihm schon ein Glas Wein in die Hand drücken. Während die *Callista* sanft vor Anker dümpelt, sitzen wir entspannt im Cockpit und genießen den perfekt temperierten Rosé.

»Ich glaube, ich könnte mich an das hier gewöhnen«, gebe ich zu.

Er deutet auf den wolkenlosen Himmel. »Ein Sommertag und ein robustes kleines Boot. Was kann man sich Besseres wünschen?« Er sieht mich an. »Ob ich Sie wohl dazu überreden kann, noch über Oktober hinaus zu bleiben?«

»Vielleicht. Es gefällt mir wirklich hier in Tucker Cove.«

»Dann dürfen Sie aber nicht länger meine Patientin sein.«

»Warum nicht?«

»Weil ich hoffe, dass du etwas anderes für mich sein kannst.«

Wir wissen beide, worauf das hier hinausläuft. Zumindest, wenn es nach *ihm* geht. Ich habe mich noch nicht entschieden. Ich bin schon leicht angesäuselt vom Wein, mein Gesicht ist angenehm gerötet von der Sonne. Und Ben Gordon hat so unglaublich blaue Augen – Augen, die zu viel zu sehen scheinen. Ich wende mich nicht ab, als er sich zu mir herüberbeugt. Als unsere Lippen sich treffen.

Er schmeckt nach Wein und Salz und Sonnenschein. Dies ist der Mann, zu dem ich mich hingezogen fühlen *sollte*, der Mann, der alles verkörpert, was eine Frau sich wünschen kann. Es wird passieren, wenn ich es geschehen lasse, aber ist es wirklich das, was ich will? Ist *er* derjenige, den ich will? Er zieht mich an sich, aber ich erlebe die Szene merkwürdig distanziert, als ob ich außerhalb meines eigenen Körpers stünde und zusähe, wie zwei Fremde sich küssen. Ben mag ein Mann aus Fleisch und Blut sein, aber seine Küsse können kein Feuer in mir entfachen. Stattdessen bewirken sie, dass ich mich nur noch mehr nach dem Liebhaber sehne, der mir so fehlt. Ein Liebhaber, von dem ich nicht einmal sicher weiß, ob er existiert.

Ich bin fast erleichtert, als Bens Handy klingelt.

Er seufzt und löst sich von mir. »Tut mir leid, aber bei dem Klingelton muss ich leider rangehen.«

»Natürlich.«

Er fischt das Handy aus seiner Bootstasche. »Dr. Gordon.«

Ich greife nach der Weinflasche und schenke mir nach, da höre ich, wie sein Ton abrupt umschlägt.

»Das ist der Abschlussbericht? Und er ist sich ganz sicher?«

Ich blicke mich zu ihm um, doch er sieht nicht, dass ich ihn beobachte. Seine Miene hat sich verfinstert, seine Lippen sind zu einem dünnen Strich zusammengepresst. Er legt auf und sagt eine Weile nichts, starrt nur das Handy an, als ob es ihn verraten hätte.

»Ist etwas passiert?«

»Das war die Rechtsmedizin. Wegen der Leiche, die sie aus der Bucht gezogen haben.«

»Weiß man, wer die Frau ist?«

»Sie haben sie noch nicht identifiziert. Aber sie haben die Ergebnisse ihres Toxikologie-Screens, und sie hatte weder Drogen noch Alkohol im Blut.«

»Sie war also nüchtern, als sie ertrunken ist.«

»Sie ist nicht ertrunken.« Er sieht mich an. »Sie sagen, es war Mord.«

17

Wir sind still, während wir mit Motorkraft zum Hafen zurückfahren. Schweigend verarbeiten wir beide die Nachricht, die sich bis zum Abend sicherlich in ganz Tucker Cove herumgesprochen haben wird. Für eine Stadt, die vom Tourismus lebt, in einem Staat, dessen Motto lautet: *So sollte das Leben sein*, dürfte sie alles andere als willkommen sein. Wir machen am Anleger fest, und als ich von Bord gehe, sehe ich Tucker Cove mit anderen Augen. Äußerlich betrachtet ist es immer noch ein hübsches neuenglisches Städtchen mit weißen Schindelfassaden und kopfsteingepflasterten Gassen, aber nun sehe ich überall Schatten. Und Geheimnisse. Eine Frau ist ermordet worden, ihre Leiche wurde ins Meer geworfen, und niemand scheint ihren Namen zu kennen.

Später am Abend, als ich allein im Haus bin, tröste ich mich auf die gewohnte Weise: mit Kochen. Heute brate ich ein Hähnchen und schneide Brot in Würfel für Croûtons – eines meiner Standardgerichte, das ich auch im Schlaf kochen könnte. Automatisch hacke ich Petersilie und Knoblauch und mische beides mit Olivenöl und Brotwürfeln, doch meine Gedanken sind noch immer bei der ermordeten Frau. Ich erinnere mich an den Tag, als ihre Leiche geborgen wurde, die blaue Plane, feucht glänzend vom Meerwasser, und Bens entsetzten Gesichtsausdruck, als er diese Plane anhob und das anstarrte, was darunter lag.

Ich nehme das Hähnchen aus dem Ofen und schenke mir ein zweites Glas Sauvignon blanc ein. Respekt – es ist neun Uhr abends, und ich bin erst beim zweiten Glas. Nach so einem aufregenden Tag ist dieses zweite Glas wohlverdient, und ich nehme einen kräftigen Schluck. Der Alkohol schießt wie flüssiges Feuer durch meine Blutbahn, doch während die Anspannung allmählich von mir abfällt, denke ich immer noch über die tote Frau nach. War sie jung oder alt? Hübsch oder hässlich?

Warum hat niemand sie als vermisst gemeldet?

Wenn ich heute Abend die Treppe hinunterfiele und mir den Hals bräche, wie lange würde es dauern, bis irgendjemand *mich* vermissen würde? Früher oder später würde Donna Branca natürlich stutzig werden, aber nur, weil sie meinen monatlichen Scheck mit der Miete vermissen würde. Es fällt immer irgendwem auf, wenn man seine Rechnungen nicht bezahlt, aber das könnte Wochen dauern. Bis dahin wäre meine Leiche schon halb verwest.

Oder von meinem Kater angefressen, denke ich, als Hannibal auf den Esstisch springt und die Hähnchenstücke auf meinem Teller anstarrt.

Das dritte Glas Wein. Ich habe versucht, meinen Konsum zu reduzieren, aber heute Abend ist es mir egal, ob ich schon genug habe. Wer kann mich denn sehen oder mir Vorhaltungen machen? Lucy ist die Einzige, die es je für nötig befunden hat, mich wegen meiner Trinkerei zur Rede zu stellen, aber sie ist nicht hier, um mich vor mir selbst zu schützen, wie sie es früher immer getan hat.

Ich setze mich an den Tisch und starre die Mahlzeit an, die ich mir selbst so perfekt serviert habe: Scheiben von Hähnchenfleisch, beträufelt mit einer Soße aus Bratfett und Weißwein. Neue Bratkartoffeln. Ein Salat, angemacht mit frisch gerösteten Croûtons.

Lucys Lieblingsessen. Das Essen, das ich ihr an ihrem Geburtstag gekocht habe.

Ich sehe sie wieder vor mir, wie sie mir über den Tisch hinweg zulächeln. Lucy und Nick, ihre Weingläser erhoben, um der Köchin zuzuprosten. »Wenn ich mir je eine Henkersmahlzeit aussuchen müsste, würde ich mir wünschen, dass sie von Ava gekocht wird«, hatte Lucy gesagt. Und dann erzählten wir uns reihum, was wir uns als letzte Mahlzeit wünschen würden. Lucys Wahl fiel auf »Avas Brathähnchen«. Ich entschied mich für eine deftige *Pasta cacio e pepe* mit einem Glas jungem, gekühltem Frascati. Und Nick wünschte sich natürlich Rindfleisch. »Ein Ribeye-Steak, rosa gebraten. Nein, doch lieber Filet Wellington! Wenn es meine letzte Mahlzeit ist, darf's ruhig ein bisschen extravagant sein«, sagte er, und wir lachten alle, denn Nick hatte noch nie im Leben Filet Wellington gegessen, er fand einfach nur, dass es lecker klang.

Könnte ich mich doch nur zu diesem Geburtstagsessen zurückversetzen, zu einem Abend, an dem wir alle zusammen glücklich waren. Jetzt sitze ich allein in diesem riesigen Haus. Wenn ich hier einsam sterbe, ist es einzig und allein meine Schuld.

Ich lasse mein Essen, das ich kaum angerührt habe, auf dem Tisch stehen, nehme die Flasche und gehe damit nach oben. Der Wein ist nicht mehr kalt, aber inzwischen ist es mir egal, wie er schmeckt, es geht mir nur um das Vergessen, das er schenkt. Oben in meinem Schlafzimmer trinke ich die Flasche aus und lasse mich auf die Matratze fallen. Tote Frau im Wasser, betrunkene Frau im Schlafzimmer.

Ich schalte das Licht aus und starre in die Dunkelheit. Das Meer ist unruhig heute Abend, und ich höre die Wellen an die Felsen schlagen. Ein Sturm weit draußen auf offener See hat diese Wellen erzeugt, und nun kommen sie hier herangewalzt und brechen sich in windgepeitschter Raserei an den Klippen. Das Geräusch geht mir so an die Nerven, dass ich aufstehe und das Fenster schließe, aber selbst dann kann ich diese Wellen noch hören. Und ich kann sie auch riechen – der Geruch ist so überwältigend, dass ich das Gefühl habe zu ertrinken. Und da begreife ich plötzlich: *Er ist hier.*

Ich drehe mich vom Fenster weg. Jeremiah Brodie steht vor mir.

»Du warst heute mit einem Mann zusammen«, sagt er.

»Woher weißt du …«

»Du hast seinen Geruch an dir.«

»Er ist nur ein Bekannter. Wir sind mit seinem Segelboot rausgefahren.«

Er tritt näher, und ich erschaudere, als er eine Strähne meines Haars anhebt und durch seine Finger gleiten lässt. »Du warst ihm nah genug, um ihn zu berühren.«

»Ja, aber …«

»Nah genug, um in Versuchung zu geraten.«

»Es war nur ein Kuss. Es hat nichts zu bedeuten.«

»Und doch spüre ich deine Schuldgefühle.«

Er ist jetzt so nah, dass ich die Wärme seines Atems in meinen Haaren spüren kann.

»Deine Scham.«

»Aber nicht deswegen. Nicht wegen heute.«

»Du hast Grund, dich zu schämen.«

Ich starre in seine Augen, die den kalten, unbarmherzigen Schein des Sternenlichts reflektieren. Seine Worte haben nichts mit Ben Gordon und unserem unschuldigen Kuss zu tun. Nein, hier geht es um etwas, das passiert ist, bevor ich nach Maine gekommen bin. Es geht um die Neujahrsnacht und um die Sünde, die ich mir nie werde verzeihen können. Was er auf meiner Haut riecht, ist der unauslöschliche Geruch der Schuld.

»Du hast ihm erlaubt, dich zu berühren.«

»Ja.«

»Dich zu schänden.«

Ich blinzle gegen die Tränen an. »Ja.«

»Du hast es begehrt. Du hast ihn begehrt.«

»Ich habe es nicht gewollt. Wenn ich die Zeit zurückdrehen könnte, wenn ich diesen Abend noch einmal durchleben könnte …«

»Aber das kannst du nicht. Deshalb bin ich hier.«

Ich starre in diese diamantblitzenden Augen. Ich höre das gerechte Urteil in seiner Stimme und die Ankündigung dessen, was kommen wird. Mein Herz pocht, meine Hände zittern. Tagelang habe ich seine Rückkehr herbeigesehnt, mich nach seiner Berührung verzehrt. Jetzt, da er vor mir steht, habe ich Angst vor dem, was mich erwartet.

»Ins Turmzimmer«, befiehlt er.

Meine Knie sind weich, als ich das Schlafzimmer verlasse. Ist es der viele Wein, oder ist es die Angst, die mich im Flur stolpern lässt? Unter meinen nackten Füßen fühlt sich der Boden wie Eis an, und die feuchte Luft dringt glatt durch mein Nachthemd. Ich öffne die Tür zur Treppe und halte inne, während ich zu dem flackernden Kerzenschein aufblicke.

Ich stehe an der Schwelle zu seiner Welt, und mit jeder Stufe, die ich erklimme, lasse ich meine eigene immer weiter hinter mir.

Ich steige die Treppe hinauf, und das Kerzenlicht wird zunehmend heller. Er ist direkt hinter mir, ich höre seine schweren, unaufhaltsamen Schritte auf den Stufen, die mir den Rückzug unmöglich machen. Es gibt nur eine Richtung, in die ich gehen kann, und so steige ich hinauf zu dem Zimmer, in dem mich sowohl Lust als auch Strafe erwarten.

Oben angekommen, stoße ich die Tür weit auf und trete ins Turmzimmer. Goldener Kerzenschein hüllt mich ein, und als ich den Blick senke, sehe ich das Kleid aus kupferfarbener Seide um meine Knöchel rascheln. Ich spüre nicht mehr die Kühle der Nacht, ein Feuer brennt im Kamin, die Flammen züngeln um Birkenscheite. Kerzen flackern in Wandhaltern, und in den Fenstern zum Meer erblicke ich mein eigenes Spiegelbild. Das Kleid schmiegt sich um meine Hüften, und meine Brüste, weiß wie Elfenbein, wölben sich über dem tief ausgeschnittenen Mieder.

Ich bin in seiner Welt. In seiner Zeit.

Er geht auf den mit einem Vorhang verhüllten Alkoven zu. Ich weiß bereits, was hinter diesen schweren Stoffbahnen liegt. Ich habe mit ausgestreckten Gliedern auf diesem Bett gelegen, habe Lust empfunden bei seinem brutalen Liebesspiel. Doch als er nun den Vorhang beiseitezieht, enthüllt er mehr als nur ein Bett, und ich weiche erschrocken zurück.

Er hält mir die Hand hin. »Komm, Ava.«

»Was hast du mit mir vor?«

»Was soll ich denn deiner Meinung nach tun?«

»Du wirst mir wehtun.«

»Ist es nicht das, was du verdienst?«

Ich muss ihm nicht antworten, er weiß bereits, dass ich mich nie genug bestrafen kann für das, was passiert ist. Er weiß, dass Schuld und Scham mich zu diesem Haus geführt haben und zu ihm. Dass ich sämtliche Qualen, die er mir zufügen mag, vollauf verdient habe.

»Ich habe Angst«, flüstere ich.

»Aber es reizt dich auch, nicht wahr?« Ich zucke zusammen, als er die Hand hebt, um mir mit dem Handrücken über die Wange zu streichen. »Habe ich dich nicht gelehrt, dass Schmerz nur das andere Gesicht der Lust ist? Dass ein Schmerzensschrei nicht anders klingt als ein Schrei der Ekstase? Heute Nacht wirst du beides genießen, ohne Schuldgefühle, ohne Vorwürfe, weil ich derjenige bin, der das Kommando hat. Spürst du nicht, wie du dich danach sehnst, dich danach verzehrst? Wie dein Körper schon lechzt nach dem, was ihn erwartet?«

Noch während er spricht, merke ich, wie die Hitze in mir aufwallt, ein quälendes und zugleich lustvolles Gefühl der Leere, die danach schreit, ausgefüllt zu werden.

Er hält mir seine Hand hin. Bereitwillig ergreife ich sie.

Wir durchqueren das Zimmer, ich trete in den Alkoven und starre die Handschellen an, die am Deckenbalken hängen. Aber es sind nicht sie, die mir Angst einjagen, es ist das, was dort an der Wand hängt. Lederpeitschen. Eine Reitgerte. Und eine Reihe verschiedener Schlagstöcke.

Er zerrt mich zu den Handschellen hin und schließt die Fessel um mein linkes Handgelenk.

Jetzt gibt es kein Zurück mehr. Ich bin ihm ausgeliefert.

Er packt meine rechte Hand und schließt mit einer raschen Bewegung die zweite Schelle um mein Handgelenk. Nun sind meine beiden Hände über meinem Kopf gefesselt, und er betrachtet befriedigt seine Gefangene, kostet meine Hilflosigkeit aus. Langsam tritt er hinter mich und reißt mir ohne Vorwarnung das Kleid vom Rücken. Dann streicht er mir ganz zärtlich über die nackte Haut, und ich erschaudere.

Ich sehe nicht, wie er nach der Peitsche greift.

Das erste Knallen des Leders auf meinem Rücken ist so schockierend, dass ich wild an den Fesseln zerre. Meine Haut brennt wie Feuer.

»Ist es nicht das, was du verdienst?«

»Hör auf. Bitte …«

»Sag die Wahrheit. Gesteh deine Schande.« Wieder knallt die Peitsche. Wieder schreie ich und winde mich vor Schmerz.

»Gestehe!«

Beim dritten Hieb der Peitsche fange ich an zu schluchzen. »Ich gestehe«, rufe ich. »Ich bin schuldig, aber ich habe es nicht gewollt. Ich wollte nie …«

Beim nächsten Hieb knicke ich in den Knien ein. Ich sacke zusammen, hänge schlaff in diesen gnadenlosen Fesseln.

Er beugt sich nah zu mir und flüstert mir ins Ohr: »Aber du hast es doch gewollt, Ava. Oder nicht?«

Ich sehe zu ihm auf, und beim Anblick seines Lächelns überläuft es mich eiskalt. Langsam geht er einmal um mich herum und bleibt hinter meinem Rücken stehen.

Ich weiß nicht, was er als Nächstes tun wird. Ich weiß nicht, ob er in diesem Moment wieder die Peitsche erhoben hat, und ich mache mich auf den nächsten Hieb, den nächsten brennenden Schmerz gefasst. Doch stattdessen löst er beide Fesseln. Meine Beine geben nach, und ich sinke zitternd auf die Knie in Erwartung der nächsten Folter, was immer es sein mag.

Ich sehe nicht, wonach er greift, doch ich höre, wie er damit in seine Handfläche klatscht. Ich blicke auf und sehe einen Schlagstock in seinen Händen, sehe das polierte Holz glänzen. Er registriert meine erschrockene Miene.

»Nein, ich werde dich nicht schlagen. Ich hinterlasse niemals Narben. Dieses Instrument dient einem anderen Zweck.« Er zieht ihn über seinen Handteller, bewundert seinen Glanz im Kerzenschein. »Dieser hier ist nur als Einführung gedacht. Als Übungsgerät, klein genug selbst für die engste Jungfrau.« Er sieht mich an. »Aber du bist keine Jungfrau.«

»Nein«, murmle ich.

Er dreht sich zur Wand um und greift nach einem anderen Schlagstock. Er hält ihn mir vor die Augen, und ich kann den Blick nicht abwenden, kann diesen monströsen Gegenstand nur stumm anstarren.

»Der hier ist für eine Hure gedacht, die schon gründlich zugeritten ist. Eine, die erfahren genug ist, um jedem Mann gefällig sein zu können, egal wie er gebaut ist.«

Ich schlucke. »Das ist unmöglich.«

»Tatsächlich?«

»Keine Frau kann dieses … *Ding* in sich aufnehmen.«

Er reibt den Knüppel an meiner Wange, das Holz ist

glatt und furchterregend. »Nur wenn sie nicht entsprechend eingewiesen ist. Das ist die Aufgabe einer Hure, Ava. Du lernst, alle Wünsche zu erfüllen. Denn du weißt nie, wer als Nächstes zur Tür hereinkommt und was er verlangen wird. Manche Männer wollen dich einfach nur reiten. Andere schauen lieber zu. Und dann gibt es diejenigen, die sehen wollen, wie viel du aushalten kannst.«

»Das ist nicht das, was ich will!«

»Ich bin nur eine Spiegelung deiner eigenen Schande. Ich gebe dir genau das, was du verlangst. Was du erwartest. Auch wenn du es nicht weißt.« Er wirft das Monstrum von einem Schlagstock weg, und ich zucke zusammen, als das Holz mit dumpfem Poltern auf dem Boden landet. »Du bist selbst deine grausamste Richterin, Ava, und du selbst teilst dir deine Strafe zu. Ich bediene nur das Instrument. Ich beuge mich deinem Willen, genau wie du dich meinem beugst. Heute Nacht ist es *dies hier*, was du willst. Also liefere ich *dies hier*.« Er reißt auseinander, was von meinem Kleid übrig ist. Ich leiste keinen Widerstand, als er meine Hüften packt und mich nimmt wie die Hure, die ich bin. Die Hure, als die ich mich in meinen eigenen Augen erwiesen habe. Ich bin nichts als Fleisch, gekauft und bezahlt.

Ich stoße einen Schrei der Erlösung aus, wir fallen zusammen nach vorne, und er bricht auf mir zusammen.

Lange liegen wir so regungslos da. Seine Arme legen sich um mich, und ich spüre seinen Herzschlag an meinem nackten Rücken. Wie kann ein toter Mann so lebendig wirken? Seine Haut ist so warm wie meine, in den Armen, die mich umfangen, fühle ich feste Muskeln. Kein echter Mann kommt ihm gleich.

Kein echter Mann könnte meine geheimsten Begierden so vollkommen verstehen.

Er rollt von mir herunter. Während wir Seite an Seite am Boden liegen, beschreibt er mit dem Finger zärtlich einen Kreis auf meiner nackten Flanke. »Habe ich dir Angst gemacht?«, fragt er.

»Ja, das hast du.«

»Du musst nie Angst haben.«

»Aber Angst gehört zu deinem Spiel, ist es nicht so?« Ich sehe ihn an. »Die Angst, dass du mich verletzen *könntest*. Dass du mich wirklich mit diesem Ding da traktieren *könntest*.« Ich sehe zu dem Schlagstock, der ein Stück weit entfernt am Boden liegt, und es schüttelt mich.

»Hat es dich nicht auch ein kleines bisschen erregt?« Er lächelt, und ich sehe die Grausamkeit unter der Oberfläche dieser dunklen Augen aufblitzen.

»Du würdest ihn nicht wirklich bei mir anwenden, oder?«

»Das ist die große Frage, nicht wahr? Wie weit werde ich gehen? Werde ich die Peitsche zu brutal einsetzen und deinen schönen Rücken blutig schlagen? Du weißt es nicht. Du kannst nicht vorhersagen, was ich als Nächstes tun werde.« Er streicht mit dem Finger über meine Wange. »Gefahr ist etwas Berauschendes, Ava. Und Schmerz auch. Ich gebe dir nur so viel, wie du willst. So viel, wie du ertragen kannst.«

»Ich weiß nicht, was ich ertragen kann.«

»Dann werden wir es in Erfahrung bringen.«

»Warum?«

»Weil es uns beide befriedigt. Manche haben mich als Ungeheuer beschimpft, weil ich Gefallen am Knallen der

Peitschen und den Schreien der Unterworfenen habe. Weil es mich erregt, wenn sie um Gnade wimmern und sich wehren.«

»Ist es wirklich das, was dir gefällt?«

»Wie dir auch. Du gibst es nur nicht zu.«

»Das ist nicht wahr. Das ist nicht das, was ich will.«

»Und warum lässt du dann zu, dass ich es tue?«

Ich blicke in diese Augen, kalt wie Diamanten, und die Wahrheit blickt mir entgegen. Ich denke an all die Gründe, warum ich jede Strafe verdient habe, die er mir zugemessen hat, und noch mehr. Für die Sünden, die ich begangen, den Schmerz, den ich verursacht habe, verdiene ich seine Peitschen, seine Schlagstöcke, seine brutalen Attacken.

»Ich kenne dich besser, als du dich selbst kennst, liebste Ava«, sagt er. »Deswegen habe ich dich erwählt. Weil ich weiß, dass du wiederkommen und um mehr betteln wirst. Um Schlimmeres.«

Er liebkost mein Gesicht. Seine Berührung ist irritierend sanft, doch ich erschaudere. »Wie viel schlimmer?«, hauche ich.

Er lächelt. »Wollen wir es herausfinden?«

18

Ich schrecke aus dem Schlaf hoch und blinzele in das grelle Sonnenlicht, das durch die Fenster des Turmzimmers fällt. Meine linke Hüfte schmerzt vom Liegen auf dem blanken Holzboden. Mein Mund fühlt sich an wie mit Watte ausgestopft, und mein Schädel dröhnt von dem Kater, den ich mir redlich verdient habe, indem ich gestern Abend eine ganze Flasche Wein getrunken habe. Stöhnend halte ich mir die Arme vors Gesicht, um meine schmerzenden Augen vom Licht abzuschirmen. Wie kommt es, dass ich hier oben auf dem Fußboden geschlafen habe? Warum bin ich nicht zurück ins Bett gegangen?

Allmählich kehrt die Erinnerung zurück. Die Treppe zum Turmzimmer. Die brennenden Kerzen in den Wandleuchtern.

Und Captain Brodie.

Erschrocken schlage ich die Augen wieder auf und zucke zusammen, als das Sonnenlicht mich blendet. Der Kamin ist sauber ausgefegt, kein Aschenrest, nichts. Der Alkoven ist leer, Wände und Fußboden völlig blank. Kein Bett, kein Vorhang, keine Handschellen, die von der Decke hängen. Ich bin wieder in meiner eigenen Zeit, meiner eigenen Welt.

Ich sehe an mir hinunter. Das ist kein Kleid aus kupferfarbener Seide, das ist das gleiche dünne Nachthemd, mit dem ich ins Bett gegangen bin. Ich betrachte meine Handgelenke und sehe keine Kratzer oder Blutergüsse von Handschellen.

Ich rappele mich schwankend hoch und halte mich am Geländer fest, während ich langsam die Stufen der Erkertreppe zu meinem Schlafzimmer hinuntertappe. Dort ziehe ich das Nachthemd aus und drehe mich mit dem Rücken zum Spiegel. Letzte Nacht habe ich mich unter seinen Peitschenhieben gewunden, habe laut geschrien, als das Leder auf meine Haut klatschte, doch im hellen Morgenlicht kann ich keine Striemen oder Blutergüsse auf meinem Rücken entdecken. Ich drehe mich vor dem Spiegel hin und her, suche meinen Körper nach Spuren der Misshandlungen ab, die ich von seiner Hand erlitten habe, aber da sind keine verräterischen Andenken an die Strafe, die er mir in der Nacht zugeteilt hat.

Doch, etwas ist da.

Ich greife mir zwischen die Beine und spüre den Beweis für meine Erregung – so nass und glitschig und so viel, dass es auch *seine* Hinterlassenschaft sein könnte, die an der Innenseite meines Oberschenkels herabrinnt. Ich starre meine feucht glänzenden Fingerspitzen an und frage mich, ob dies die Spuren unserer unheiligen Lust sind, der physische Beweis dafür, dass ich von einem Mann vergewaltigt wurde, der längst tot ist. Meine Wangen röten sich vor Scham bei der Erinnerung, doch diese Scham löst auch ein neues Kribbeln der Erregung aus.

Mein Handy klingelt auf dem Nachttisch.

Als ich danach greife, pocht mein Herz immer noch, und meine Hände zittern. »Hallo?«

»Endlich gehst du mal ran. Ich hab dir schon dreimal auf die Mailbox gesprochen.«

»Hallo, Simon.« Ich seufze und setze mich aufs Bett.

»Du bist mir ausgewichen.«

»Ich wollte mich nicht ablenken lassen. Ich war gerade so schön im Fluss.«

»Du meinst wohl im Meer.«

»Nein, ich meine, dass ich mit Recherchieren beschäftigt war. Mit Schreiben.«

»Ja, ich hab die Kapitel gelesen, die du mir geschickt hast.«

»Was hältst du davon?«

»Sie sind gut.«

»Einfach nur gut?«

»Okay, okay – sie sind verdammt *geil*. Was du da über Austern geschrieben hast, hat mich so hungrig gemacht, dass ich losgezogen bin und mir gleich zwei Dutzend reingezogen und mit einem Martini runtergespült habe.«

»Dann habe ich also gute Arbeit geleistet.«

»Wann bekomme ich den Rest zu lesen?«

Mein Blick fällt auf den Haufen Kleider, die immer noch am Boden liegen, wo ich sie gestern Abend habe fallen lassen. Der Geist hat mich abgelenkt. Wie kann ich schreiben, wenn ich alle paar Sekunden innehalte, um die Luft zu schnuppern in der Hoffnung, seinen Geruch wahrzunehmen?

»Ich mache wirklich Fortschritte mit dem Buch«, versichere ich ihm. »Dieses Haus hat sich als die perfekte Inspiration erwiesen.«

»Ah ja, Brodie's Watch. Deswegen rufe ich eigentlich an. Ich würde es gerne sehen.«

»Natürlich. Ich kann dir ein paar Fotos schicken. Ich bin zwar nicht die allerbeste Fotografin, aber …«

»Ich würde es gerne mit eigenen Augen sehen. Ich dachte an dieses Wochenende.«

»Was?«

»Wir haben dreiunddreißig Grad hier in Boston, und ich muss dringend raus aus der Stadt, sonst geh ich noch ein. Sieh mal, Ava, du bist jetzt schon seit Monaten abgetaucht, und Theo hat darauf bestanden, dass ich mich von deinen Fortschritten überzeuge. Er hat den Scheck für deinen Vorschuss unterschrieben, und jetzt will er die Bestätigung, dass du wieder in der Spur bist und lieferst. Wenn ich am Freitagmittag losfahre, müsste ich so gegen fünf dort sein. Oder hast du an dem Abend ein heißes Date mit einem Holzfäller?«

»Ich … ähm …« Mir will beim besten Willen keine Ausrede einfallen. Und so kann ich nur sagen: »Das passt gut.«

»Prima. Ich lad dich zum Essen ein, wenn du magst.«

»Das ist doch nicht nötig.«

»Dann koch ich was für uns. Oder du kochst. Ich bin einfach nur gespannt auf das Haus von diesem Kapitän. Außerdem wird es, glaube ich, Zeit, dass wir uns Gedanken über Marketingstrategien machen. Wenn ich mir die Kapitel anschaue, die du schon geschickt hast, dann wird es in diesem Buch um weit mehr als nur um Essen gehen. Du hast den Charakter der Region wirklich gut eingefangen, Ava, und jetzt bin ich selber ganz neugierig auf Brodie's Watch.«

»Es ist eine lange Fahrt, nur um ein Haus zu sehen.«

»Ich komme auch, um dich zu sehen. Alle fragen,

warum man dich hier gar nicht mehr sieht. Warum du verschwunden bist.«

Wenn ich doch nur verschwinden *könnte.* Wenn ich doch nur durch diese Wände dahinschwinden könnte wie Captain Brodie. Unsichtbar werden, damit niemand sehen kann, was aus mir geworden ist. Aber ich kenne Simon seit Jahren, ich habe ihn schon gekannt, lange bevor er mein Lektor wurde, und ich weiß, wenn er einmal einen Entschluss gefasst hat, ist er nicht mehr davon abzubringen.

»Wenn du am späten Nachmittag kommst, wirst du wahrscheinlich hier übernachten wollen«, sage ich.

»Ich hatte gehofft, dass du es mir anbietest.«

»Kommt Scott auch mit?«

»Nein, er spielt den pflichtbewussten Sohn und fährt seine Mutter besuchen. Wir sind also ganz unter uns. Wie in den alten Zeiten.«

»Also schön. Dann bis Freitag.«

»Ich bringe den Wein mit.«

Es ist Punkt fünf am Freitagnachmittag, als es an meiner Haustür klingelt.

Simon steht auf der Veranda, adrett wie eh und je in seinem gestreiften Oxford-Hemd mit roter Fliege. In all den Jahren, die ich schon mit ihm zusammenarbeite, habe ich ihn noch nie ohne Fliege gesehen, auch nicht zu den Zeiten, als wir noch in Restaurantküchen gejobbt haben, und ohne würde er mir regelrecht nackt vorkommen.

»Komm her, mein Mädchen!« Er begrüßt mich mit einer stürmischen Umarmung. Gott sei Dank schwingen da bei Simon keinerlei sexuelle Untertöne mit – es ist eine brüderliche Umarmung von einem Mann, der seit zehn Jahren glücklich mit seinem Ehemann Scott verheiratet ist und absolut kein Interesse an mir als Frau hat. Er tritt ins Haus, setzt seine Reisetasche ab und reckt die Nase in die Höhe, um zu schnuppern. »Was rieche ich denn da? Hummer?«

»Du bist ja ein richtiger Spürhund, Simon.«

»Ich sehe mich eher als Trüffelschwein. Einen feinen Bordeaux wittere ich auf eine Meile Entfernung. Also, was ist die Zubereitungsart heute Abend? Stinklangweilig gekocht oder etwas Besonderes?«

Ich lache. »Für dich natürlich etwas Besonderes. Ich bin gerade beim ersten Schritt des Rezepts. Wenn du dich frisch machen möchtest, das Gästezimmer ist die Treppe rauf gleich geradeaus.«

»Erst mal will ich sehen, was da köchelt.« Er lässt seine Ledertasche in der Diele stehen und steuert schnurstracks die Küche an. Simon ist der jüngste Spross einer ganzen Ahnenreihe von Köchen, die sich zweifellos bis zu einem Vorfahren in der Steinzeit zurückverfolgen ließe, der in einem Topf mit Mastodon-Eintopf rührte, und wie immer strebt er als Erstes zum Herd hin. »Wie lange?« Er muss nichts erklären, ich weiß schon, was seine Frage ist.

»Sie sind jetzt fünfzehn Minuten drin. Dein Timing ist unübertroffen.« Ich schalte den Herd aus und hebe den Topfdeckel ab, unter dem eine duftende Dampfwolke hervorquillt. Erst heute Morgen habe ich an Bord der *Lazy Girl* zugesehen, wie Bens Freund, der Hummerfischer Andy, diese vier Burschen aus dem Meer gezogen hat. Jetzt haben sie eine appetitanregende, leuchtend rote Farbe angenommen.

Simon schnappt sich eine der Schürzen, die am Haken in der Küche hängen, und bindet sie sich rasch um. »Der nächste Schritt im Rezept?«

»Du zerlegst sie schnell, ich mach die Béchamel.«

»Du bist ja eine Dichterin!«

»Tja, meine verborgenen Talente.«

Wir machen uns an die Arbeit, bewegen uns in der Küche wie langjährige Tanzpartner, die jeden Schritt des anderen kennen. So haben wir uns schließlich vor Jahren kennengelernt, zwei Collegestudenten, die in den Sommerferien in einem Restaurant in Cape Cod arbeiteten. Ich wurde von der Tellerwäscherin auf den Salatposten befördert, er vom Salatposten auf den des Rôtisseurs – Simon war mir immer schon einen Schritt voraus. Auch jetzt ist er schneller als ich – so geschickt knackt er die Scheren und löst das Fleisch heraus, dass er, als ich Sherry und Eigelb in die Béchamelsoße rühre, schon einen ganzen Berg saftiges Hummerfleisch aus den Schalen befreit hat.

Ich umhülle das Fleisch mit der Soße und schiebe die Hummerpastete in den Ofen.

Simon öffnet eine gut gekühlte Flasche Sauvignon blanc und schenkt mir ein. »Auf das Teamwork«, sagt er, als wir uns zuprosten. »Kommt dieses Rezept auch ins Buch?«

»Wenn es bei dir heute Abend Gnade findet, ja. Ich habe es aus einem Hotel-Kochbuch von 1901 geklaut. Es galt im Old Mermaid Hotel als erlesene Spezialität.«

»Das hast du also den letzten Monat getrieben.«

»Ja. Alte Rezepte ausprobiert, geschrieben. Mich in die Vergangenheit versenkt.« Ich blicke zu der alten ziselierten Zinndecke auf. »Dieses Haus versetzt mich in die richtige Stimmung, um in diese Epoche einzutauchen.«

»Aber musstest du wirklich so weit wegfahren, nur um zu schreiben? Und übrigens ist dein Buch jetzt fast schon ein Jahr überfällig.«

»Ich weiß, ich weiß.«

»Ich habe ganz bestimmt keine Lust, deinen Vertrag aufzulösen, aber Theo ist ein fürchterlicher Erbsenzähler, und er fragt ständig nach, wann du endlich abgibst.« Er hält inne und sieht mich eindringlich an. »Du hast noch nie eine Abgabefrist so weit überschritten. Was ist los, Ava?«

Um nicht gleich antworten zu müssen, schenke ich mir Wein nach. »Schreibblockade«, sage ich schließlich. »Aber ich glaube, der Knoten ist jetzt endlich geplatzt. Ich habe in letzter Zeit geschrieben wie eine Irre – und es ist *gutes* Material, Simon. Endlich kann ich meiner Kreativität wieder freien Lauf lassen.«

»Und was hat dich vorher daran gehindert?«

Ich sehe, wie er die Stirn runzelt, als ich mein Weinglas auffülle. Wie viel habe ich heute Abend schon getrunken? Ich habe den Überblick verloren. Ich stelle die Flasche wieder hin und sage leise: »Du weißt, dass die letzten Monate für mich nicht gerade einfach waren. Ich habe Depressionen, schon die ganze Zeit, seit …«

»Seit Silvester.«

Ich verharre reglos, sage kein Wort.

»Hör auf, dir Vorwürfe zu machen, Ava. Du hast eine Party gegeben, und er hat zu viel getrunken. Was hättest du denn tun sollen – ihn fesseln, damit er nicht ins Auto steigen kann?«

»Ich habe nicht genug getan, um ihn daran zu hindern.«

»Du warst nicht für ihn verantwortlich. Nick war ein erwachsener Mann.«

»Ich gebe mir trotzdem die Schuld. Auch wenn Lucy es nicht tut.«

»Für mich hört sich das so an, als ob du dringend mit jemandem darüber reden müsstest. Ich kenne eine sehr gute Therapeutin, ich kann dir ihre Nummer geben.«

»Nein.« Ich greife nach meinem Glas und leere es in einem Zug. »Zuallererst muss ich jetzt mal was essen.«

»So viel, wie du heute Abend schon getrunken hast, ist das wohl eine gute Idee.«

Ich ignoriere seine Bemerkung bewusst und schenke mir noch Wein nach. Bis der Salat angemacht ist und die Hummerpastete auf dem Tisch steht, ist meine Verärgerung über seine Worte so angewachsen, dass ich mich ganz auf das Essen konzentriere und nicht auf ihn. Seit wann ist Simon so überfürsorglich?

Er schiebt sich einen Happen von dem Hummer in den Mund und seufzt verzückt. »Oh ja, dieses Rezept muss unbedingt ins Buch.«

»Freut mich zu hören, dass etwas von dem, was ich mache, deinen Beifall findet.«

»Ach, ich bitte dich, Ava! Ich hätte doch diesen Buchvertrag nicht mit dir gemacht, wenn ich nicht geglaubt hätte, dass du liefern wirst. Womit wir wieder bei der Frage sind: Wann *wirst* du liefern?«

»Und das ist der eigentliche Grund, warum du hier bist.«

»Ich habe mich nicht fünf Stunden durch den Verkehr gequält, nur um Hallo zu sagen. Natürlich bin ich deswegen hier. Und auch, um zu sehen, wie es dir geht. Als deine Schwester mich anrief ...«

»Lucy hat dich angerufen?«

»Sie hat gehofft, ich wüsste, was mit dir los ist.«

Ich starre in meinen Wein. »Was hat sie dir erzählt?«

»Sie sagt, dass ihr beide kaum noch miteinander redet, und sie hat keine Ahnung, warum. Sie macht sich Sorgen, dass es etwas ist, was sie gesagt oder getan hat.«

»Nein, das ist es nicht.«

»Aber was ist es dann? Ich dachte immer, ihr zwei wärt ein Herz und eine Seele.«

Ich trinke trotzig einen Schluck Wein, während ich mir die Antwort zurechtlege. »Es ist dieses Buch. Es nimmt mich völlig in Anspruch«, sage ich schließlich. »Monatelang habe ich mich abgequält, aber jetzt läuft es wieder. Ich habe sechs Kapitel geschrieben, seit ich hier bin. Das Wohnen in diesem Haus hat alles verändert.«

»Wieso? Es ist doch bloß ein altes Haus.«

»Spürst du es nicht, Simon? In diesen Wänden steckt so viel Geschichte. Denk an die Mahlzeiten, die in dieser Küche gekocht wurden, die Feste, die sie in diesem Esszimmer gefeiert haben. Ich glaube, ich könnte das Buch nirgendwo anders als in diesem Haus schreiben.«

»Und das ist der einzige Grund, weshalb du aus Boston weggegangen bist? Um Inspiration zu suchen?«

Ich bringe es fertig, ihm in die Augen zu sehen. »Ja.«

»Na, dann bin ich froh, dass du sie hier gefunden hast.«

»Das habe ich.« Und ich habe noch weit mehr gefunden.

In dieser Nacht liege ich lange wach, und es ist der Gedanke an meinen Gast im Nebenzimmer, der mich keinen Schlaf finden lässt. Ich habe Simon gegenüber meinen Hausgeist mit keinem Wort erwähnt, weil ich weiß, was er darüber denken wird. Ich habe seine kritischen Blicke beim Essen bemerkt, wann immer ich mir von dem edlen Chardonnay nachschenkte, den er aus Boston mitgebracht hatte. Ich weiß, dass er glaubt, meine Trinkerei sei der wahre Grund, weshalb ich nicht in der Lage war, mein Buch fertigzustellen. Schriftsteller und Alkohol – das mag ein Klischee sein, aber in meinem wie in Hemingways Fall trifft es nun mal zu.

Kein Wunder, dass ich Gespenster sehe.

Ich höre die Dielen im Flur knarren und das Wasser in der Gästetoilette rauschen. Es ist ein merkwürdiges Gefühl, jemand anderen, einen Menschen aus Fleisch und Blut, im Haus zu haben. Geister betätigen ganz bestimmt nicht die Toilettenspülung oder drehen den Wasserhahn auf. Es ist kein Geist, der da zum Gästezimmer zurückschlurft und die Tür schließt. Ich bin es nicht mehr gewohnt, mit menschlichen Geräuschen zu leben. Die Menschen sind mir fremd geworden, und dass einer von ihnen in mein Reich eingedrungen ist, und sei es nur für eine Nacht, ist mir ganz und gar nicht recht. Das ist einer der Vorteile, wenn man seinen Lebensunterhalt mit Schreiben verdient – ich kann ganze Tage verbringen, ohne einen einzigen anderen Menschen zu sehen. Die Welt da draußen ist voller Konflikte und Leid – warum sollte ich mein Haus verlassen, wo doch alles, was ich will und brauche, in diesen vier Wänden vorhanden ist?

Simon hat diese geschlossene Welt aus dem Gleichgewicht gebracht, und ich spüre die Störung in der Atmosphäre, als ob seine Anwesenheit die Luft aufgeladen hätte, die nun in unruhigen Wirbeln durchs Haus weht.

Ich bin nicht die Einzige, die es spürt.

Als ich am nächsten Morgen hinunter in die Küche komme, sitzt Simon schon mit hängenden Schultern am Tisch und schlürft einen Kaffee. Er ist unrasiert, seine Augen sind blutunterlaufen, und zum ersten Mal, seit ich ihn kenne, trägt er nicht seine unvermeidliche Fliege.

»Du bist ja furchtbar früh auf«, sage ich, während ich zur Kaffeemaschine gehe und mir auch eine Tasse einschenke. »Ich wollte eigentlich vor dir aufstehen und uns eine schöne Frittata zum Frühstück machen.«

Er reibt sich mit der Hand die Augen und gähnt. »Ich habe schlecht geschlafen. Ich dachte mir, da kann ich auch gleich aufstehen und mich zeitig auf den Weg machen.«

»Jetzt schon? Aber es ist erst sieben.«

»Ich bin seit drei Uhr wach.«

»Warum denn?«

»Schlecht geträumt.« Er zuckt mit den Schultern. »Vielleicht ist dieses Haus *zu* ruhig. Ich kann mich nicht erinnern, wann ich zuletzt solche Albträume hatte.«

Langsam lasse ich mich auf einen Stuhl sinken und sehe ihn forschend an. »Was waren das für Albträume?«

»Ach, es gibt doch nichts Uninteressanteres als anderer Leute Träume.«

»Es interessiert mich aber. Los, erzähl.«

Er holt tief Luft, als ob er sich seelisch wappnen müsste, um auch nur über seinen Albtraum zu sprechen. »Es war, als ob er auf meinem Brustkorb säße. Als ob er mir die Luft abschneiden wollte. Ich dachte schon, ich hätte einen Herzinfarkt. Ich habe sogar seine Hände an meinem Hals gespürt.«

Er. Seine Hände.

»Ich habe versucht, mich gegen ihn zu wehren, aber ich

konnte mich nicht bewegen. Ich war gelähmt, wie man es in solchen Träumen immer ist. Und er hat mich immer weiter gewürgt, bis ich wirklich dachte…« Er holt noch einmal Luft. »Danach konnte ich nicht mehr einschlafen. Ich habe die ganze Zeit nur wach gelegen und gehorcht, weil ich jeden Moment damit gerechnet habe, dass er wiederkommt.«

»Wieso sagst du *er*?«

»Keine Ahnung. Ich könnte wahrscheinlich genauso gut *es* sagen. Ich weiß nur, dass es mich an der Gurgel gepackt hat. Und jetzt kommt das wirklich Verrückte, Ava. Als ich aufwachte, war dieses Gefühl, gewürgt worden zu sein, so lebhaft, dass ich ganz dringend ein Glas Wasser brauchte. Ich ging ins Bad und schaute mich im Spiegel an, und einen kurzen Moment lang hätte ich tatsächlich schwören können, dass da Fingerabdrücke an meinem Hals waren.« Er lacht verlegen. »Dann habe ich ein paarmal geblinzelt, und natürlich war da nichts. Aber da siehst du, wie fix und fertig ich war.«

Ich starre die Haut über seinem Hemdkragen an, doch ich entdecke nichts Ungewöhnliches. Keine blauen Flecken, keine Spuren von geisterhaften Fingern.

Er leert seine Kaffeetasse. »Also, dann mache ich mich besser mal auf den Weg und sehe zu, dass ich vor der Rushhour zurück in Boston bin. Meine Tasche habe ich schon gepackt.«

Ich begleite ihn zu seinem Wagen und stehe fröstelnd in der kühlen Seeluft, während er seine Tasche in den Kofferraum stellt. Die Vögel zwitschern in den Bäumen, und ein Monarchfalter malt bunte Zickzacklinien, als er in einem Seidenpflanzengebüsch umherflattert. Es verspricht ein herrlicher Tag zu werden, doch Simon scheint es nicht erwarten zu können, von hier wegzukommen.

Er dreht sich um und drückt mir ein Abschiedsküsschen auf die Wange, und ich sehe, wie er einen nervösen Blick zum Haus wirft, als ob er es nicht wagt, ihm den Rücken zuzukehren. »Und jetzt schreib das verdammte Buch fertig, Ava.«

»Mach ich.«

»Und komm zurück nach Boston, wo du hingehörst.«

Ich bin unwillkürlich erleichtert, als ich ihn davonfahren sehe. Das Haus gehört wieder mir, es ist ein prächtiger Sommermorgen, und der ganze Tag liegt vor mir. Ich höre ein lautes Miauen, und als ich nach unten schaue, sehe ich Hannibal zu meinen Füßen sitzen und mit dem Schwanz peitschen. Frühstück – das dürfte sein einziger Gedanke sein.

Und ich könnte auch etwas vertragen.

Ich gehe zum Haus zurück. Erst als ich die Stufen hinaufgehe, entdecke ich das FedEx-Paket, das auf der Verandaschaukel liegt. Der Fahrer muss es gestern dort hingelegt haben, als ich im Haus mit den Vorbereitungen für Simons Besuch beschäftigt war. Ich hebe es auf und erkenne meine eigene Handschrift auf dem Adressaufkleber. Es ist dasselbe Paket, das ich letzte Woche an Charlotte Nielson geschickt habe, und mein Blick fällt auf die Erklärung, warum es zu mir zurückgeschickt wurde.

Drei Zustellversuche.

Ich stehe auf der Veranda und ignoriere Hannibals Miauen, während ich über das unzustellbare Paket nachdenke.

Und mich daran erinnere, was Donna Branca mir gesagt hat: *Charlotte hat keine meiner Mails beantwortet und ist auch nicht ans Telefon gegangen.* Jetzt bin ich mehr als nur verwirrt. Ich bin zutiefst beunruhigt.

Es gibt so vieles, was ich Charlotte fragen muss, so vieles, was ich über ihren Aufenthalt in diesem Haus wissen muss. Über den Grund für ihre überstürzte Abreise. War es der Geist, der sie vertrieben hat?

Ihre Adresse ist in der Commonwealth Avenue, nicht weit von meiner eigenen Bostoner Wohnung. Sicherlich gibt es in ihrem Gebäude irgendjemanden, der mir sagen kann, wohin sie gegangen ist und wie ich sie erreichen kann.

Ich werfe einen Blick auf die Küchenuhr: 7.47 Uhr. Wenn ich sofort losfahre, kann ich um eins in Boston sein.

19

Es ist ein herrlicher Tag für eine Fahrt entlang der Küste, doch ich habe kaum einen Blick für die Szenerie, die im Sonnenschein glitzernde Wasserfläche und die hübschen Cottages. Stattdessen lasse ich noch einmal die Merkwürdigkeiten Revue passieren, die sich in den Wochen seit meiner Ankunft in Tucker Cove angehäuft haben. Ich denke an das Kochbuch und die Whiskyflaschen im Küchenschrank, den einzelnen Flipflop unter dem Bett und den Seidenschal, der zusammengeknüllt am Boden des Schlafzimmerschranks lag. Als Charlotte Nielson unvermittelt ihre Sachen packte und abreiste, lief ihr Mietvertrag noch zwei Monate – ein Detail, das jetzt auf beunruhigende Weise bedeutsam erscheint. Was hat sie veranlasst, Brodie's Watch so überstürzt zu verlassen?

Ich glaube, die Antwort bereits zu kennen. *Er* war der Grund. *Was hat Captain Brodie dir angetan, Charlotte? Was hat dich schließlich dazu gebracht, das Haus so fluchtartig zu verlassen? Wovor sollte ich mich fürchten?*

Erst letzten Monat bin ich diese Strecke in Richtung Norden gefahren, auf der Flucht aus Boston. Jetzt kehre ich dorthin zurück, wo das ganze Unglück seinen Anfang genommen hat. Ich komme nicht, um den Schaden wiedergutzumachen, denn er kann niemals wiedergutgemacht werden, und ich werde meine Schuld nie abtragen können. Nein, das Ziel meiner Reise ist ein ganz anderes: Ich fahre nach Boston, um die einzige lebende Frau zu treffen, die außer mir in dem Haus gewohnt hat. Wenn sie ihn auch gesehen hat, dann weiß ich, dass er echt ist. Dann weiß ich, dass ich nicht den Verstand verliere.

Aber wenn sie ihn nicht gesehen hat …

Ein Schritt nach dem anderen, Ava. Erst musst du Charlotte finden.

Als ich die Grenze zu New Hampshire überquere, wird der Verkehr dichter, und ich reihe mich in den gewohnten Strom von Touristen ein, alle auf der Rückreise von einem Urlaub mit Segeln und Wandern und Hummeressen. Durch die Autofenster erhasche ich Blicke auf sonnenverbrannte Gesichter und mit Koffern und Kühlboxen vollgepackte Rücksitze. Ich aber sitze allein in meinem Auto, und mein einziges Gepäck ist die emotionale Last, die mich den Rest meines Lebens niederdrücken wird.

Ich lasse die Scheibe herunter und bin erschrocken über die Hitze, die mir entgegenschlägt. Nach einem Monat in Tucker Cove hatte ich vergessen, wie drückend heiß die Stadt Anfang September sein kann – ein Backofen aus Beton, in dem die Nerven der Menschen blank liegen. Als ich an einer Ampel eine Millisekunde zu spät anfahre, nachdem sie auf Grün gesprungen ist, drückt der Fahrer hinter mir sofort auf die Hupe. In Maine hupt so gut wie nie jemand, und das schrille Geräusch lässt mich zusammenfahren. *Danke für den netten Empfang in Boston, du Arschloch.*

Während ich die Commonwealth Avenue entlangfahre, krampft sich mein Magen zusammen. Das ist der Weg zu

Lucys Wohnung – die Strecke, die ich schon so oft gefahren bin, zum Weihnachtsessen, zum Thanksgiving-Truthahn, zum Sonntagsbrunch. Der Weg zu dem Menschen, der mir der liebste auf der Welt ist, dem Menschen, dem ich niemals hatte wehtun wollen. Das flaue Gefühl im Magen steigert sich zur Übelkeit, als ich an ihrem Gebäude vorbeifahre. Ich habe ihr geholfen, als sie in diese Wohnung einzog, ich habe mit ihr die olivgrünen Vorhänge ausgesucht. Es ist ein Uhr mittags an einem Samstag, also wird sie wohl zu Hause sein, nachdem sie die Visite im Krankenhaus absolviert hat, allein in ihrer geräumigen Wohnung. Was würde sie sagen, wenn ich jetzt an ihre Tür klopfte und damit herausplatzte, was an Silvester wirklich passiert ist? Aber ich habe nicht den Mut dazu. Im Gegenteil, ich habe panische Angst, dass sie in diesem Moment aus dem Fenster schauen und mich vorbeifahren sehen könnte. Sie würde sich fragen, warum ich nicht reinschaue, wie ich es sonst immer gemacht habe. So, wie sie sich fragt, warum ich für den Sommer aus Boston geflüchtet bin, warum ich ihren Anrufen aus dem Weg gehe, warum ich sie so gut wie komplett aus meinem Leben ausgeschlossen habe.

Ich bin verdammt noch mal zu feige, ihr die Wahrheit zu sagen, also fahre ich einfach vorbei, weiter in westlicher Richtung zu dem Block, in dem Charlotte Nielson wohnt.

Als ich vor ihrem Gebäude anhalte, zittern meine Hände, und mein Herz rast. Ich stelle den Motor ab und bleibe eine Weile still sitzen, während ich tief ein- und ausatme, um mich zu beruhigen. Ich bemerke zwei männliche Teenager, die auf den Eingangsstufen des Gebäudes herumlungern und mich beobachten. Sicherlich fragen sie sich, warum ich so lange in meinem Auto sitzen bleibe. Ich weiß, dass sie wahrscheinlich harmlos sind, aber die schiere Größe dieser Teenager mit ihren riesigen Schuhen und massigen Schultern wirkt einschüchternd, und ich zögere, ehe ich schließlich aussteige und an ihnen vorbei zur Eingangstür gehe. Ich drücke die Klingel von Charlottes Wohnung. Einmal, zweimal, dreimal. Es kommt keine Antwort, und die Tür ist verschlossen.

Die Jungs beobachten mich immer noch.

»Wohnt einer von euch hier im Haus?«, frage ich sie.

Sie zucken simultan mit den Schultern. Was soll das heißen – wissen sie nicht, wo sie wohnen?

»Ich wohn manchmal hier«, sagt der Größere. Er hat sonnengebleichte Haare, und wenn er in Kalifornien wohnte, würde er wahrscheinlich ein Surfbrett mit sich herumschleppen. »Hauptsächlich im Sommer, da bin ich bei meinem Dad.«

Also eine dieser Familien, denke ich.

»Kennst du die anderen Leute, die in dem Haus wohnen? Kennst du Charlotte Nielson?«

»Die Frau in Nummer 314? Klar.« Die Jungs wechseln einen Blick und grinsen. »Hätte nix dagegen, sie besser kennenzulernen«, fügt er hinzu, und beide lachen.

»Ich muss sie dringend sprechen. Kannst du ihr das hier geben? Ich möchte, dass sie mich anruft.« Ich nehme einen Notizblock aus meiner Handtasche und schreibe meine Telefonnummer auf.

»Sie ist aber nicht hier. Sie ist oben in Maine.«

»Nein, da ist sie nicht«, entgegne ich.

»Doch, ist sie.«

»Sie *war* in Maine, aber sie ist vor einem Monat abgereist. Ist sie denn nicht hierher zurückgekommen?«

Der Junge schüttelt den Kopf. »Ich hab sie zuletzt im Juni gesehen. Kurz bevor sie für den Sommer verreist ist.«

Ich denke einen Moment darüber nach, versuche, die Auskunft mit dem in Einklang zu bringen, was Donna Branca mir erzählt hat – dass Charlotte Brodie's Watch wegen eines Notfalls in der Familie verlassen habe. Wenn sie nicht nach Boston zurückgekehrt ist, wohin ist sie dann gegangen? Warum hat sie nicht auf E-Mails und Anrufe reagiert?

»Was ist denn mit Charlotte?«, fragt der Teenager.

»Ich weiß es nicht.« Ich starre das Gebäude an. »Ist dein Dad zu Hause?«

»Er ist joggen gegangen.«

»Kannst du ihm meine Telefonnummer geben? Bitte ihn, mich anzurufen. Ich muss Charlotte wirklich dringend erreichen.«

»Mmh. Okay.« Der Junge schiebt den Zettel mit meiner Nummer in die Gesäßtasche seiner Jeans, wo sie, wie ich fürchte, allzu leicht vergessen werden wird, aber mehr kann ich im Moment nicht tun. Meine Hoffnung, Charlotte zu finden, ruht jetzt auf einem Teenager, der diese Jeans vermutlich in die Waschmaschine stopfen wird, ohne sich daran zu erinnern, was in der Tasche steckt.

Ich steige wieder in mein Auto und frage mich, ob ich nicht einfach die Nacht in Boston verbringen soll, anstatt die viereinhalb Stunden zurück nach Tucker Cove zu fahren. Meine Wohnung steht seit Wochen leer, und ich sollte wahrscheinlich sowieso mal nach dem Rechten sehen.

Diesmal meide ich die Commonwealth Avenue und fahre einen Umweg, um nicht an Lucys Wohnung vorbeizukommen. In den Tagen nach Nicks Tod habe ich mich dazu gezwungen, Lucys Wohnung zu betreten, nur weil sie so dringend meinen Trost brauchte. Aber irgendwann brachte ich es nicht mehr fertig. Ich konnte ihre Umarmungen nicht ertragen, konnte ihr nicht in die Augen schauen, und so ging ich einfach nicht mehr hin. Rief sie nicht mehr an und ignorierte ihre Anrufe.

Jetzt kann ich nicht einmal mehr an ihrem Gebäude vorbeifahren.

Meine No-go-Areas werden immer größer, breiten sich aus wie Tintenflecken auf dem Stadtplan. Die Gegend um das Krankenhaus, in dem Lucy arbeitet. Ihr Stammcafé und der Supermarkt, in dem sie einkauft. All die Orte, an denen ich ihr über den Weg laufen und gezwungen sein könnte zu erklären, warum ich mich aus ihrem Leben ausgeklinkt habe. Schon bei der Vorstellung, ihr zu begegnen, bekomme ich Herzklopfen, und meine Hände schwitzen. Ich stelle mir vor, wie diese schwarzen Flecken anwachsen, sich auf dem Stadtplan ausbreiten, bis ganz Boston eine einzige No-go-Area ist. Vielleicht sollte ich ganz nach Tucker Cove ziehen und mich in Brodie's Watch verschanzen. Dort alt werden und sterben, weit weg von dieser Stadt, wo ich, wohin ich mich auch wende, mit meiner Schuld konfrontiert werde, und ganz besonders auf dieser Straße, die zu meiner eigenen Wohnung führt.

Dies ist die Straße, auf der es passiert ist. Dort ist die Kreuzung, auf der die Limousine in Nicks Prius gekracht ist und ihn über die eisglatte Straße geschleudert hat. Und das ist der Laternenpfahl, an dem das völlig zerknautschte Wrack des Prius hängen blieb.

Noch ein schwarzer Fleck auf dem Stadtplan. Noch ein Ort, den es zu meiden gilt. Auf der ganzen Fahrt zu meiner Wohnung habe ich das Gefühl, einen Hindernisparcours zu absolvieren, wo an jeder Ecke, in jeder Straße eine schlimme Erinnerung lauert, wie eine Bombe, die jeden Moment explodieren kann.

Und in meiner Wohnung wartet die niederschmetterndste Erinnerung von allen.

Sie überfällt mich nicht gleich. Als ich eintrete, registriere ich nur die abgestandene Luft in einer Wohnung, in der wochenlang kein Fenster geöffnet wurde. Alles ist genau so, wie ich es zurückgelassen habe – meine Ersatzschlüssel in der Schale neben der Tür, der Stapel mit den letzten paar Nummern von *Bon Appétit* auf dem Couchtisch. Ich sollte froh sein, wieder in meinem trauten Heim zu sein, aber ich bin immer noch aufgewühlt von der Fahrt, immer noch unsicher, ob ich wirklich die Nacht hier verbringen will. Ich stelle meine Handtasche ab, lege die Schlüssel in die Schale. Ich habe seit heute Morgen nichts mehr gegessen und getrunken, also gehe ich in die Küche, um mir ein Glas Wasser zu holen.

Und da bricht es über mich herein. Der Silvesterabend.

Die Erinnerung ist so lebhaft, dass ich das Knallen der Korken höre und den Rosmarinduft der Porchetta rieche, die im Fett brutzelt. Und ich erinnere mich an das reine, ungetrübte Glück des Geschmacks von Champagner auf meiner Zunge. Zu viel Champagner an jenem Abend, aber es war *meine* Party – ich hatte den ganzen Tag damit zugebracht, Austern auszulösen, Artischocken zu putzen und

Champignon-Tartes zu belegen, und als meine Wohnung sich mit meinen drei Dutzend Gästen füllte, wollte ich einfach nur noch feiern.

Und so trank ich.

Genau wie alle anderen auch. Alle bis auf Lucy, die das Pech hatte, in dieser Nacht im Krankenhaus zum Bereitschaftsdienst eingeteilt zu sein. Sie und Nick waren getrennt gefahren, für den Fall, dass Lucy die Party wegen eines Notfalls verlassen müsste, und an diesem Abend trank sie nur Mineralwasser.

Natürlich *wurde* sie gerufen, es war schließlich Silvester, die Straßen waren glatt, und es war klar, dass es Unfälle geben würde. Ich weiß noch, wie ich zu ihr hinübersah, als sie ihren Mantel anzog, um zu gehen, und dachte: *Da zieht meine nüchterne Schwester los, um wieder mal ein Leben zu retten, während ich hier gerade mein sechstes Glas Champagner leere.*

Oder war es schon das siebte?

Am Ende des Abends hatte ich vollends den Überblick verloren, aber was machte das schon? Ich musste schließlich nicht mehr fahren und Nick auch nicht. Er hatte sich dazu überreden lassen, in meinem Gästezimmer zu schlafen, weil er zu betrunken war, um sich ans Steuer eines Autos zu setzen.

Ich starre hinunter auf den Küchenboden und spüre wieder diese kalten, harten Fliesen an meinem Rücken. Ich erinnere mich, wie schlecht mir war von dem vielen Champagner. Schlagartig ist die Übelkeit wieder da, und ich halte es keine Sekunde länger in dieser Wohnung aus.

Ich stürze hinaus und laufe zurück zu meinem Auto.

Noch heute Abend werde ich wieder zu Hause in

Brodie's Watch sein. Es ist das erste Mal, dass ich es in Gedanken als »zu Hause« bezeichnet habe, aber nun scheint es mir der einzige Ort auf der Welt zu sein, wo ich mich vor den Erinnerungen an diese Nacht verstecken kann. Ich greife nach dem Zündschlüssel.

Mein Handy klingelt. Es ist eine Bostoner Vorwahl, aber die Nummer ist mir unbekannt. Dennoch nehme ich den Anruf an.

»Mein Sohn hat gesagt, dass ich Sie anrufen soll.« Es ist die Stimme eines Mannes. »Er sagt, Sie hätten ihn vor einer Weile vor unserem Gebäude angesprochen und nach Charlotte gefragt.«

»Ja, danke, dass Sie anrufen. Ich habe versucht, sie zu kontaktieren, aber sie antwortet weder auf E-Mails noch ist sie telefonisch zu erreichen.«

»Darf ich fragen, wer Sie sind?«

»Mein Name ist Ava Collette. Ich wohne in dem Haus in Tucker Cove, das Charlotte vor mir gemietet hatte. Ich habe ein paar Sachen, die sie dort vergessen hat und die ich ihr gerne schicken würde.«

»Moment mal – wohnt sie denn nicht mehr dort?«

»Nein. Sie ist vor über einem Monat abgereist, und ich bin davon ausgegangen, dass sie nach Boston zurückgekehrt ist. Ich habe ein Paket an ihre Adresse dort geschickt, aber es kam als unzustellbar zurück.«

»Also, sie ist jedenfalls nicht nach Boston zurückgekommen. Ich habe sie seit Juni nicht mehr gesehen. Seit sie nach Maine aufgebrochen ist.«

Wir sind beide einen Moment lang still, während wir über das Rätsel von Charlotte Nielsons Verschwinden nachgrübeln.

»Haben Sie *irgendeine* Ahnung, wo sie jetzt sein könnte?«, frage ich.

»Vor ihrer Abreise aus Boston hat sie mir ihre Nachsendeadresse gegeben. Es ist ein Postfach.«

»Wo?«

»In Tucker Cove.«

20

Donna Branca ist nicht im Geringsten beunruhigt von dem, was ich zu berichten habe.

»Der Mann, mit dem Sie gesprochen haben, ist bloß ihr Nachbar – der wird nicht unbedingt wissen, wohin sie gegangen ist. Vielleicht besucht sie Verwandte in einem anderen Bundesstaat. Oder sie macht eine Auslandsreise. Es gibt eine ganze Reihe von Gründen, warum sie nicht nach Boston zurückgekehrt sein könnte.« Ihr Telefon klingelt, und sie schwenkt ihren Stuhl herum, um abzuheben. »Branca Immobilien und Hausverwaltung.«

Ich starre sie über den Schreibtisch hinweg an und warte darauf, dass sie das Telefonat beendet und wir unser Gespräch fortsetzen können, doch ich merke schon, dass sie mich ausgeblendet hat und mit ihrer Aufmerksamkeit ganz bei der neuen Mietimmobilie ist, deren Verwaltung sie übernehmen soll: fünf Zimmer, Seeblick, nur eine Meile vom Ortszentrum. Ich bin nur eine nervige Mieterin, die Detektivin spielen will. Wir sind hier in Tucker Cove, nicht in Cabot Cove, und nur in einer Krimiserie wie *Mord ist ihr Hobby* würde eine Sommertouristin auf die Idee kommen, dem Verschwinden einer Frau nachzugehen.

Endlich legt Donna auf und wendet sich wieder mir zu,

mit einem Blick, der sagt: *Wieso sind Sie noch hier?* »Gibt es einen besonderen Grund, warum Sie sich Sorgen um Charlotte machen? Sie sind ihr doch nie begegnet.«

»Sie geht nicht an ihr Handy. Sie hat seit Wochen keine E-Mails mehr beantwortet.«

»In dem Brief, den ich von ihr bekommen habe, schreibt sie, dass sie eine Weile nicht erreichbar sein wird.«

»Haben Sie den Brief noch?«

Mit einem Seufzer dreht Donna sich zu einem Aktenschrank um und zieht den Ordner für Brodie's Watch heraus.

»Den hat sie mir aus Boston geschickt, nachdem sie ausgezogen war. Wie Sie sehen, ist daran gar nichts Beunruhigendes.« Sie reicht mir einen getippten Brief, der sich tatsächlich ganz sachlich liest.

Liebe Donna,
wegen einer familiären Krise musste ich sofort aus Tucker Cove abreisen. Ich werde nicht nach Maine zurückkehren. Ich weiß, dass mein Mietvertrag noch zwei Monate läuft, aber ich bin sicher, dass Sie keine Probleme haben werden, einen neuen Mieter zu finden. Ich hoffe, dass meine Kaution ausreicht, um eventuelle Kosten abzudecken, die durch meine vorzeitige Abreise entstehen. Ich habe das Haus in gutem Zustand verlassen.

Das Mobilfunknetz an meinem derzeitigen Aufenthaltsort ist lückenhaft, wenn Sie mich also kontaktieren müssen, dann am besten per E-Mail.

Charlotte

Ich lese den Brief zweimal, und meine Verwirrung wächst. Ich sehe Donna an. »Finden Sie das nicht merkwürdig?«

»Ihre Kaution hat alles abgedeckt. Und sie hat das Haus tatsächlich in einwandfreiem Zustand hinterlassen.«

»Warum hat sie nicht geschrieben, wo sie hinwollte?«

»Jedenfalls irgendwohin, wo es kein Handynetz gibt.«

»Ins Ausland? In die Wildnis? Wohin?«

Donna zuckt mit den Schultern. »Ich weiß nur, dass sie bezahlt hat.«

»Und seitdem sind Wochen vergangen, und sie ist immer noch nicht zu erreichen. Ihr Nachbar in Boston hat keine Ahnung, wo sie ist. Er hat mir gesagt, dass sie hier in Tucker Cove ein Postfach hat, die Nummer ist 137. Es kann sein, dass ihre Post immer noch dort liegt, weil niemand sie abgeholt hat. Beunruhigt Sie das alles denn überhaupt nicht?«

Einen Moment lang trommelt sie mit den Fingern auf den Schreibtisch. Schließlich greift sie zum Telefon und wählt. »Hallo, Stuart? Donna Branca hier. Kannst du mir einen großen Gefallen tun und mal einen Blick in ein Postfach werfen? Die Nummer ist 137. Es gehörte einer meiner Mieterinnen, Charlotte Nielson. Nein, Stuart, ich verlange nicht, dass du das Postgeheimnis verletzt. Es ist nur so, dass Charlotte schon vor Wochen abgereist ist, und ich wollte wissen, ob ihre Post irgendwohin nachgesendet wird. Ja, ich bleibe dran.« Sie wirft mir einen Blick zu. »Eigentlich ist das gegen die Vorschriften, aber das hier ist eine Kleinstadt, und wir kennen uns alle.«

»Kann er uns ihre Nachsendeadresse geben?«, frage ich.

»Ich will es nicht übertreiben, okay? Wenn er schon so nett ist, das für uns zu machen.« Sie wendet ihre Aufmerksamkeit wieder dem Telefon zu. »Ja, Stuart, ich bin noch dran. Was?« Sie runzelt die Stirn. »Es ist alles noch da? Und sie hat bei euch keine Nachsendeadresse hinterlassen?«

Ich beuge mich vor, den Blick auf ihr Gesicht geheftet. Obwohl ich nur die Hälfte des Gesprächs höre, weiß ich, dass etwas nicht stimmt, und jetzt ist Donna auch beunruhigt. Langsam legt sie den Hörer auf und sieht mich an.

»Sie hat seit über einem Monat ihre Post nicht mehr abgeholt. Ihr Postfach quillt über, und sie hat nie eine Nachsendeadresse hinterlassen.« Donna schüttelt den Kopf. »Das ist wirklich seltsam.«

»Es ist mehr als nur seltsam.«

»Vielleicht hat sie nur vergessen, den Nachsendeauftrag auszufüllen.«

»Oder sie war nicht in der Lage dazu.«

Wir starren einander einen Moment lang an, während uns beiden der gleiche Gedanke durch den Kopf schießt. Charlotte Nielson ist wie vom Erdboden verschluckt. Sie geht nicht ans Telefon, antwortet nicht auf E-Mails und hat seit Wochen ihre Post nicht abgeholt.

»Sie wissen doch von der Leiche, die kürzlich aus dem Meer geborgen wurde?«, sage ich. »Es war eine Frau. Und sie ist immer noch nicht identifiziert.«

»Glauben Sie …«

»Ich glaube, wir müssen die Polizei rufen.«

Wieder habe ich die Polizei im Haus, aber diesmal ist sie nicht wegen eines dilettantischen Einbrechers hier, der eine Spur von schmutzigen Fußabdrücken auf meinem Küchenboden hinterlassen hat. Diesmal ermitteln die Detectives der Maine State Police in einem Tötungsdelikt. Die Zahnarztunterlagen haben bestätigt, dass es sich bei der Wasserleiche aus der Bucht in der Tat um Charlotte Nielson handelt, die seit über einem Monat ihr Postfach nicht mehr geleert hatte. Charlotte, deren letztes Lebenszeichen der computergeschriebene Brief an Donna Branca war.

Und die vor zwei Monaten noch in Brodie's Watch gewohnt und in meinem Bett geschlafen hat.

Ich sitze in der Küche, während die Polizisten mit schweren Schritten in den Schlafzimmern im ersten Stock umhergehen. Ich weiß nicht, was sie zu finden hoffen. Den letzten Rest von Charlottes Whisky habe ich längst getrunken. Jetzt sind die einzigen Gegenstände im Haus, die noch von ihr stammen, ihr Hermès-Schal, ihr Kochbuch und der einzelne Flipflop, den ich unter ihrem Bett gefunden habe. Und die handgeschriebene Liste von örtlichen Telefonnummern, die noch an der Pinnwand in der Küche hängt – die Nummern von Klempner, Elektriker und Arzt. Sie hatte eine akkurate Handschrift, wie man sie von einer Grundschullehrerin erwarten würde, und wenn es stimmt, dass man einen Menschen nach seiner Schrift beurteilen kann, dann war Charlotte eine ordentliche und gewissenhafte Frau, die normalerweise niemals einen teuren Schal oder ein viel benutztes Kochbuch zurücklassen würde. Die Tatsache, dass sie es getan hat, lässt mich vermuten, dass sie vollkommen überstürzt gepackt hat, dass sie es so eilig hatte, aus dem Haus zu fliehen, dass sie sich nicht die Zeit nahm, unter dem Bett nachzusehen oder in die hintersten Ecken der Küchenschränke zu langen. Ich denke an meinen ersten Abend hier, als ich diese Flasche fand und mir ein Glas einschenkte. Den Whisky einer Toten.

Die leere Flasche habe ich schon weggeworfen, aber ich sollte die Polizei darüber informieren.

Draußen hat sich das Wetter schlagartig verschlechtert. Der Sturm, der vor ein paar Tagen in den Carolinas gewütet hat, ist jetzt die Küste heraufgezogen, und Regentropfen prasseln gegen die Fenster. Plötzlich fällt mir ein, dass ich die Ostfenster offen gelassen habe, und ich gehe ins Seezimmer, um sie zu schließen. Durch die Wasserschlieren auf den Scheiben sehe ich die Wellen heranbranden, grau und aufgewühlt, und ich höre die windgepeitschten Zweige des Fliederbuschs an der Hauswand scharren.

»Ma'am?«

Ich drehe mich zu den zwei Detectives um – Vaughn und Perry heißen sie, es klingt wie eine Anwaltskanzlei. Anders als die Ortspolizisten, die den Einbruch untersucht haben, sind diese beiden zugeknöpfte und humorlose Männer, die in ihrer täglichen Arbeit mit schweren Verbrechen zu tun haben, und das spiegelt sich in ihrem Gebaren. Ich habe sie bereits durch die Zimmer im Obergeschoss geführt und ihnen gezeigt, wo ich Charlottes Schal und ihren Flipflop gefunden habe, aber sie haben dennoch darauf bestanden, das Haus selbst zu durchsuchen … Wonach nur?, frage ich mich. Seit Charlottes Abreise sind die Böden mehrfach gesaugt worden, und alle Spuren, die sie hinterlassen haben mag, sind inzwischen durch meine eigenen kontaminiert.

»Sind Sie oben fertig?«, frage ich.

»Ja. Aber wir haben noch ein paar Fragen«, entgegnet Detective Vaughn. Er hat diese befehlsgewohnte Ausstrahlung, die mich vermuten lässt, dass er beim Militär gedient hat, und als er auf das Sofa deutet, nehme ich gehorsam Platz. Er selbst setzt sich in den Ohrensessel mit Brokatbezug, der lächerlich feminin wirkt für einen Mann mit seinen breiten Schultern und dem Marines-Bürstenhaarschnitt. Sein Partner Detective Perry steht ein wenig abseits, die Arme verschränkt, als ob er versucht, lässig zu wirken, es aber nicht ganz hinbekommt. Sie sind beide große, stattliche Männer, und ich möchte nicht im Fadenkreuz einer Ermittlung stehen, die von ihnen geleitet wird.

»Ich wusste, dass etwas nicht stimmt«, murmle ich. »Aber sie dachte, ich wäre bloß eine Wichtigtuerin.«

»Sie meinen Miss Branca?«

»Ja. Charlotte hatte weder auf Anrufe noch auf E-Mails reagiert, aber Donna schien das nicht im Geringsten zu interessieren. Es war fast so, als ob sie sich weigerte zu glauben, dass etwas nicht stimmte.«

»Aber Sie hatten diesen Eindruck?«

»Es beschäftigte mich, dass Charlotte keine meiner E-Mails beantwortete.«

»Warum haben Sie versucht, sie zu erreichen?«

»Ich hatte ein paar Fragen.«

»Was für Fragen?« Sein Blick ist allzu direkt, allzu bohrend.

Ich wende mich ab. »Zu diesem Haus. Ein paar unbedeutende … Probleme.«

»Hätte Miss Branca diese Fragen nicht beantworten können?«

»Sie müssten selbst hier wohnen, um das zu verstehen.« Er schweigt, und ich sehe mich gezwungen weiterzureden. »Da waren so merkwürdige Geräusche in der Nacht. Dinge, die ich mir nicht erklären kann. Ich wollte wissen, ob Charlotte sie auch gehört hatte.«

»Sie sagten, Sie hätten hier vor ein paar Wochen einen Einbruch gehabt. Glauben Sie, dass es eine Verbindung zu den Geräuschen gibt, die Sie gehört haben?«

»Nein, ich denke nicht.«

»Denn Miss Nielson hatte ebenfalls einen Vorfall gemeldet.«

»Ja, das haben Ihre Kollegen von der Ortspolizei mir erzählt. Sie meinten, dass es wahrscheinlich irgendein Teenager war, der glaubte, das Haus stünde leer. Das Gleiche haben sie über meinen Einbruch gesagt.«

Er beugt sich weiter vor, durchbohrt mich nachgerade mit seinem Laserblick. »Fällt Ihnen irgendjemand ein, der das getan haben könnte? Abgesehen von einem namenlosen Teenager?«

»Nein. Aber wenn es Charlotte auch passiert ist, könnte es sich doch um ein und denselben Täter handeln, oder?«

»Wir müssen alle Möglichkeiten in Betracht ziehen.«

Alle Möglichkeiten. Ich blicke zwischen den beiden Männern hin und her, deren Schweigen mich nur noch nervöser macht. »Was ist denn eigentlich mit Charlotte passiert?«, frage ich. »Ich weiß, dass man ihre Leiche aus der Bucht gezogen hat, aber wie ist sie gestorben?«

»Wir können Ihnen nur so viel sagen, dass es sich hier um eine Mordermittlung handelt.«

Mein Handy klingelt, doch ich sehe nicht einmal nach, wer es ist, ich lasse den Anruf auf die Mailbox gehen und konzentriere mich weiter auf die Detectives.

»Wies die Leiche Blutergüsse auf?«, frage ich. »Hat der Mörder irgendwelche Spuren hinterlassen?«

»Wieso fragen Sie das?«, will Vaughn wissen.

»Ich versuche nur zu verstehen, wie Sie sich so sicher sein können, dass es Mord war. Woher wissen Sie, dass sie nicht einfach über Bord gegangen und ertrunken ist?«

»Es war kein Meerwasser in ihrer Lunge. Sie war tot, bevor ihr Körper im Wasser landete.«

»Aber es könnte trotzdem ein Unfall gewesen sein. Vielleicht ist sie auf die Felsen gefallen. Hat sich den Kopf angeschlagen und …«

»Es war kein Unfall. Sie wurde erdrosselt.« Er beobachtet, wie ich diese Information aufnehme – wahrscheinlich fragt er sich, ob diese Details zu viel für meine schwachen Nerven sind und er dann mit einer hysterischen Frau fertigwerden muss. Doch ich verharre vollkommen regungslos, während ich über das nachdenke, was ich gerade erfahren habe. Ich möchte noch so viel mehr wissen. Gab es Knochenbrüche? Blutergüsse, beigebracht von echten Händen aus Fleisch und Blut? Kann bloßes Ektoplasma eine Frau töten?

Wäre Captain Brodie dazu in der Lage?

Ich sehe auf mein linkes Handgelenk hinunter und erinnere mich an den blauen Fleck, der inzwischen verblasst ist. Ein Bluterguss, den ich am Morgen nach meiner ersten Begegnung mit dem Geist entdeckt hatte. Habe ich ihn mir selbst zugezogen, als ich betrunken im Haus herumgetorkelt bin, was mehr als nur einmal vorgekommen ist? Oder war dieser Bluterguss der Beweis, dass er lebenden Menschen echte Verletzungen zufügen kann?

»Hat es noch weitere Einbrüche gegeben seit dem

Abend, als Sie die Polizei von Tucker Cove alarmierten?«, fragt Detective Perry.

Ich schüttle den Kopf. »Nein.«

»Sind Sie angerufen oder sonst wie belästigt worden?«

»Nein.«

»Wir haben von Miss Branca gehört, dass hier kürzlich Zimmerarbeiten durchgeführt wurden.«

»Ja, oben im Turmzimmer und auf dem Witwenbalkon. Die Renovierung ist schon abgeschlossen.«

»Wie gut kennen Sie die Zimmerleute?«

»Ich habe Billy und Ned wochenlang fast jeden Tag gesehen, ich würde also sagen, dass wir einander gut kennen.«

»Haben Sie sich viel mit ihnen unterhalten?«

»Ich habe sie als Versuchskaninchen benutzt.« Ich lache, als ich Vaughns fragenden Blick sehe. »Ich bin Kochbuchautorin. Ich schreibe an einem Buch über traditionelle Gerichte der neuenglischen Küche, und ich habe Rezepte ausprobiert. Billy und Ned waren immer gerne bereit, die Ergebnisse zu testen.«

»Hatten Sie je bei einem der beiden ein ungutes Gefühl?«

»Nein. Ich hatte so viel Vertrauen in sie, dass ich sie sogar ein- und ausgehen ließ, wenn ich nicht da war.«

»Die beiden hatten einen Hausschlüssel?«

»Sie wussten, wo sie ihn finden konnten. Ich habe ihnen den Ersatzschlüssel oben auf den Türpfosten gelegt.«

»Dann hätte einer der beiden also einen Nachschlüssel anfertigen lassen können.«

Ich schüttle verwirrt den Kopf. »Wieso fragen Sie mich nach den beiden?«

»Sie haben auch in diesem Haus gearbeitet, als Miss Nielson hier wohnte.«

»*Kennen* Sie Billy und Ned überhaupt?«

»Kennen Sie sie, Ma'am?«

Die Frage lässt mich innehalten. Wie gut kann man einen Menschen wirklich kennen? »Sie haben mir nie einen Anlass gegeben, ihnen *nicht* zu vertrauen«, sage ich. »Und Billy ist ja fast noch ein Kind.«

»Er ist zwanzig Jahre alt«, sagt Perry.

Merkwürdig, dass sie schon Billys Alter kennen. Jetzt kenne ich es auch. Die Detectives müssen das Offensichtliche nicht aussprechen: dass zwanzigjährige Männer durchaus zu Gewalttaten fähig sind. Ich denke an die Muffins und Eintöpfe und Kuchen, die ich für sie gekocht und gebacken habe, und daran, wie Billys Augen leuchteten, wann immer ich mit einer neuen Köstlichkeit ankam, die sie probieren durften. Habe ich ein Ungeheuer beköstigt?

»Und der zweite Zimmermann? Was wissen Sie über Mr. Haskell?« Sein Blick verrät nicht, was er denkt, doch seine Fragen haben eine irritierende Richtung eingeschlagen. Plötzlich sprechen wir nicht mehr über gesichtslose Einbrecher, sondern über Menschen, die ich kenne und mag.

»Ich weiß, dass er ein hervorragender Zimmermann ist. Schauen Sie sich doch nur an, was er mit diesem Haus gemacht hat. Ned hat mir erzählt, dass er schon vor vielen Jahren angefangen hat, für die Familie Sherbrooke zu arbeiten. Zuerst als Allround-Handwerker für die Tante des Eigentümers.«

»Sie meinen die verstorbene Aurora Sherbrooke?«

»Ja. Warum sollte er noch für die Familie Sherbrooke arbeiten, wenn es je irgendwelche Probleme gegeben hätte? Und er ist mehr als nur ein Zimmermann, er ist auch ein angesehener Künstler. Die Galerie in der Stadt verkauft seine Vogelskulpturen.«

»Davon haben wir gehört«, meint Perry, der nicht sonderlich beeindruckt wirkt.

»Sie sollten sich mal seine Arbeiten anschauen. Sie werden sogar in Galerien in Boston verkauft.« Ich blicke zwischen den beiden Detectives hin und her. »Er ist *Künstler*«, wiederhole ich, als ob er dadurch als Verdächtiger ausscheiden würde. Künstler schaffen, sie zerstören nicht. Sie töten nicht.

»Hat Mr. Haskell je irgendetwas gesagt, das Sie beunruhigte? Das Ihnen unangemessen oder bedenklich vorkam?«

Irgendetwas hat sich hier verändert. Die beiden Männer haben sich fast unmerklich vorgebeugt, sie fixieren mich eindringlich. »Wieso fragen Sie nach Ned?«

»Das ist reine Routine.«

»So klingt es aber nicht.«

»Bitte, beantworten Sie einfach die Frage.«

»Also schön. Nein, ich hatte nie ein ungutes Gefühl bei Ned Haskell. Er hat mir nie Angst gemacht. Ich *mag* den Mann, und ich hatte genug Vertrauen in ihn, um ihm den Zutritt zu meinem Haus zu ermöglichen. Und jetzt sagen Sie mir, warum Sie sich so auf ihn konzentrieren.«

»Wir gehen jedem Hinweis nach. Das ist unser Job.«

»Hat Ned sich irgendetwas zuschulden kommen lassen?«

»Dazu können wir nichts sagen«, erwidert Vaughn,

eine Antwort, die tatsächlich sehr viel sagt. Er klappt sein Notizbuch zu. »Wir melden uns, wenn wir noch weitere Fragen haben. Aber sagen Sie mal, bewahren Sie Ihren Hausschlüssel immer noch auf dem Türsturz auf?«

»Er liegt immer noch dort. Ich habe ihn einfach noch nicht weggenommen.«

»Ich rate Ihnen, das auf der Stelle zu tun. Und wenn Sie zu Hause sind, schließen Sie die Haustür ab und legen Sie den Riegel vor.«

Die Männer gehen zur Tür, und ich folge ihnen. So viele meiner eigenen Fragen sind noch unbeantwortet. »Was ist mit Charlottes Auto?«, frage ich. »Sie hatte doch eins, oder nicht? Haben Sie es schon gefunden?«

»Nein.«

»Dann hat der Mörder es also gestohlen.«

»Wir wissen nicht, wo es ist. Es könnte inzwischen über die Staatsgrenze gebracht worden sein, oder vielleicht liegt es am Grund eines Sees.«

»Dann könnte es doch auch ein Carjacking gewesen sein. Jemand hat ihr Auto genommen und ihre Leiche in die Bucht geworfen.« Ich höre die Verzweiflung in meiner eigenen Stimme. »Es könnte passiert sein, während sie außerhalb der Stadt unterwegs war. Nicht hier, nicht in diesem Haus.«

Detective Vaughn bleibt auf der Veranda stehen und sieht mich mit diesen kalten, unergründlichen Augen an. »Schließen Sie Ihre Haustür ab, Miss Collette«, sagt er und geht davon.

Das ist das Erste, was ich tue, nachdem sie gefahren sind. Ich lege den Riegel vor und gehe durchs ganze Haus, sehe nach, ob die Fenster alle verriegelt sind. Die Gewitterwolken, die im Lauf des Nachmittags immer dunkler geworden sind, reißen plötzlich mit einem Donnerschlag auf. Im Seezimmer stehe ich am Fenster und blicke auf die Wasserbahnen, die an der Scheibe herabrinnen. Die Luft selbst scheint aufgeladen und bedrohlich, und als mein Blick auf meine Arme fällt, sehe ich, dass die Härchen sich aufgerichtet haben. Ein Blitz zuckt vom Himmel, und der unmittelbar folgende Donnerschlag lässt das Haus erzittern.

Jeden Moment könnte der Strom ausfallen.

Ich greife nach meinem Handy und überprüfe den Ladezustand – wird der Akku ohne Aufladen bis morgen früh reichen? Da erst stelle ich fest, dass ich eine Sprachnachricht habe, und ich erinnere mich an den Anruf, den ich während des Gesprächs mit den Detectives ignoriert hatte.

Ich höre die Nachricht ab und bin verblüfft, als ich die Stimme von Ned Haskell erkenne.

Ava, Sie werden wahrscheinlich Dinge über mich hören – Dinge, die nicht wahr sind. Nichts davon ist wahr. Sie sollen wissen, dass ich nichts Unrechtes getan habe. Das letzte Wort ist noch nicht gesprochen, noch lange nicht. Nicht, wenn ich es verhindern kann.

Ich starre mein Handy an und frage mich, ob ich die Polizei über seinen Anruf informieren sollte. Und ich frage mich zugleich, ob ich damit sein Vertrauen missbrauchen würde. Warum hat er sich ausgerechnet an mich gewandt?

Ein Blitz zuckt über der Bucht. Ich weiche vom Fenster zurück und spüre den Donnerschlag tief in meinen Knochen, als ob mein Brustkorb eine dröhnende Kesselpauke wäre. Neds Nachricht beunruhigt mich, und während das Gewitter tobt, gehe ich noch einmal durchs Haus und überprüfe ein zweites Mal sämtliche Fenster und Türen.

In dieser Nacht schlafe ich schlecht.

Während Blitze den Nachthimmel erhellen und der Donner grollt, liege ich wach, in demselben Bett, in dem eine ermordete Frau geschlafen hat. Ich denke an sämtliche Begegnungen zurück, die ich mit Ned Haskell hatte, und die Erinnerung läuft wie eine Diashow vor meinem inneren Auge ab. Ned auf dem Witwenbalkon, die Muskeln in seinem Arm angespannt, während er den Hammer schwingt. Ned, wie er mich über die Schüssel Rindfleischeintopf hinweg angrinst, die ich ihm serviert habe. Ich denke an das, was ein Zimmermann in seinem Werkzeugkasten mit sich herumträgt, all die Klingen und Schraubzwingen und Schraubendreher, und daran, wie leicht Werkzeuge, die zum Bearbeiten von Holz gedacht sind, zu anderen Zwecken missbraucht werden können.

Dann denke ich an die Vernissage, und ich sehe Ned mit diesem verlegenen Lächeln neben seinen skurrilen Vogelskulpturen stehen. Wie können Hände, die so reizende Kunstwerke schaffen, sich um den Hals einer Frau legen und zudrücken, bis sie tot ist?

»Hab keine Angst.«

Ich blicke auf, erschrocken über die Stimme in der Dunkelheit. Ein ferner Blitz erhellt für Sekunden das Zimmer, und augenblicklich ist jedes Detail seines Gesichts in mein Gedächtnis eingebrannt. Schwarze Locken, unbändig wie sturmgepeitschte Wellen. Ein Gesicht aus grob behauenem Granit. Aber heute Abend erhasche ich einen Blick auf etwas Neues, etwas, was ich auf Captain Brodies

Porträt im Historischen Verein nicht gesehen hatte. Jetzt erkenne ich die Müdigkeit in seinen Augen, die Erschöpfung im wettergegerbten Gesicht eines Mannes, der zu lange auf den Weltmeeren gekreuzt ist und jetzt nur noch einen ruhigen Hafen sucht.

Ich hebe die Hand und streichle über die tagealten Stoppeln an seinem Kinn. *So also hat der Tod dich gefunden*, denke ich. Erschöpft von vielen Stunden am Steuer deines Schiffs, das von den Wellen gebeutelt wurde, während ein Mann nach dem anderen über Bord gespült wurde. Wie sehr ich mir wünsche, der sichere Hafen zu sein, den er sucht, doch ich komme eineinhalb Jahrhunderte zu spät.

»Schlaf gut, liebe Ava. Heute Nacht werde ich Wache halten.«

»Du hast mir gefehlt.«

Er drückt mir einen Kuss auf den Scheitel, und ich spüre seinen warmen Atem in meinen Haaren. Den Atem eines Lebenden. »Wenn du mich am meisten brauchst, bin ich da. Ich werde immer da sein.« Er setzt sich zu mir aufs Bett, und die Matratze biegt sich unter seinem Gewicht. Wie kann dieser Mann nicht echt sein, wenn ich seine Arme spüren kann, die mich umfassen, den Stoff seines Mantels an meiner Wange?

»Du bist anders heute Nacht«, flüstere ich. »So lieb. So sanft.«

»Ich bin, was immer du von mir brauchst.«

»Aber wer bist *du*? Wer ist der wahre Captain Brodie?«

»Wie alle Menschen bin ich sowohl gut als auch schlecht. Sowohl grausam als auch gütig.« Er fasst mein Gesicht mit seiner rauen Hand, die heute Nacht nur Trost spendet, doch es ist dieselbe Hand, die meine Handgelenke in Fesseln gelegt und eine Peitsche geschwungen hat.

»Woher weiß ich, welchen Mann ich zu erwarten habe?«

»Ist es nicht das, wonach es dich verlangt – das Unvorhersehbare?«

»Manchmal machst du mir Angst.«

»Weil ich dich an gefährliche Orte mitnehme. Ich lasse dich einen Blick in die Finsternis tun. Ich fordere dich heraus, den ersten Schritt zu wagen, und den nächsten.« Er streichelt mein Gesicht so sanft, als ob ich ein kleines Kind wäre. »Aber nicht heute Nacht.«

»Was passiert heute Nacht?«

»Heute Nacht schläfst du. Hab keine Angst«, flüstert er. »Ich werde nicht zulassen, dass dir ein Leid geschieht.«

Und ich schlafe wirklich in dieser Nacht, sicher geborgen in seinen Armen.

21

Am Nachmittag des nächsten Tages gibt es in der Stadt kein anderes Thema. Zum ersten Mal höre ich davon, als ich im Village Food Mart Lebensmittel einkaufe, einem Laden, der so klein ist, dass man seine Waren in einen Korb legen muss, da kein Einkaufswagen durch die engen Gänge passen würde. Ich stehe in der Gemüseabteilung und studiere die armselige Auswahl an Salaten (Eisberg oder Romana), Tomaten (Kirsch- oder Fleisch-) und Petersilie (kraus oder kraus). Tucker Cove mag ein Sommerparadies sein, aber in puncto Lebensmittelversorgung sind die Verhältnisse alles andere als paradiesisch, und da ich gestern nicht auf den Wochenmarkt gehen konnte, bin ich gezwungen, mit dem vorliebzunehmen, was ich im Food Mart bekommen kann. Als ich mich bücke, um ein paar rote Kartoffeln aus der Kiste zu klauben, höre ich zwei Frauen hinter dem Regal tratschen.

»… und dann stand die Polizei mit einem Durchsuchungsbeschluss bei ihm vor der Tür, kannst du dir das vorstellen? Nancy sagt, sie hat drei Polizeiautos vor dem Haus parken sehen.«

»Ach du meine Güte. Aber du glaubst doch nicht wirklich, dass er sie ermordet hat?«

»Sie haben ihn noch nicht verhaftet, aber ich denke,

es ist nur eine Frage der Zeit. Du darfst schließlich nicht vergessen, was mit diesem *anderen* Mädchen passiert ist. Damals waren alle überzeugt, dass er es gewesen sein musste.«

Ich recke den Hals, um an der Auslage vorbeizuspähen, und erblicke zwei weißhaarige Frauen mit leeren Einkaufskörben in den Händen, die offenbar mehr zum Klatschen als zum Einkaufen hergekommen sind.

»Sie haben ihm nie irgendwas nachgewiesen.«

»Aber jetzt scheint es doch sehr naheliegend, oder nicht? Wo die Polizei sich so für ihn interessiert. Und dann ist da noch die alte Frau, für die er vor Jahren gearbeitet hat, oben auf dem Hügel. Da hab ich mich schon immer gefragt, woran die *wirklich* gestorben ist …«

Sie gehen weiter zur Papierwarenabteilung, und ich kann nicht anders, als ihnen zu folgen, um mehr von ihrem Gespräch mitzubekommen. Vor dem Toilettenpapier bleibe ich stehen und tue so, als ob ich überlege, welche Marke ich nehmen soll. Bei insgesamt zwei Optionen wirklich keine leichte Entscheidung.

»Tja, man weiß es eigentlich nie, oder?«, sagt eine der Frauen. »Er wirkte immer so sympathisch. Und wenn man sich vorstellt, dass unser Pfarrer ihn noch letztes Jahr engagiert hat, um die neuen Kirchenbänke einzubauen. Die ganzen scharfen Werkzeuge, mit denen er arbeitet …«

Kein Zweifel – sie reden über Ned Haskell.

Ich bezahle für die Lebensmittel und gehe hinaus zu meinem Auto, beunruhigt von dem, was ich soeben gehört habe. Sicherlich hat die Polizei ihre Gründe, warum sie sich auf Ned konzentriert. Die Frauen im Laden haben ein anderes Mädchen erwähnt. Wurde sie etwa auch ermordet?

Ein paar Häuser weiter ist das Büro von Branca Immobilien und Hausverwaltung. Wenn jemand den Finger am Puls einer Gemeinde hat, dann sind es die Immobilienmakler. Donna wird es wissen.

Wie üblich sitzt sie an ihrem Schreibtisch, den Telefonhörer ans Ohr gepresst. Sie schaut auf und senkt sofort den Kopf, weicht meinem Blick aus.

»Nein, ich hatte natürlich keine Ahnung«, sagt sie halblaut ins Telefon. »Er war immer absolut zuverlässig. Ich hatte nie irgendwelche Beschwerden. Hören Sie, kann ich Sie zurückrufen? Ich habe Kundschaft.« Sie legt auf und wendet sich widerstrebend zu mir um.

»Ist es wahr?«, frage ich. »Das mit Ned?«

»Wer hat es Ihnen erzählt?«

»Ich habe zwei Frauen im Lebensmittelgeschäft darüber reden hören. Sie haben gesagt, die Polizei hätte heute Morgen sein Haus durchsucht.«

Donna seufzt. »Es gibt zu viele verdammte Klatschbasen in dieser Stadt.«

»Dann stimmt es also.«

»Er ist nicht verhaftet worden. Es ist nicht fair, ihm irgendeine Schuld zu unterstellen.«

»Ich unterstelle ihm gar nichts, Donna. Ich *mag* Ned. Aber ich habe sie sagen hören, dass es da ein anderes Mädchen gegeben hätte. Vor Charlotte.«

»Das war bloß ein Gerücht.«

»Wer war das Mädchen?«

»Es wurde nie bewiesen.«

Ich stemme die Hände auf ihren Schreibtisch und sehe ihr direkt in die Augen. »Sie haben mir das Haus vermietet. Wochenlang hat er direkt über meinem Schlafzimmer gearbeitet. Ich habe ein Recht zu wissen, ob er gefährlich ist. *Wer war das Mädchen?*«

Donna presst die Lippen zusammen. Ihre freundliche Maklerinnen-Maske ist verschwunden, stattdessen sehe ich die besorgte Miene einer Frau, die mir die entscheidende Information vorenthalten hat: dass möglicherweise ein Mörder in meinem Haus gearbeitet hat.

»Sie war nur eine Touristin«, sagt Donna. Als ob das Opfer dadurch weniger beachtenswert wäre. »Und es ist vor sechs, sieben Jahren passiert. Sie hatte ein Cottage am Cinnamon Beach gemietet, als sie verschwand.«

»So wie Charlotte.«

»Nur dass Laurels Leiche nie gefunden wurde. Die meisten von uns haben vermutet, dass sie beim Schwimmen im Meer ertrunken war, aber die Zweifel blieben. Es wurde immer getuschelt.«

»Über Ned?«

Sie nickt. »Er hatte in dem Cottage neben ihrem gearbeitet. Eine Badezimmer-Renovierung.«

»Das ist ja wohl kaum ein Grund, ihn zu verdächtigen.«

»Er hatte ihre Hausschlüssel.«

Ich starre sie an. »Was?«

»Ned behauptete, sie am Cinnamon Beach gefunden zu haben, bei der Suche nach Treibholz für seine Skulpturen. Laurels Maklerin entdeckte die Schlüssel auf dem Armaturenbrett von Neds Lieferwagen, und sie erkannte den Schlüsselring ihrer Agentur. Das war alles, was die Polizei gegen ihn in der Hand hatte – nur die Schlüssel der vermissten Frau und die Tatsache, dass er direkt nebenan von ihrem Cottage gearbeitet hatte. Ihre Leiche wurde nie gefunden. Im Cottage gab es keine Spuren einer Gewalttat.

Sie waren sich nicht sicher, ob überhaupt ein Verbrechen vorlag.«

»Aber jetzt *hat* es einen Mord gegeben, an Charlotte. Und Ned hat genau dort gearbeitet, in ihrem Haus. In *meinem* Haus.«

»Aber ich habe ihn nicht beauftragt. Das war Arthur Sherbrooke. Er bestand darauf, dass Ned die Renovierungsarbeiten durchführt.«

»Warum Ned?«

»Weil er das Haus besser kennt als irgendjemand sonst. Ned hat früher für Mr. Sherbrookes Tante gearbeitet, als sie noch dort lebte.«

»Das ist das andere Gerücht, das ich heute gehört habe. Gibt es irgendwelche Zweifel daran, wie die Tante gestorben ist?«

»Aurora Sherbrooke? Nein, überhaupt nicht. Sie war alt.«

»Diese Frauen scheinen zu glauben, dass Ned etwas mit dem Tod der Tante zu tun hatte.«

»Mein Gott. Der verdammte Tratsch in dieser Stadt nimmt aber auch nie ein Ende!« Donnas steife Fassade scheint plötzlich zu bröckeln, und sie sinkt auf ihrem Stuhl zurück. »Ava, ich kenne Ned Haskell schon seit meiner Kindheit. Ja, ich habe die Gerüchte über ihn gehört. Ich weiß, dass es Leute gibt, die sich schlichtweg weigern, ihn zu engagieren. Aber ich habe nie geglaubt, dass er gefährlich ist. Und ich glaube es immer noch nicht.«

Und ich glaube es auch nicht, doch als ich Donnas Büro verlasse, frage ich mich, wie nahe ich daran war, eine weitere Charlotte, eine weitere Laurel zu werden. Ich denke daran, wie er in meinem Turmzimmer den Hammer schwang, seine Kleidung mit Sägemehl bestäubt. Er ist kräftig genug, um eine Frau zu erdrosseln, aber könnte ein solcher Mörder auch diese reizenden, skurrilen Vogelskulpturen geschaffen haben? Vielleicht habe ich übersehen, dass sie auch ihre dunkle Seite haben, verstörende Hinweise auf das Ungeheuer, das in dem Künstler lauert. Verbirgt sich nicht in jeder und jedem von uns ein Ungeheuer? Mein eigenes kenne ich schließlich nur zu gut.

Ich steige in mein Auto und habe mich gerade angeschnallt, als mein Handy klingelt.

Es ist Maeve. »Ich muss Sie sehen«, sagt sie.

»Können wir uns nächste Woche treffen?«

»Heute Nachmittag. Ich bin schon auf dem Weg nach Tucker Cove.«

»Was gibt es denn?«

»Es geht um Brodie's Watch. Sie müssen ausziehen, Ava. So schnell wie möglich.«

Maeve zögert, als sie auf meiner Veranda steht, als ob sie all ihren Mut zusammennehmen müsste, um das Haus zu betreten. Nervös späht sie an mir vorbei in den Eingang und tritt schließlich ein, doch als wir zum Seezimmer gehen, blickt sie sich immer wieder um wie ein verängstigtes Reh, das ständig auf der Hut vor den Zähnen und Klauen eines Räubers sein muss. Auch nachdem sie im Ohrensessel Platz genommen hat, ist ihr Unbehagen deutlich zu spüren, als ob sie sich auf feindliches Gebiet vorgewagt hätte.

Aus ihrer Schultertasche zieht sie einen dicken Ordner,

den sie auf den Couchtisch legt. »Das ist alles, was ich bisher habe finden können. Aber es gibt vielleicht noch mehr.«

»Über Captain Brodie?«

»Über die Frauen, die vor Ihnen in diesem Haus gewohnt haben.«

Ich schlage den Ordner auf. Die erste Seite ist eine Todesanzeige, kopiert aus einer Zeitung mit dem Datum 3. Januar 1901. *Miss Eugenia Hollander, 58, verstorben nach einem Sturz auf der Treppe.*

»Sie ist hier gestorben. In diesem Haus«, sagt Maeve.

»Aber nach dem, was hier steht, war es ein Unfall.«

»Das wäre die logische Schlussfolgerung, nicht wahr? Es war ein Winterabend, kalt, dunkel. Und die Treppe zum Turmzimmer war vermutlich schlecht beleuchtet.«

Dieses letzte Detail lässt mich aufhorchen. »Es ist auf der Erkertreppe passiert?«

»Lesen Sie den Polizeibericht.«

Ich blättere zur nächsten Seite um und finde einen handgeschriebenen Bericht von Officer Edward K. Billings von der Polizei Tucker Cove. Seine Handschrift ist tadellos, dank einer Epoche, in der die Schulen noch großen Wert auf Schönschrift legten. Trotz der schlechten Qualität der Kopie ist sein Bericht gut lesbar.

Bei der Verstorbenen handelt es sich um eine achtundfünfzigjährige ledige Dame, die allein lebte. Bis zu diesem Vorfall war sie bei bester Gesundheit, laut Aussage ihrer Nichte Mrs. Helen Colcord. Mrs. Colcord hat ihre Tante gestern Abend zuletzt lebend gesehen und gibt an, dass Miss Hollander guten Mutes gewesen sei und tüchtig zu Abend gegessen habe.

Gegen sieben Uhr fünfzehn am folgenden Morgen traf die Haushälterin Miss Jane Steuben ein und wunderte sich, dass Miss Hollander nicht wie gewohnt heruntergekommen war. Als Miss Steuben nach oben ging, entdeckte sie, dass die Tür zum Erker offen stand, und fand Miss Hollander leblos am Fuß der Treppe liegend.

Ich halte inne, während ich mich an die Abende erinnere, als Captain Brodie mich bei flackerndem Kerzenschein ebendiese Treppe hinaufführte. Ich denke daran, wie steil und eng diese Treppe ist, und wie leicht man sich den Hals brechen kann, wenn man kopfüber hinunterstürzt. Was hat Eugenia Hollander in der Nacht, als sie starb, auf dieser Treppe gemacht?

Hatte etwas – jemand? – sie ins Turmzimmer gelockt, so wie ich dorthin gelockt wurde?

Ich konzentriere mich wieder auf Officer Billings' präzise Handschrift. Natürlich musste er zu dem Schluss kommen, dass ihr Tod nur ein Unfall war. Was sollte es sonst sein? Die Verstorbene hatte allein gelebt, nichts wurde gestohlen, und nichts deutete auf einen Einbruch hin.

Ich sehe Maeve an. »Es ist nichts Verdächtiges an diesem Todesfall. Das war die Einschätzung der Polizei. Warum zeigen Sie mir das?«

»Bei der Suche nach weiteren Informationen über die tote Frau bin ich auf dieses Foto von ihr gestoßen.«

Ich blättere weiter zur nächsten Seite in dem Ordner und sehe die Schwarz-Weiß-Fotografie einer hübschen jungen Frau mit fein geschwungenen Augenbrauen und wallendem dunklem Haar.

»Das Foto entstand, als sie neunzehn Jahre alt war. Sie war ein schönes Mädchen, nicht wahr?«, sagt Maeve.

»Ja, das stimmt.«

»Ihr Name taucht öfter in den Klatschspalten aus der Zeit auf, immer im Zusammenhang mit diversen begehrten Junggesellen. Mit zweiundzwanzig wurde sie mit dem Sohn eines reichen Kaufmanns verlobt. Als Hochzeitsgeschenk bekam sie von ihrem Vater Brodie's Watch, wo das junge Paar sich nach der Eheschließung niederlassen wollte. Doch die Hochzeit fand nie statt. Einen Tag vor dem Termin löste Eugenia die Verlobung. Sie entschied sich stattdessen, unverheiratet zu bleiben, und wohnte allein in diesem Haus. Bis zu ihrem Tod.«

Maeve wartet auf eine Antwort, doch ich weiß nicht, was ich sagen soll. Ich kann nur das Foto der neunzehnjährigen Eugenia anstarren, einer Schönheit, die beschlossen hatte, nie zu heiraten. Die ihr ganzes Leben allein in diesem Haus verbrachte, in dem ich jetzt wohne.

»Das ist doch merkwürdig, finden Sie nicht?«, sagt Maeve. »Dass sie all die Jahre allein hier gelebt hat.«

»Nicht jede Frau will oder muss heiraten.«

Sie betrachtet mich einen Moment lang eingehend, doch sie ist eine Geisterjägerin, keine Gedankenleserin. Sie kann sich unmöglich vorstellen, was nach Einbruch der Dunkelheit in diesem Haus geschieht. In diesem Turmzimmer.

Sie deutet mit einem Nicken auf den Ordner. »Jetzt werfen Sie mal einen Blick auf die nächste Frau, die in diesem Haus gewohnt hat.«

»Es gab noch eine?«

»Nach Miss Hollanders tödlichem Sturz auf der Treppe fiel Brodie's Watch an ihren Bruder. Er versuchte, das Haus zu verkaufen, fand aber keinen Abnehmer. Es gab Gerüchte, dass es dort spukte, und es war bereits in schlechtem baulichem Zustand. Er hatte eine Nichte, Violet Theriault, die jung Witwe geworden war. Sie war in finanziellen Schwierigkeiten, deshalb ließ er sie mietfrei hier wohnen. Für die nächsten siebenunddreißig Jahre war dies ihr Zuhause, bis zu ihrem Tod.«

»Erzählen Sie mir nicht, dass sie auch die Treppe hinuntergefallen ist.«

»Nein. Sie starb im Bett, vermutlich eines natürlichen Todes, im Alter von neunundsechzig Jahren.«

»Gibt es einen Grund, warum Sie mir von all diesen Frauen erzählen?«

»Es fügt sich alles zu einem Muster, Ava. Nach Violets Tod kam Margaret Gordon, eine Touristin aus New York, die Brodie's Watch für den Sommer mietete. Sie kehrte nie nach New York zurück, sondern blieb hier, bis sie zweiundzwanzig Jahre später an einem Schlaganfall starb. Ihr folgte Miss Aurora Sherbrooke, auch sie eine Mieterin, die nur für einen Sommer gekommen war, dann aber beschloss, das Haus zu kaufen, und bis zu ihrem Tod dreißig Jahre später hier lebte.«

Mit jedem neuen Namen, den sie erwähnt, blättere ich weiter durch die Fotos in dem Ordner und betrachte die Gesichter der Frauen, die vor mir kamen. Eugenia und Violet, Margaret und Aurora. Jetzt wird das Muster offensichtlich, und die Erkenntnis verschlägt mir die Sprache. All diese Frauen, die in diesem Haus gewohnt haben und hier gestorben sind, waren dunkelhaarig und attraktiv. Alle Frauen gleichen auffallend …

»Ihnen«, sagt Maeve. »Sie gleichen alle *Ihnen.*«

Ich starre das letzte Foto an. Aurora Sherbrooke hatte glänzende schwarze Haare, einen Schwanenhals und geschwungene Augenbrauen, und wenngleich ich nicht annähernd so hübsch bin, wie sie es war, ist die Ähnlichkeit nicht zu übersehen. Es ist, als wäre ich eine jüngere und weniger attraktive Sherbrooke-Schwester.

Meine Hände sind eiskalt, als ich zu Auroras Nachruf im *Tucker Cove Weekly* vom 20. August 1986 weiterblättere.

Aurora Sherbrooke, 66

In ihrem Haus in Tucker Cove verstarb vergangene Woche Miss Aurora Sherbrooke. Sie wurde von ihrem Neffen Arthur Sherbrooke gefunden, der seit Tagen nichts mehr von ihr gehört hatte und von seinem Wohnort Cape Elizabeth gekommen war, um nach ihr zu sehen. Es wird von einer natürlichen Todesursache ausgegangen. Laut ihrer Haushaltshilfe war Miss Sherbrooke kürzlich an der Grippe erkrankt.

Gebürtig aus Newton, Massachusetts, kam Miss Sherbrooke vor einunddreißig Jahren erstmals nach Tucker Cove. »Sie hat sich sofort in die Stadt verliebt, und vor allem in das Haus, das sie gemietet hatte«, sagt ihr Neffe Arthur Sherbrooke. Miss Sherbrooke kaufte das Haus, das als Brodie's Watch bekannt ist und bis zu ihrem Tod ihr Zuhause blieb.

»Vier Frauen sind in diesem Haus gestorben«, sagt Maeve.

»Keiner dieser Todesfälle war verdächtig.«

»Aber gibt Ihnen das nicht zu denken? Warum waren es immer Frauen, und warum haben sie alle allein hier gelebt und sind hier gestorben? Ich bin sämtliche Todesanzeigen von Tucker Cove bis zurück ins Jahr 1875 durchgegangen, und ich habe keinen einzigen Mann gefunden, der in diesem Haus gestorben ist.« Sie sieht sich im Zimmer um, als ob die Antworten an den Wänden oder auf dem Kaminsims zu finden wären. Ihr Blick bleibt am Fenster hängen, wo ein Vorhang aus Nebel inzwischen die Sicht aufs Meer verdeckt. »Es ist, als ob dieses Haus eine Art Falle ist«, sagt sie leise. »Frauen gehen hinein, aber sie kommen nicht mehr heraus. Irgendwie verzaubert das Haus sie, es verführt sie. Und am Ende hält es sie gefangen.«

Mein Lachen klingt nicht ganz überzeugend. »Und deswegen meinen Sie, dass ich ausziehen sollte? Weil ich als Gefangene enden würde?«

»Sie müssen die Geschichte dieses Hauses kennen, Ava. Sie müssen wissen, womit Sie es zu tun haben.«

»Wollen Sie mir weismachen, dass alle diese Frauen von einem Geist getötet wurden?«

»Wenn es *nur* ein Geist wäre, würde ich mir nicht solche Sorgen machen.«

»Was sollte es denn sonst sein?«

Sie denkt einen Moment über ihre nächsten Worte nach, und ihr Zögern verstärkt nur meine böse Vorahnung. »Bei unserem Gespräch vor ein paar Wochen erwähnte ich, dass nicht nur Geister sich in einem Haus festsetzen können, sondern auch andere Erscheinungen, die nicht unbedingt freundlich sind. Geister sind lediglich die Seelen von Verstorbenen, die noch in dieser Welt verharren, weil etwas unerledigt geblieben ist, oder die so plötzlich gestorben sind, dass sie noch nicht begriffen haben, dass sie tot sind. Sie stecken zwischen unserer Welt und dem Jenseits fest. Obwohl sie nicht mehr leben, waren sie doch einst Menschen wie Sie und ich, und sie fügen so gut wie nie den Lebenden irgendeinen Schaden zu. Aber gelegentlich bekomme ich es mit Häusern zu tun, in denen sich etwas anderes verbirgt. Kein Geist, sondern …« Ihre Stimme schwankt, und sie blickt sich im Zimmer um. »Hätten Sie etwas dagegen, wenn wir nach draußen gehen?«

»Jetzt?«

»Ja. Bitte.«

Ich sehe aus dem Fenster auf die dichter werdende Nebelbank. Eigentlich habe ich keine Lust, in diese feuchte Seeluft hinauszugehen, doch ich nicke und stehe auf. In der Diele ziehe ich eine Regenjacke über, und wir treten beide hinaus auf die Veranda. Aber auch hier ist Maeve noch nervös, und sie führt mich die Stufen hinunter und den gepflasterten Weg entlang, der zur Klippe führt. Dort stehen wir in Dunst gehüllt, hinter uns das Haus, das aus dem Nebel aufragt. Eine Zeit lang ist das einzige Geräusch das Tosen der Wellen tief unter uns.

»Wenn er kein Geist ist, was ist er dann?«, frage ich.

»Interessant, dass Sie ›er‹ sagen.«

»Warum nicht? Captain Brodie war ein Mann.«

»Wie oft erscheint er Ihnen, Ava? Sehen Sie ihn jeden Tag?«

»Das lässt sich nicht vorhersagen. Manchmal bekomme ich ihn tagelang nicht zu Gesicht.«

»Und zu welchen Zeiten sehen Sie ihn?«

»In der Nacht.«

»Nur in der Nacht?«

Ich denke an die dunkle Gestalt, die ich auf dem Witwenbalkon stehen sah, als ich an meinem ersten Morgen hier vom Strand zurückkam. »Das eine oder andere Mal habe ich ihn vielleicht auch tagsüber gesehen.«

»Und es scheint immer Captain Brodie zu sein?«

»Das hier war sein Haus. Wer sollte es sonst sein?«

»Die Frage ist nicht *wer*, Ava. Sondern *was*?« Sie blickt sich zum Haus um, das nur noch als vage Silhouette im Nebel zu erkennen ist, und sie schlingt sich die Arme um den Leib, um ihr Zittern zu unterdrücken. Nur wenige Meter von der Stelle, wo wir stehen, ist der Rand der Klippe, und in der Tiefe, verhüllt vom Nebel, krachen die Wellen auf den Fels. Wir sind eingekeilt zwischen dem Meer und Brodie's Watch, und der Nebel ist so dicht, dass er uns zu ersticken scheint.

»Es gibt noch andere Erscheinungen, Ava«, sagt sie. »Sie mögen Geistern ähneln, aber sie sind keine.«

»Was für Erscheinungen?«

»Gefährliche. Wesen, die echten Schaden anrichten können.«

Ich denke an die Frauen, die vor mir in Brodie's Watch gelebt haben, Frauen, die in diesem Haus gestorben sind. Aber hat nicht jedes alte Haus eine solche Geschichte? Alle Menschen sterben, und wir müssen alle irgendwo sterben. Warum nicht im eigenen Haus, in dem man jahrzehntelang gelebt hat?

»Diese Erscheinungen sind nicht die Geister von Verstorbenen«, erklärt Maeve. »Sie nehmen vielleicht das Aussehen von Menschen an, die früher in einem Haus gewohnt haben, aber das tun sie nur, damit wir weniger Angst vor ihnen haben. Wir alle glauben, dass Geister uns nichts anhaben können, dass sie nur unglückliche Seelen sind, die zwischen den spirituellen Ebenen gefangen sind.«

»Aber was habe ich dann gesehen?«

»Nicht den Geist von Captain Brodie, sondern etwas, das seine Gestalt angenommen hat. Etwas, das Sie wahrnimmt und Sie beobachtet, seit dem Moment, als Sie über die Schwelle getreten sind. Es kennt Ihre Schwächen, Ihre Bedürfnisse, Ihre geheimsten Wünsche. Es weiß, was Sie wollen und wovor Sie Angst haben. Es wird dieses Wissen nutzen, um Sie zu manipulieren, um Sie gefangen zu halten. Um Ihnen zu schaden.«

»Sie meinen *physisch*?« Darüber muss ich unwillkürlich lachen.

»Ich weiß, es ist schwer zu glauben, aber Sie haben nicht erlebt, was ich erlebt habe. Sie haben nicht in die Augen von etwas geblickt, das …« Sie bricht ab. Atmet tief durch und fährt fort: »Vor Jahren wurde ich zu einem Haus nahe Bucksport gerufen. Es war eigentlich eine Villa, erbaut im Jahr 1910 von einem reichen Kaufmann. Ein Jahr, nachdem sie dort eingezogen waren, legte seine Frau sich einen Strick um den Hals und erhängte sich am Treppengeländer. Nach ihrem Selbstmord ging das Gerücht, dass es in dem Haus spukte, doch es war ein so wunderschönes Haus, hoch auf einem Hügel mit Seeblick, dass es nie schwer war, Käufer zu finden. Es wechselte immer wieder den Besitzer. Jemand verliebte sich in das Haus, zog ein und sehr bald wieder aus. Eine Familie hielt es nur drei Wochen aus.«

»Was hat sie vertrieben?«

»Die Leute im Ort glaubten, es sei der Geist von Abigail, der Frau des Kaufmanns, der sie vertreiben wollte. Manche wollten eine Frau mit langen roten Haaren und einem Strick um den Hals gesehen haben. Menschen *können* lernen, mit Geistern zu leben, ja sogar eine gewisse Zuneigung zu ihnen entwickeln und sie als Teil ihrer Familie von Lebenden betrachten. Aber dieser Spuk war weitaus furchterregender. Es waren nicht nur polternde Geräusche in der Nacht, knallende Türen oder verschobene Möbel. Nein, es war so schlimm, dass die Familie sich in ihrer Verzweiflung an mich wandte.

Sie waren mitten in der Nacht aus dem Haus geflüchtet und wohnten in einem Motel, als sie mich anriefen. Es war eine vierköpfige Familie mit zwei reizenden kleinen Mädchen, vier und acht Jahre alt. Sie waren aus Chicago nach Maine gekommen, um ihren Traum vom Leben auf dem Land zu verwirklichen. Er wollte dort Romane schreiben, während sie einen Gemüsegarten anlegen und im Hof Hühner halten würde. Sie sahen das Haus, verliebten sich in es und machten ein Angebot. Es war Juni, als sie einzogen, und in der ersten Woche war alles wunderbar.«

»Nur eine Woche?«

»Anfangs sprach niemand über das, was sie alle empfanden. Das Gefühl, beobachtet zu werden. Das Gefühl, dass da noch jemand im Raum war, auch wenn man ganz allein war. Dann erzählte die ältere Tochter ihrer Mutter von dem Wesen, das nachts an ihrem Bett gesessen und sie angestarrt hatte. Da begannen auch die anderen Familienmitglieder, darüber zu reden, was sie erlebt hatten. Und sie stellten fest, dass sie alle die Anwesenheit von etwas gespürt hatten, das jedoch verschiedene Gestalten annahm. Der Vater sah eine rothaarige Frau. Die Mutter sah einen gesichtslosen Schatten. Nur die Vierjährige sah es als das, was es in Wirklichkeit war. Kleine Kinder haben keine Illusionen – sie entdecken die Wahrheit, bevor wir es tun. Und was sie sah, war ein Wesen mit roten Augen und Klauen. Nicht der Geist von Abigail, sondern etwas viel Älteres. Etwas Urtümliches, das sich in diesem Haus festgesetzt hatte. Auf diesem Hügel.«

Rote Augen? Klauen? Ich schüttle ungläubig den Kopf angesichts der Richtung, die dieses Gespräch nimmt. »Das hört sich an, als ob Sie von einem Dämon reden.«

»Genau davon rede ich«, erwidert sie ruhig.

Ich starre sie einen Moment lang an in der Hoffnung, einen Funken Humor in ihren Augen zu entdecken, irgendein Anzeichen dafür, dass gleich die Pointe kommt, doch sie sieht mich ganz unverwandt an. »Ich glaube nicht an Dämonen.«

»Haben Sie an Geister geglaubt, bevor Sie in Brodie's Watch eingezogen sind?«

Darauf will mir keine Erwiderung einfallen. Obwohl ich aufs Meer hinausblicke, spüre ich das Haus in meinem Rücken, spüre, wie es mich beobachtet. Ich fürchte mich vor ihrer Antwort, stelle die Frage aber dennoch. »Was ist aus der Familie geworden?«

»Sie hatten zuvor nicht an Geister geglaubt, doch es war ihnen klar, dass *etwas* in ihrem Haus war. Etwas, das sie alle gesehen und erlebt hatten. Der Mann recherchierte in den Zeitungsarchiven und fand einen Artikel über Abigails Selbstmord. Er nahm an, dass es ihr Geist war, der in dem Haus spukte, und Geister können einem nichts tun, nicht wahr? Und es war ein hervorragendes

Thema für Small Talk. *Wir haben einen Geist im Haus – ist das nicht cool?* Aber langsam dämmerte es der Familie, dass das, was in ihrem Haus spukte, etwas anderes war.

Die Vierjährige schreckte plötzlich jede Nacht aus dem Schlaf hoch, schreiend vor Angst. Sie sagte, dass etwas sie würgte, und ihre Mutter sah tatsächlich Male an ihrem Hals.«

Mein Herz schlägt jetzt wie wild. »Was für Male?«

»Es sah aus wie Abdrücke von Fingern an ihrer Kehle. Zu lang für die Finger eines Kindes. Dann wachte die Achtjährige mit Nasenbluten auf. Sie gingen mit ihr zum Arzt, doch der konnte keine Ursache für die Blutungen finden. Auch dann blieben sie noch in dem Haus, weil sie so viel von ihren Ersparnissen hineingesteckt hatten. Doch dann passierte eines Nachts etwas, was alles veränderte. Der Mann hörte draußen ein Poltern und ging hinaus, um nachzusehen. Kaum hatte er das Haus verlassen, als die Haustür hinter ihm zufiel, sodass er ausgesperrt war. Er hämmerte an die Tür, doch seine Familie konnte ihn nicht hören. Er aber konnte sehr wohl hören, was *im* Haus passierte. Er hörte seine Töchter schreien. Und seine Frau die Treppe hinunterfallen. Er schlug ein Fenster ein, um hineinzukommen, und fand sie benommen am Fuß der Treppe liegend. Sie beharrte darauf, dass *etwas* sie gestoßen hatte. *Etwas* hatte sie töten wollen.

Die Familie zog noch in dieser Nacht aus. Und am nächsten Morgen erhielt ich den Anruf.«

»Sie haben das Haus gesehen?«

»Ja. Ich bin gleich am nächsten Tag hingefahren. Es war ein sehr schönes Haus mit umlaufender Veranda und dreieinhalb Meter hohen Decken. Genau die Art von Heim, das ein wohlhabender Kaufmann für seine Familie bauen würde. Als ich ankam, wartete der Mann vor dem Haus auf mich, doch er weigerte sich hineinzugehen. Er gab mir nur den Schlüssel und sagte, ich solle mich selbst umsehen. Ich bin allein hineingegangen.«

»Und was haben Sie gefunden?«

»Nichts. Zunächst jedenfalls.« Wieder wirft sie einen verstohlenen Blick in Richtung Brodie's Watch, als fürchtete sie sich, dem Haus den Rücken zuzukehren. »Ich ging durch die Küche, durch das Wohnzimmer. Alles wirkte vollkommen normal. Ich ging die Treppe hinauf zu den Schlafzimmern, und auch dort bemerkte ich nichts Außergewöhnliches. Aber dann ging ich wieder nach unten in die Küche und öffnete die Kellertür. Und in dem Moment roch ich es.«

»Was?«

»Den Gestank der Verwesung. Des Todes. Ich wollte diese Treppe nicht hinuntergehen, aber ich zwang mich, wenigstens ein paar Schritte zu tun. Dann hob ich meine Taschenlampe und sah die Kratzspuren in der Decke. Spuren von Krallen, Ava. Als ob eine Bestie versucht hätte, von unten in das Haus einzudringen. Weiter kam ich nicht. Ich ging rückwärts aus dem Keller heraus und zur Haustür hinaus, und ich habe nie wieder einen Fuß in dieses Haus gesetzt. Denn ich wusste bereits, dass die Familie nicht zurückkehren konnte. Ich wusste, womit sie es zu tun hatten. Es war kein Geist. Es war etwas viel Mächtigeres, etwas, das wahrscheinlich schon sehr, sehr lange Zeit dort gewesen war. Es gibt viele Namen für das, was diese Wesen sind. Dämonen. Strigoi. Baital. Aber sie haben alle das eine gemeinsam: Sie sind bösartig. Und sie sind gefährlich.«

»Ist Captain Brodie das auch?«

»Ich weiß nicht, *was* er ist, Ava. Es könnte nur ein Spuk sein, das spirituelle Echo eines Mannes, der einst hier gelebt hat. Das hatte ich zunächst angenommen, weil Sie nichts erlebt haben, das Sie geängstigt hätte. Aber wenn ich mir die Geschichte von Brodie's Watch anschaue, wenn ich weiß, dass vier Frauen hier gestorben sind…«

»Eines natürlichen Todes. Und in einem Fall durch einen Unfall.«

»Richtig, aber was hat diese Frauen hier *festgehalten*? Warum haben sie Ehe und Familie den Rücken gekehrt, um den Rest ihres Lebens allein in diesem Haus zu verbringen?«

Seinetwegen. Wegen der Verlockungen des Turmzimmers.

Ich blicke zum Haus auf, und die Erinnerung an das, was dort in dem Alkoven geschehen ist, lässt meine Wangen glühen.

»Was hat sie veranlasst hierzubleiben? Hier alt zu werden und zu sterben?«, fragt Maeve und sieht mich forschend an. »Wissen *Sie* es?«

»Er… Der Captain…«

»Was ist mit ihm?«

»Er versteht mich. Er gibt mir das Gefühl hierherzugehören.«

»Und was für ein Gefühl gibt er Ihnen noch?«

Ich wende mich ab, das Blut schießt mir ins Gesicht. Sie wiederholt ihre Frage nicht, und das Schweigen dehnt sich quälend lange zwischen uns aus, lange genug, um sie ahnen zu lassen, dass mein Geheimnis zu peinlich ist, als dass ich es irgendjemandem anvertrauen könnte.

»Was er Ihnen bietet, hat seinen Preis«, warnt sie mich.

»Ich habe keine Angst vor ihm. Und die Frauen, die vor mir hier gewohnt haben, können auch keine Angst gehabt haben. Sie hätten jederzeit gehen können, aber sie haben es nicht getan. Sie sind in diesem Haus geblieben.«

»Sie sind auch in diesem Haus gestorben.«

»Erst nachdem sie jahrelang hier gelebt hatten.«

»Sehen Sie darin Ihre Zukunft? Als Gefangene von Brodie's Watch hier alt zu werden und zu sterben?«

»Wir müssen alle irgendwo sterben.«

Sie fasst mich an den Schultern und zwingt mich, ihr in die Augen zu sehen. »Ava, können Sie sich selbst *hören*?«

Ich bin so erschrocken über ihre Berührung, dass ich im ersten Moment kein Wort herausbringe. Erst jetzt wird mir bewusst, was ich da gerade gesagt habe. *Wir müssen alle irgendwo sterben.* Ist es wirklich das, was ich will – der Welt der Lebenden den Rücken kehren?

»Ich weiß nicht, welche Macht diese Erscheinung über Sie hat«, sagt Maeve, »aber Sie müssen einen Schritt zurücktreten und darüber nachdenken, was mit den Frauen passiert ist, die vor Ihnen kamen. Vier von ihnen sind hier *gestorben.*«

»Fünf«, sage ich leise.

»Ich zähle die Frau nicht mit, deren Leiche aus der Bucht geborgen wurde.«

»Ich zähle Charlotte auch nicht mit. Es gab da auch ein Mädchen, fünfzehn Jahre alt. Ich habe Ihnen von ihr erzählt. Eine Gruppe von Teenagern ist in der Halloween-Nacht eingebrochen. Eines der Mädchen kletterte auf den Witwenbalkon und stürzte in die Tiefe.«

Maeve schüttelte den Kopf. »Ich habe danach gesucht,

aber in den Zeitungsarchiven konnte ich nichts darüber finden.«

»Mein Zimmermann hat mir davon erzählt. Er ist hier aufgewachsen, und er erinnert sich daran.«

»Dann sollten wir mit ihm reden.«

»Ich weiß nicht, ob das eine gute Idee ist.«

»Warum nicht?«

»Er wird verdächtigt, Charlotte Nielson ermordet zu haben.«

Maeve hält erschrocken die Luft an. Sie dreht sich um und starrt das Haus an, das im Zentrum dieses Strudels von Ereignissen zu stehen scheint. Doch ich selbst empfinde keine Angst, weil ich immer noch seine Worte höre, die er mir in der Dunkelheit zugeflüstert hat: *Unter meinem Dach wird dir kein Leid geschehen.*

»Wenn Ihr Zimmermann sich daran erinnert«, sagt Maeve, »dann werden sich auch noch andere in der Stadt daran erinnern.«

Ich nicke. »Und ich weiß genau, an wen wir uns wenden müssen.«

22

Es ist kurz nach fünf, als Maeve und ich beim Historischen Verein von Tucker Cove ankommen. Das Geschlossen-Schild hängt schon in der Tür, aber ich klopfe dennoch in der Hoffnung, dass Mrs. Dickens noch mit Aufräumen beschäftigt ist. Durch die Milchglasscheibe sehe ich eine Bewegung, und ich höre das Schlurfen von Gesundheitsschuhen. Blassblaue Augen, verzerrt durch dicke Brillengläser, spähen durch den Türspalt.

»Tut mir leid, wir haben geschlossen. Das Museum öffnet wieder morgen früh um neun.«

»Mrs. Dickens, ich bin's. Wir haben uns vor ein paar Wochen über Brodie's Watch unterhalten, erinnern Sie sich?«

»Oh, hallo. Ava, nicht wahr? Schön, Sie wiederzusehen, aber das Museum ist leider trotzdem geschlossen.«

»Wir wollen auch nicht ins Museum, wir würden gerne mit Ihnen sprechen. Meine Freundin Maeve und ich stellen für mein Buch Nachforschungen zu Brodie's Watch an, und wir haben ein paar Fragen, die Sie vielleicht beantworten können. Sie sind ja schließlich die führende Expertin für die Geschichte von Tucker Cove.«

Bei diesen Worten scheint Mrs. Dickens gleich ein paar Zentimeter zu wachsen. Als ich das letzte Mal hier war, waren kaum andere Besucher im Museum. Wie frustrierend muss es für sie sein, über ein so umfassendes Wissen zu einem Thema zu verfügen, für das sich nur so wenige Menschen interessieren.

Sie lächelt und macht die Tür weit auf. »Ich würde mich nicht direkt als *Expertin* bezeichnen, aber ich sage Ihnen gerne alles, was ich weiß.«

Das Haus ist noch düsterer, als ich es in Erinnerung habe, und im Eingang riecht es nach Alter und Staub. Die Dielen knarren, als wir Mrs. Dickens in den Salon folgen, wo das Logbuch der *Raven*, des Schiffs, das einst unter dem Kommando von Captain Brodie segelte, in einer Vitrine ausgestellt ist.

»Hier bewahren wir viele unserer historischen Unterlagen auf.« Sie zieht einen Schlüsselring aus der Tasche und schließt die Tür eines verglasten Bücherschranks auf. Die Regale sind angefüllt mit ledergebundenen Schinken, manche davon so alt, dass sie kurz davor scheinen, zu Staub zu zerfallen. »Wir hoffen, alle diese Bestände irgendwann zu digitalisieren, aber Sie wissen ja, wie schwierig es heutzutage ist, für irgendetwas die nötigen Mittel zu bekommen. Niemand interessiert sich für die Vergangenheit. Alle interessieren sich nur für die Zukunft und die neuesten angesagten Trends.« Sie lässt den Blick über die Bände wandern. »Ah, hier ist es. Das Stadtregister von 1861. Das ist das Jahr, in dem Brodie's Watch gebaut wurde.«

»Eigentlich, Mrs. Dickens, betrifft unsere Frage ein Ereignis aus der jüngeren Vergangenheit.«

»Wann genau?«

»Es müsste ungefähr zwanzig Jahre her sein, laut Ned Haskell.«

»Ned?« Sie fährt herum und sieht mich mit ernster Miene an. »Ach je.«

»Ich nehme an, Sie haben die Neuigkeiten über ihn gehört.«

»Ich habe gehört, was die Leute reden. Aber ich bin in dieser Stadt aufgewachsen, und ich habe gelernt, die Hälfte von dem zu ignorieren, was ich so höre.«

»Dann glauben Sie nicht, dass er …«

»Ich sehe keinen Sinn in Spekulationen.« Sie stellt das alte Buch wieder ins Regal und klopft sich den Staub von den Händen. »Wenn Ihre Frage etwas betrifft, das erst vor zwanzig Jahren passiert ist, dann werden Sie in unseren Beständen nichts dazu finden. Sie sollten es beim *Tucker Cove Weekly* versuchen. Die haben Archive, die mindestens fünfzig Jahre zurückreichen, und ich glaube, das meiste ist schon digitalisiert.«

»Ich habe deren Archive schon nach Artikeln durchsucht, in denen Brodie's Watch erwähnt wird«, sagt Maeve. »Aber ich habe kein Wort über den Unfall gefunden.«

»Ein Unfall?« Mrs. Dickens blickt zwischen uns hin und her. »Vielleicht hat die Zeitung ja gar nicht darüber berichtet.«

»Das hätte sie aber tun sollen. Schließlich ist ein fünfzehnjähriges Mädchen ums Leben gekommen«, erkläre ich.

Mrs. Dickens schlägt sich die Hand vor den Mund. Einen Moment lang sagt sie nichts, starrt mich nur an.

»Ned hat mir erzählt, dass es in einer Halloween-Nacht passiert sei«, fahre ich fort. »Eine Gruppe von Teenagern ist in das leer stehende Haus eingebrochen, und möglicherweise war Alkohol im Spiel. Eines der Mädchen ist auf den Witwenbalkon hinausgegangen und irgendwie abgestürzt. Ihr Name ist mir entfallen, aber ich dachte, wenn Sie sich an den Vorfall erinnern und wissen, in welchem Jahr es war, könnten wir vielleicht die Details herausbekommen.«

»Jessie«, sagt Mrs. Dickens leise.

»Sie erinnern sich an ihren Namen?«

Sie nickt. »Jessie Inman. Sie ist mit meiner Nichte zur Schule gegangen. So ein hübsches Mädchen, aber sie hatte etwas Wildes an sich.« Sie atmet tief durch. »Ich glaube, ich würde mich gerne hinsetzen.«

Ich bin erschrocken, als ich sehe, wie blass sie geworden ist. Maeve fasst ihren Arm, und ich laufe rasch durchs Zimmer, um einen der antiken Stühle zu holen. Aber sie mag noch so wacklig auf den Beinen sein, ihre Verantwortung als Museumsführerin hat Mrs. Dickens nicht vergessen. Entsetzt blickt sie auf das abgenutzte Samtpolster. »Du liebe Zeit, nein, dieser Stuhl ist tabu. Niemand darf darauf sitzen.«

»Es ist doch niemand hier, der sich beschweren könnte, Mrs. Dickens«, sage ich sanft. »Und wir werden Sie bestimmt nicht verraten.«

Sie bringt ein zaghaftes Lächeln zustande. »Ich versuche immer, mich an die Regeln zu halten.«

»Das glaube ich Ihnen aufs Wort.«

»Und Jessies Mutter war da genauso. Deswegen war es ein solcher Schock für sie, als sie erfuhr, was Jessie in dieser Nacht getrieben hatte. Diese Jugendlichen sind nicht nur unbefugt in das Haus eingedrungen, sie haben sogar ein Fenster eingeschlagen, um hineinzugelangen. Und dann wahrscheinlich das zu tun, was Teenager im Hormonrausch so tun.«

»Sie sagten, sie sei ein hübsches Mädchen gewesen. Wie sah sie aus?«, will Maeve wissen.

Mrs. Dickens schüttelt den Kopf, erstaunt über die Frage. »Ist das denn so wichtig?«

»Welche Haarfarbe hatte sie?«

Ich rechne fest damit, dass sie uns sagen wird, das Mädchen habe dunkle Haare gehabt, und ihre Antwort überrascht mich.

»Sie hatte helles Haar«, sagt Mrs. Dickens. »Wie Michelle, ihre Mutter.«

Und anders als ich. Anders als alle anderen Frauen, die in Brodie's Watch gestorben sind.

»Haben Sie Jessies Mutter gut gekannt?«, frage ich.

»Michelle ging in die gleiche Kirche wie ich. Sie arbeitete ehrenamtlich in der Schule. Sie tat alles, was man von einer Mutter erwarten kann, und doch konnte sie nicht verhindern, dass ihre Tochter diesen einen *dummen* Fehler machte. Sie starb ein paar Jahre nach Jessies Tod. An Krebs, wie es hieß, aber ich glaube, es war der Verlust ihrer Tochter, der sie umgebracht hat.«

Maeve sieht mich an. »Es überrascht mich, dass die Lokalzeitung nicht über einen Unfall wie diesen berichtet hat. Ich habe keinen Artikel über den Tod eines Mädchens in Brodie's Watch finden können.«

»Es gab auch keinen«, sagt Mrs. Dickens.

»Warum nicht?«

»Wegen der anderen Jugendlichen, die dabei waren. Sechs Teenager, alles Sprösslinge der besten Familien der Stadt. Glauben Sie, die hätten gewollt, dass alle Welt erfährt, dass ihre lieben Kleinen ein Fenster eingeschlagen haben und in ein Haus eingebrochen sind? Und dort weiß Gott was für einen Unfug angestellt haben? Jessies Tod war eine Tragödie, aber warum alles noch schlimmer machen durch die Schande? Ich glaube, das war der Grund, weshalb der Herausgeber sich einverstanden erklärte, keine Namen oder Einzelheiten zu veröffentlichen. Bestimmt hat man auch dafür gesorgt, dass sämtliche Schäden am Haus behoben wurden, und der Eigentümer, Mr. Sherbrooke, gab sich damit zufrieden. Das Einzige, was in der Zeitung erschien, war der Nachruf auf Jessie, und da stand, dass sie in der Halloween-Nacht durch einen Sturz ums Leben gekommen sei. Nur wenige haben je die ganze Wahrheit erfahren.«

»Deswegen also konnte ich bei meinen Recherchen im Archiv nichts finden«, sagt Maeve. »Da frage ich mich doch, wie viele andere Frauen noch in diesem Haus gestorben sind, von denen wir nichts wissen.«

Mrs. Dickens sieht sie stirnrunzelnd an. »Es gab noch andere?«

»Ich habe die Namen von mindestens vier anderen Frauen gefunden. Und Sie haben uns jetzt von Jessie erzählt.«

»Damit sind es fünf«, murmelt Mrs. Dickens.

»Ja, fünf. Alles Frauen oder Mädchen.«

»Warum stellen Sie all diese Fragen? Warum interessieren Sie sich dafür?«

»Es ist wegen des Buches, das ich schreibe«, erkläre ich. »Brodie's Watch spielt darin eine große Rolle, und ich wollte auch etwas zur Geschichte des Hauses bringen.«

»Ist das der einzige Grund?«, fragt Mrs. Dickens leise.

Im ersten Moment erwidere ich nichts. Sie drängt mich nicht zu einer Antwort, doch allein an der Art, wie sie mich mustert, erkenne ich, dass sie bereits den wahren Grund für meine Fragen erraten hat.

»In dem Haus sind gewisse Dinge passiert«, antworte ich schließlich.

»Was für Dinge?«

»Dinge, bei denen ich mich frage, ob es in dem Haus vielleicht …«, ich lache verlegen, »… spukt.«

»Captain Brodie«, murmelt Mrs. Dickens. »Sie haben ihn gesehen?«

Maeve und ich wechseln einen Blick. »Sie haben von dem Geist gehört?«, fragt Maeve.

»Jeder, der in dieser Stadt aufgewachsen ist, kennt die Geschichten. Von dem Geist von Jeremiah Brodie, der immer noch im Haus umgeht. Manche behaupten, sie hätten ihn auf dem Witwenbalkon stehen sehen. Oder aus dem Fenster des Turmzimmers schauen. Als Kind habe ich diese Geschichten geliebt, aber eigentlich habe ich nie daran geglaubt. Ich nahm an, dass unsere Eltern uns solche Dinge nur erzählten, damit wir dieser Ruine fernblieben.« Sie wirft mir einen entschuldigenden Blick zu. »Das war natürlich vor Ihrem Einzug, da war es tatsächlich eine Ruine. Zerbrochene Fenster, die Veranda durchgefault. Fledermäuse, Mäuse und anderes Getier hausten darin.«

»Die Mäuse sind immer noch da«, gebe ich zu.

Sie lächelt matt. »Und sie werden immer dort sein.«

»Sagen Sie«, wirft Maeve ein, »wenn Sie hier aufgewachsen sind, müssen Sie sich doch an Aurora Sherbrooke erinnern. Sie hat auch in Brodie's Watch gewohnt.«

»Ich weiß, wer sie war, aber gekannt habe ich sie eigentlich nicht. Ich glaube, dass nicht viele Leute sie gekannt haben. Ab und zu kam sie in die Stadt, um Lebensmittel zu kaufen, aber das waren die einzigen Gelegenheiten, bei denen sie sich blicken ließ. Ansonsten lebte sie völlig zurückgezogen dort auf dem Hügel.«

Mit ihm. Sie brauchte keine Gesellschaft außer ihm. Er gab ihr, was sie brauchte, so, wie er mir gibt, was ich brauche, sei es eine tröstende Umarmung, oder seien es die geheimen Freuden des Turmzimmers. Aurora Sherbrooke hätte dieses Wissen mit niemandem geteilt.

Genauso wenig, wie ich es zu teilen bereit bin.

»Ich kann mich nicht erinnern, dass es damals irgendwelche Zweifel an den Umständen ihres Todes gab«, sagt Mrs. Dickens. »Was ich noch weiß, ist, dass sie schon ein paar Tage tot war, als ihr Neffe sie fand.« Sie verzieht das Gesicht. »Das muss ein furchtbarer Anblick gewesen sein.«

»Ihr Neffe ist Arthur Sherbrooke«, erkläre ich Maeve. »Der jetzige Besitzer von Brodie's Watch.«

»Und er hat vergeblich versucht, es loszuwerden«, sagt Mrs. Dickens. »Es ist ein wunderschönes Grundstück, aber das Haus hatte immer schon einen schlechten Ruf. Erst die Tatsache, dass die verwesende Leiche seiner Tante tagelang dort gelegen hat. Dann Jessies Unfall. Als seine Tante starb, war das Haus schon in sehr schlechtem Zustand. Ich bin sicher, dass er hofft, nach diesen ganzen Renovierungen endlich einen Käufer zu finden, der es ihm abnimmt.«

»Vielleicht sollte er es einfach niederbrennen lassen«, sagt Maeve.

»Manche Leute in der Stadt haben das schon vorgeschlagen, aber Brodie's Watch hat historische Bedeutung. Es wäre zu schade, wenn ein Haus mit einer so reichen Geschichte einfach in Flammen aufginge.«

Ich stelle mir vor, wie diese prächtigen Räume vom Feuer verzehrt werden, wie das Turmzimmer aufflammt wie eine Fackel und hundertfünfzig Jahre Geschichte in Schutt und Asche versinken. Wenn ein Haus zerstört wird, was passiert dann mit den Geistern, die darin umgehen? Was würde aus dem Captain werden?

»Brodie's Watch verdient es, geschätzt zu werden«, sage ich. »Es verdient, dass jemand sich darum kümmert. Wenn ich es mir leisten könnte, würde ich es selbst kaufen.«

Maeve schüttelt den Kopf. »Sie wollen dieses Haus nicht besitzen, Ava. Sie wissen nicht genug über seine Geschichte.«

»Dann werde ich jemanden fragen, der vielleicht mehr weiß. Den Mann, dem es gehört – Arthur Sherbrooke.«

Dunkel und schweigend ragt Brodie's Watch im schwindenden Abendlicht auf. Nachdem ich ausgestiegen bin, bleibe ich eine Weile in der Einfahrt stehen und blicke zu den Fenstern auf, die mich anstarren wie glasige schwarze Augen. Ich denke an den Tag, an dem ich Brodie's Watch zum ersten Mal sah, und an den Schauder, der mich bei seinem Anblick überlief, als ob das Haus mich abschrecken wollte. Jetzt spüre ich nichts von diesem Unbehagen, ich sehe nur mein Zuhause, das mich willkommen heißt. Ich sehe den Ort, wo ich in den vergangenen Wochen Geborgenheit und Trost gefunden habe. Ich weiß, dass ich beunruhigt sein sollte wegen der Schicksale derjenigen, die vor mir hier gewohnt haben. *Das Haus der toten Frauen*, nennt Maeve es, und sie rät mir dringend, meine Sachen zu packen und auszuziehen. Charlotte Nielson hat das getan, und doch fand sie den Tod, erdrosselt von einem Mörder aus Fleisch und Blut, der ihre Leiche ins Meer warf.

Vielleicht wäre sie noch am Leben, wenn sie in Brodie's Watch geblieben wäre.

Ich trete über die Schwelle und atme die vertrauten Gerüche meines Hauses ein. »Captain Brodie?«, rufe ich. Ich erwarte keine Antwort, kein Laut dringt an mein Ohr, und doch spüre ich seine Gegenwart rings um mich herum, in den Schatten, in der Luft, die ich atme. Ich denke an die Worte, die er einst geflüstert hat: *Unter meinem Dach wird dir kein Leid geschehen.* Hat er die gleichen Worte auch Aurora Sherbrooke und Margaret Gordon, Violet Theriault und Eugenia Hollander zugeflüstert?

In der Küche füttere ich Hannibal und nehme einen Topf mit übrig gebliebener Fischsuppe aus dem Kühlschrank. Während das Essen zum Aufwärmen auf dem Herd steht, checke ich meine E-Mails. Neben einer Nachricht von Simon, der die neuesten drei Kapitel von *Der Kapitänstisch* »einfach göttlich« findet (Hurra!), habe ich Mails von Amazon (*Neue Titel, die Sie interessieren könnten*) und einem Küchenausstatter (*Die neuesten Produkte für das ultimative Kocherlebnis*). Ich scrolle weiter und stoße auf eine E-Mail, die mich innehalten lässt.

Sie ist von Lucy. Ich öffne sie nicht, aber ich kann nicht umhin zu lesen, was in der Betreffzeile steht: *Ich vermisse Dich. Ruf mich an.* So unschuldige Worte, und doch sind sie wie ein Schrei der Anklage. Ich muss nur die Augen schließen, und wieder höre ich das Knallen der Champagnerkorken. Die Stimmen, die *Frohes neues Jahr!* rufen. Das Kreischen der Reifen von Nicks Wagen, als er losfährt.

Und ich erinnere mich an das, was danach kam. Die langen Tage, an denen ich mit Lucy an Nicks Krankenhausbett saß und zusah, wie sein komatöser Körper einschrumpfte und sich zusammenkrümmte wie ein Fötus. Ich erinnere mich an das entsetzliche Gefühl der Erleichterung, das ich empfand, als er starb. Jetzt bin ich der einzige lebende Mensch, der das Geheimnis kennt, ein Geheimnis, das ich tief in meinem Herzen verschlossen habe. Aber es ist immer noch da, und es frisst an mir wie ein Krebsgeschwür.

Ich klappe den Laptop zu und schiebe ihn weg. So, wie ich auch Lucy weggeschoben habe, weil ich es nicht ertrage, ihr unter die Augen zu treten.

Und so sitze ich allein in diesem Haus auf dem Hügel. Wenn ich heute Nacht zusammenbrechen würde, so wie Aurora Sherbrooke, wer würde mich finden? Ich sehe auf Hannibal hinunter, der seine Schüssel schon sauber geleckt hat und sich jetzt die Pfoten putzt, und ich frage mich, wie lange es dauern würde, bis er anfangen würde, an mir zu knabbern. Nicht, dass ich ihm einen Vorwurf machen würde. Eine Katze muss nun einmal fressen, und niemand weiß das besser als Mr. Hannibal.

Die Fischsuppe blubbert auf dem Herd, doch mir ist der Appetit vergangen. Ich schalte die Herdplatte aus und greife nach einer Flasche Zinfandel. Heute Abend brauche ich flüssigen Trost. Die Flasche ist schon geöffnet, und ich giere nach der Schärfe von Tanninen und Alkohol auf meiner Zunge. Ich gieße mir einen großzügigen Schluck ein, und als ich das Glas an die Lippen hebe, fällt mein Blick auf den Altglasbehälter in der Ecke.

Er quillt über von leeren Weinflaschen.

Ich stelle mein Glas ab. Das Verlangen ist so heftig wie eh und je, doch diese Flaschen erzählen eine traurige Geschichte von einer Frau, die allein mit ihrem Kater lebt, die Wein kistenweise kauft und sich jeden Abend betrinkt, nur um vergessen zu können, nur um einschlafen zu können. Ich habe versucht, meine Schuldgefühle zu ertränken, doch Alkohol ist nur ein Notbehelf, der die Leber zerstört und das Gehirn vergiftet. So sehr, dass ich irgendwann nicht mehr zwischen Wirklichkeit und Einbildung unterscheiden konnte. Existiert mein perfekter Liebhaber wirklich, oder ist er nicht mehr als die Wahnvorstellung einer Trinkerin?

Es wird Zeit, dass ich die Wahrheit herausfinde.

Ich kippe meinen Wein in die Spüle und gehe vollkommen nüchtern nach oben ins Bett.

23

Am Mittag des nächsten Tages sitze ich in meinem Auto, auf dem Weg ins südlich gelegene Cape Elizabeth, wo Arthur Sherbrooke wohnt. Er ist der einzige lebende Verwandte der verstorbenen Aurora Sherbrooke und wahrscheinlich der Mensch, der sie am besten kannte – wenn überhaupt jemand sie wirklich gekannt hat. Wie viele Menschen kennen *mich* wirklich? Selbst meine eigene Schwester, die mir der liebste Mensch auf der Welt ist, weiß nicht, wer ich bin oder wozu ich fähig bin. Wir behalten unsere dunkelsten Geheimnisse für uns. Und am meisten hüten wir sie vor denen, die wir lieben.

Ich umklammere das Lenkrad und starre auf die Straße vor mir. Ich will nicht an Lucy denken, und jedes Mittel ist mir recht, um mich von ihr abzulenken. Die Geschichte von Brodie's Watch war so eine willkommene Ablenkung, und ich bin tiefer und tiefer eingetaucht in das Leben und Sterben von Menschen, denen ich nie begegnet bin. Nehmen ihre Schicksale mein eigenes vorweg? Werde ich wie Eugenia und Violet, Margaret und Aurora unter Captain Brodie's Dach den Tod finden?

Ich war schon einmal in Cape Elizabeth, zu einem Wochenendbesuch bei einer Studienfreundin, und ich erinnere mich an stattliche Einfamilienhäuser mit gepflegten Rasenflächen und Meerblick. Damals dachte ich mir, wenn ich jemals im Lotto gewinnen sollte, würde ich mich hier zur Ruhe setzen. Eine von Bäumen gesäumte Straße führt zu einem steinernen Säulenpaar mit einer Messingtafel, auf der Arthur Sherbrookes Adresse eingraviert ist. Kein Tor versperrt mir den Weg, also fahre ich einfach weiter. Die gewundene Zufahrt führt zu einem seelenlos modernistischen Klotz aus Beton und Glas, der auf eine Salzwiese blickt. Das Gebäude erinnert eher an ein Kunstmuseum als an ein Wohnhaus, mit Steinstufen, die durch einen japanischen Garten zur Eingangstür führen. Dort steht die Holzskulptur eines grimmigen indonesischen Dämons Wache – nicht gerade das freundlichste Gesicht, um einen Gast zu begrüßen.

Ich drücke die Klingel.

Durch die Scheibe erspähe ich eine Bewegung, und das Strukturglas verzerrt die Gestalt, die sich nähert, zu einem spindeldürren Alien. Die Tür geht auf, und der Mann, der vor mir steht, ist in der Tat groß gewachsen und schlaksig, mit kalten grauen Augen. Obwohl Arthur Sherbrooke schon Anfang siebzig ist, wirkt er fit wie ein Langstreckenläufer, und sein Blick ist messerscharf.

»Mr. Sherbrooke?«

»Professor Sherbrooke.«

»Oh, Verzeihung. *Professor* Sherbrooke. Ich bin Ava Collette. Danke, dass Sie sich Zeit für mich nehmen.«

»Sie schreiben also ein Buch über Brodie's Watch«, sagt er, als ich in die Diele trete.

»Ja, und ich habe eine Menge Fragen zu dem Haus.«

»Wollen Sie es kaufen?«, unterbricht er mich.

»Ich glaube nicht, dass ich es mir leisten kann.«

»Wenn Sie jemanden kennen, der es kann, sagen Sie mir Bescheid. Ich wäre es gerne los.« Nach kurzer Pause fügt er hinzu: »Aber nicht mit Verlust.«

Ich folge ihm durch einen schwarz gefliesten Flur ins Wohnzimmer, wo raumhohe Fenster den Blick auf die Salzwiesen freigeben. Ein Teleskop ist aufgebaut, und auf dem Couchtisch liegt ein Leica-Feldstecher. Durch das Fenster sehe ich einen Weißkopfseeadler vorbeifliegen und dann drei Krähen, die ihn in dichtem Abstand verfolgen.

»Furchtlose Burschen, diese Krähen«, sagt er. »Sie jagen alles, was in ihren Luftraum eindringt. Ich studiere diese Krähenpopulation schon seit zehn Generationen, und sie scheinen mit jedem Jahr noch schlauer zu werden.«

»Sind Sie Professor für Ornithologie?«

»Nein, ich habe nur schon immer Vögel beobachtet.« Er deutet mit einer knappen Geste auf das Sofa – eine arrogante Aufforderung, Platz zu nehmen. Wie alles in diesem Zimmer ist das Sofa kühl minimalistisch, mit einem nüchternen grauen Lederbezug, der eher abweisend als einladend wirkt. Ich setze mich vor den gläsernen Couchtisch, dessen geometrische Klarheit durch keine einzige Zeitschrift gestört wird. Das ganze Zimmer ist so angelegt, dass der Blick allein auf das Fenster und die Aussicht auf die Salzwiesen gelenkt wird.

Er bietet mir weder Kaffee noch Tee an, stattdessen lässt er sich in einen Sessel sinken und schlägt die storchendürren Beine übereinander. »Ich habe Wirtschaftswissenschaften gelehrt, am Bowdoin College«, erklärt er. »Bin seit drei Jahren im Ruhestand und muss ironischerweise feststellen, dass ich noch nie so beschäftigt war. Ich reise, schreibe Artikel.«

»Über Wirtschaft?«

»Über Corviden. Raben und Krähen. Mein Hobby hat sich zu einer Art zweiter Karriere entwickelt.« Er legt den Kopf schief, eine Bewegung, die verstörend an einen Vogel erinnert. »Sie sagten, Sie hätten Fragen zum Haus?«

»Zu seiner Geschichte und zu den Menschen, die im Lauf der Jahre dort gewohnt haben.«

»Ich habe ein wenig zu dem Thema recherchiert, aber ich bin alles andere als ein Experte«, sagt er mit bescheidenem Schulterzucken. »Ich kann Ihnen sagen, dass das Haus im Jahr 1861 von Jeremiah T. Brodie erbaut wurde. Er kam über ein Jahrzehnt später auf See ums Leben. Danach war es im Besitz verschiedener Familien, ehe es vor ungefähr dreißig Jahren an mich fiel.«

»Ich habe gehört, Sie hätten das Haus von Ihrer Tante Aurora geerbt.«

»Das stimmt. Erklären Sie mir doch noch einmal, inwiefern diese Fragen für das Buch relevant sind, das Sie schreiben.«

»Mein Buch heißt *Der Kapitänstisch.* Es geht darin um die traditionelle Küche Neuenglands und die Gerichte, die damals in Seefahrerfamilien auf den Tisch gekommen sind. Mein Lektor findet, dass Brodie's Watch und Captain Brodie selbst als eine Art Kristallisationspunkt für das Projekt dienen könnten. Es würde dem Buch eine authentische Atmosphäre und ein gewisses Lokalkolorit verleihen.«

Meine Antwort scheint ihn zu befriedigen, und er lässt sich tiefer in seinen Sessel sinken. »Nun gut. Gibt es irgendetwas Spezielles, das Sie wissen möchten?«

»Erzählen Sie mir von Ihrer Tante. Wie es für sie war, dort zu wohnen.«

Er seufzt, als ob er gerade dieses Thema am liebsten vermieden hätte. »Tante Aurora hat den größten Teil ihres Lebens dort gewohnt. Sie ist auch in dem Haus gestorben, was einer der Gründe sein mag, warum ich es offenbar nicht loswerden kann. Nichts ist so verheerend für den Wiederverkaufswert eines Hauses wie ein Todesfall. Die Leute mit ihrem albernen Aberglauben.«

»Sie haben die ganzen Jahre versucht, es zu verkaufen?«

»Ich war ihr einziger Erbe, also hatte ich nach ihrem Tod diesen Klotz am Bein. Ich hatte es ein paar Jahre lang auf dem Markt, aber die Angebote waren beleidigend. Irgendwie hatte jeder etwas an dem Haus auszusetzen. Zu alt, zu kalt, schlechtes Karma. Hätte ich das alte Gemäuer doch einfach abreißen können. Mit diesem Seeblick wäre es ein erstklassiger Bauplatz.«

»Warum konnten Sie es nicht einfach abreißen?«

»Es war eine Bedingung in ihrem Testament. Das Haus musste stehen bleiben, sonst würde der Treuhandfonds an…« Er verstummt und wendet sich ab.

Es gibt also einen Treuhandfonds. Natürlich, es muss Geld in der Familie sein. Wie sonst könnte ein einfacher Hochschullehrer sich dieses millionenteure Anwesen in Cape Elizabeth leisten? Aurora Sherbrooke hatte ihrem Neffen ein Vermögen und zugleich eine Belastung hinterlassen, als sie ihm Brodie's Watch vererbte.

»Sie hatte genug Geld, um überall leben zu können«, sagt er. »Paris, London, New York. Aber nein, sie entschied sich, den größten Teil ihres Lebens in diesem Haus zu verbringen. Jeden Sommer, seit ich siebzehn Jahre alt war, bin ich brav nach Tucker Cove raufgefahren, um sie zu besuchen, und wenn es nur war, um sie daran zu erinnern, dass sie einen Blutsverwandten hatte, doch meine Besuche schienen ihr nie wirklich willkommen zu sein. Es war fast, als ob ich ihre Privatsphäre verletzte. Als ob ich ein Eindringling wäre, der ihr Leben durcheinanderbrachte.«

Ihrer beider Leben. Auroras und das des Captains.

»Und ich habe das Haus sowieso nie gemocht.«

»Warum nicht?«

»Es ist immer kalt da drin. Ist Ihnen das nicht aufgefallen? Selbst an den heißesten Tagen im August habe ich immer gefroren. Ich glaube nicht, dass ich je meinen Pullover ausgezogen habe. Ich konnte den Tag am Strand verbringen, wo man vor Hitze fast verging, aber wenn ich ins Haus zurückkam, war es, als ob man in einen Kühlschrank tritt.«

Weil er dich nicht dort haben wollte. Ich denke daran, wie ich zum ersten Mal über die Schwelle von Brodie's Watch trat, und an das Frösteln, das mich anfangs überkam, als ob ich in einen winterkalten Nebel geraten wäre. Und dann, von einem Augenblick auf den anderen, war das Kältegefühl weg, als ob das Haus beschlossen hätte, dass ich dorthin gehörte.

»Ich wollte sie nicht mehr besuchen«, fährt er fort. »Ich habe meine Mutter bekniet, mich nicht dazu zu zwingen. Zumal nach diesem Vorfall.«

»Welcher Vorfall?«

»Das verdammte Haus hat versucht, mich umzubringen.« Auf meinen verdutzten Blick reagiert er mit einem verlegenen Lachen. »Nun ja, so kam es mir damals jedenfalls vor. Sie kennen doch den Kronleuchter, der in der Diele hängt? Das ist ein Ersatz. Das Original war ein

Kristallleuchter, aus Frankreich importiert. Wenn ich nur fünf Zentimeter weiter rechts gestanden hätte, dann hätte das Ding mir den Schädel zerschmettert.«

Ich starre ihn an. »Er ist heruntergefallen?«

»Genau in dem Moment, als ich durch die Tür trat, hat sich die Halterung gelöst. Es war natürlich nur ein unglücklicher Zufall, aber ich weiß noch, was meine Tante sagte, nachdem es passiert war: ›Vielleicht solltest du nicht mehr kommen. Nur zur Sicherheit.‹ Was zum Teufel hat sie damit gemeint?«

Ich weiß genau, was sie gemeint hat, aber ich sage kein Wort.

»Nachdem ich dort fast gestorben wäre, wollte ich nicht mehr hinfahren, aber meine Mutter bestand darauf, dass ich meine Besuche fortsetzte.«

»Warum?«

»Um die familiären Beziehungen aufrechtzuerhalten. Mein Vater stand kurz vor dem Bankrott. Tante Auroras Ehemann hatte ihr mehr Geld hinterlassen, als sie in ihrem Leben je hätte ausgeben können. Meine Mutter hoffte …« Er verstummt.

Deswegen also hatte der Geist etwas gegen Arthur Sherbrooke. Vom ersten Moment an, als dieser Mann durch die Tür trat, dürfte der Captain seine wahren Motive erkannt haben. Es war nicht die Liebe zu seiner Tante, die Sherbrooke Sommer für Sommer zu seiner Tante führte, es war Gier.

»Meine Tante hatte selbst keine Kinder, und nach dem Tod ihres Mannes hat sie nie wieder geheiratet. Sie hatte es auch ganz bestimmt nicht nötig.«

»Wie meinen Sie das?«

»Ich will sagen, dass sie nicht die finanzielle Unterstützung durch einen Mann nötig hatte. Und es bestand immer die Gefahr, dass jemand sie auszunutzen versuchte.«

So, wie du es versucht hast.

»Aber auch ohne ihr Geld bin ich sicher, dass so mancher Mann sich für sie interessiert haben muss«, sage ich. »Ihre Tante war eine attraktive Frau.«

»Sie haben ihr Foto gesehen?«

»Bei meinen Recherchen zu den früheren Bewohnern des Hauses bin ich in einer Klatschspalte auf das Porträt Ihrer Tante gestoßen. In jungen Jahren war sie offenbar sehr begehrt.«

»Tatsächlich? Ich hätte sie nie als schön bezeichnet, aber ich habe sie ja auch nicht gekannt, als sie jung war. Ich habe sie nur als meine kauzige Tante Aurora in Erinnerung, die zu nachtschlafender Zeit im Haus umherirrte.«

»Umherirrte? Warum?«

»Wer weiß? Ich lag im Bett, und ich hörte sie die Treppe zum Turmzimmer hinaufschleichen. Ich habe keine Ahnung, was sie da oben wollte, denn da war nichts, nur ein leeres Zimmer. Der Witwenbalkon war schon halb verrottet, und ein Fenster war undicht. Ned Haskell hatte immer Reparaturen für sie übernommen und das Haus in Schuss gehalten, aber irgendwann hat sie jede Hilfe abgelehnt. Sie wollte niemanden in ihrem Haus haben.« Er schweigt einen Moment. »Deshalb blieb ihr Tod auch tagelang unbemerkt.«

»Ich habe gehört, dass Sie es waren, der ihre Leiche fand.«

Er nickt. »Ich war zu meinem alljährlichen Besuch nach Tucker Cove gefahren. Ich hatte anzurufen versucht, bevor ich aufbrach, aber sie ging nicht ans Telefon. Ich habe es sofort gerochen, als ich das Haus betrat. Es war Sommer, und die Fliegen waren …« Er bricht ab. »Entschuldigen Sie. Es ist eine ziemlich unangenehme Erinnerung.«

»Was glauben Sie, was ihr zugestoßen ist?«

»Ein Schlaganfall, vermute ich. Oder ein Herzinfarkt. Der Gemeindearzt ging von einer natürlichen Todesursache aus, das ist alles, was ich weiß. Vielleicht war es einfach zu viel für sie, immer diese Erkertreppe hinaufzusteigen.«

»Was glauben Sie, warum sie immer wieder ins Turmzimmer hinaufgegangen ist?«

»Ich habe keine Ahnung. Es war nur ein leeres Zimmer mit einem undichten Fenster.«

»Und einem verborgenen Alkoven.«

»Ja, ich war völlig überrascht, als Ned mir erzählte, dass sie auf diesen Alkoven gestoßen waren. Ich habe keine Ahnung, wann oder warum er zugemauert wurde, aber ich bin sicher, dass meine Tante es nicht gemacht hat. Sie hat sich ja nicht einmal um die Instandhaltung gekümmert. Als ich es geerbt habe, war es schon in einem jämmerlichen Zustand. Und dann sind diese Jugendlichen eingebrochen und haben es so *richtig* verwüstet.«

»Das war an Halloween? Die Nacht, in der dieses Mädchen abstürzte?«

Er nickt. »Aber auch vor dem Tod des Mädchens hatte das Haus schon den Ruf, dass es dort spukte. Meine Tante hat mir immer mit Geschichten von Captain Brodie's Geist Angst eingejagt. Wahrscheinlich, damit ich sie nicht mehr so oft besuche.«

Ich kann sehr gut nachvollziehen, warum seine Tante

sich ihn vom Leib halten wollte. Ich kann mir keinen unangenehmeren Gast vorstellen.

»Und was das Schlimmste ist«, fährt er fort, »sie hat überall in der Stadt herumerzählt, dass es in ihrem Haus spukt. Hat dem Gärtner und der Putzfrau eingeredet, dass der Geist sie beobachtet, und wenn sie irgendetwas stehlen würden, würde er es wissen. Nachdem dieses törichte Mädchen vom Witwenbalkon gefallen war, war das verdammte Ding endgültig unverkäuflich. Die Bedingungen im Testament meiner Tante hinderten mich daran, es abzureißen, also konnte ich es entweder langsam verfallen lassen oder herrichten und vermieten.« Er mustert mich. »Sind Sie sicher, dass Sie sich den Kaufpreis nicht leisten können? Sie scheinen mir doch eine recht zufriedene Mieterin zu sein. Anders als die Frau vor Ihnen.«

Ich brauche einen Moment, um zu erfassen, was er gerade gesagt hat. »Sprechen Sie von Charlotte Nielson? Sie haben sie kennengelernt?«

»Sie hat mich auch aufgesucht. Ich dachte, sie wollte vielleicht das Haus kaufen, aber nein, sie hat mich nach seiner Geschichte gefragt. Wollte wissen, wer dort gewohnt hatte und was mit den Leuten passiert war.«

Gänsehaut kribbelt plötzlich auf meinen Armen. Ich denke an Charlotte, eine Frau, der ich nie begegnet bin. Ich stelle mir vor, wie sie in diesem Zimmer saß, wahrscheinlich auf demselben Sofa, und das gleiche Gespräch mit Professor Sherbrooke führte. Nicht nur, dass ich im selben Haus wohne, in dem sie gewohnt hat, ich folge ihr in allem Schritt für Schritt – so sehr, dass es scheint, als ob ich Charlottes Geist wäre und ihre letzten Tage auf Erden noch einmal durchlebte.

»Hat es ihr in Brodie's Watch nicht gefallen?«, frage ich.

»Sie sagte, das Haus mache sie nervös. Sie hatte das Gefühl, dass etwas sie beobachtete, und sie wollte im Schlafzimmer Vorhänge anbringen lassen. Schwer zu glauben, dass eine Frau mit so schwachen Nerven es geschafft haben soll, als Lehrerin zu arbeiten.«

»*Etwas* hat sie beobachtet? Hat sie es so ausgedrückt?«

»Wahrscheinlich, weil sie von dem sogenannten Geist gehört hatte, und da musste natürlich hinter jeder knarrenden Diele *er* stecken. Ich war nicht überrascht, als sie ohne Vorwarnung auszog.«

»Wie sich inzwischen herausgestellt hat, hatte sie allen Grund, nervös zu sein. Ich nehme an, Sie wissen, dass sie ermordet wurde.«

Er zuckt mit den Schultern, eine aufreizend gleichgültige Geste. »Ja. Sehr bedauerlich.«

»Und Sie haben auch gehört, wer der Hauptverdächtige ist? Der Mann, den *Sie* für die Reparaturen am Haus engagiert haben.«

»Ich kenne Ned seit Jahrzehnten. Ich habe ihn jeden Sommer gesehen, wenn ich meine Tante besuchte, und ich habe nie einen Grund gesehen, ihm nicht zu vertrauen. Das habe ich Charlotte auch gesagt.«

»Sie hatte Bedenken seinetwegen?«

»Nicht nur seinetwegen. Alles Mögliche hat sie gestört. Die schlechte Isolierung. Die fehlenden Vorhänge. Sogar die Stadt selbst. Sie fand, dass sie nicht sonderlich offen für Fremde sei.«

Ich denke an meine eigenen Erfahrungen in Tucker Cove. Ich erinnere mich an die tratschenden Frauen im Lebensmittelgeschäft und die kühle, geschäftsmäßige

Donna Branca. Ich denke an Jessie Inman und daran, wie die Umstände ihres Todes von der Lokalpresse unter den Teppich gekehrt wurden. Und ich denke an Charlotte, deren Verschwinden niemanden stutzig machte, bis ich anfing, Fragen zu stellen. Dem Besucher mag Tucker Cove auf den ersten Blick malerisch und pittoresk erscheinen, doch es ist auch eine Kleinstadt, die ihre Geheimnisse hütet und gegen alles Fremde zusammenhält.

»Ich hoffe, dass das alles Sie nicht davon abhält zu bleiben«, sagt er. »Sie *werden* doch bleiben, oder nicht?«

»Ich weiß es nicht.«

»Nun, für die Miete, die Sie zahlen, werden Sie so etwas wie Brodie's Watch kein zweites Mal finden. Es ist ein prächtiges Haus, und die Lage ist unübertroffen.«

Es ist auch ein Haus mit Geheimnissen in einer Stadt mit Geheimnissen. Aber wir alle haben Geheimnisse. Und meine liegen am tiefsten von allen begraben.

24

Das Wartezimmer ist leer, als ich am späten Nachmittag desselben Tages in Bens Praxis eintreffe. Seine Sprechstundenhilfe Viletta begrüßt mich mit einem Lächeln und schiebt die gläserne Trennwand beiseite.

»Hallo, Ava. Wie geht es Ihrem Arm?«

»Ist komplett verheilt, dank Dr. Gordon.«

»Ja, wissen Sie, Katzen können eine Menge Krankheiten übertragen, deswegen bleibe ich lieber bei meinen Kanarienvögeln.« Sie studiert mit zusammengekniffenen Augen ihren Terminkalender. »Werden Sie von Dr. Gordon erwartet? Ich sehe nämlich Ihren Namen nicht im Kalender.«

»Ich habe auch keinen Termin. Ich hatte gehofft, dass er einen Moment für mich Zeit hat.«

Die Tür geht auf, und Ben steckt den Kopf ins Wartezimmer. »Dachte ich mir doch, dass ich deine Stimme gehört habe! Komm mit in mein Sprechzimmer. Ich bin für heute fertig, muss nur noch ein paar Laborberichte unterschreiben.«

Ich folge Ben den Flur entlang, vorbei an den Behandlungsräumen und weiter in sein Sprechzimmer. Hier war ich noch nie, und während er seinen weißen Kittel aufhängt und hinter dem Eichenholzschreibtisch Platz nimmt, betrachte ich die gerahmten Urkunden und die Fotos seines Vaters und seines Großvaters, der vorangegangenen Generationen von Dr. Gordons mit ihren weißen Kitteln und Stethoskopen. Auch eines von Bens Ölgemälden hängt an der Wand, ungerahmt, als ob er nur ausprobieren wollte, wie es sich an dieser Stelle ausnimmt. Ich erkenne die Landschaft wieder, denn ich habe diese felsige Landzunge schon auf seinen anderen Bildern gesehen.

»Das ist derselbe Strand, den du schon öfter gemalt hast, nicht wahr?«

Er nickt. »Gut beobachtet. Ja, ich mag diesen Strand einfach. Er ist ruhig und abgeschieden, und niemand stört mich, wenn ich dort male.« Er legt den Stapel Laborberichte in seinen Ausgangskorb und wendet mir seine volle Aufmerksamkeit zu. »Also, was kann ich heute für dich tun? Hat dein wilder Kater dich wieder attackiert?«

»Es geht gar nicht um mich. Es geht um etwas, was vor Jahren passiert ist. Du bist doch in dieser Stadt aufgewachsen, nicht wahr?«

Er lächelt. »Ich bin hier geboren.«

»Dann kennst du dich also mit der Geschichte der Stadt aus.«

»Jedenfalls mit der jüngeren Geschichte.« Er lacht. »*So* alt bin ich nun auch wieder nicht, Ava.«

»Aber alt genug, um dich an eine Frau namens Aurora Sherbrooke zu erinnern?«

»Nur ganz dunkel. Ich war noch ein Kind, als sie starb. Das muss so …«

»Es ist dreiunddreißig Jahre her. Als dein Vater der Gemeindearzt war. War er auch *ihr* Arzt?«

Er mustert mich eine Weile stirnrunzelnd. »Warum fragst du mich nach Aurora Sherbrooke?«

»Es ist für das Buch, das ich schreibe. Wie es aussieht, wird Brodie's Watch darin eine große Rolle spielen, und ich wüsste gern mehr über die Geschichte des Hauses.«

»Aber was hat sie damit zu tun?«

»Sie hat dort gelebt. Sie ist in dem Haus gestorben. Sie ist ein Teil seiner Geschichte.«

»Ist das wirklich der Grund, warum du nach ihr fragst?«

Seine Frage, mit leiser Stimme gestellt, lässt mich verstummen. Mein Blick heftet sich auf den Stapel Laborberichte und Patientenakten auf seinem Schreibtisch. Er ist ein Mann mit einer wissenschaftlichen Ausbildung, ein Mann, der mit Fakten zu tun hat, und ich weiß, wie er reagieren wird, wenn ich ihm den Grund für meine Fragen verrate.

»Vergiss es. Es ist nicht so wichtig.« Ich stehe auf und will gehen.

»Ava, warte. Alles, was du zu sagen hast, ist mir wichtig.«

»Auch wenn es vollkommen unwissenschaftlich ist?« Ich drehe mich zu ihm um. »Auch wenn es dir wie Aberglaube vorkommt?«

»Es tut mir leid.« Er seufzt. »Können wir dieses Gespräch noch mal von vorne anfangen? Du hast mich nach Aurora Sherbrooke gefragt, und ob mein Vater ihr Arzt war. Und die Antwort lautet: Ja, das war er.«

»Ist ihre Krankenakte noch hier in der Praxis?«

»Nicht von einer Patientin, die schon so lange tot ist.«

»Ich dachte mir schon, dass die Chance gering ist, aber

ich wollte trotzdem gefragt haben. Danke.« Wieder wende ich mich zum Gehen.

»Es ist nicht wegen deines Buchs, habe ich recht?«

Ich bleibe an der Tür stehen. Am liebsten würde ich mit der Wahrheit herausplatzen, aber ich habe Angst vor seiner Reaktion. »Ich habe mit Arthur Sherbrooke gesprochen. Ich bin zu ihm gefahren, um ihn wegen seiner Tante zu befragen, und er sagte mir, dass sie gewisse Dinge in dem Haus gesehen hätte. Dinge, die sie glauben machten …«

»Was?«

»Dass Captain Brodie immer noch dort ist.«

Bens Miene bleibt unverändert. »Reden wir etwa von einem Geist?«, fragt er ruhig, in einem Ton, als ob er eine psychisch kranke Patientin beruhigen müsste.

»Ja.«

»Der Geist von Captain Brodie.«

»Aurora Sherbrooke hat an ihn geglaubt. Das hat sie ihrem Neffen erzählt.«

»Glaubt er auch an diesen Geist?«

»Nein. Aber ich.«

»Warum?«

»Weil ich ihn gesehen habe, Ben. Ich habe Jeremiah Brodie gesehen.«

Seine Miene verrät immer noch nichts. Ist das etwas, was sie einem im Medizinstudium beibringen – wie man ein Pokerface bewahrt, damit die Patienten nicht erkennen, was man wirklich über sie denkt?

»Mein Vater hat ihn auch gesehen«, sagt Ben leise.

Ich starre ihn an. »Wann?«

»Es war an dem Tag, als sie gefunden wurde. Mein Vater wurde ins Haus gerufen, um ihre Leiche zu untersuchen.

Deshalb erinnere ich mich an ihren Namen. Weil ich gehört habe, wie er mit meiner Mutter darüber sprach.«

Ich blicke zu dem Foto von Bens Vater an der Wand, eine distinguierte Erscheinung im weißen Kittel. Ein Mann, der nicht so aussieht, als ob er unter einer allzu lebhaften Fantasie leiden könnte. »Was hat er gesagt?«

»Er sagte, die Frau habe im Turmzimmer auf dem Boden gelegen, bekleidet mit einem Nachthemd. Er wusste, dass sie schon eine ganze Weile tot war, wegen des Geruchs und der … Fliegen.« Er hält inne, als er merkt, dass manche Details besser unausgesprochen bleiben sollten. »Ihr Neffe und die Polizisten waren nach unten gegangen, und mein Vater war dort oben allein, während er die Leiche untersuchte. Und da sah er aus dem Augenwinkel, wie etwas sich bewegte. Auf dem Witwenbalkon.«

»Da habe ich ihn auch zum ersten Mal gesehen«, murmle ich.

»Mein Vater drehte sich um, und da war er. Ein großer Mann mit dunklen Haaren und einem schwarzen Seemannsmantel. Einen Augenblick später war der Mann verschwunden. Mein Vater war sich sicher, was er gesehen hatte, aber er hat es nie irgendjemandem außer meiner Mutter und mir erzählt. Die Leute sollten nicht denken, ihr Hausarzt wäre verrückt geworden. Und um ehrlich zu sein, habe ich es selbst nie wirklich geglaubt. Ich dachte, es wäre eine optische Täuschung oder eine Spiegelung in der Fensterscheibe gewesen. Oder vielleicht war er nur total erschöpft von zu vielen spätabendlichen Hausbesuchen. Ich hatte die Geschichte fast vergessen.« Ben sieht mich unverwandt an. »Aber nun erfahre ich, dass du ihn auch gesehen hast.«

»Es ist keine optische Täuschung, Ben. Ich habe den Geist mehr als einmal gesehen. Ich habe mit ihm *gesprochen.*« Als ich seinen erschrockenen Blick sehe, bereue ich es, dieses Detail preisgegeben zu haben. Ich werde ihm ganz bestimmt nicht alles erzählen, was sich zwischen mir und Brodie abgespielt hat. »Ich weiß, es fällt dir schwer, das zu glauben. Es fällt mir ja selbst schwer.«

»Aber ich will es glauben, Ava. Wer würde nicht glauben wollen, dass es ein Leben nach dem Tod gibt, dass mit dem Tod nicht alles endet? Aber wo ist der Beweis? Niemand kann beweisen, dass es in diesem Haus einen Geist gibt.«

Ich ziehe mein Handy aus der Tasche. »Ich kenne vielleicht eine Frau, die es kann.«

25

Ben mag ein Skeptiker sein, doch er ist neugierig genug, um am Samstagnachmittag in Brodie's Watch dabei zu sein, als Maeve mit ihrem Geisterjäger-Team anrückt.

»Das sind Todd und Evan, sie werden sich heute Abend um die technischen Aspekte kümmern«, stellt Maeve die beiden kräftigen jungen Männer vor, die gerade eine Kameraausrüstung aus einem weißen Lieferwagen laden. Sie sind Brüder mit identischen roten Bärten, und sie gleichen sich so sehr, dass ich sie nur anhand ihrer verschiedenen T-Shirts auseinanderhalten kann. Evan trägt ein *Star Wars*-Shirt, Todd eines mit *Alien*. Ich bin überrascht, dass keiner der beiden sich für *Ghostbusters* entschieden hat.

Ein VW kommt die Auffahrt herauf und parkt hinter dem weißen Lieferwagen. »Und das dürfte Kim sein, die Sensitive in unserem Team«, sagt Maeve. Aus dem VW steigt eine spindeldürre Blondine mit so eingefallenen Wangen, dass ich mich frage, ob sie kürzlich eine schwere Krankheit durchgemacht hat. Sie geht ein paar Schritte auf uns zu, dann bleibt sie plötzlich stehen und starrt zum Haus. So lange verharrt sie regungslos, dass Ben schließlich fragt: »Was hat sie denn?«

»Ihr fehlt nichts«, antwortet Maeve. »Sie will wahrscheinlich nur ein Gefühl für den Ort bekommen und eventuelle Schwingungen erspüren.«

»Bevor wir alles ausladen, schauen wir uns erst mal im Haus um und machen ein paar Referenzaufnahmen«, sagt Todd. Er filmt bereits und macht einen langsamen Schwenk über die Veranda, eher er ins Haus tritt. Er blickt zu den Stuckleisten auf und bemerkt: »Dieses Haus sieht ziemlich alt aus. Kann gut sein, dass da noch *irgendwas* im Gemäuer hängt.«

»Ist es okay, wenn ich einfach ein bisschen herumgehe?«, fragt Kim.

»Natürlich«, versichere ich ihr. »Das Haus gehört Ihnen.«

Kim geht den Flur entlang, gefolgt von den zwei Brüdern, die alles filmen. Als sie außer Hörweite sind, wendet Maeve sich zu Ben und mir um und erklärt uns: »Ich habe Kim noch keine Details über Ihr Haus mitgeteilt. Sie geht diesen Auftrag blind an, weil ich ihre Reaktionen in keiner Weise beeinflussen möchte.«

»Sie haben sie die *Sensitive* in Ihrem Team genannt«, sagt Ben. »Was heißt das genau? Ist das so etwas wie ein Medium?«

»Kim hat die Fähigkeit, Energien zu erspüren, die in einem Raum zurückgeblieben sind, und sie wird uns sagen, welche Bereiche wir besonders ins Auge fassen müssen. Ihre Angaben sind immer erstaunlich präzise.«

»Und wie genau beurteilt man diese Präzision?« Diesmal kann Ben die Skepsis in seiner Stimme nicht verhehlen, doch Maeve lächelt nur und lässt sich nicht aus der Ruhe bringen.

»Ava hat mir gesagt, dass Sie Arzt sind, deswegen wird

Ihnen das alles sicher wie Kauderwelsch vorkommen. Aber ja, wir sind in der Lage, einen großen Teil dessen zu bestätigen, was Kim uns sagt. Letzten Monat hat sie ein verstorbenes Kind sehr detailliert beschrieben. Später erst haben wir ihr das Foto des Kindes gezeigt, und wir waren verblüfft, wie genau jedes Detail zu ihrer Schilderung passte. Alles, bis hin zu dem Spitzenkragen am Hemd des kleinen Jungen.« Sie hält inne und versucht, Bens Miene zu deuten. »Sie sind skeptisch.«

»Ich versuche, unvoreingenommen an die Sache heranzugehen.«

»Was wäre nötig, um Sie zu überzeugen, Dr. Gordon?«

»Vielleicht, wenn ich mit eigenen Augen einen Geist sehen würde.«

»Ah, aber manche Menschen machen diese Erfahrung nie. Sie sind einfach nicht dazu in der Lage. Also, was können wir tun, damit Sie Ihre Meinung ändern – wenn wir schon nicht den Geist vor Ihren Augen erscheinen lassen können?«

»Ist es wirklich so wichtig, was ich glaube? Ich bin einfach nur neugierig und würde gerne sehen, wie so etwas abläuft.«

Kim kommt in die Diele zurück. »Wir würden jetzt gerne nach oben gehen.«

»Haben Sie schon etwas gespürt?«

Kim antwortet nicht, sie steigt nur wortlos die Treppe hinauf. Todd und Evan folgen ihr und filmen jede ihrer Bewegungen.

»Wie viele solche Untersuchungen haben Sie schon durchgeführt?«, will Ben von Maeve wissen.

»Wir haben bisher ungefähr sechzig bis siebzig Orte

aufgesucht, die meisten in Neuengland. Wenn Menschen verstörende Phänomene beobachten, ob es nun knarrende Bodendielen oder Ganzkörpererscheinungen sind, wissen sie oft nicht, wohin sie sich wenden sollen. Also fragen sie uns um Rat.«

»Entschuldigung!«, ruft Evan vom oberen Treppenabsatz herunter. »Da ist eine Tür am Ende des Flurs. Dürfen wir einen Blick reinwerfen?«

»Bitte sehr«, antworte ich.

»Die Tür ist verschlossen. Können Sie uns den Schlüssel geben?«

»Sie kann nicht verschlossen sein.« Ich eile die Treppe hinauf und den Flur entlang zu Kim und ihren Kollegen, die vor der geschlossenen Tür zum Erkerturm stehen.

»Was ist dahinter?«, fragt Kim.

»Nur eine Treppe. Die Tür ist nie abgeschlossen. Ich weiß nicht einmal, wo der Schlüssel ist.« Ich drehe den Türknauf, und die Tür geht knarrend auf.

»Oh Mann, ich *schwöre*, dass die abgeschlossen war«, beteuert Todd. Er dreht sich zu seinem Bruder um. »Du hast es *gesehen*. Ich konnte sie nicht aufkriegen.«

»Das ist die Feuchtigkeit«, meint Ben, wie immer mit einer logischen Erklärung zur Hand. Er bückt sich, um den Türpfosten zu inspizieren. »Es ist Sommer, und da hat Holz die Tendenz aufzuquellen. Das kann dazu führen, dass Türen klemmen.«

»Die da hat aber noch nie geklemmt«, sage ich.

»Also, wenn tatsächlich dein Geist dahintersteckt, wieso will er uns vom Turmzimmer fernhalten?«

Alle Augen richten sich auf mich. Ich antworte nicht. Ich will nicht antworten.

Kim tritt als Erste durch die Tür. Sie ist erst zwei Stufen hinaufgestiegen, als sie abrupt stehen bleibt, die Hand auf das Geländer gelegt.

»Was ist?«, fragt Maeve.

Kim blickt nach oben und fragt leise: »Was ist da oben?«

»Nur das Turmzimmer«, sage ich.

Kim atmet durch. Und steigt noch eine Stufe höher. Es ist offensichtlich, wie sehr es ihr widerstrebt, aber sie geht dennoch weiter. Während ich den anderen folge, denke ich an die Nächte, in denen ich so bereitwillig diese Stufen emporgestiegen bin, an der Hand geführt von Captain Brodie. Ich erinnere mich an das Rascheln von Seide an meinen Beinen, das flackernde Kerzenlicht über mir und das Pochen meines Herzens in Erwartung dessen, was mich hinter diesen Samtvorhängen erwartete. Ben berührt meinen Arm, und ich zucke erschrocken zurück.

»Die ziehen hier eine ganz schöne Show ab«, flüstert er.

»Ich glaube, sie spürt wirklich etwas.«

»Oder sie verstehen einfach was von dramatischen Inszenierungen. Was weißt du wirklich über diese Leute, Ava? Glaubst du ihnen tatsächlich?«

»Im Moment bin ich bereit, jedem zuzuhören, der mir Antworten geben kann.«

»Auch wenn es Scharlatane sind?«

»Jetzt sind sie nun mal da, also lass uns einfach hören, was sie zu sagen haben.«

Wir steigen die letzten Stufen zum Turmzimmer hinauf und sehen zu, wie Kim langsam in die Mitte des Zimmers geht und dort abrupt stehen bleibt. Sie legt den Kopf schief, als ob sie auf flüsternde Stimmen von jenseits des Vorhangs lauscht, der die Lebenden von den Toten trennt.

Todds Kamera läuft immer noch, ich sehe das Aufnahmesignal blinken.

Kim holt tief Luft und atmet wieder aus. Langsam dreht sie sich zum Fenster und starrt auf den Witwenbalkon hinaus. »Etwas Furchtbares ist hier passiert. In diesem Zimmer«, sagt sie leise.

»Was siehst du?«, fragt Maeve.

»Ich kann es noch nicht klar erkennen. Es ist nur ein Echo. Wie die äußeren Wellenringe, nachdem man einen Stein ins Wasser geworfen hat. Es ist nur ein schwacher Hauch dessen, was sie empfunden hat.«

»Sie?« Maeve dreht sich zu mir um, und ich weiß, dass wir beide an Aurora Sherbrooke denken, die in diesem Turmzimmer gestorben ist. Wie lange hat sie hier gelegen, wie lange hat sie noch gelebt? Hat sie um Hilfe gerufen, hat sie versucht, sich zur Treppe zu schleppen? Wenn man sich Freunde und Verwandte vom Leibe hält, wenn man sich von der Welt isoliert, dann ist dies die Strafe: allein und von niemandem bemerkt zu sterben, von allen vergessen, bis irgendwann irgendjemand die verweste Leiche findet.

»Ich spüre ihre Angst«, flüstert Kim. »Sie weiß, was gleich passieren wird, aber niemand kann ihr helfen. Niemand kann sie retten. Sie ist allein in diesem Zimmer. Mit ihm.«

Captain Brodie?

Kim dreht sich zu uns um, ihr Gesicht ist erschreckend blass. »Hier ist etwas Böses. Etwas Mächtiges, Gefährliches. Ich kann nicht in diesem Haus bleiben. Ich *kann* nicht.« Sie rennt zur Treppe, und wir hören sie in Panik die Stufen hinunterpoltern.

Langsam nimmt Todd die Kamera von der Schulter. »Was zum Teufel ist hier gerade passiert, Maeve?«

Maeve schüttelt verwirrt den Kopf. »Ich habe keine Ahnung.«

Maeve sitzt an meinem Küchentisch. Ihre Hand zittert, als sie die Teetasse an den Mund hebt und daran nippt.

»Ich arbeite seit Jahren mit Kim zusammen, und so hat sie noch nie bei einer Begehung reagiert. Was immer da oben im Turmzimmer passiert ist, muss sehr starke Spuren hinterlassen haben. Selbst wenn es nur ein residualer Spuk ist, sind die Emotionen immer noch dort, gefangen in diesem Raum.«

»Was meinen Sie mit ›residualer Spuk‹?«, fragt Ben. Anders als alle anderen scheint er von dem, was wir im Turmzimmer erlebt haben, völlig ungerührt. Er lehnt an der Arbeitsplatte in der Küche, ganz der distanzierte Beobachter. »Ist das dasselbe wie ein Geist?«

»Nicht ganz«, erklärt Maeve. »Es ist mehr wie ein Echo, das nach einem furchtbaren Ereignis zurückbleibt. Starke Emotionen, die durch dieses Ereignis ausgelöst wurden, bleiben in dem Raum hängen, in dem es passiert ist. Angst, seelischer Schmerz, Trauer – sie können alle jahrelang, sogar jahrhundertelang in einem Haus verbleiben, und manchmal können die Lebenden sie spüren, so wie Kim vorhin. Was immer dort oben passiert ist, hat in diesem Turmzimmer seine Spuren hinterlassen, und das Ereignis läuft immer und immer wieder aufs Neue ab, wie eine alte Videoaufnahme. Außerdem ist mir aufgefallen, dass das Dach mit Schiefer gedeckt ist.«

»Was hat das denn damit zu tun?«, fragt Ben.

»Bei Häusern mit Schieferdächern, Metalldecken oder Steinmauern ist die Wahrscheinlichkeit höher, dass diese fernen Echos erhalten bleiben.« Sie blickt zu der dekorativen Zinndecke auf. »Dieses Haus scheint geradezu dafür geschaffen, Erinnerungen und starke Emotionen festzuhalten. Sie sind immer noch hier, und Menschen wie Kim können sie spüren.«

»Was ist mit Menschen wie mir, die nicht diesen sechsten Sinn haben?«, wirft Ben ein. »Ich muss sagen, ich selbst hatte noch nie irgendein paranormales Erlebnis. Warum spüre ich nichts?«

»Sie sind wie die meisten Menschen, die ihr Leben leben, ohne etwas von den verborgenen Energien zu ahnen, die uns überall umgeben. Farbenblinde Menschen sehen nie das leuchtende Rot eines Kardinals. Diese Menschen wissen nicht, was ihnen entgeht, so wie Sie, Dr. Gordon, nicht wissen, was Ihnen entgeht.«

»Und das ist vielleicht auch gut so«, räumt Ben ein. »Nachdem ich Kims Reaktion erlebt habe, will ich lieber *keine* Geister sehen können.«

Maeve senkt den Blick auf ihre Teetasse und sagt leise: »Ein Geist wäre wenigstens harmlos.«

Ein lautes Scheppern lässt mich aus meinem Stuhl auffahren. Ich drehe mich um und sehe Evan, der gerade mit dem Rest der Ausrüstung hereingekommen ist und einen Aluminiumkoffer am Boden abgestellt hat.

»Sollen wir Kamera A im Turmzimmer aufstellen?«, fragt er Maeve.

»Da hat Kim die stärkste Reaktion gezeigt.«

Er holt tief Luft. »Das Zimmer ist mir auch unheimlich.«

»Und deswegen müssen wir uns genau darauf konzentrieren.«

Ich stehe auf. »Wir können Ihnen helfen, die Sachen nach oben zu tragen.«

»Nein«, sagt Maeve. »Ich möchte, dass Sie alles uns überlassen. Es ist mir sogar lieber, wenn meine Klienten die Nacht anderswo verbringen, damit wir uns auf unsere Arbeit konzentrieren können.« Sie wirft einen Blick auf Hannibal, der in der Küche herumschleicht. »Und Ihre Katze muss unbedingt eingesperrt werden, weil ihre Bewegungen sonst unsere Instrumente durcheinanderbringen.«

»Aber ich würde gerne bleiben und Ihnen bei der Arbeit zusehen«, sagt Ben. Er sieht mich an. »Und Ava auch.«

»Ich muss Sie warnen – es kann ganz schön langweilig sein«, meint Maeve. »Die meiste Zeit sitzen wir nur herum und beobachten die Anzeigen.«

»Und wenn wir ganz still sind und Ihnen nicht in die Quere kommen?«

»Sie glauben doch gar nicht an Geister, Dr. Gordon. Warum wollen Sie unbedingt zuschauen?«

»Vielleicht ändert das meine Meinung zu der ganzen Sache«, sagt Ben, doch ich weiß, dass das nicht der wahre Grund ist. Er will zuschauen, weil er ihren Instrumenten, ihren Methoden und überhaupt der ganzen Sache nicht traut.

Maeve runzelt die Stirn und klopft mit ihrem Stift auf die Papiere. »Das ist nicht die Art, wie wir normalerweise vorgehen. Geistererscheinungen sind weniger wahrscheinlich, wenn zu viele Menschen zugegen sind, die bioelektrische Felder aussenden.«

»Das hier ist schließlich Avas Haus«, bemerkt Ben. »Sollte sie nicht entscheiden, was hier passiert?«

»Es muss Ihnen nur klar sein, dass Ihre Anwesenheit mögliche Manifestationen verhindern könnte. Und ich *bestehe* darauf, dass die Katze eingesperrt wird.«

Ich nicke. »Ich sperre ihn in seine Transportbox.«

Maeve sieht auf ihre Uhr und steht auf. »In einer Stunde ist es dunkel. Ich sollte mich besser an die Arbeit machen.«

Während Maeve nach oben zu ihrem Team geht, bleiben Ben und ich in der Küche und warten, bis sie außer Hörweite ist.

»Ich hoffe, du bezahlst diese Leute nicht«, sagt er.

»Sie haben nicht einen Cent von mir verlangt. Sie machen das alles nur zu Forschungszwecken.«

»Und das ist der einzige Grund?«

»Welchen Grund sollten sie sonst haben?«

Er blickt auf, als im oberen Flur knarrende Schritte zu hören sind. »Ich will nur, dass du vorsichtig mit diesen Leuten bist. Es mag sein, dass sie ernsthaft an das glauben, was sie tun, es kann aber auch sein …«

»Was?«

»Du hast ihnen gestattet, sich in deinem Haus völlig frei zu bewegen. Warum wollten sie nicht, dass wir bleiben und zuschauen?«

»Ich glaube, jetzt wirst du ein bisschen paranoid.«

»Ich weiß, dass du gerne daran glauben willst, Ava, aber Hellseher und Medien treten oft auf den Plan, wenn jemand ganz besonders verwundbar ist. Ja, du hast Dinge gesehen und gehört, die du dir nicht erklären kannst, aber du hast auch gerade erst eine bakterielle Infektion überstanden. Die Katzenkratzkrankheit *könnte* eine Erklärung sein für das, was du erlebt hast.«

»Willst du mir sagen, dass ich die ganze Aktion abblasen soll?«

»Ich rate dir nur zur Vorsicht. Du hast dich schon damit einverstanden erklärt, also lassen wir sie ihr Ding machen. Aber lass sie nicht allein in deinem Haus. Ich bleibe auch.«

»Danke.« Ich blicke aus dem Fenster, wo die Dämmerung schon fast in die Nacht übergeht. »Dann warten wir einfach ab, was passiert.«

26

Ich locke Hannibal mit einer Schüssel Futter in seine Box, und er bekommt nicht einmal mit, wie ich die Tür verriegele, so tief hat er die Schnauze in seinem Festmahl vergraben. Während Maeve, Todd und Evan in verschiedenen Zimmern des Hauses ihre Geräte aufstellen, mache ich mich an die Arbeit, die ich am besten beherrsche: Menschen bewirten. Ich weiß, dass man vom langen Aufbleiben irgendwann einen Heißhunger bekommt, und so belege ich Schinkensandwiches, mache ein Dutzend hart gekochte Eier und koche eine große Kanne Kaffee, um uns alle die Nacht hindurch bei Kräften zu halten. Bis ich alles auf Platten angerichtet habe, ist die Dunkelheit vollends hereingebrochen.

Ben steckt den Kopf in die Küche und verkündet: »Sie schalten demnächst alle Lichter aus. Sie haben gesagt, wenn du dir ihren Aufbau anschauen willst, sollst du jetzt gleich raufkommen.«

Ich nehme die Platte mit den Sandwiches und folge ihm die Treppe hinauf. »Wieso müssen alle Lichter aus sein?«

»Wer weiß? Vielleicht kann man das Ektoplasma dann besser sehen?«

»Ben, eine negative Einstellung ist sicher nicht hilfreich. Du könntest die Ergebnisse sabotieren.«

»Ich wüsste nicht, wie. Wenn der Geist erscheinen will, wird er erscheinen, ob ich an ihn glaube oder nicht.«

Als wir im Turmzimmer ankommen, bin ich verblüfft zu sehen, wie viel Gerät Maeve und ihre Mitarbeiter die Treppen hinaufgeschleppt haben. Ich sehe Kameras und Stative, ein Tonbandgerät und ein halbes Dutzend andere Instrumente, deren Zweck mir ein Rätsel ist.

»Fehlt nur noch ein Geigerzähler«, bemerkt Ben trocken.

»Nein, so einen haben wir auch.« Evan deutet auf ein Messgerät am Boden. »Wir haben auch eine Kamera im unteren Flur aufgestellt und eine weitere im Schlafzimmer.«

»Warum im Schlafzimmer?«, will Ben wissen.

»Weil der Geist dort ein paarmal erschienen ist. So wurde es uns gesagt.«

Ben sieht mich an, und ich erröte. »Ich habe ihn dort ein-, zweimal gesehen«, gebe ich zu.

»Aber dieses Turmzimmer scheint das Epizentrum der paranormalen Aktivitäten zu sein«, sagt Maeve. »Hier hatte Kim die stärkste Reaktion, also werden wir unsere Aufmerksamkeit auf diesen Raum konzentrieren.« Sie sieht auf ihre Uhr. »Okay, es ist Zeit, alle Lichter auszuschalten. Sucht euch alle einen bequemen Platz, es wird eine sehr lange Nacht werden.«

Bis zwei Uhr haben wir sämtliche Schinkensandwiches und gekochten Eier verputzt, und ich habe die Thermoskannen mit Kaffee schon viermal aufgefüllt. Stundenlang haben wir im Halbdunkel gehockt und darauf gewartet, dass etwas – irgendetwas – passiert. Wenigstens haben

Maeves Mitarbeiter immer etwas zu tun – ihre Instrumente überwachen, Notizen machen und mehrmals die Batterien wechseln.

Der Geist hat sich noch nicht gezeigt.

Noch einmal ruft Maeve in die Dunkelheit hinein: »Hallo, wir möchten mit dir sprechen! Wer bist du? Sag uns deinen Namen.«

An der rot blinkenden Anzeige des Tonbandgeräts erkenne ich, dass es permanent aufnimmt, aber ich kann nichts hören. Keine geisterhafte Stimme antwortet auf Maeves Fragen, kein nebelhaftes Ektoplasma materialisiert sich. Da haben wir elektronische Geräte im Wert von mehreren Tausend Dollar aufgebaut und warten auf Captain Brodie's Antwort, und ausgerechnet heute Nacht spielt er natürlich nicht mit.

Eine weitere Stunde verstreicht, und ich werde so schläfrig, dass ich kaum die Augen offen halten kann. Als ich an Bens Schulter einnicke, flüstert er. »He, warum gehst du nicht ins Bett?«

»Ich will nichts verpassen.«

»Das Einzige, was du verpassen wirst, ist dein gesunder Nachtschlaf. Ich bleibe auf und halte Wache.«

Er hilft mir auf – ich bin vom Sitzen auf dem Boden so steif, dass ich mich kaum rühren kann. Mit trüben Augen mache ich die Silhouetten von Maeve und Todd und Evan aus, die in der Dunkelheit hocken. Sie haben vielleicht die Geduld, die ganze Nacht in der Dunkelheit auszuharren, aber ich habe mehr als genug von der Warterei.

Ich taste mich die Erkertreppe hinunter in mein Schlafzimmer. Dort mache ich mir nicht einmal die Mühe, mich auszuziehen. Ich schlüpfe nur aus den Schuhen, lasse mich aufs Bett fallen und sinke in einen tiefen, traumlosen Schlaf.

Das Klacken eines Stativs, das zusammengeklappt wird, weckt mich. Die Sonne scheint hell zum Fenster herein, und mit zusammengekniffenen Augen erspähe ich Todd, der in der Ecke kauert und gerade ein Kameraobjektiv in einen Aluminiumkoffer packt. Ben steht in der Tür, eine Kaffeetasse in der Hand.

»Wie spät ist es?«, frage ich.

»Nach neun«, antwortet Ben. »Sie brechen gerade auf.« Er stellt einen dampfenden Becher auf meinen Nachttisch. »Ich dachte mir, ich bring dir noch einen Kaffee, bevor ich mich auch auf den Weg mache.«

Ich setze mich gähnend auf und sehe zu, wie Todd die Kamera im Koffer verstaut. »Ich hatte vergessen, dass in meinem Schlafzimmer eine Kamera war.«

Todd lacht. »Wir haben wahrscheinlich sechs fesselnde Stunden von Ihnen, wie Sie in Ihrem Bett schlafen.«

»Was ist letzte Nacht im Turmzimmer passiert?«

»Wir müssen die Aufnahmen noch sichten. Sie bekommen dann den vollständigen Bericht von Maeve.« Todd lässt die Verschlüsse seines Koffers zuschnappen, steht auf und wendet sich zum Gehen. »Kann sein, dass auf dem Video etwas zu sehen ist. Sie hören von uns.«

Ben sagt kein Wort, während Todd die Treppe hinuntergeht. Wir hören, wie die Haustür ins Schloss fällt.

»Hast du die ganze Nacht mit ihnen gewacht?«, frage ich.

»Ja. Die ganze Nacht.«

»Und was ist passiert?«

Ben schüttelt den Kopf. »Nichts. Rein gar nichts.«

Nachdem Ben gegangen ist, schleppe ich mich aus dem Bett und spritze mir kaltes Wasser ins Gesicht. Eigentlich würde ich mich am liebsten gleich wieder hinlegen und den Rest des Tages verschlafen, doch ich kann Hannibal unten jaulen hören, also gehe ich hinunter in die Küche, wo er mich durch die Gitterstäbe seiner Box empört anstarrt. Der große Berg Katzenfutter, den ich ihm letzte Nacht hingestellt habe, ist natürlich restlos verschwunden. Es ist noch zu früh, um ihn wieder zu füttern, also trage ich ihn zur Haustür und lasse ihn draußen frei. Ohne mich eines Blickes zu würdigen, marschiert er davon in den Garten, ein getigerter Fettkloß auf vier Beinen.

»Ein bisschen Bewegung tut dir sowieso gut«, rufe ich ihm nach und mache die Tür zu.

Jetzt, nachdem alle ihre Sachen gepackt haben und gegangen sind, kommt mir das Haus geradezu unerträglich still vor. Und es ist mir mehr als nur ein bisschen peinlich, dass ich Maeve je gebeten habe, Brodie's Watch zu untersuchen. Genau wie Ben es prophezeit hat, haben sie keinerlei Beweise für die Anwesenheit eines Geistes entdeckt. Er würde mir sagen, dass es solche Beweise nicht geben kann, dass Menschen wie Maeve, die an Geister glauben, sich selbst etwas vormachen. Sie glauben, in zufälligen Geräuschen Muster zu hören, sie sehen Staubkörnchen an einem Kameraobjektiv vorbeischweben und bilden sich ein, dass es übernatürliche Lichterscheinungen sind. Er würde sagen, dass Brodie's Watch nur ein altes Haus mit knarrenden Dielen und einem einschlägigen Ruf ist – und mit einer Mieterin, die zu viel trinkt. Ich frage mich, was er heute Morgen von mir denkt.

Nein, ich will es lieber nicht wissen.

Nüchtern und bei Tageslicht betrachtet, wirkt meine Obsession mit Jeremiah Brodie vollkommen irrational. Er ist seit eineinhalb Jahrhunderten tot, und ich sollte ihn in Frieden ruhen lassen. Es wird Zeit, dass ich mich wieder der wirklichen Welt zuwende. Und meiner Arbeit.

Ich koche eine frische Kanne Kaffee, stelle die gusseiserne Pfanne auf den Herd und brate Speckwürfel und Kartoffeln, bis sie schön knusprig sind, gebe gehackte Zwiebeln und grüne Paprika dazu und übergieße das Ganze mit zwei Eiern. Es ist mein bewährtes deftiges Pfannenfrühstück für Tage, an denen ich Energie brauche, um bis zum Abend schreiben zu können.

Ich schenke mir eine dritte Tasse Kaffee ein und setze mich hin, um mich über mein herzhaftes Frühstück herzumachen. Ich bin jetzt hellwach, fühle mich fast wieder wie ein Mensch – und ich habe einen Bärenhunger. Ich schlinge mein Essen herunter und bin froh, dass ich allein bin, sodass niemand sieht, wie ich mir gierig Rührei und Kartoffeln in den Mund schaufle. Ich werde den Rest des Tages dazu nutzen, weiter an meinem Buch zu schreiben. Keine Ablenkungen, kein Geister-Nonsens mehr. Der echte Jeremiah Brodie ist nicht mehr als ein paar verstreute Knochen am Meeresgrund. Ich bin von einer Legende verführt worden, von meiner eigenen Verzweiflung und Einsamkeit. Wenn es Dämonen in diesem Haus gibt, dann habe ich sie selbst mitgebracht – die gleichen Dämonen, die mich seit der Neujahrsnacht quälen. Ein paar Gläser Wein genügen, um sie heraufzubeschwören.

Ich stelle mein schmutziges Geschirr in die Spüle und klappe den Laptop auf, um weiter an Kapitel 9 von *Der Kapitänstisch* zu arbeiten, »Juwelen aus dem Meer«. Kann man noch irgendetwas über Krustentiere sagen, was noch nicht gesagt wurde? Ich greife zu meinen handgeschriebenen Notizen von meiner Exkursion an Bord des Hummerboots *Lazy Girl* letzten Samstagmorgen. Ich erinnere mich an den Geruch von Diesel, an die Möwen, die über uns kreisten, als das Boot auf Höhe der ersten Hummerboje anlangte. Captain Andy hatte seine Falle aus dem Wasser hochgewinscht, und als sie auf dem Deck aufsetzte, sah ich sie darin zappeln, blaugrün und schillernd. Mit ihren glänzenden Panzern und insektenartigen Beinen haben Hummer eine ziemlich unappetitliche Ähnlichkeit mit Kakerlaken. Sie sind Kannibalen, erklärte Andy mir, und in Gefangenschaft fressen sie sich gegenseitig auf. Um diese Gemetzel zu verhindern, binden die Hummerfischer ihnen die Scheren zusammen. Es ist auch alles andere als erfreulich, von einem lebenden Hummer gezwickt zu werden, aber kochendes Wasser verwandelt diese unangenehmen Gesellen in zartes, schmackhaftes Fleisch. Ich denke an all die Arten, auf die ich es genossen habe: triefend vor Butter. Mit Mayonnaise bestrichen und auf getoastetem Weißbrot serviert. Mit Knoblauch und Sojasoße im Wok gebraten. Gedünstet in Sahne und Sherry.

Ich beginne, ein Loblied auf den Hummer zu tippen. Kein Essen für Kapitäne zur See, die ihn als Armeleuteessen verachtet hätten, sondern für Küchenmägde und Gärtner. Ich schreibe darüber, wie die armen Leute ihn damals zubereitet haben dürften, auf kleiner Flamme gegart mit Mais und Kartoffeln, oder einfach in siedendem Salzwasser gekocht und in einen Henkelmann geworfen. Trotz meines üppigen Frühstücks bekomme ich schon wieder Hunger, doch ich schreibe diszipliniert weiter. Als ich endlich innehalte und auf die Uhr schaue, sehe ich zu meiner Überraschung, dass es schon sechs Uhr abends ist.

Cocktailstunde.

Ich sichere die Seiten, die ich geschrieben habe, und belohne mich für den harten Arbeitstag, indem ich eine schöne Flasche Cabernet Sauvignon aufmache. Nur ein oder zwei Gläser, verspreche ich mir. Der Korken gibt ein melodisches *Plopp* von sich, und wie einem pawlowschen Hund läuft mir schon das Wasser im Mund zusammen vor Gier auf diesen ersten Kick des Alkohols. Ich trinke einen kleinen Schluck und seufze befriedigt auf. Ja, es ist ein sehr feiner Wein, vollmundig und gehaltvoll. Was könnte ich mir Schönes dazu kochen?

Ein Glockenton signalisiert den Eingang einer neuen E-Mail auf meinem Laptop. Ich sehe den Namen des Absenders, und plötzlich sind alle Gedanken ans Essen oder an meine Arbeit an dem Buch vergessen. Der Appetit ist mir vergangen, und stattdessen verspüre ich nur eine nagende Leere im Magen.

Die Mail ist von Lucy.

Es ist die vierte, die sie mir diese Woche geschrieben hat, und meine Antworten – wenn ich überhaupt geantwortet habe – waren kurz und knapp: *Mir geht's gut, habe nur sehr viel zu tun.* Oder: *Ich schreib Dir später mehr.* Die Betreffzeile ihrer neuen Nachricht lautet: *Erinnerst Du Dich an diesen Tag?*

Ich will die Mail nicht öffnen, weil ich die Flut von Schuldgefühlen fürchte, die unweigerlich folgen wird, aber irgendetwas zwingt mich, nach der Maus zu greifen. Meine Hand ist wie taub, als ich die Nachricht anklicke. Ein Bild füllt den Monitor.

Es ist ein altes Foto von Lucy und mir, aufgenommen, als ich zehn war und sie zwölf. Wir sind beide im Badeanzug und haben einander die langen, dünnen Arme um die nackten Schultern geschlungen. Wir sind sonnengebräunt und strahlen in die Kamera, und hinter uns schimmert der See hell wie Silber. Ja, ich kann mich gut an diesen Tag erinnern. Ein heißer, dunstiger Nachmittag in Omas Häuschen am See. Ein Picknick mit Brathähnchen und Maiskolben. An diesem Morgen hatte ich ganz allein Haferkekse gebacken – mit meinen zehn Jahren fühlte ich mich in der Küche schon wie zu Hause. *Ava will immer alle satt machen, Lucy will immer alle gesund machen,* so charakterisierte unsere Mutter ihre Töchter. An diesem Tag am See hatte ich mir an einem Felsen den Fuß verletzt, und ich weiß noch, wie behutsam Lucy meine Wunde wusch und verband. Während die anderen Kinder im Wasser planschten, war Lucy an meiner Seite geblieben, hatte mir am Strand Gesellschaft geleistet. Wann immer ich sie brauchte, ob ich krank oder bedrückt war oder knapp bei Kasse, sie war immer für mich da.

Und jetzt ist sie es nicht, weil ich es nicht ertragen kann, ihr in die Augen zu schauen und sie sehen zu lassen, wer ich wirklich bin. Ich ertrage es nicht, daran erinnert zu werden, was ich ihr angetan habe.

Ich trinke einen Schluck Cabernet und starre das Foto an, bedrängt von den Geistern dessen, was wir einmal waren. Schwestern, die einander heiß und innig liebten. Schwestern, die einander nie wehtun würden. Meine Finger verharren über der Tastatur, im Begriff, eine Antwort zu tippen. Eine Beichte. Die Wahrheit ist wie ein Felsblock, der mich erdrückt – welche Erleichterung wäre es, diese Last abzuschütteln und ihr von Nick zu erzählen. Von der Neujahrsnacht.

Ich schenke mir Wein nach. Ich kann ihn nicht mehr schmecken, aber ich trinke ihn dennoch.

Ich stelle mir vor, wie Lucy mein Geständnis liest – sie sitzt an ihrem Schreibtisch, wo Nick sie von Fotos anlächelt. Nick, der nie alt werden wird, der immer der Mann bleiben wird, den sie über alles geliebt hat, der Mann, der sie über alles geliebt hat. Sie wird mein Geständnis lesen, und sie wird die Wahrheit über ihn und mich erfahren.

Und es wird ihr das Herz brechen.

Ich klappe den Laptop zu. Nein, ich bringe es nicht fertig, ich kann ihr das nicht antun. Es ist besser, mit der Schuld zu leben und mit dem Geheimnis zu sterben. Manchmal ist Schweigen der einzig wahre Weg, seine Liebe zu beweisen.

Während es draußen dunkel wird, leere ich die Flasche bis auf den letzten Tropfen.

Ich weiß nicht, wie spät es ist, als ich endlich nach oben wanke und mich aufs Bett fallen lassen. Aber so betrunken ich bin, finde ich doch keinen Schlaf. Im dunklen Zimmer liege ich wach und denke an die Frauen vor mir, die allein in Brodie's Watch gestorben sind. Welche Geheimnisse haben sie gehütet, welche Sünden aus der Vergangenheit haben sie dazu gebracht, sich in dieses Haus zurückzuziehen? Maeve hat gesagt, dass starke Emotionen wie Angst oder Trauer sich über viele Jahre und Jahrzehnte hinweg in einem Haus halten können. Gilt das auch für Scham? Wird in hundert Jahren jemand in diesem Zimmer hier schlafen und die gleichen Schuldgefühle spüren, die an mir nagen wie ein Krebsgeschwür? Mein Schmerz ist beinahe körperlich, und ich rolle mich zu einer Kugel zusammen, als könnte ich ihn dadurch wegdrücken.

Der Geruch der See ist plötzlich so stark, so lebhaft, dass ich das Salz auf meinen Lippen schmecke. Mein Herz schlägt schneller, die Härchen an meinen Armen richten sich auf, als ob die Dunkelheit elektrisch aufgeladen wäre. Nein, das ist nur meine Einbildung. Captain Brodie existiert nicht. Maeve hat nachgewiesen, dass in diesem Haus kein Geist ist.

»Hure.«

Ich erstarre beim Klang seiner Stimme. Er steht vor meinem Bett, sein Gesicht liegt im Schatten, nur seine Silhouette zeichnet sich in der Dunkelheit ab.

»Ich weiß, was du getan hast.«

»Du bist nicht echt«, flüstere ich. »Du existierst nicht.«

»Ich bin, wonach du suchst. Ich bin, was du verdienst.«

Ich kann seinen Gesichtsausdruck nicht sehen, aber ich höre das harte Urteil in seiner Stimme, und ich weiß, was mich heute Nacht erwartet. *Hier in meinem Haus wirst du finden, was du ersehnst*, hat er einmal zu mir gesagt. Was ich ersehne, ist Buße, die meine Sünden abwäscht. Die mich wieder rein macht.

Ich schnappe erschrocken nach Luft, als er mich aus dem Bett hochreißt. Bei seiner Berührung dreht sich das Zimmer um mich, ein Kaleidoskop aus Feuerschein und Samt. Von einem Augenblick auf den nächsten werde ich aus meiner eigenen Zeit in seine entführt. In eine Zeit, als dies hier *sein* Haus ist, *sein* Reich, und ich seinem Kommando unterstehe. Ich sehe nach unten und stelle fest, dass ich heute Nacht kein Kleid aus Seide oder Samt trage, sondern nur ein Nachthemd aus so dünner Baumwolle, dass ich meine eigene Silhouette durch den durchscheinenden Stoff sehen kann. Die Hure – ihre Schande allen Blicken schutzlos ausgesetzt.

Er führt mich vom Schlafzimmer hinaus auf den Flur. Der Holzboden ist warm unter meinen nackten Füßen. Die Tür zur Erkertreppe knarrt wie zur Warnung, als sie aufschwingt und wir hinaufzusteigen beginnen. In der oberen Tür sehe ich den Feuerschein des Kamins grellrot flackern, als ob die Hölle mich oben erwartet, nicht unten in der Tiefe, und ich meiner Bestrafung entgegensteige. Mein Hemd ist hauchdünn, doch ich spüre nicht die Kälte der Nacht. Im Gegenteil, meine Haut ist fiebrig heiß, als ob ich mich der infernalischen Schwefelglut nähere. Zwei Stufen vor dem oberen Absatz bleibe ich stehen, von plötzlicher Furcht erfasst. Ich habe in diesem Turmzimmer sowohl Schmerz als auch Lust erlebt. Welche Strafe erwartet mich heute Nacht?

»Ich habe Angst«, hauche ich.

»Du hast bereits zugestimmt.« Bei seinem Lächeln überläuft es mich kalt. »Hast du mich nicht deswegen wieder herbeigerufen?«

»Ich? Dich herbeigerufen?«

Seine Hand drückt meine, als wollte er sie zerquetschen; ich bin machtlos, kann mich nicht wehren, als er mich die letzten zwei Stufen zum Turmzimmer hinaufzerrt. Dort, im höllischen Feuerschein, erblicke ich das, was mich erwartet.

Captain Brodie hat ein Publikum mitgebracht.

Er stößt mich vorwärts in den Kreis von Männern hinein. Ich kann mich nirgendwohin zurückziehen, nirgendwo verstecken. Zwölf Männer stehen um mich herum, starren mich aus allen Richtungen an, während ich dastehe, ihren Blicken hilflos ausgesetzt. Es ist warm im Zimmer, dennoch zittere ich. Wie der Captain haben die Matrosen sonnenverbrannte Gesichter, und ihre Kleider strömen den Geruch der See aus, doch diese Männer sind ungehobelt und unrasiert, ihre Hemden verschlissen und voller Schmutzflecken.

Seine Mannschaft. Ein zwölfköpfiges Schwurgericht.

Brodie packt mich an den Schultern und schreitet langsam mit mir den Kreis ab, als ob ich ein Preiskalb wäre, das zum Verkauf steht. »Meine Herren, ich führe Ihnen die Angeklagte vor!«, verkündet er. »Es ist an Ihnen, das Urteil zu fällen.«

»Nein!« In Panik versuche ich, mich loszureißen, doch er hält meine Hand zu fest umklammert. »*Nein!*«

»Gestehe, Ava. Sag ihnen, was dein Verbrechen war.« Er führt mich wieder im Kreis herum und zwingt mich, jedem einzelnen Mann in die Augen zu schauen. »Lass sie tief in deine Seele blicken und sehen, wessen du schuldig bist.« Er stößt mich auf einen der Matrosen zu, der mich mit schwarzen und unergründlichen Augen anstarrt.

»Du hast gesagt, es würde mir kein Leid geschehen!«

»Ist es nicht das, was du suchst? Bestrafung?« Er versetzt mir wieder einen Stoß, ich strauchle und falle auf die Knie. Während ich dort inmitten des Kreises aus Männern kauere, geht er um mich herum. »Hier sehen Sie die Angeklagte als das, was sie wirklich ist. Sie müssen kein Mitleid mit ihr haben.« Er dreht sich um und deutet auf mich wie ein Richter, der das Urteil über eine Gefangene spricht. »Gestehe, Ava.«

»Gestehe«, ruft einer der Männer. Die anderen fallen

ein, ein Chor von Stimmen, der zu ohrenbetäubender Lautstärke anschwillt. »Gestehe! Gestehe!«

Brodie zieht mich wieder hoch. »Sag ihnen, was du getan hast«, befiehlt er.

»Hör auf. Bitte.«

»Sag's ihnen.«

»Sie sollen aufhören!«

»Sag ihnen, mit wem du es getrieben hast!«

Ich sinke wieder auf die Knie. »Mit dem Mann meiner Schwester.«

Schlagartig ist alles wieder da. Das Klirren der Champagnergläser. Das Klappern der Austernschalen. Die Silvesterparty. Der letzte Gast ist gegangen, Lucy ist ins Krankenhaus gefahren, um sich um einen Patienten zu kümmern.

Nick und ich sind allein in meiner Wohnung.

Ich erinnere mich, wie wacklig wir beide auf den Beinen waren, als wir das benutzte Geschirr abräumten und zur Spüle trugen. Wie wir in der Küche standen und uns den Rest Champagner einschenkten. Draußen wirbelten Schneeflocken vom Himmel und blieben auf dem Fensterbrett liegen, während wir anstießen. Ich weiß noch, dass ich dachte, wie blau seine Augen waren, und wie sehr ich sein Lächeln immer schon gemocht hatte, und wie ich mich fragte, warum ich nicht so viel Glück haben konnte wie meine Schwester, die klüger ist als ich, netter als ich, und die viel, viel mehr Glück in der Liebe hat, als ich jemals haben werde. Warum konnte ich nicht haben, was sie hatte?

Es war nicht geplant. Was jetzt passierte, kam für uns beide völlig unerwartet.

Ich wankte, und als ich mich zum Spülbecken umdrehte, geriet ich ins Straucheln. Sofort war er an meiner Seite. Das war Nick – immer bereit zu helfen, immer geschickt darin, mich zum Lachen zu bringen. Er half mir hoch, doch in meinem alkoholisierten Zustand verlor ich wieder das Gleichgewicht, und er musste mich auffangen. Unsere Körper schmiegten sich aneinander, und das Unvermeidliche geschah. Ich spürte seine Erregung, und plötzlich war es da zwischen uns, explosiv wie eine Flamme, die in Benzin getaucht wird. Ich war genauso wild auf ihn wie er auf mich, wir waren beide gleich schuldig. Ich zerrte an seinem Hemd, während er mein Kleid hochschob. Dann lag ich schon unter ihm auf den kalten Fliesen und stöhnte im Rhythmus seiner Stöße. Ich war einfach nur scharf auf ihn, ich wollte gevögelt werden, und er war da, und der Champagner, dieses süße Gift, hatte uns aller Selbstbeherrschung beraubt. Wir waren wie die Tiere, fielen stöhnend übereinander her, ohne einen Gedanken an die Folgen.

Hinterher, als wir halb nackt auf dem Küchenboden lagen, begriff ich, was wir gerade getan hatten, und von der Erkenntnis wurde mir so übel, dass ich zur Toilette stolperte und mich übergab, wieder und wieder, hustend und würgend, die Galle so bitter wie meine Reue. Und dort, die Arme um die Toilettenschüssel geschlungen, begann ich zu schluchzen. *Was geschehen ist, kann man nicht ungeschehen machen.* Die Worte der Lady Macbeth schossen mir durch den Kopf, eine furchtbare Wahrheit, die ich gerne ausgelöscht hätte, doch die Zeile ging mir einfach nicht mehr aus dem Sinn.

Nebenan hörte ich Nick stöhnen. »Oh Gott, oh *Gott*.«

Als ich endlich aus der Toilette kam, fand ich ihn am

Boden kauernd, er hielt sich den Kopf und schaukelte mit dem Oberkörper vor und zurück. Dieser Nick, dieser gebrochene Mann, war ein Fremder, den ich noch nie gesehen hatte, und er machte mir Angst.

»Mensch, was haben wir uns nur dabei gedacht?«, schluchzte er.

»Sie darf es nicht erfahren.«

»Ich kann nicht glauben, dass das passiert ist. Scheiße, was soll ich denn jetzt machen?«

»Ich sag dir, was wir tun werden. Wir vergessen das Ganze, Nick.« Ich kniete mich neben ihn, packte seine Schultern und schüttelte ihn heftig. »Versprich mir, dass du es ihr nie erzählen wirst. *Versprich's mir!*«

»Ich muss nach Hause.« Er schob mich weg und rappelte sich schwankend hoch. Er war so betrunken, dass er kaum in der Lage war, sein Hemd zuzuknöpfen und seine Gürtelschnalle zu schließen.

»Du hast zu viel getrunken. Du kannst nicht fahren.«

»Ich kann nicht *hier*bleiben.« Er wankte aus der Küche, und ich folgte ihm, versuchte, ihn zur Vernunft zu bringen, während er seinen Mantel anzog und die Treppe hinunterging. Er war zu aufgewühlt, um auf mich zu hören.

»Nick, geh nicht!«, flehte ich ihn an.

Aber ich konnte ihn nicht aufhalten. Er war betrunken, die Straßen waren gefährlich glatt, und ich konnte nichts tun, um ihn umzustimmen. Ich blieb in der Tür stehen und sah ihm nach, als er in die Nacht davontaumelte. Der Schnee wirbelte herab – dicke, fette Flocken, die ihn bald verschluckt hatten. Ich hörte seine Autotür zuschlagen, dann sah ich seine Rücklichter aufleuchten und in der Dunkelheit verschwinden.

Als ich Nick das nächste Mal sah, lag er im Koma in einem Krankenhausbett, und Lucy saß zusammengesunken auf einem Stuhl an seiner Seite. Ihre Augen waren hohl vor Erschöpfung, und sie schüttelte immer wieder den Kopf, murmelte ein ums andere Mal: »Ich verstehe das nicht. Er war immer so vorsichtig. Warum war er nicht angeschnallt? Warum hat er sich betrunken ans Steuer gesetzt?«

Ich war die Einzige, die die Antwort kannte, aber ich sagte es ihr nicht. Stattdessen begrub ich die Wahrheit, bewachte sie wie ein Pulverfass, das explodieren und uns beide vernichten könnte. Wochenlang schaffte ich es, mich zusammenzureißen, um Lucys willen. Ich saß neben ihr im Krankenhaus. Ich brachte ihr Donuts und Kaffee, Suppe und Sandwiches. Ich spielte die liebe jüngere Schwester, aber die Schuldgefühle waren wie scharfe Zähne, die unaufhörlich an mir nagten. Ich hatte panische Angst, dass Nick wieder zu sich kommen und ihr erzählen würde, was zwischen uns passiert war. Während Lucy betete, dass Nick wieder gesund würde, hoffte ich insgeheim, dass er nie mehr aufwachen würde.

Fünf Wochen nach dem Unfall ging mein Wunsch in Erfüllung. Ich erinnere mich an das überwältigende Gefühl der Erleichterung, als ich das Piepsen des Herzmonitors hörte, der eine Nulllinie anzeigte. Ich weiß noch, wie ich Lucy im Arm hielt, als die Schwester das Beatmungsgerät abschaltete und das Heben und Senken von Nicks Brustkorb endlich aufhörte. Während Lucy in meinen Armen von Schluchzern geschüttelt wurde, dachte ich: *Gott sei Dank ist es vorbei. Gott sei Dank wird er ihr nie die Wahrheit sagen können.*

Und das macht mich noch mehr zu einem Ungeheuer, als ich es ohnehin schon war. Ich *wollte,* dass er stirbt und für immer verstummt. Ich wollte genau das, was meiner Schwester das Herz brach.

»Der Mann deiner eigenen Schwester«, sagt Brodie. »Deinetwegen ist er tot.«

Ich senke den Kopf und schweige. Ich bringe es nicht fertig, die furchtbare Wahrheit zu gestehen.

»Sag es, Ava. Sag die Wahrheit. *Du wolltest, dass er stirbt.*«

»Ja«, schluchze ich. »Ich wollte, dass er stirbt.« Meine Stimme schwindet zu einem Flüstern. »Und er ist gestorben.«

Captain Brodie wendet sich an seine Männer. »Sagen Sie mir, meine Herren, was hat sie verdient für den Verrat an denen, die sie liebt?«

»Keine Gnade!«, ruft einer der Männer.

Ein Zweiter stimmt ein, dann ein Dritter, bis sie alle im Chor skandieren: »Keine Gnade.«

»Keine Gnade!«

Ich halte mir die Ohren zu, um die Rufe nicht mehr hören zu müssen, doch zwei der Männer packen meine Handgelenke und zerren sie von meinem Kopf weg, zwingen mich zuzuhören. Ihre Hände sind eisig, wie kaltes, totes Fleisch. Ich blicke wild in dem Kreis umher, der sich um mich schließt, und plötzlich sehe ich keine Männer, nur noch Leichen, grimmige und hohläugige Zeugen der Hinrichtung der Gefangenen.

Und über ihnen allen erhebt sich Brodie, seine kalten schwarzen Reptilienaugen starren mich an. Warum habe ich das vorher nicht gesehen? Diese Kreatur, die meine Träume heimgesucht hat, die mich erregt, die mich bestraft hat – warum habe ich sie nicht als das erkannt, was sie wirklich ist?

Ein Dämon. Mein Dämon.

Ich erwache mit einem schrillen Schrei. Wild blicke ich umher und stelle fest, dass ich wieder in meinem Schlafzimmer bin. Ich liege im Bett, die Laken sind zerwühlt und schweißgetränkt. Das grelle Sonnenlicht, das durch die Fenster fällt, sticht mir in die Augen wie ein Dolch.

Halb vom Pochen meines Herzens übertönt, höre ich das ferne Läuten meines Handys. Gestern Abend war ich so betrunken, dass ich es in der Küche haben liegen lassen, aber ich bin zu kaputt, um aufzustehen und es zu holen.

Schließlich verstummt das Läuten.

Ich kneife die Augen fest zu, und schon sehe ich ihn wieder, wie er mit diesen schwarzen Schlangenaugen auf mich herabstarrt. Augen, die er mir noch nie zuvor gezeigt hat. Ich sehe den Kreis von Männern, alle mit den gleichen Augen, wie sie umherstehen und zuschauen, während ihr Kapitän seinen Urteilsspruch verkündet.

Ich halte mir mit beiden Händen den Kopf, versuche verzweifelt, die Vision abzuschütteln, doch es gelingt mir nicht. Sie ist in mein Gedächtnis eingebrannt. *Ist es wirklich passiert?*

Ich sehe an mir herab, suche meine Handgelenke nach blauen Flecken ab. Ich kann keine entdecken, doch die Erinnerung an diese knochigen Hände, die meine Arme gepackt hielten, ist so lebhaft, dass ich nicht glauben kann, dass ich überhaupt keine Spuren davongetragen habe.

Ich stolpere aus dem Bett und untersuche meinen Rücken im Spiegel. Keine Kratzer. Ich starre mein Gesicht an, und eine Frau blickt mir entgegen, die ich kaum wiedererkenne, eine Frau mit eingesunkenen Augen und wild zerzausten Haaren. Was ist aus mir geworden? Wann bin ich zu diesem ausgezehrten Gespenst geworden?

Unten klingelt mein Handy abermals, und diesmal glaube ich herauszuhören, dass es dringend ist. Bis ich in der Küche ankomme, hat es schon wieder aufgehört, aber ich finde zwei Sprachnachrichten vor. Beide sind von Maeve.

Rufen Sie mich so bald wie möglich zurück.

Und dann eine zweite: *Ava, wo sind Sie? Es ist wichtig. Rufen Sie mich an!*

Ich will nicht mit ihr sprechen, an diesem Morgen will ich mit niemandem sprechen. Erst wenn ich wieder einen klaren Kopf habe und mich wieder normal anhöre. Aber ihre Nachrichten beunruhigen mich, und nach der letzten Nacht brauche ich mehr denn je Antworten.

Sie meldet sich beim zweiten Läuten. »Ava, ich bin gerade auf dem Weg zu Ihnen. Ich bin in etwa dreißig Minuten dort.«

»Warum? Was ist denn passiert?«

»Ich muss Ihnen etwas zeigen. Es ist auf den Videoaufnahmen, die wir in Ihrem Haus gemacht haben.«

»Aber ich dachte, in der Nacht sei nichts passiert. Das hat Ben mir gesagt. Er sagte, keines Ihrer Instrumente habe irgendetwas Ungewöhnliches registriert.«

»Nicht im Turmzimmer. Aber heute Morgen bin ich endlich dazu gekommen, den Rest des Materials zu sichten. Ava, es *ist* etwas aufgetaucht. Es wurde von einer anderen Kamera aufgezeichnet.«

Plötzlich pocht mein Herz wieder wie wild. »Von welcher Kamera?«, frage ich, und das Rauschen des Bluts in meinen Ohren ist so laut, dass ich ihre Antwort kaum hören kann.

»Von der in Ihrem Schlafzimmer.«

27

Ich stehe schon draußen auf der Veranda, als Maeve an meinem Haus vorfährt. Sie hat einen Laptop in der Hand, als sie aussteigt, und ihre Miene ist ernst. »Geht es Ihnen gut?«, fragt sie, als sie die Stufen heraufkommt.

»Wieso fragen Sie?«

»Weil Sie fix und fertig aussehen.«

»Ehrlich gesagt, so fühle ich mich auch.«

»Und warum?«

»Weil ich gestern viel zu viel getrunken habe. Und ich habe fürchterlich geträumt. Von Captain Brodie.«

»Sind Sie sicher, dass es nur ein Traum war?«

Ich streiche mir die wirren Haarsträhnen aus dem Gesicht. Ich habe mich noch nicht gekämmt, habe mir noch nicht mal die Zähne geputzt. Frische Sachen anziehen und eine Tasse Kaffee hinunterstürzen – das ist alles, wozu ich mich habe aufraffen können. »Ich weiß überhaupt nicht mehr, was ich denken soll.«

»Ich fürchte, dieses Video wird Ihnen vielleicht nicht die Antworten liefern, die Sie brauchen«, sagt sie und deutet auf ihren Laptop. »Aber es könnte Sie davon überzeugen, dass Sie von hier wegmüssen.« Maeve tritt ins Haus und blickt sich um, als ob sie spürt, dass noch jemand im Haus ist. Jemand, der sie nicht hier haben will.

»Gehen wir in die Küche«, sage ich. Es ist der einzige Raum, in dem ich nie die Gegenwart des Geistes gespürt habe, nie den Geruch wahrgenommen habe, mit dem er sich ankündigt. Zu Jeremiah Brodie's Lebzeiten war die Küche den Bediensteten vorbehalten, und der Herr des Hauses wird sie kaum je betreten haben.

Wir setzen uns an den Tisch, und sie klappt ihren Laptop auf. »Wir haben die Aufnahmen von allen Kameras gesichtet«, sagt sie. »Die meisten unserer Instrumente waren im Turmzimmer aufgebaut, weil Sie ihn dort schon gesehen hatten, und weil Kim dort die heftigste Reaktion gezeigt hat. Wir wissen auch, dass Aurora Sherbrooke dort gestorben ist, deswegen nahmen wir an, dass es dort oben am ehesten zu paranormalen Aktivitäten kommen würde.«

»Aber im Turmzimmer haben Sie nichts Ungewöhnliches registriert?«

»Nein. Ich habe den ganzen Tag damit verbracht, die Aufzeichnungen aus dem Turmzimmer zu sichten, und ich war gelinde gesagt enttäuscht. Und überrascht, weil Kim normalerweise hundertprozentig richtigliegt. Sie kann es *spüren*, wenn sich in einem Raum eine Tragödie ereignet hat, und ich habe sie noch nie so reagieren sehen wie dort oben. Das war echte Angst. Selbst Todd und Evan waren über ihre Reaktion erschrocken.«

»Ich auch«, gebe ich zu.

»Es war eine ziemliche Enttäuschung, dass unsere Instrumente dort oben keinerlei Aktivität registriert hatten. Ich habe mir dann die Aufnahmen aus dem Flur angesehen, und auch dort war nichts. Deswegen erwartete ich auch nichts Außergewöhnliches, als ich mir zum Schluss noch das Video aus Ihrem Schlafzimmer vornahm. Umso schockierter war ich, als ich *das* hier sah.« Sie drückt ein paar Tasten und dreht den Laptop zu mir um.

Das Video zeigt mein Schlafzimmer. Mondlicht schimmert im Fenster, und ich kann mich selbst im Halbdunkel auf dem Bett liegen sehen. Das Video ist mit einem Zeitstempel versehen, der langsam weitertickt: 03:18 Uhr. Das war zwanzig Minuten, nachdem ich es aufgegeben hatte, im Turmzimmer zu wachen, und ins Bett gegangen war. Der Zeitstempel rückt vor auf 03:19, 03:20. Bis auf die wechselnden Ziffern der Uhr und das leichte Flattern meiner Haare im Luftzug vom offenen Fenster ist keine Bewegung zu sehen.

Was ich dann sehe, lässt mich erschrocken aus meinem Stuhl hochfahren. Ein schwarzes, geschmeidiges Etwas, das durch das Zimmer aufs Bett zugleitet. Auf mich.

»Was in aller Welt ist das?«, frage ich.

»Genau das habe ich auch gesagt, als ich es sah. Es ist nicht hell wie ein Geisterfleck, es hat auch nicht die nebelartige Qualität von Ektoplasma. Nein, das hier ist etwas anderes. Etwas, was wir noch nie zuvor mit der Kamera eingefangen haben.«

»Könnte es einfach ein Schatten sein? Vielleicht von einer Wolke oder von einem vorbeifliegenden Vogel.«

»Es ist kein Schatten.«

»Sind Todd oder Evan noch einmal in mein Schlafzimmer gegangen, um die Kamera neu auszurichten?«

»Niemand war in Ihrem Zimmer, Ava. Zu dieser Zeit waren sowohl Evan als auch Todd mit mir oben im Turmzimmer. Und Dr. Gordon auch. Sehen Sie sich die Szene noch einmal an. Ich lasse sie langsamer laufen, damit Sie erkennen können, was dieses … *Ding* macht.«

Sie spult das Video auf 03:19 Uhr zurück und klickt auf *Play.* Jetzt läuft die Zeitanzeige viel langsamer, die Sekunden ticken im Schneckentempo. Das Bild zeigt mich tief schlafend, ich scheine nicht zu ahnen, dass da noch etwas im Zimmer ist. Etwas, das aus Richtung der Tür kommt und sich mir nähert. Es bewegt sich schlingernd auf das Bett zu, ein Schatten mit tentakelartigen Auswüchsen, der näher und näher gleitet und sich über mich legt wie ein Leichentuch. Plötzlich habe ich das Gefühl, dass dieses Leichentuch mich jetzt in diesem Moment würgt, sich so fest um meinen Hals schlingt, dass ich keine Luft bekomme.

»Ava!« Maeve schüttelt mich. *»Ava!«*

Ich schnappe nach Luft. Auf dem Bildschirm ist das Ding verschwunden. Mondlicht schimmert auf den Laken, und von dem Schatten, von dem gesichtslosen schwarzen Würger, ist nichts mehr zu sehen. Die Aufnahme zeigt nur mich, wie ich friedlich in meinem Bett schlafe.

»Das kann doch nicht echt sein«, stoße ich hervor.

»Wir können es beide sehen. Es ist auf diesem Video dokumentiert. Dieses Wesen wird von Ihnen angezogen, Ava. Es hat sich direkt auf *Sie* zubewegt.«

»Aber was ist es?« Ich höre den verzweifelten Unterton in meiner eigenen Stimme.

»Ich weiß, was es nicht ist. Das da ist kein residualer Spuk. Es ist kein Poltergeist. Nein, es ist etwas Intelligentes, etwas, das mit Ihnen kommunizieren *will.*«

»Es ist kein Geist?«

»Nein. Dieses … Dieses *Ding,* was immer es sein mag, wird eindeutig von Ihnen angezogen, Ava, und von niemandem sonst.«

»Warum von mir?«

»Ich weiß es nicht. Irgendetwas an Ihnen lockt es an. Vielleicht will es Sie beherrschen. Oder Sie in Besitz nehmen. Was immer es ist, es ist nicht freundlich.« Sie beugt sich vor und ergreift meine Hand. »Ich sage das nicht zu vielen Klienten, aber ich muss es Ihnen jetzt sagen, zu Ihrer eigenen Sicherheit. *Verlassen Sie auf der Stelle dieses Haus.*«

»Es könnte auch nur ein Video-Artefakt sein«, meint Ben, während ich Strickjacken und T-Shirts aus meiner Kommode zerre und in den Koffer stopfe. »Vielleicht ist es nur eine Wolke, die vor dem Mond vorbeizieht und einen bizarren Schatten wirft.«

»Wie immer hast du eine logische Erklärung parat.«

»Weil es immer eine logische Erklärung *gibt*.«

»Was ist, wenn du diesmal falschliegst?«

»Und das Video tatsächlich einen Geist zeigt?« Ben kann sich das Lachen nicht verkneifen. »Selbst wenn sie existieren, Geister können einem nichts anhaben, stimmt's?«

»Warum führen wir überhaupt diese Diskussion? Du wirst doch nie an all das glauben.« Ich lege noch einen Armvoll Kleider in den Koffer und gehe zurück zur Kommode, um meine BHs und Unterhosen zu holen. Ich habe es zu eilig, als dass ich mir Gedanken darüber machen würde, dass Ben meine Unterwäsche zu sehen bekommt – ich will nur alles gepackt haben und aus diesem Haus raus sein, bevor es dunkel wird. Es ist schon Spätnachmittag, und ich habe noch nicht angefangen, meine Küchengeräte zu verstauen. Ich gehe zum Schrank, und während ich Kleider von den Bügeln reiße, muss ich plötzlich an Charlotte Nielson denken, deren Schal ich in diesem Schrank gefunden habe. Wie ich muss auch sie in großer Eile gepackt haben. Ist sie auch in Panik geflohen? Hat sie auch die Tentakel dieses Schattens um ihren Hals gespürt?

Ich ziehe ein weiteres Kleid heraus, und der Bügel fällt mit solchem Getöse auf den Boden, dass ich zusammenfahre und mein Herz rast.

»He.« Sanft fasst Ben mich am Arm und stützt mich. »Ava, es gibt nichts, wovor du Angst haben musst.«

»Sagt der Mann, der nicht an das Übernatürliche glaubt.«

»Sagt der Mann, der nicht zulässt, dass dir irgendetwas geschieht.«

Ich drehe mich zu ihm um. »Du weißt ja gar nicht, womit ich es zu tun habe, Ben.«

»Ich weiß, was es laut Maeve und ihren Freunden *angeblich* ist. Aber alles, was ich auf diesem Video gesehen habe, war ein Schatten. Nichts Konkretes, nichts Identifizierbares. Es hätte eine …«

»… Wolke sein können, die vor dem Mond vorbeizieht. Ja, das hast du schon gesagt.«

»Also gut, dann lass uns einfach mal annehmen, dass es ein Geist *ist*. Nehmen wir an, dass Geister real existieren. Aber sie sind keine physischen Wesen. Wie können sie dir schaden?«

»Vor Geistern habe ich keine Angst.«

»Aber wovor dann?«

»Das da ist etwas anderes. Etwas *Böses*.«

»Behauptet Maeve. Und du glaubst ihr?«

»Nach der letzten Nacht, nach dem, was er mit mir gemacht hat …« Ich breche ab, und meine Wangen glühen plötzlich, als ich mich an die Szene erinnere.

Ben runzelt die Stirn. »Er?«

Ich schäme mich so, dass ich ihm nicht in die Augen sehen kann und auf den Boden starre. Sanft fasst er mein Kinn und hebt mein Gesicht, sodass ich seinem Blick nicht ausweichen kann.

»Ava, sag mir, was dir in diesem Haus passiert ist?«

»Das kann ich nicht.«

»Warum nicht?«

Ich blinzle die Tränen weg und flüstere: »Weil ich mich schäme.«

»Aber wofür um alles in der Welt musst du dich denn schämen?«

Sein Blick ist zu bohrend, zu aufdringlich. Ich löse mich von ihm und trete ans Fenster. Draußen verhüllt der Nebel den Blick aufs Meer, dicht wie ein Vorhang. »Captain Brodie ist real, Ben. Ich habe ihn gesehen und gehört. Ich habe ihn berührt.«

»Du hast einen Geist berührt?«

»Wenn er mir erscheint, ist er genauso real wie du. Er hat sogar blaue Flecken an meinen Armen hinterlassen …« Ich schließe die Augen und sehe Captain Brodie vor mir stehen. Die Erinnerung ist so lebhaft, dass ich sein vom Wind zerzaustes Haar sehen kann, sein unrasiertes Kinn. Ich atme ein und inhaliere den Geruch von Salzwasser. Ist er hier? *Ist er zurückgekommen?* Ich reiße die Augen auf und blicke mich hektisch im Zimmer um, doch ich sehe nur Ben. *Wo bist du?*

Ben packt meine Schultern. »Ava!«

»Er ist hier! Ich weiß es.«

»Du hast gesagt, dass er so real ist wie ich. Was bedeutet das?«

»Ich kann ihn berühren, und er kann mich berühren. Oh, ich weiß, was du denkst. Was du dir gerade vorstellst. Und es ist wahr, es ist alles wahr! Irgendwie weiß er, was ich will, was ich brauche. So lockt er uns hier in die Falle. Nicht nur mich, sondern auch die Frauen vor mir. Die Frauen, die ihr Leben in diesem Haus verbracht haben, die hier gestorben sind. Er gibt uns, was kein anderer Mann uns geben kann.«

Ben tritt näher, bis wir uns Auge in Auge gegenüberstehen. »Ich bin real. Ich bin hier. Gib *mir* eine Chance, Ava.« Zärtlich nimmt er mein Gesicht in seine Hände, und ich schließe die Augen, doch es ist Captain Brodie, den ich sehe, Captain Brodie, den ich begehre. Mein Gebieter und mein Dämon. Ich versuche, mir Ben in meinem Bett vorzustellen, versuche, mir vorzustellen, was für ein Liebhaber er wäre. Es wäre eine Nullachtfünfzehn-Nummer, wie so viele, die ich mit Männern vor ihm hatte. Aber anders als Brodie ist Ben real. Ein Mann, kein Schatten. Kein Dämon.

Er beugt sich herab und drückt seine Lippen auf meine. Es ist ein heißer, inniger Kuss, doch ich spüre nicht das geringste Kribbeln der Erregung. Er küsst mich wieder. Diesmal fasst er mein Gesicht mit beiden Händen und hält es fest, presst meinen Mund so fest an seinen, dass seine Zähne sich schmerzhaft in meine Lippen drücken. Ich verliere das Gleichgewicht, kippe plötzlich nach hinten und stoße mit den Schultern an die Wand. Ich wehre mich nicht, als er sich an mich drückt. Ich will etwas empfinden, *irgendetwas*. Ich will, dass er das Feuer in mir entfacht, nur um zu beweisen, dass die Lebenden mich genauso befriedigen können, wie ein toter Kapitän es tut.

Doch ich spüre nichts, keine Hitze der Leidenschaft, kein Kribbeln der Lust.

Mach mich scharf auf dich, Ben!

Er packt meine Handgelenke und drückt sie an die Wand. Durch den Stoff meiner Jeans spüre ich den harten Beweis für seine Erregung, als er sich an mich presst. Ich schließe die Augen, bereit, es geschehen zu lassen, bereit zu tun, was immer er will, was immer er verlangt.

Der ohrenbetäubende Knall lässt uns beide erschrocken auffahren, und wir lösen uns voneinander.

Wir starren beide zur Schlafzimmertür, die gerade zugeschlagen ist. Keines der Schlafzimmerfenster ist geöffnet, es ist kein Luftzug im Raum. Es gibt überhaupt keinen Grund, warum die Tür so heftig zuknallen sollte.

»Das war er«, sage ich. »*Er* hat das getan.«

Jetzt habe ich nur noch einen Gedanken: Raus aus diesem Haus. Ich verliere keine Zeit mehr, renne zum Schrank und raffe den Rest meiner Kleider zusammen. Deswegen hat Charlotte dieses Haus so überstürzt verlassen. Auch sie war wohl so verängstigt, so außer sich vor Panik, dass sie es keine Sekunde länger hier aushielt. Ich schließe meinen Koffer und ziehe den Reißverschluss zu.

»Ava, beruhige dich.«

»Wie kann eine Tür von selbst zuschlagen? Erklär mir *das* mal, Ben.« Ich hieve den Koffer vom Bett. »*Du* kannst leicht cool und gelassen bleiben. *Du* musst ja nicht hier schlafen.«

»Du doch auch nicht. Du kannst bei mir wohnen. Bleib, so lange du willst. So lange, wie du es brauchst.«

Ich gebe ihm keine Antwort, sondern gehe einfach aus dem Zimmer. Schweigend nimmt er meinen Koffer und trägt ihn mir nach. In der Küche ist er immer noch still, während ich meine kostbaren Küchenmesser und Grillzangen, meine Schneebesen und meinen Kupfertopf einpacke, all die Utensilien, die für jede Köchin, die etwas auf sich hält, unentbehrlich sind. Er wartet immer noch auf eine Antwort auf sein Angebot, doch ich verweigere sie ihm. Ich packe zwei ungeöffnete Weinflaschen ein (wäre doch zu schade um den guten Cabernet), lasse aber Eier, Milch und Butter im Kühlschrank. Soll die Putzfrau sich die Sachen nehmen, ich will nur noch raus aus diesem Haus.

»Bitte, geh nicht«, sagt er.

»Ich gehe zurück nach Boston.«

»Muss es noch heute Abend sein?«

»Ich hätte schon vor Wochen gehen sollen.«

»Ich will nicht, dass du gehst, Ava.«

Ich berühre seinen Arm, und seine Haut ist warm und lebendig und … real. Ich weiß, dass er mich mag, aber das ist kein ausreichender Grund für mich zu bleiben.

»Es tut mir leid, Ben. Ich muss nach Hause.«

Ich nehme die leere Katzentransportbox und trage sie hinaus in die Einfahrt. Dort sehe ich mich suchend um, doch ich kann Hannibal nirgends entdecken.

Ich gehe ums Haus herum, rufe immer wieder seinen Namen. Vom Rand der Klippe lasse ich den Blick über den Pfad schweifen, der hinunter zum Strand führt. Kein Hannibal. Ich gehe ins Haus zurück und rufe wieder seinen Namen.

»Tu mir das nicht an, verdammt noch mal!«, schreie ich frustriert. »Nicht heute! Nicht ausgerechnet jetzt!«

Mein Kater ist nirgends zu sehen.

28

Ben trägt meinen Koffer die Treppe hinauf in sein Gästezimmer, das mit einem geflochtenen grünen Läufer und einem Himmelbett ausgestattet ist. Wie Ben selbst sieht alles aus, als sei es einem Lifestyle-Katalog entsprungen. Wie aufs Stichwort kommt Bens Golden Retriever ins Zimmer getappt und wedelt zur Begrüßung mit dem Schwanz.

»Wie heißt dein Hund?«, frage ich.

»Henry.«

»Was für ein lieber Junge.« Ich gehe in die Hocke, um dem Hund den Kopf zu tätscheln, und er sieht mich mit seinen seelenvollen braunen Augen an. Hannibal würde ihn lebendig zum Frühstück verspeisen.

»Ich weiß, dass du das nicht so geplant hattest«, sagt Ben. »Aber du sollst wissen, dass du gerne so lange hierbleiben kannst, wie du es für nötig hältst. Wie du siehst, habe ich dieses große Haus ganz für mich allein, und ich kann die Gesellschaft gut gebrauchen.« Er hält inne. »Du weißt schon, wie ich das meine. Du bist viel mehr für mich als nur jemand, der mir Gesellschaft leisten kann.«

»Danke.« Das ist alles, was mir als Erwiderung einfällt.

Wir stehen eine Weile in unbehaglichem Schweigen da. Ich weiß, dass er mich gleich küssen wird, und ich bin mir nicht sicher, wie es mir damit geht. Ich verharre vollkommen regungslos, als er sich vorbeugt und unsere Lippen sich berühren. Als er die Arme um mich legt, leiste ich keinen Widerstand. Ich hoffe, die gleiche Erregung zu verspüren, die ich bei Captain Brodie empfunden habe, die gleiche exquisite Vorfreude, die mich immer wieder hinauf ins Turmzimmer gelockt hat, doch bei Ben spüre ich nichts dergleichen. Captain Brodie hat mich für die Berührung eines echten Mannes unempfänglich gemacht, und während ich mechanisch die Arme um Bens Hals schlinge und mich seiner Umarmung hingebe, sehe ich mich in Gedanken diese Stufen emporsteigen, sehe den Feuerschein durch die obere Tür schimmern. Ich erinnere mich an das Rascheln der Seide um meine Beine und daran, wie mein Herz schneller schlug, während das Licht heller brannte und meine Bestrafung näher rückte. Mein Körper reagiert auf die Erinnerung. Es sind nicht die Arme des Captains, die mich umfassen, doch ich versuche, mir vorzustellen, dass sie es sind. Ich sehne mich danach, dass Ben mich so nimmt, wie *er* es getan hat, dass er meine Handgelenke packt und mich gegen die Wand drückt, doch er tut nichts dergleichen. Ich bin es, die ihn zum Bett zerrt und ihn dazu drängt, über mich herzufallen. Ich will keinen Gentleman, ich will meinen dämonischen Lover.

Während ich Ben auf mich herunterziehe, während ich ihm das Hemd vom Leib reiße und an meiner Bluse nestele, ist es Jeremiah Brodie's Gesicht, das ich vor mir sehe. Ben mag nicht derjenige sein, den ich will, aber ich muss mit ihm vorliebnehmen, weil ich es nicht wage, zu dem Liebhaber zurückzukehren, den ich in Wahrheit begehre, zu dem, der mich zugleich in Erregung und in Schrecken versetzt. Ich schließe die Augen, und es ist Captain Brodie, den ich an meinem Ohr stöhnen höre, als er in mich hineinstößt.

Doch als es vorbei ist und ich die Augen aufschlage, ist es Ben, den ich auf mich herablächeln sehe. Ben, der so berechenbar ist. So verlässlich.

»Ich wusste, dass du diejenige bist«, murmelt er. »Die Frau, auf die ich mein ganzes Leben gewartet habe.«

Ich seufze. »Du kennst mich doch kaum.«

»Ich weiß genug über dich.«

»Nein, das tust du nicht. Du hast keine Ahnung.«

»Welche schockierenden Geheimnisse kannst du schon verbergen?«

»Jeder Mensch hat Geheimnisse.«

»Dann lass mich raten, was deines ist.« Er drückt mir einen spielerischen Kuss auf die Lippen. »Du trällerst unter der Dusche Opernarien.«

»Geheimnisse sind eben das, was man *keinem* erzählt.«

»Da ist noch etwas Schlimmeres? Du hast über dein Alter gelogen? Bist bei Rot über die Ampel gefahren?«

Ich wende mich ab, um ihm nicht in die Augen sehen zu müssen. »Bitte. Ich möchte nicht darüber reden.«

Ich spüre, wie er mich anstarrt, wie er die Wand zu durchdringen sucht, die ich zwischen uns aufgebaut habe. Ich drehe mich weg und setze mich auf die Bettkante. Blicke auf meine nackten Oberschenkel hinunter, gespreizt wie die einer Hure. *Oh nein, Ben, du willst meine Geheimnisse nicht kennen. Du willst nichts wissen von all den Sünden, die ich begangen habe.*

»Ava?« Ich zucke zusammen, als er seine Hand auf meine Schulter legt.

»Es tut mir leid, aber das kann nichts werden mit uns beiden.«

»Warum sagst du das, nachdem wir gerade miteinander geschlafen haben?«

»Wir sind zu verschieden.«

»Das ist nicht wirklich das Problem, oder?«, sagt er. Seine Stimme hat sich verändert, und ihr Klang gefällt mir gar nicht. »Du willst mir nur irgendwie schonend beibringen, dass ich nicht gut genug bin für dich.«

»Das will ich überhaupt nicht sagen.«

»Aber so hört es sich für mich an. Du bist wie all die anderen. Wie all die …« Er bricht ab, als sein Handy klingelt, und rappelt sich hoch, um es aus seiner Hosentasche zu ziehen. »Dr. Gordon«, meldet er sich knapp. Obwohl er sich von mir abwendet, erkenne ich seine Anspannung an den Muskeln in seinem nackten Rücken. Er ist natürlich verletzt. Er hat sich in mich verliebt, und ich habe ihn abgewiesen. Und in diesem so qualvollen Moment ist er gezwungen, sich um einen Notfall im Krankenhaus zu kümmern.

»Sie haben die Infusion gelegt? Und wie sieht das EKG jetzt aus?«

Während er mit dem Krankenhaus spricht, raffe ich meine Kleider zusammen und ziehe mich stillschweigend an. Jegliche Lust, die ich zuvor empfunden haben mag, ist schlagartig erkaltet, und jetzt ist es mir peinlich, nackt gesehen zu werden. Als er auflegt, bin ich schon vollständig angekleidet. Ich sitze steif auf der Bettkante und hoffe inständig, dass wir beide vergessen können, was je zwischen uns geschehen ist.

»Es tut mir leid, aber einer meiner Patienten hatte gerade einen Herzinfarkt«, sagt er. »Ich muss sofort ins Krankenhaus.«

»Natürlich.«

Er zieht sich an und knöpft rasch sein Hemd zu. »Ich weiß nicht, wann ich zurück bin. Es könnte ein paar Stunden dauern, also geh runter und plündere den Kühlschrank, wenn du Hunger bekommst. Es ist noch ein halbes Brathähnchen da.«

»Ich komme schon klar, Ben. Danke.«

An der Tür bleibt er stehen und dreht sich zu mir um. »Es tut mir leid, wenn ich zu weit gegangen bin, Ava. Es ist nur, weil ich dachte, dass du meine Gefühle erwiderst.«

»Ich weiß gar nicht, was ich fühle. Ich bin verwirrt.«

»Dann lass uns darüber reden, wenn ich wieder da bin. Wir müssen das klären.«

Aber es gibt nichts zu klären, denke ich, als ich ihn die Treppe hinuntertraben höre und kurz darauf die Haustür ins Schloss fällt. Es ist keine Leidenschaft zwischen uns, und ich muss vor allem Leidenschaft empfinden. Ich blicke aus dem Fenster und bin erleichtert zu sehen, wie er davonfährt. Ich brauche die Zeit für mich allein, um mir zu überlegen, was ich ihm sagen werde, wenn er zurückkommt.

Ich will mich gerade vom Fenster abwenden, als ein anderes Auto vorbeifährt. Diesen grauen Pick-up kenne ich nur zu gut, denn er hat bis vor Kurzem jeden Werktag in meiner Einfahrt geparkt. Arbeitet Ned Haskell hier irgendwo in der Nähe? Neds Truck verschwindet um die Ecke, und ich weiche vom Fenster zurück, verstört durch seinen Anblick.

Als ich nach unten gehe, bin ich froh, dass Henry nicht

von meiner Seite weicht; ich höre das Klickern seiner Krallen auf dem Holz direkt hinter mir. Warum habe ich einen Kater, wo ich doch einen Hund wie Henry haben könnte, dessen einziger Lebenszweck es ist, seinem Besitzer zu gehorchen und zu Diensten zu sein? Und unterdessen streunt Hannibal, dieser Taugenichts, durch die Gegend, wie es Kater eben tun, und macht mir wieder mal das Leben schwer.

In der Küche öffne ich den Kühlschrank und sehe, dass da tatsächlich ein halbes Hähnchen liegt, doch ich habe keinen Appetit. Jedenfalls nicht auf Essen – was ich jetzt eigentlich will, ist ein Glas Wein. Ich finde eine geöffnete Flasche Chardonnay – der Rest in der Flasche dürfte fürs Erste reichen, also gieße ich ihn mir in ein Glas und nippe daran, während ich ins Wohnzimmer schlendere, auf Schritt und Tritt verfolgt von Henry. Dort bewundere ich die vier Ölgemälde an den Wänden. Es sind alles Bens Werke, und wieder bin ich beeindruckt von seiner Kunst. Alle vier Bilder zeigen denselben Strand, aber jedes hat eine andere Stimmung. Das erste fängt einen Sommertag ein – das Wasser reflektiert die grellen Strahlen. Auf dem Sand liegt eine rot karierte Decke, in der noch die zerknitterten Abdrücke von zwei Menschen zu sehen sind, die dort gelegen haben. Ein Liebespaar vielleicht, das gerade schwimmen gegangen ist? Beinahe kann ich die Hitze der Sonne spüren und das Salz in der Meeresbrise schmecken.

Ich wende mich dem zweiten Gemälde zu. Es ist der gleiche Strand mit dem gleichen schroffen Felsen am rechten Rand, doch der Herbst hat die Vegetation in eine Symphonie aus leuchtendem Rot und Gold verwandelt. Auf dem Sand liegt die gleiche karierte Decke, zerwühlt wie zuvor und bestreut mit herabgefallenen Blättern. Wo ist das Liebespaar? Warum haben sie ihre Decke zurückgelassen?

Auf dem dritten Bild ist der Winter hereingebrochen und hat das Wasser in eine bedrohliche schwarze Fläche verwandelt. Schnee bedeckt den Strand, doch ein kleiner Zipfel der Decke schaut noch hervor, ein auffälliger roter Farbfleck in der weißen Einöde. Das Liebespaar ist verschwunden, ihr sommerlicher Flirt längst vergessen.

Ich gehe weiter zum vierten Bild. Der Frühling ist gekommen. Die Bäume leuchten hellgrün, und ein einzelner Löwenzahn blüht in einem Flecken buschigen Grases. Ich weiß, dass dieses das abschließende Bild der Serie sein soll, denn wieder liegt da die rot karierte Decke im Sand. Doch Wind und Wetter haben sie in ein verschlissenes Symbol des Vergessens und der Vergänglichkeit verwandelt. Der Stoff ist beschmutzt und mit Zweigen und Laub übersät. Längst vergessen die Freuden der Liebe, die auf diesem rot karierten Stück Stoff einst genossen wurden.

Ich stelle mir vor, wie Ben seine Staffelei an diesem Strand aufstellt und die gleiche Szene wieder und wieder malt, während die Jahreszeiten ihren Lauf nehmen. Was hat ihn immer wieder an diesen Ort gezogen? Die Ecke eines Etiketts schaut hinter dem Rahmen hervor. Ich ziehe ihn heraus und lese, was darauf steht.

Cinnamon Beach, Frühling. Nr. 4 in einer Serie.

Warum kommt mir der Name so bekannt vor? Ich weiß, dass ich ihn schon einmal gehört habe, und ich weiß, dass es die Stimme einer Frau war, die ihn aussprach. Dann fällt es mir ein: Es war Donna Branca, als sie mir erklärte, warum der Verdacht auf Ned Haskell gefallen war. *Vor sechs, sieben Jahren ist hier eine Frau verschwunden. Ned hatte ihre Hausschlüssel in seinem Lieferwagen. Er behauptete, sie am Cinnamon Beach gefunden zu haben.*

Derselbe Strand, der immer wieder in Bens Gemälden auftaucht. Sicherlich ist es nur ein Zufall. Auch andere werden diese kleine Bucht entdeckt und sich an diesem Sandstrand gesonnt haben.

Der Hund winselt, und ich sehe mich um, aufgeschreckt durch das Geräusch. Meine Hände sind plötzlich ganz kalt.

Durch die offene Wohnzimmertür erblicke ich eine Staffelei und eine Leinwand, und als ich ins Nebenzimmer gehe, steigt mir der Geruch von Terpentin und Leinölfirnis in die Nase. Vor dem Fenster lehnt Bens aktuelle Arbeit. Bislang ist es nur eine Skizze, die Umrisse einer Hafenszene, die darauf warten, dass der Künstler sie mit Leben und Farbe füllt. An der Wand lehnen Dutzende fertige Gemälde, die nur noch gerahmt werden müssen. Ich sehe sie durch und erblicke Schiffe, die durch die Dünung pflügen, einen Leuchtturm, an dem sich die sturmgepeitschten Wellen brechen. Ich gehe weiter zum nächsten Stapel und sehe auch diese Bilder langsam durch. Cinnamon Beach und die verschwundene Frau beschäftigen mich immer noch. Donna hatte gesagt, die Frau sei eine Touristin gewesen, die ein Cottage nahe dem Strand gemietet hatte. Als sie verschwand, gingen alle davon aus, dass sie beim Schwimmen ertrunken sei, doch als ihre Schlüssel auf Neds Armaturenbrett auftauchten, fiel der Verdacht auf ihn. So, wie er jetzt des Mordes an Charlotte Nielson verdächtigt wird.

Ich komme zum letzten Bild in dem Stapel und erstarre. Die Härchen an meinem Arm richten sich auf, und ich bekomme eine Gänsehaut. Ich starre auf ein Gemälde, das mein eigenes Haus zeigt.

Es ist noch nicht fertig – der Hintergrund ist eine dunkelblaue Fläche, und hier und da scheint noch die blanke Leinwand durch, doch es besteht kein Zweifel, dass dieses Haus Brodie's Watch ist. Die Nacht hüllt es in Schatten, und der Erkerturm ist nur eine schwarze Silhouette vor dem tiefblauen Himmel. Nur ein Fenster ist erleuchtet: mein Schlafzimmerfenster. Ein Fenster, in dem sich die Umrisse einer Frau vor dem hellen Zimmer abzeichnen.

Ich starre meine Fingerspitzen an, die klebrig von dunkelblauer Farbe sind. Frischer Farbe. Plötzlich erinnere ich mich an die flackernden Lichter, die ich in der Nacht von meinem Schlafzimmerfenster aus gesehen habe. Es waren doch keine Glühwürmchen – nein, dort draußen hat jemand gestanden, unten auf dem Klippenpfad, und mein Fenster beobachtet. Während ich in Brodie's Watch wohnte, während ich in diesem Schlafzimmer schlief, während ich mich dort am Fenster auszog, hat Ben heimlich dieses Bild von meinem Haus gemalt. Und von mir.

Ich kann die Nacht nicht hier verbringen.

Ich laufe nach oben und werfe einen nervösen Blick aus dem Fenster, weil ich fürchte, jeden Moment Bens Wagen in die Einfahrt einbiegen zu sehen. Nachdem ich mich vergewissert habe, dass die Luft rein ist, schleppe ich meinen Koffer die Treppe hinunter, von Stufe zu Stufe rumpelnd, und rolle ihn hinaus zu meinem Auto. Der Hund ist mir gefolgt, ich ziehe ihn am Halsband zurück ins Haus und schließe ihn ein. So eilig ich es habe, ich will nicht dafür verantwortlich sein, dass ein unschuldiger Hund von einem Auto überfahren wird.

Ich fahre los und werfe immer wieder nervöse Blicke in den Rückspiegel, doch die Straße hinter mir ist leer. Ich habe keine Beweise gegen Ben in der Hand, nichts als dieses Bild, das ich in seinem Atelier gesehen habe, und das ist zu wenig, viel zu wenig, um damit zur Polizei zu gehen. Ich bin nur eine Sommerfrischlerin, und Ben ist ein angesehener Bürger der Stadt, dessen Familie seit Generationen hier ansässig ist.

Nein, ein Gemälde reicht nicht aus, um die Polizei zu alarmieren, aber es reicht, um mich nervös zu machen. Und mich alles noch einmal überdenken zu lassen, was ich über Ben Gordon weiß.

Ich bin fest entschlossen, die Stadt zu verlassen, doch gerade als ich im Begriff bin, in die Straße einzubiegen, die in südlicher Richtung aus Tucker Cove hinausführt, fällt mir Hannibal ein. Frustriert schlage ich auf das Lenkrad ein. *Du blöder Kater, natürlich musst du mir mal wieder einen Strich durch die Rechnung machen.*

Ich wende und fahre zurück nach Brodie's Watch.

Es ist früher Abend, und in der heraufziehenden Dämmerung wirkt der Nebel noch dichter, fast so, als könnte man ihn mit Händen greifen. Ich steige aus und blicke mich suchend um. Grauer Nebel, grauer Kater. Ich würde ihn nicht sehen, und wenn er nur ein paar Meter von mir entfernt säße.

»Hannibal?« Ich gehe ums Haus herum, rufe seinen Namen noch lauter. »Wo steckst du?«

Und da höre ich es, fast übertönt vom Tosen der Wellen: ein schwaches Miauen.

»Komm her, du Schlingel! Na los, komm!«

Wieder das Miauen. Im Nebel hört es sich so an, als

ob es aus allen Richtungen zugleich käme. »Ich hab dein Fressen!«, rufe ich.

Er antwortet mit einem fordernden Maunzen, und jetzt merke ich, dass das Geräusch von oben kommt. Als ich aufblicke, kann ich durch den Nebel hoch über mir eine Bewegung ausmachen. Es ist ein Schwanz, und er zuckt ungeduldig. Hannibal hockt oben auf dem Witwenbalkon und schaut durch die Streben des Geländers auf mich herab.

»Wie zum Teufel hast du das nur angestellt?«, rufe ich ihm zu, aber ich weiß bereits, wie es passiert ist. Ich hatte es so eilig, zu packen und aus dem Haus zu verschwinden, dass ich nicht mehr auf dem Witwenbalkon nachgesehen habe, bevor ich die Tür schloss. Hannibal muss sich irgendwann hinausgeschlichen haben, und dann habe ich ihn ausgesperrt.

Auf der Veranda halte ich inne – alles in mir sträubt sich dagegen, das Haus noch einmal zu betreten. Es ist erst ein paar Stunden her, dass ich in Panik aus Brodie's Watch geflohen bin, überzeugt, dass ich nie wieder herkommen würde. Jetzt bleibt mir nichts anderes übrig, als noch einmal hineinzugehen.

Ich schließe die Tür auf und schalte das Licht ein. Alles sieht genauso aus wie immer. Der gleiche Schirmständer, der gleiche Eichenfußboden, der gleiche Kronleuchter. Ich atme tief ein und kann keinen Meergeruch wahrnehmen.

Ich steige die Treppe hinauf, und die Stufen knarren an den gewohnten Stellen. Oben ist alles dunkel, und ich frage mich, ob er dort im Schatten wartet, ob er mich beobachtet. Ich schalte das Licht ein und sehe die vertrauten cremefarbenen Wände und Stuckleisten. Alles ist still. *Bist du hier?*

Ich werfe einen Blick in mein Schlafzimmer, das ich in solcher Eile verlassen habe, dass die Kommodenschubladen offen stehen und die Schranktür nur angelehnt ist. Ich gehe weiter zur Erkertreppe. Die Tür knarrt, als ich sie öffne. Ich denke an die Nächte, als ich am Fuß dieser Treppe gestanden habe, zitternd vor gespannter Erwartung, und mich gefragt habe, welche Genüsse und welche Qualen mich dort oben erwarten. Als ich hinaufsteige, erinnere ich mich an das Rascheln der Seide an meinen Knöcheln und seine Hand, die unerbittlich die meine gepackt hielt. Eine Hand, deren Berührung sowohl zärtlich als auch brutal sein konnte. Mein Herz pocht, als ich ins Turmzimmer trete.

Es ist leer.

Während ich allein in diesem Zimmer stehe, werde ich plötzlich von einer so tiefen Sehnsucht übermannt, dass es sich anfühlt, als hätte eine kalte Hand mir das Herz aus der Brust gerissen und nur eine leere Höhle zurückgelassen. *Du fehlst mir. Was immer du bist, Geist oder Dämon, gut oder böse – wenn ich dich nur ein letztes Mal sehen könnte.*

Aber da ist kein wirbelndes Ektoplasma, kein Hauch von salziger Luft. Captain Jeremiah Brodie hat dieses Haus verlassen. Er hat mich im Stich gelassen.

Ein hartnäckiges Miauen erinnert mich daran, warum ich hier bin. Hannibal.

Ich öffne die Tür zum Witwenbalkon, und mein Kater spaziert mit hoch erhobenem Kopf herein. Dann pflanzt er sich vor mich hin und fixiert mich mit einem Blick, der sagen soll: *So, wo bleibt jetzt mein Fressen?*

»Eines Tages verarbeite ich dich noch zu einem Pelzkragen«, grummle ich, während ich ihn hochhebe. Ich habe ihn seit heute Morgen nicht mehr gefüttert, doch er kommt mir schwerer vor denn je. Während ich noch mit dem Fellsack auf meinem Arm ringe, drehe ich mich zur Treppe um und erstarre.

Ben steht in der Tür.

Der Kater schlüpft mir aus den Armen und landet mit einem *Wump* auf dem Boden.

»Du hast mir nicht gesagt, dass du abreist«, sagt Ben.

»Ich musste…« Ich sehe meinem Kater hinterher, der sich hinausschleicht. »Ich musste erst Hannibal suchen.«

»Aber du hast deinen Koffer mitgenommen. Du hast mir nicht einmal eine Nachricht hinterlassen.«

Ich weiche einen Schritt zurück. »Es war schon spät. Ich wollte nicht, dass er die ganze Nacht allein draußen ist. Und…«

»Und was?«

Ich seufze. »Es tut mir leid, Ben. Das kann nichts werden mit uns.«

»Wann hattest du vor, mir das zu sagen?«

»Ich habe doch versucht, es dir zu sagen. Es geht gerade so vieles in meinem Leben drunter und drüber. Ich sollte überhaupt keine Beziehung eingehen, solange ich mich nicht wieder gefangen habe. Es liegt nicht an dir, Ben. Es liegt an mir.«

Sein Lachen klingt bitter. »Das sagen sie alle.« Er geht zum Fenster und bleibt dort stehen, blickt mit hängenden Schultern in den Nebel hinaus. Er wirkt so niedergeschlagen, dass er mir fast leidtut. Dann denke ich an das unvollendete Gemälde von Brodie's Watch und die Frauensilhouette im Schlafzimmerfenster. *Meinem* Schlafzimmerfenster. Ich gehe einen Schritt auf die Tür zu, dann noch einen. Wenn ich leise bin, kann ich schon unten sein, bevor er etwas merkt. Bevor er mich aufhalten kann.

»Ich habe den Blick aus diesem Erkerturm immer gemocht«, sagt er. »Auch wenn der Nebel aufzieht. Besonders, wenn der Nebel aufzieht.«

Ich gehe noch einen Schritt und hoffe inständig, nicht auf eine knarrende Diele zu treten.

»Dieses Haus war früher nur ein Haufen verrottetes Holz und zerbrochenes Glas. Eine Ruine, die nur darauf wartete, dass jemand ein Streichholz dranhielt. Es wäre im Nu in Flammen aufgegangen.«

Ich mache noch einen Schritt.

»Und dieser Witwenbalkon war total baufällig. Aber das Geländer war stabiler, als es aussah.«

Ich bin fast an der Tür. Ich setze einen Fuß auf die erste Stufe, und sie knarrt so laut, dass es scheint, als ob das ganze Haus aufstöhnt.

Ben dreht sich vom Fenster weg und starrt mich an. In diesem Moment erkennt er meine Angst. Meinen verzweifelten Wunsch zu fliehen. »Du verlässt mich also.«

»Ich muss zurück nach Boston. Nach Hause.«

»Ihr seid alle gleich, alle miteinander. Ihr macht uns schöne Augen, spielt uns etwas vor. Macht uns Hoffnungen.«

»Das war nie meine Absicht.«

»Und dann brecht ihr uns das Herz. Ihr – brecht – uns – das – *Herz*!«

Er schreit es so laut heraus, dass ich zusammenzucke, als ob er mich geschlagen hätte. Aber ich rühre mich nicht von der Stelle, genauso wenig wie er. Während wir einander anstarren, geht mir plötzlich die Bedeutung seiner Worte auf. Ich denke an Charlotte Nielson, deren verwesende Leiche im Meer trieb. Und ich denke an Jessie Inman, das junge Mädchen, das in einer Halloween-Nacht vor zwei Jahrzehnten in den Tod stürzte – als Ben ein Teenager war, im gleichen Alter wie Jessie. Mein Blick fällt durch das Fenster auf den Witwenbalkon.

Das Geländer war stabiler, als es aussah.

»Du willst mich nicht wirklich verlassen, Ava«, sagt er leise.

Ich schlucke. »Nein. Nein, Ben, das will ich nicht.«

»Aber du gehst trotzdem weg. Nicht wahr?«

»Nein, so ist es nicht.«

»Ist es etwas, was ich gesagt habe? Oder getan?«

Verzweifelt suche ich nach den passenden Worten, um ihn zu beruhigen. »Es ist nichts, was du getan hast. Du warst immer gut zu mir.«

»Es war das Gemälde, nicht wahr? Mein Gemälde von diesem Haus.«

Ich versteife mich, eine unwillkürliche Reaktion, die er gleich bemerkt.

»Ich weiß, dass du in meinem Atelier warst. Ich weiß, dass du es angeschaut hast, weil du die Leinwand verschmiert hast.« Er zeigt auf meine Hand. »Du hast noch die Farbe an den Fingern.«

»Kannst du nicht verstehen, warum ich erschrocken bin, als ich dieses Bild sah? Zu wissen, dass du mein Haus beobachtet hast. Dass du *mich* beobachtet hast.«

»Ich bin Künstler. Künstler tun so etwas nun mal.«

»Frauen ausspionieren? Sich nachts um ihre Häuser schleichen und ihre Schlafzimmerfenster beobachten? Du warst es, der damals in meine Küche eingebrochen ist, stimmt's? Der versucht hat einzubrechen, als Charlotte noch hier wohnte?« Ich habe meinen Mut wiedergefunden und gehe zum Gegenangriff über. Wenn ich Angst zeige, hat er schon gewonnen. »So etwas macht kein Künstler. Das machen nur Stalker.«

Meine scharfe Erwiderung scheint ihm die Sprache zu verschlagen, und das war genau meine Absicht. Er soll wissen, dass ich nicht bereit bin, mich zum Opfer machen zu lassen, wie Charlotte oder Jessie oder eine der anderen Frauen, die er vielleicht auch bedroht hat.

»Ich habe schon die Polizei gerufen, Ben. Ich habe ihnen gesagt, dass du mein Haus beobachtet hast. Ich habe ihnen gesagt, dass sie dich mal genau unter die Lupe nehmen sollen, weil ich nicht die erste Frau bin, die du gestalkt hast.« Merkt er, dass ich bluffe? Ich weiß es nicht. Ich weiß nur, dass jetzt der Moment ist zu gehen, ehe er sich wieder gefasst hat. Ich drehe mich um und steige die Treppe hinunter, nicht zu überhastet, weil ich mich nicht wie ein hilfloses Opfer verhalten will. Nein, ich bewege mich im ruhigen, gemessenen Tempo einer Frau, die alles im Griff hat. Einer Frau, die keine Angst hat. Unbehelligt erreiche ich den Flur im ersten Stock.

Er scheint mir nicht zu folgen.

Mein Herz schlägt so heftig, als ob es meinen Brustkorb sprengen wollte. Ich gehe den Flur entlang zur nächsten Treppe. Ich muss nur noch diese Stufen hinuntersteigen, zur Haustür hinausgehen und in mein Auto steigen. *Tut mir leid, Hannibal, du wirst heute Nacht allein klarkommen müssen.* Ich will nur noch hier raus und dann auf dem schnellsten Weg zur Polizei.

Schritte. Hinter mir.

Ich blicke mich um, und da ist er. Sein Gesicht ist wutverzerrt. Das ist nicht mehr der Ben, den ich kenne, das ist ein anderer. *Etwas* anderes.

Ich renne auf die Treppe zu. Ich habe gerade die oberste Stufe erreicht, als er sich auf mich stürzt. Die Wucht des Aufpralls wirft mich nach vorn, und ich falle, falle, ein fataler Sturzflug, der sich in quälendem Zeitlupentempo abzuspielen scheint.

An die Landung habe ich keine Erinnerung.

29

Ein angestrengtes Keuchen. Warme Atemluft in meinen Haaren. Und Schmerzen, gewaltige Schmerzwellen, die über meinen Kopf hereinbrechen. Ich werde die Treppe hinaufgezerrt, meine Füße poltern von Stufe zu Stufe, während ich höher und höher gezogen werde. Ich kann nur Schatten erkennen und das schwache Funkeln eines Wandleuchters. Es ist die Treppe zum Turmzimmer.

Jetzt zerrt er mich über die oberste Stufe und schleift mich ins Zimmer. Lässt mich lang ausgestreckt am Boden liegen, während er eine Verschnaufpause einlegt. Einen bewusstlosen Menschen zwei Treppen hinaufzuschleppen, ist Schwerstarbeit – warum hat er sich diese Mühe gemacht? Warum hat er mich in dieses Zimmer gebracht?

Dann höre ich, wie er die Tür zum Witwenbalkon öffnet. Ich spüre den kalten Luftzug, und der Geruch des Meeres weht herein. Ich will mich aufrappeln, doch der Schmerz, scharf wie eine Messerklinge, schießt von meinem Hals durch den ganzen linken Arm. Ich schaffe es nicht, mich aufzusetzen, jeder Versuch, den Arm zu bewegen, schmerzt unerträglich. Schritte nähern sich, und er blickt auf mich herab.

»Sie werden wissen, dass du es warst«, sage ich. »Sie werden es herausfinden.«

»Sie haben es auch damals nicht herausgefunden. Und das ist zweiundzwanzig Jahre her.«

Zweiundzwanzig Jahre? Er redet von Jessie. Dem Mädchen, das vom Witwenbalkon gestürzt ist.

»Sie wollte mich auch verlassen. Genau wie du jetzt.« Er sieht zum Witwenbalkon, und ich stelle mir diese kalte, verregnete Halloween-Nacht vor. Zwei Teenager, ein Junge und ein Mädchen, streiten sich, während ihre Freunde unten knutschen und sich betrinken. Er hat sie hier in die Falle gelockt, wo sie nicht entkommen kann. Wo für einen Mord nur ein Stoß über die Brüstung des Witwenbalkons nötig ist. Auch zweiundzwanzig Jahre nach der Tat ist die Todesangst dieses Mädchens noch in diesem Raum präsent, stark genug, um von Menschen wahrgenommen zu werden, die für Echos aus der Vergangenheit empfänglich sind.

Es war nicht Aurora Sherbrookes Tod, der Kim so tief erschüttert hat, als sie dieses Zimmer mit ihrem Geisterjäger-Team betrat. Es war der Tod von Jessie Inman.

»So ist das in einer Kleinstadt wie dieser«, sagt Ben. »Wenn die Leute dich einmal als ehrbaren Bürger und Stütze der Gemeinschaft anerkannt haben, kannst du dir alles erlauben. Aber du, Ava?« Er schüttelt den Kopf. »Sie werden die ganzen leeren Weinflaschen in deinem Abfalleimer sehen. Sie werden von deinen Halluzinationen hören. Von deinem sogenannten Geist. Und was das Schlimmste ist: Sie werden wissen, dass du nicht von *hier* bist. Du bist keine von *uns*.«

Genau wie Charlotte, deren Verschwinden keine Fragen aufwarf. Von einem Tag auf den anderen war sie verschwunden, und niemand hielt es für nötig, Nachforschungen anzustellen, denn sie war ja eine Auswärtige. Keine von ihnen. Anders als der geachtete Dr. Ben Gordon, dessen Familie seit Generationen in Tucker Cove verwurzelt ist. Dessen Vater, ebenfalls Arzt, genug Einfluss besaß, um den Namen seines Sohnes nach der Tragödie von Halloween aus der Zeitung herauszuhalten. Jessies Schicksal war bald vergessen, und bald würde es auch das von Charlotte sein.

Genau wie meines.

Er bückt sich und packt meine Knöchel. Macht sich daran, mich durch die offene Tür zu ziehen.

Ich schlage um mich, versuche, mich loszureißen, aber der Schmerz, der durch meinen Arm zuckt, ist so unerträglich, dass ich mich aufs Treten beschränken muss. Doch er lockert seinen Griff kein bisschen und zerrt mich weiter auf den Witwenbalkon zu. So ist Jessie gestorben. Jetzt kenne ich die Todesangst, die Jessie empfunden hat, als sie sich gegen ihn wehrte. Als er sie hochhob und über das Geländer hielt. Hat sie noch einen Moment lang dort gehangen, mit den Beinen über dem Abgrund baumelnd? Hat sie um ihr Leben gefleht?

Ich trete weiter um mich und schreie.

Er zieht meine Beine durch die Tür, und ich strecke meinen unverletzten Arm aus, um mich am Türpfosten festzuhalten. Er zerrt fester an meinen Knöcheln, aber ich klammere mich mit aller Kraft fest. Ich werde nicht aufgeben. Ich werde mich bis zum Schluss gegen ihn wehren.

In rasender Wut lässt er meine Knöchel los und tritt mit dem Absatz brutal auf mein Handgelenk. Ich spüre, wie die Knochen brechen, und schreie auf. Jetzt habe ich keine heile Hand mehr, mit der ich mich festhalten kann.

Er zerrt mich hinaus auf den Witwenbalkon.

Die Nacht ist hereingebrochen. Alles, was ich von Ben sehen kann, ist seine schattenhafte Silhouette, in Nebel gehüllt. So endet es also. Vom Dach in die Tiefe geworfen, ein tödlicher Sturz auf die Felsen.

Er greift mir unter die Arme und zerrt mich zum Geländer. Der Nebel ist feucht wie Tränen auf meinem Gesicht. Ich schmecke Salz, fülle meine Lunge mit einem letzten Atemzug. Die Luft riecht wie …

Die See.

Durch den wabernden Nebel erblicke ich die Gestalt, die in der Dunkelheit aufragt. Kein flüchtiger Schatten, sondern etwas Reales, Handfestes, das sich auf uns zubewegt.

Ben sieht es auch, und er erstarrt, die Augen weit aufgerissen. »Was zum Teufel …?«

Abrupt lässt er mich los, und ich knalle auf die Planken. Ein neuer Schmerz schießt von meinem Hals in den Arm, und er ist so unerträglich, dass mir für ein paar Sekunden schwarz vor Augen wird. Ich sehe den Schlag nicht, aber ich höre das Klatschen eines Faustschlags, höre Ben vor Schmerz aufstöhnen. Dann kann ich zwei Schatten ausmachen, die im Nebel miteinander ringen, sie drehen und winden sich in einem makabren Totentanz. Plötzlich kippen sie beide zur Seite, und ich höre das Krachen von splitterndem Holz.

Und einen schrillen Schrei. Bens Schrei. Für den Rest meines Lebens wird dieses Geräusch in meinen Albträumen widerhallen.

Eine Gestalt beugt sich über mich, breitschultrig und in Nebel gehüllt. »Danke«, flüstere ich.

Kurz bevor der schwarze Vorhang sich vor meine Augen senkt.

Ich kann den Kopf nicht bewegen. Mein Hals und meine Schultern stecken in einer HWS-Schiene, und ich liege auf dem Rücken im Krankenwagen, sodass ich nur starr nach oben schauen kann, wo das flackernde Blaulicht sich in meiner Infusionsflasche spiegelt. Von draußen kommt das Geschnatter des Polizeifunks, und ich höre das Knirschen von Reifen im Kies, als ein weiteres Fahrzeug eintrifft.

Ein Licht leuchtet in mein linkes Auge, dann in das rechte.

»Pupillen sind noch gleich groß und reaktiv«, stellt der Sanitäter fest. »Ma'am, wissen Sie, welchen Monat wir haben?«

»September«, murmle ich.

»Und welchen Wochentag?«

»Montag. Glaube ich.«

»Okay, gut.« Er streckt den Arm aus, um den Infusionsbeutel mit Kochsalzlösung einzustellen, der über meinem Kopf hängt. »Sie machen sich prima. Ich klebe nur rasch den Infusionsschlauch ein bisschen besser fest.«

»Haben Sie ihn gesehen?«, frage ich.

»Wen?«

»Captain Brodie.«

»Ich weiß nicht, wer das ist.«

»Als Sie raufkamen, um mich zu holen, war er dort, auf dem Witwenbalkon. Er hat mir das Leben gerettet.«

»Tut mir leid, Ma'am. Der Einzige, den ich da oben bei

Ihnen gesehen habe, war Mr. Haskell. Er hat auch den Krankenwagen gerufen.«

»Ned war da?«

»Er ist immer noch da draußen.« Der Sanitäter steckt den Kopf aus dem Krankenwagen und ruft: »He, Ned, sie fragt nach dir!«

Kurz darauf sehe ich Neds Gesicht auf mich herabblicken. »Wie geht es Ihnen, Ava?«

»Sie haben ihn gesehen, nicht wahr?«, frage ich.

»Sie fragt nach jemandem namens Brodie«, erklärt der Sanitäter. »Sie sagt, er sei da oben auf dem Witwenbalkon gewesen.«

Ned schüttelt den Kopf. »Ich habe dort oben niemanden gesehen außer Ihnen und Ben.«

»Er wollte mich umbringen«, sage ich leise.

»Ich hatte immer meine Zweifel, was ihn betrifft, Ava. Die ganzen Jahre habe ich mich gefragt, wie Jessie wirklich gestorben ist. Und als Charlotte …«

»Die Polizei dachte, Sie hätten sie umgebracht.«

»Das dachten alle. Als Sie sich mit Ben anfreundeten, machte ich mir Sorgen, dass die Vergangenheit sich wiederholen könnte.«

»Deswegen sind Sie ihm hierher gefolgt?«

»Ich hörte Sie oben auf dem Dach schreien, und da war mir alles klar. Ich glaube, ich habe immer schon gewusst, dass er es war. Aber niemand hat auf mich gehört, und warum sollten sie auch? Er war der Arzt, und ich bin nur …«

»Der Mann, der die Wahrheit sagt.« Wenn mein Handgelenk nicht in einem Verband stecken würde, wenn mein Arm nicht bei der kleinsten Bewegung wehtäte, würde ich seine Hand ergreifen. Es gibt so vieles, was ich ihm gerne sagen würde, aber die Sanitäter haben schon den Motor angelassen, und es wird Zeit, sich zu verabschieden.

Ned steigt aus und schließt die Tür.

Ich kann mich nicht rühren, steif wie eine Mumie in meiner Halsschiene, und so kann ich nicht aus dem Heckfenster sehen, wo der Leichenwagen bereitsteht, um Ben Gordons Leiche abzutransportieren. Und ich kann auch keinen letzten Blick auf das Haus werfen, wo ich den Tod gefunden hätte, wenn Ned Haskell nicht gewesen wäre.

Oder war es der Geist, der mich gerettet hat?

Während der Krankenwagen die Auffahrt hinunterrumpelt, schließe ich die Augen und sehe ein letztes Mal Jeremiah Brodie auf dem Witwenbalkon stehen und Wache halten, wie er es immer getan hat.

Wie er es immer tun wird.

30

Ein weißer Vorhang hängt neben meinem Bett und versperrt mir den Blick auf die Tür. Ich liege in einem Zweibettzimmer, und die Frau in dem anderen Bett ist offenbar sehr gefragt – ständig kommen Besucher und bringen ihr Blumen. Ich kann den Duft von Rosen riechen, und durch den Vorhang höre ich Stimmen, die sie begrüßen: »Hallo, Oma!« und »Wie geht's dir, Schatz?« und »Hoffentlich wirst du bald entlassen!« Die Stimmen von Menschen, die sie lieben.

Auf meiner Seite des Vorhangs herrscht Stille. Meine einzigen Besucher waren bisher Ned Haskell, der gestern vorbeigeschaut hat, um mir zu versichern, dass er sich um meinen Kater kümmert, und die zwei Detectives von der Maine State Police, die heute Morgen hier waren, um mir Fragen zu stellen, die sie mir größtenteils schon gestern gestellt haben. Sie haben Bens Haus durchsucht und das Gemälde gefunden, das ich ihnen beschrieben habe. Sie haben seinen Laptop gefunden, auf dem Fotos von mir und auch von Charlotte waren, aufgenommen mit einem Teleobjektiv durch unser Schlafzimmerfenster. Vielleicht ist es bei Charlotte genauso abgelaufen wie bei mir: ein Flirt zwischen dem Gemeindearzt und der hübschen neuen Mieterin in Brodie's Watch. Hatte sie in der Art, wie er sie bedrängte, eine verstörende Unterströmung wahrgenommen und versucht, Schluss zu machen? Und hatte er auf die Zurückweisung mit Gewalt reagiert, wie vor zwei Jahrzehnten bei der fünfzehnjährigen Jessie Inman?

Wenn man ein Boot besitzt, ist es kein Problem, eine Leiche verschwinden zu lassen – schwierig ist es nur, die Tatsache zu vertuschen, dass das Opfer spurlos verschwunden ist. Deswegen hatte er Charlottes Sachen gepackt, um es so aussehen zu lassen, als sei sie aus eigenem Entschluss abgereist, doch am Ende war er über Details gestolpert: Charlottes überquellendes Postfach. Die verwesende Leiche, die überraschend in der Bucht aufgetaucht war. Und ihr Auto, ein fünf Jahre alter Toyota, der erst gestern fünfzig Meilen von Tucker Cove entfernt verlassen aufgefunden wurde, vollgepackt mit ihren Habseligkeiten. Ohne diese Details – und ohne meine hartnäckigen Fragen – hätte vielleicht niemand je erfahren, dass Charlotte Nielson den Staat Maine nie lebend verlassen hatte.

Und ebenso leicht hätte der Mord an mir übersehen werden können. Ich bin schließlich die verrückte Mieterin, die in ihrem Haus Geister sah und die einen Berg leerer Weinflaschen in ihrer Küche hatte. Eine Frau, der man durchaus zutrauen würde, dass sie eines Nachts betrunken auf den Witwenbalkon torkelt und über das Geländer in die Tiefe stürzt. Die braven Bürger von Tucker Cove hätten nur den Kopf geschüttelt über den bedauernswerten Tod einer dem Alkohol zugetanen Sommertouristin. Captain Brodie's Fluch hat wieder zugeschlagen, hätten sie gedacht.

Ich höre, wie noch mehr Besucher ins Zimmer strömen,

und wieder geht es hoch her, mit »Hallo, Darling!« und »Du sieht heute schon viel besser aus!« Aber ich liege allein auf meiner Seite des Vorhangs und starre aus dem Fenster, wo Regentropfen an die Scheibe trommeln. Die Ärzte sagen, dass ich morgen das Krankenhaus verlassen kann, aber wohin soll ich gehen?

Ich weiß nur, dass ich nicht nach Brodie's Watch zurückkehren werde, denn da *ist* etwas in diesem Haus, etwas, das mir zugleich Angst macht und mich in seinen Bann zieht. Etwas, das in der Nacht, als die Geisterjäger bei mir waren, auf Video festgehalten wurde. Etwas, das über mich herfiel, als ich schlief. Aber jetzt denke ich aufs Neue über diesen Schatten nach, der durch mein Schlafzimmer auf mich zuglitt. Vielleicht war er ja nicht gekommen, um mich anzugreifen, sondern um mich vor dem wahren Ungeheuer in meinem Haus zu beschützen: kein Geist, kein Dämon, sondern ein Mann aus Fleisch und Blut, der schon einmal in diesem Haus einen Mord begangen hatte.

Wieder öffnet und schließt sich die Tür mit einem Zischen – offenbar noch mehr Besucher für meine beliebte Zimmergenossin. Ich sehe dem Regen zu, der ans Fenster prasselt, und grüble darüber nach, wie es weitergehen soll. Nach Boston zurückgehen. Das Manuskript fertigstellen. Mit dem Trinken aufhören.

Und Lucy. Wie soll es bloß mit Lucy weitergehen?

»Ava?«

Die Stimme ist so leise, dass ich sie bei dem Geplapper der Besucher auf der anderen Seite des Vorhangs fast überhört hätte. Und selbst als ich die Stimme erkenne, kann ich noch nicht glauben, dass sie wirklich ist. Sie gehört nur einem weiteren Geist, jemandem, den ich heraufbeschworen habe, wie zuvor den Geist von Captain Brodie.

Doch als ich den Kopf drehe, sehe ich meine Schwester hinter dem Vorhang hervortreten. Im grauen Licht, das durch das Fenster fällt, ist ihr Gesicht fahl, ihre Augen vor Erschöpfung eingesunken. Ihre Bluse ist zerknittert, und ihr langes Haar, das sie normalerweise zu einem ordentlichen Pferdeschwanz bindet, fällt ihr wirr und zerzaust über die Schultern. Und doch ist sie wunderschön. Meine Schwester wird immer wunderschön sein.

»Du bist hier«, murmele ich staunend. »Du bist wirklich hier.«

»Natürlich bin ich hier.«

»Aber wieso … Wie hast du es erfahren?«

»Ich hatte heute Morgen einen Anruf von einem Mann namens Ned Haskell. Er sagte, er sei ein Freund von dir. Als er mir erzählte, was dir zugestoßen war, bin ich sofort ins Auto gesprungen und hergefahren.«

Das hätte ich mir denken können, dass es Ned war, der sie angerufen hat. Bei seinem Besuch gestern hat er mich gefragt, wo meine Familie sei, und ich habe ihm von Lucy erzählt. Meiner klügeren, netteren älteren Schwester. »Finden Sie nicht, dass sie hier sein sollte?«, hatte er mich gefragt.

»Mensch, Ava, warum hast du mir denn nicht gesagt, dass du im Krankenhaus liegst?«, will Lucy wissen. »Warum musste ich es von einem Wildfremden erfahren?«

Darauf habe ich keine gute Antwort. Sie setzt sich auf die Bettkante und fasst meine unverletzte Hand, und ich drücke sie so fest, dass die Knöchel weiß werden. Ich wage es nicht, sie loszulassen, aus Angst, dass sie sich in Luft auflösen wird, doch ihre Hand liegt warm und fest in meiner. Es ist die gleiche Hand, die meine an meinem ersten Schultag gehalten hat, die Hand, die meine Haare geflochten und mir die Tränen getrocknet hat, die Hand, die mich abgeklatscht hat, als ich meinen ersten Job ergatterte. Die Hand des Menschen, der mir der liebste auf der Welt ist.

»Du musst dir von mir helfen lassen, Ava. Bitte, lass mich dir helfen. Was immer das Problem ist, was immer dich beschäftigt, mir kannst du es sagen.«

Ich blinzele die Tränen weg. »Ich weiß.«

»Sei ehrlich mit mir. Sag mir, was los ist. Sag mir, was ich getan habe, dass du dich von mir abgewandt hast.«

»Was *du* getan hast?« Ich sehe in ihr müdes, ratloses Gesicht und denke: *Noch etwas, was ich Lucy angetan habe. Nicht genug, dass sie Nick verloren hat – sie glaubt, dass sie auch mich verloren hat.*

»Sag mir die Wahrheit«, fleht sie. »Was habe ich falsch gemacht? Was habe ich gesagt?«

Ich denke daran, wie für sie eine Welt zusammenbrechen würde, wenn ich ihr die Wahrheit sagte. Eine Beichte würde vielleicht für *mich* die Heilung bedeuten, würde *mich* von dieser drückenden Last der Schuld befreien, aber ich muss diese Last allein tragen. Wenn man einen Menschen so sehr liebt, wie ich sie liebe, ist das größte Geschenk, das ich ihr letzten Endes machen kann, sie mit der Wahrheit zu verschonen. Captain Brodie hat mich gezwungen, mich meiner Schuld zu stellen, für meine Sünden Buße zu tun. Jetzt ist es an der Zeit, mir selbst zu vergeben.

»Die Wahrheit, Lucy, ist, dass …«

»Ja?«

»Es ist meine Schuld, nicht deine. Ich habe versucht, es vor dir zu verbergen, weil ich mich schäme.« Ich wische mir mit der Hand übers Gesicht, aber ich kann die Tränen nicht aufhalten, die unaufhörlich fließen und auf mein Krankenhaushemd tropfen. »Ich habe zu viel getrunken. Und ich habe *alles* ruiniert«, schluchze ich. Die Antwort ist zugleich ehrlich und unvollständig, aber es liegt genug Wahrheit darin, um sie verständnisvoll nicken zu lassen.

»Ach, Ava. Ich weiß es doch schon längst.« Sie nimmt mich in den Arm, und ich atme die vertrauten Lucy-Düfte nach Dove-Seife und liebender Güte ein. »Aber jetzt können wir etwas daran ändern, jetzt, wo du bereit bist, dir von mir helfen zu lassen. Wir werden gemeinsam daran arbeiten, so wie wir es immer tun. Und wir schaffen das gemeinsam.« Sie weicht ein Stück zurück, um mich anzuschauen, und zum ersten Mal seit Nicks Tod kann ich ihr in die Augen sehen. Ich schaffe es, ihrem Blick nicht auszuweichen und zugleich die Wahrheit zu verbergen, denn das ist manchmal notwendig, wenn man jemanden liebt.

Sie streicht mir eine Haarsträhne aus dem Gesicht und lächelt. »Morgen hole ich dich hier raus. Und dann fahren wir nach Hause.«

»Morgen?«

»Es sei denn, du hast einen guten Grund, in Tucker Cove zu bleiben?«

Ich schüttle den Kopf. »Ich habe absolut keinen Grund, länger zu bleiben«, sage ich. »Und ich werde niemals wiederkommen.«

31

Ein Jahr später

Eine Witwe wohnt jetzt mit ihren zwei Kindern in Brodie's Watch. Rebecca Ellis hat das Haus im März gekauft, und sie hat bereits einen Gemüsegarten angelegt und eine Steinterrasse mit Blick aufs Meer gebaut. All das habe ich von Donna Branca erfahren, als ich sie vor drei Wochen anrief, um zu fragen, ob das Haus für ein Fotoshooting zur Verfügung stünde. Mein neues Buch mit dem Titel *Der Kapitänstisch* kommt im Juli heraus, und weil es darin ebenso sehr um den Ort wie ums Essen geht, möchte Simon Fotos von mir in Brodie's Watch drin haben. Ich habe ihm gesagt, dass ich nicht mehr hinfahren will, aber er hat darauf bestanden, dass die Fotos notwendig sind.

Und deswegen sitze ich jetzt in einem weißen Transporter, zusammen mit einem Fotografen und einer Stylistin, auf dem Weg zurück zu dem Haus, aus dem ich vor einem Jahr geflüchtet bin.

Donna hat mir erzählt, dass die Familie mit ihrem neuen Zuhause glücklich sei und Rebecca Ellis sich noch kein einziges Mal über irgendetwas beschwert habe. Vielleicht ist der Geist des Captains nun endlich weitergezogen. Oder vielleicht war er überhaupt nie da, außer als Produkt meiner Einbildung, heraufbeschworen durch Scham und Schuldgefühle und viel zu viel Alkohol. Ich habe nichts mehr getrunken, seit ich Tucker Cove verlassen habe, und die Albträume sind immer seltener geworden, aber dennoch bin ich nervös bei dem Gedanken, nach Brodie's Watch zurückzukehren.

Unser Transporter fährt die Auffahrt hinauf, und dann taucht es plötzlich vor uns auf – das Haus, das immer noch so einen langen Schatten über meine Träume wirft.

»Wow, was für ein fantastischer Platz«, ruft Mark, der Fotograf. »Da werden wir ganz tolle Aufnahmen kriegen.«

»Und schaut euch diese riesigen Sonnenblumen im Garten an!«, meldet sich unsere Stylistin Nicole von der Rückbank. »Sollen wir die neue Besitzerin fragen, ob wir ein paar für die Fotos abschneiden dürfen? Was meinst du, Ava?«

»Ich habe die neue Besitzerin noch gar nicht kennengelernt«, erwidere ich. »Sie hat das Haus Monate nach meiner Abreise gekauft. Aber wir können natürlich fragen.«

Wir steigen aus und strecken uns erst einmal ausgiebig, um die von der langen Fahrt verkrampften Muskeln zu lockern. Im Gegensatz zu dem nebligen Nachmittag, als ich Brodie's Watch zum ersten Mal erblickte, ist heute ein strahlender Sommertag, im Garten summen Bienen, und eine Hummel brummt vorüber, auf dem Weg zu einem Polster von duftendem rosa Phlox. Rebecca hat den Vorgarten, in dem früher nur ein paar mickrige Sträucher wuchsen, in ein Meer aus gelben, rosa und lila Blüten verwandelt. Das ist nicht mehr das abweisende Brodie's Watch, an das ich mich erinnere – dieses Haus lädt uns ein, es zu betreten.

Eine brünette Frau tritt aus der Tür und begrüßt uns mit einem Lächeln. Bekleidet mit Jeans und einem T-Shirt mit der Aufschrift Maine Organic Farmers, wirkt sie ganz wie die naturverbundene Frau, die üppige Gärten anpflanzt und Spaß daran hat, mit Torf und Dünger zu hantieren.

»Hallo! Freut mich, dass Sie es geschafft haben!«, ruft sie und kommt die Verandastufen herunter, um uns zu begrüßen. »Ich bin Rebecca. Sind Sie Ava?«, fragt sie und sieht mich an.

»Stimmt.« Ich schüttele ihr die Hand und stelle Nicole und Mark vor. »Vielen Dank, dass Sie uns Ihr Haus zur Verfügung stellen.«

»Ich finde das ja total spannend! Donna Branca hat mir erzählt, dass diese Fotos für Ihr neues Buch sind. Das finde ich richtig cool, dass mein Haus in einem Buch vorkommt.« Sie winkt uns herein. »Meine Kinder verbringen den Tag bei Freunden, die werden Ihnen also nicht in die Quere kommen. Das Haus gehört ganz Ihnen.«

»Bevor ich die Ausrüstung reintrage, würde ich ganz gerne erst mal einen Rundgang machen«, sagt Mark. »Und mir die Lichtverhältnisse anschauen.«

»Oh, natürlich. Bei euch Fotografen dreht sich immer alles ums Licht, nicht wahr?«

Mark und Nicole folgen Rebecca ins Haus, doch ich bleibe noch einen Moment auf der Veranda stehen. Ich bin noch nicht bereit einzutreten. Während ihre Stimmen im Haus verhallen, lausche ich auf das Knarren der Äste im Wind und das ferne Rauschen der Wellen, die sich an den Felsen brechen – Geräusche, die mich in den vergangenen Sommer zurückversetzen, als ich hier wohnte. Erst jetzt wird mir bewusst, wie mir diese Geräusche gefehlt haben. Ich vermisse es, zum Tosen der Wellen aufzuwachen. Ich vermisse meine Picknicks am Strand und den Duft der Rosen am Klippenpfad. Wenn ich in meiner Bostoner Wohnung aufwache, höre ich den Verkehr und rieche Abgase, und wenn ich aus der Tür trete, sehe ich Beton. Ich blicke auf die offene Haustür und denke: *Vielleicht hätte ich dich nie verlassen sollen.*

Schließlich trete ich über die Schwelle und atme tief ein. Rebecca hat gebacken, und die Luft duftet nach frischem Brot und Zimt. Ich folge den Stimmen durch den Flur ins Seezimmer, wo Mark und Nicole an den Fenstern stehen, überwältigt von der Aussicht.

»Warum um alles in der Welt bist du hier ausgezogen, Ava?«, fragt Nicole. »Wenn das mein Haus wäre, ich glaube, ich würde jeden Tag hier in diesem Zimmer verbringen und aufs Meer rausschauen.«

»Es ist schön, nicht wahr?«, sagt Rebecca. »Aber warten Sie ab, bis Sie das Turmzimmer sehen. *Das* ist vielleicht eine Aussicht.« Sie wendet sich mir zu. »Ich habe gehört, dass es in einem ziemlich schlechten Zustand war, als Sie eingezogen sind.«

Ich nicke. »Die ersten paar Wochen hatte ich zwei Zimmermänner im Haus, die den ganzen Tag da oben gehämmert haben.« Ich lächle, als ich an Ned Haskell denke, dessen Holzskulptur eines Sperlings mit Brille und Kochmütze jetzt meinen Schreibtisch in Boston schmückt. Von allen Menschen, die ich in Tucker Cove kennengelernt habe, ist er der Einzige, der mir regelmäßig schreibt und den ich als Freund betrachte. *Die Menschen sind kompliziert, Ava. Der Schein kann oft trügen,* hat er einmal gesagt. Worte, die jetzt wie auf ihn selbst gemünzt scheinen.

»Mich würden keine zehn Pferde aus diesem Haus rausbringen«, sagt Nicole, immer noch ganz fasziniert von der Aussicht. »Hast du nie darüber nachgedacht, es zu kaufen, Ava?«

»Es war außerhalb meiner Preisklasse. Und es gab da bestimmte Dinge, die …« Meine Stimme versagt. Leise fahre ich fort: »Es war einfach Zeit, ein neues Kapitel aufzuschlagen.«

»Können Sie uns den Rest des Hauses zeigen?«, fragt Marc Rebecca.

Während sie hintereinander die Treppe hinaufgehen, bleibe ich am Fenster stehen und blicke aufs Meer hinaus. Ich denke an die einsamen Abende, an denen ich diese Stufen zu meinem Schlafzimmer hinaufwankte, mein Kopf schwer vom Wein, mein Herz schwer von Schuldgefühlen. Die Nächte, in denen der Geruch der See die Ankunft von Captain Brodie verkündete. Wenn ich ihn am meisten brauchte, war er da. Noch jetzt kann ich, wenn ich die Augen schließe, seinen Atem in meinen Haaren spüren, und das Gewicht seines Körpers auf meinem.

»Ich habe gehört, was Ihnen passiert ist, Ava.«

Erschrocken fahre ich herum und sehe, dass Rebecca zurückgekommen ist und direkt hinter mir steht. Mark und Nicole sind hinausgegangen, um ihre Ausrüstung aus dem Auto zu holen, und Rebecca und ich sind allein im Zimmer. Ich weiß nicht, was ich erwidern soll. Ich bin mir nicht sicher, was sie damit sagen will. – *Ich weiß, was Ihnen passiert ist.* Sie kann unmöglich von dem Geist wissen.

Es sei denn, sie hat ihn auch gesehen.

»Donna hat mir davon erzählt«, sagt Rebecca leise. Sie

tritt näher, als ob sie ein Geheimnis mit mir teilen will. »Als ich sagte, dass ich daran interessiert sei, das Haus zu kaufen, musste sie seine Geschichte offenlegen. Sie erzählte mir von Dr. Gordon. Wie er Sie angegriffen hat, oben auf dem Witwenbalkon.«

Ich erwidere nichts. Ich will wissen, was sie noch gehört hat. Was sie noch weiß.

»Sie hat mir gesagt, es habe noch mehr Opfer gegeben. Die Mieterin, die hier gewohnt hat, bevor Sie eingezogen sind. Und ein fünfzehnjähriges Mädchen.«

»Sie haben das alles gewusst und das Haus trotzdem gekauft?«

»Dr. Gordon ist tot. Er kann niemandem mehr schaden.«

»Aber nach all dem, was hier passiert ist…«

»Schlimme Dinge passieren überall, und das Leben geht trotzdem weiter. Ich konnte mir ein so wunderschönes Haus ja nur deswegen leisten, *weil* seine Geschichte diese Schönheitsfehler hat. Andere Kaufinteressenten haben sich davon abschrecken lassen, aber als ich über die Schwelle trat, hatte ich sofort das Gefühl, dass dieses Haus mich willkommen heißt. Als ob es mich hierhaben *wollte.*«

Wie es auch mich gewollt hat.

»Und dann kam ich in dieses Zimmer und habe das Meer gerochen, und da war ich mir sicher: Hier gehöre ich hin.« Sie dreht sich zum Fenster und starrt aufs Wasser hinaus. Mark und Nicole unterhalten sich lautstark in der Küche, wo sie Scheinwerfer und Stative und Kameras aufbauen, aber Rebecca und ich sind still, beide in Bann gezogen von der Aussicht. Ich denke an die Frauen, die hier alt geworden und gestorben sind, die genau wie wir von diesem Haus verführt wurden. Alle waren sie dunkelhaarig und schlank, so wie ich.

Wie Rebecca.

Nicole kommt ins Zimmer. »Mark ist fast fertig mit den Vorbereitungen fürs Shooting. Zeit für Haare und Make-up, Ava.«

Und dann ist keine Gelegenheit mehr, unter vier Augen mit Rebecca zu sprechen. Zuerst muss ich mich auf den Schminkstuhl setzen, um gepudert und frisiert zu werden, und dann ist es Zeit, in der Küche lächelnd für die Kamera zu posieren, mit Biotomaten und den Kupfertöpfen und -pfannen, die ich aus meiner Bostoner Küche mitgebracht habe. Wir gehen nach draußen, wo ich mich mitten in die Sonnenblumen stellen muss, und dann weiter zu der Steinterrasse für Fotos mit dem Meer im Hintergrund.

Mark reckt den Daumen. »Das wär's mit den Außenaufnahmen. Jetzt brauchen wir nur noch eine weitere Location.«

»Wohin gehen wir als Nächstes?«

»Ins Turmzimmer. Das Licht da oben ist fantastisch, und ich will mindestens ein Foto von dir in diesem Zimmer.« Er nimmt die Kamera und das Stativ. »Da dein Buch *Der Kapitänstisch* heißt, würde ich sagen, wir machen eines, wo du aufs Meer hinausschaust. Genau wie der Kapitän im Titel von deinem Buch.«

Sie gehen alle nach oben, nur ich halte am Fuß der Treppe inne und zögere, ihnen zu folgen. Ich will das Turmzimmer nicht mehr sehen. Ich will diesen Ort nicht wieder betreten, wo so viele Geister immer noch verweilen. Dann ruft Mark nach unten: »Ava, kommst du?«, und mir bleibt keine Wahl.

Oben angekommen werfe ich im Vorbeigehen einen Blick in die Zimmer von Rebeccas Kindern und sehe herumfliegende Tennisschuhe und *Star Wars*-Poster, lila Vorhänge und eine Menagerie von Stofftieren. Ein Junge und ein Mädchen. Die nächste Tür ist geschlossen – die von meinem alten Schlafzimmer.

Ich wende mich stattdessen zur Erkertreppe um. Ein letztes Mal steige ich die Stufen hinauf.

Die anderen drehen sich nicht einmal zu mir um, als ich eintrete. Sie sind zu sehr damit beschäftigt, Scheinwerfer und Reflektoren und Stative aufzubauen. Schweigend sehe ich mir all die Veränderungen an, die Rebecca in dem Zimmer vorgenommen hat. Zwei Korbsessel sind in den Alkoven geschoben und laden Besucher zu einer vertraulichen Unterhaltung ein. Ein weißes Sofa steht im warmen Sonnenschein, und auf dem Beistelltisch liegt ein Stapel Gartenzeitschriften, daneben ein Becher mit einem Rest kaltem Kaffee. Ein Kristall hängt im Fenster und wirft kleine Regenbogen an die Wände. Dies ist ein anderes Zimmer, ein anderes Haus als das, an das ich mich erinnere, und ich bin zugleich erleichtert und traurig über die Veränderungen. Brodie's Watch hat sich ohne mich weiterentwickelt, ist zum Zuhause einer anderen Frau geworden.

»Wir wären dann so weit, Ava«, sagt Mark.

Während er die letzten Fotos schießt, schlüpfe ich in die Rolle, die alle von mir erwarten: die fröhliche Food-Autorin im Haus des Kapitäns. In der Einleitung meines Buchs habe ich geschrieben, dass Brodie's Watch der Ort war, wo ich meine Inspiration fand, und es ist wahr. Hier habe ich meine Rezepte getestet und perfektioniert – hier, wo ich gelernt habe, dass es kein feineres Gewürz gibt als den Geruch des Meeres. Hier habe ich gelernt, dass Wein keinen Kummer heilt, und dass, wenn man mit Schuldgefühlen zu Tisch geht, jedes noch so liebevoll zubereitete Gericht fade schmeckt.

Dies ist das Haus, in dem ich hätte sterben sollen, doch stattdessen habe ich wieder gelernt zu leben.

Nachdem das letzte Foto geschossen ist, nachdem die Ausrüstung verstaut und nach unten getragen ist, bleibe ich noch allein im Turmzimmer zurück und warte auf ein letztes Flüstern im Wind, einen letzten Hauch der See. Doch ich höre keine Geisterstimme, ich sehe keinen dunkelhaarigen Kapitän. Was immer mich an dieses Haus gebunden hat, es ist nicht mehr da.

In der Einfahrt verabschieden wir uns von Rebecca, und ich verspreche ihr ein signiertes Exemplar von *Der Kapitänstisch.* »Danke, dass Sie uns Ihr Haus geöffnet haben«, sage ich zu ihr. »Ich bin so froh, dass Brodie's Watch endlich Bewohner gefunden hat, die es lieben.«

»Wir lieben es wirklich.« Sie drückt meine Hand. »Und es liebt uns auch.«

Einen Moment lang stehen wir da und sehen einander an, und ich erinnere mich an Jeremiah Brodie's Worte, die er so leise in der Dunkelheit zu mir gesprochen hat.

Hier in meinem Haus wirst du finden, was du ersehnst.

Als wir davonfahren, winkt Rebecca uns zum Abschied von der Veranda aus nach. Ich lehne mich aus dem Fenster und winke zurück, und da sehe ich plötzlich etwas hoch oben auf dem Witwenbalkon. Etwas, das – wenn auch nur für einen Augenblick – aussieht wie eine Gestalt in einem langen schwarzen Mantel.

Doch als ich blinzle, ist er verschwunden. Vielleicht war er nie da. Jetzt sehe ich nur das Schieferdach, das im Sonnenlicht glänzt, und eine einsame Möwe, die in den wolkenlosen Sommerhimmel aufsteigt.

Danksagung

Das Schreiben eines Buches ist eine einsame Reise, doch der Weg zur Veröffentlichung ist es nicht, und ich bin dankbar für das hervorragende Team, das mich auf jedem Schritt dieses Wegs leitet und begleitet. Meine Agentin Meg Ruley von der Jane Rotrosen Agency ist stets meine entschlossenste Fürsprecherin gewesen, genau die Agentin, von der jede Autorin nur träumen kann. Danke, Meg, für die über zwei Jahrzehnte, in denen du meine Beraterin, meine Unterstützerin und meine Freundin gewesen bist. Ein großes Dankeschön geht an mein Team von Ballantine in den USA – Kara Cesare, Kim Hovey und Sharon Propson – und mein Transworld-Team im Vereinigten Königreich: Sarah Adams, Larry Finlay und Alison Barrow.

Und am meisten danke ich dem einen Menschen, der mich von Anfang an bei diesem Abenteuer begleitet hat: meinem Mann Jacob.